SNAG

Addict-Accro

Créé et dirigé par Romain Naudin

Johanna
MARINES

ENCENS

SNAG

« J'ai une maladie, une maladie mortelle, une maladie faite de la main des hommes. »

Le dernier jour d'un condamné – Victor Hugo

Prélude

Face au lit, les yeux clos, l'homme referma sa prise sur l'arme silencieuse, faisant tourner le manche rugueux dans sa main. Une fois. Deux fois. Trois fois. Cela tombait bien, il aimait les chiffres impairs.

Il rouvrit les yeux.

Devant lui, sa victime était là, paisiblement endormie sous une couverture en laine aux motifs fleuris. Sa chevelure rousse tombait en cascade de chaque côté de son oreiller de plumes. Elle était belle. Très belle. Peut-être trop pour oser la regarder aussi longtemps. Pensif, il laissa glisser son regard sur son cou, sa poitrine, ses bras, ses poignets puis sur ses longs doigts posés délicatement sur son ventre rond. Cela l'attendrit quelques secondes.

L'instant d'après, il se pencha en avant, rapprochant son oreille de son visage. Un mince filet d'air sortait de ses lèvres charnues. Son dernier souffle était proche. Une délicate odeur de rose titilla les narines du tueur. Ce n'était pas celle de ces fleurs artificielles que l'on mettait en flacon. Pendant une seconde, il lui sembla qu'elle l'attendait. Qu'elle avait vécu toute sa vie dans l'attente de ce moment. De cette rencontre qui allait bouleverser le cours de sa vie.

Il fit un pas en arrière, inspira profondément et releva le menton d'un air fier tout en se concentrant sur les sons qui l'entouraient. Il perçut alors le bruit du vent sifflant entre les briques froides de la maison et les crépitements des bûches dévorées par le feu dans la pièce attenante.

L'heure était venue.

Il n'était plus seul, il le sentait. Les voix de l'enfer arrivaient, chuchotant dans son esprit torturé des mots qu'il n'avait jamais osé prononcer à voix haute. Perturbé, il tenta de se ressaisir. Comme à chaque fois, se cramponnant comme un enfant à sa flamme intérieure qui menaçait de s'éteindre. Il tenta de résister, quelques secondes, puis capitula avant de les accueillir. Les voix étaient de toute façon bien plus fortes que lui.

Une seconde plus tard, la lame tranchante de la hache brilla dans la chambre silencieuse, tel un éclair. Son ombre menaçante grandit sur la couverture. Son souffle s'accéléra. Il devait faire vite.

Soudain, le couperet retomba, fendant en deux le crâne de la jeune femme dans un craquement sinistre. Les ressorts du lit grincèrent au moment de l'impact tandis que les yeux de la malheureuse s'ouvraient dans un réflexe. Pourtant, passé la surprise, aucun cri ne fendit le silence. Cela le surprenait toujours. Ce silence. Cet instant suspendu qui n'existait qu'entre eux, où la victime comprenait qu'il était trop tard. Où les cris d'agonie étaient superflus et les râles crépitants une mascarade. Ces secondes précieuses valaient toutes les richesses du monde. Ces instants de vie volés étaient ses trophées.

Il les collectionnait.

Prologue
Grace

Cette nuit de septembre, emmitouflée sous une fine couverture en laine, Grace tentait de trouver le sommeil. Comme chaque nuit. En vain.

De son lit, elle entendait les grondements musicaux de cette ville en pleine ébullition. Ce soir encore, elle ne résista pas à l'envie de se lever. Uniquement vêtue d'une chemise en flanelle, la jeune femme attrapa une étole rouge posée sur une méridienne recouverte de cartes de tarot et avança vers la fenêtre. D'ici, elle surplombait la rue Bourbon, une des plus animées du quartier. Avec les années, elle avait vu se transformer le Vieux Carré français et ne se lassait pas de passer plusieurs heures, silencieuse, à observer le monde qui tournait sans elle. Un murmure fit frémir ses lèvres gercées :

« *The bright blessed day, the dark sacred night and I think to myself*[1]*...* ».

Dehors, le ciel était clair et la lune haute. Ses reflets blafards faisaient briller les silhouettes des dancing-automates qui se déhanchaient au rythme des trompettes et des basses. Approchant sa main de la fenêtre, Grace posa ses doigts sur la vitre sale. Le verre vibra sous sa peau. Des pulsations. Oui, c'était ça la musique. Elle pouvait la sentir au plus profond de sa chair. Au même instant, son cœur s'emballa, comme une réponse à ce torrent d'émotions qui grondait de l'autre côté de la vitre.

Oui, chaque nuit, la fête battait son plein, faisant swinguer les habitants sur les trottoirs. Alors, les complaintes des saxophones perçaient le silence moite et s'élevaient, telle une prière partagée, une ode à la vie. Les rythmes entraînants des percussions grondaient comme un cœur amoureux dans les entrailles de la ville. Et ce flot vif et impétueux se propageait dans chaque rue, sous chaque porte, dans chaque parc, il visitait les tombes et les cryptes, jusqu'à faire frémir l'eau des bayous.

« *What a wonderful night* », murmura-t-elle de nouveau avant de tourner sur elle-même, emportée par cette énergie intérieure qui menaçait de l'engloutir.

Oui, le jazz était là, partout. Vibrant. Bouillonnant, tel un poison dans les veines des musiciens en quête de reconnaissance, s'agrippant aux semelles usées des habitants pour ne les lâcher qu'une fois exténués. Personne dans la ville ne pouvait y résister...

1 *Extrait Wonderful Life* – Louis Armstrong (1967).

Pas même celui que l'on n'osait nommer de peur d'être sa prochaine victime…

Le tueur à la hache.

- I -
IAN

États-Désunis d'Amérique.
Nouvelle-Orléans – 1919

— Monsieur Cobb ? C'est à vous ! Si vous voulez bien me suivre…

Sitôt qu'il entendit son nom, Ian sursauta et se releva du fauteuil en velours dans lequel il s'était assoupi quelques minutes plus tôt. Face à lui, se tenait une femme d'une trentaine d'années. Sa peau était pâle, d'une blancheur presque inquiétante, si bien qu'il se demanda si elle avait déjà croisé un rayon de soleil. Ses cheveux blonds relevés en un chignon méticuleusement exécuté étaient retenus par une fine broche en argent. *Le comble de l'élégance* pensa-t-il. La jeune femme, carnet à la main, ne put s'empêcher de sourire. Elle n'avait pas l'habitude de voir ses patients s'endormir dans l'intimiste salle d'attente de son cabinet de quartier.

Ian, non content d'avoir été pris en flagrant délit de sieste, jeta un coup d'œil à la montre à gousset qui sortait de son veston. Vingt minutes de retard. *Évidemment.* Comment aurait-il pu en être autrement ? Au travail comme à la maison, les femmes étaient bien en peine de respecter les délais. L'heure ne semblait pour elles qu'un concept vaguement abstrait, qui n'avait aucune emprise sur leurs coquetteries habituelles.

— Excusez-moi pour le retard... se sentit-elle obligée d'ajouter, si vous voulez bien me suivre, murmura-t-elle en lui faisant signe de longer le couloir étroit qui menait à sa pièce de consultation.

Ian fit quelques pas et se retrouva face à une porte en bois où était accrochée une plaque en cuivre : *Professeur Rachel Henwoorth, Médecin hypnothérapeute* lut-il en débouchant sur une pièce entièrement tapissée. En passant le seuil, il fut surpris de constater qu'ils étaient seuls. Dire qu'il l'avait prise pour une simple assistante. C'était donc elle la fameuse hypnothérapeute que ses confrères lui avaient recommandée ? Il avait du mal à le croire.

À l'intérieur, une légère odeur de térébenthine flottait dans l'air. Dieu, qu'il détestait ça ! Dire qu'il allait devoir passer une heure ici. Il regretta aussitôt de ne pas avoir rebroussé chemin. Ce soir, il en était sûr, il se coucherait avec une bonne migraine. Alors que l'hypnothérapeute refermait la porte derrière elle, l'homme détailla la pièce d'un coup d'œil. La décoration était plus que sommaire et se résumait à un vieux bureau qui avait perdu ses couleurs d'antan, à deux diplômes français sous verre tamponnés d'un insigne bleu-blanc-rouge et à un fauteuil médical inclinable qui n'était pas de première main.

— Allez-y, installez-vous confortablement, murmura la jeune femme en abaissant le dossier du fauteuil avant de s'assoir derrière son bureau.

Ian s'exécuta. Le siège grinça sous son poids. Sa bouche se contracta en un léger rictus. Oui, il avait pris quelques kilos ces derniers mois. Il le savait. Alors, il n'avait pas besoin qu'un foutu fauteuil le lui rappelle de nouveau. Rachel attrapa un dossier vierge et un porte-plume qui baignait dans un pot d'encre.

— Alors, dites-moi, monsieur Cobb, en quoi puis-je vous aider ? Quelle est la raison de votre venue ? demanda-t-elle en haussant un sourcil.

Ian déglutit et s'essuya les mains sur son pantalon côtelé. Il était mal à l'aise et ne savait pas comment aborder la raison de sa visite. Avait-il peur d'être jugé ? Peut-être. Après tout, il n'avait pas l'habitude de se retrouver de l'autre côté du bureau. Aujourd'hui, les rôles étaient inversés. Il avait quitté sa blouse de médecin et était redevenu un simple patient parmi tant d'autres. Bien sûr, il avait bien tenté de prendre des médicaments, quelques doses d'anxiolytiques pour apaiser ses angoisses nocturnes. Mais rien n'y avait fait. La voix grave de son défunt père se rappela à lui : « *Vois-tu, mon fils, la médecine conventionnelle a ses limites. Il faut parfois oser et tenter de nouvelles expériences pour faire des découvertes stupéfiantes* ». Aujourd'hui, à 36 ans, il devait bien l'admettre, son père avait raison, la médecine conventionnelle n'était plus suffisante pour le délivrer du mal qui le rongeait. Alors, quand il avait entendu parler de l'hypnose et du professeur Henwoorth, il avait sauté sur l'occasion. Après tout, il n'avait rien à perdre, cela ne coûtait rien d'essayer !

Pourtant, en poussant la porte du cabinet, il devait bien avouer qu'il avait eu quelques doutes. Son scepticisme naturel avait repris le dessus. Il faut dire que de nombreuses personnes en ville s'octroyaient le titre d'hypnothérapeute sans n'avoir jamais été formées. À La Nouvelle-Orléans, le charlatanisme était monnaie courante ! Il n'y avait qu'à voir le quartier de Trémé qui pullulait de bonimenteurs expérimentés. À tous les coins de rue, on vous promettait de lire votre avenir dans les lignes de la main, de conjurer le mauvais sort avec des envoûtements mystérieux ou de retrouver l'être aimé en moins de vingt-quatre heures. Et pour cause, La Nouvelle-Orléans avait un sombre passé. La culture et les traditions vaudoues constituaient les fondations même de la vieille ville. Alors, dès qu'une nouvelle pratique un peu étrange se développait dans une autre ville des États-Désunis d'Amérique, on pouvait être sûr de la voir débarquer à La Nouvelle-Orléans.

Aujourd'hui, le docteur Cobb était prêt à accepter l'aide dont il avait désespérément besoin, même s'il devait pour cela mettre son ego de côté.

— Monsieur Cobb, vous allez bien ?

Ian releva la tête dans un réflexe. En entendant la jeune femme répéter sa question, il se rendit compte qu'il ne lui avait pas répondu.

— Oui, excusez-moi, je… j'étais ailleurs.

La jeune hypnothérapeute le fixa quelques secondes, laissant flotter un silence pesant entre eux.

— Pourquoi êtes-vous là ? répéta-t-elle lentement.

— Je… dernièrement, je, je suis en proie à des… des cauchemars.

— Je vois… Des cauchemars récurrents, je présume ?

— Oui.

— C'est la première fois que vous consultez un médecin ?

— À vrai dire, je suis médecin moi-même… je travaille au *Charity Hospital.*

— Oh, je vois !… dans quelle unité, si je puis me permettre ?

— Psychothérapie… murmura-t-il du bout des lèvres comme s'il en avait honte.

— Hum, vous avez sans doute dû tester bon nombre de médicaments avant de vous retrouver ici, répondit-elle en le fixant avec inquiétude.

Ian opina de la tête. Elle ne croyait pas si bien dire.

The Times-Picayune.

Mercredi 13 mars 1919

« Estimés Mortels,

Ils ne m'ont pas pris et ils ne le feront jamais.

Ils ne m'ont jamais vu, car je suis invisible, tout comme l'éther qui entoure votre Terre. Je ne suis pas un être humain, mais un esprit volage et un démon venu des tréfonds de l'enfer. Je suis celui que vous, Néo-orléanais et votre stupide police, appelez le tueur à la hache.

Quand je le jugerai bon, je viendrai chercher de nouvelles victimes. Je ne laisserai aucune preuve, sinon ma hache sanglante, maculée du sang et du cerveau de ceux que j'aurai envoyés en enfer.

Si vous le souhaitez, vous pouvez dire à la police de ne pas m'énerver. Bien sûr, je suis un esprit raisonnable. Je n'ai pas été offensé par la façon dont ils ont mené leurs investigations dans le passé. En fait, ils ont été si profondément stupides qu'ils m'ont amusé, moi et Sa Majesté satanique. Mais il vaudrait mieux qu'ils arrêtent de chercher à découvrir qui je suis, ou ils déchaîneront la colère de l'homme à la hache.

Sans aucun doute, vous, Néo-orléanais, pensez que je suis un meurtrier des plus horribles. Ce que je suis. Mais je pourrais être bien pire si je le voulais. En effet, si je le souhaitais, je pourrais visiter votre ville tous les soirs et tuer des milliers de vos meilleurs citoyens.

Comme j'aime être précis, je tiens à vous informer que je passerai à La Nouvelle-Orléans à minuit quinze mardi soir prochain. Dans mon infinie miséricorde, je vais vous faire une petite proposition. Comme vous le savez, je suis très friand de musique de jazz, et je jure par tous les diables de l'enfer que chaque personne chez qui se trouvera un groupe de jazz en train de jouer (ou à défaut un gramophone) sera épargnée. Si tout le monde écoute du jazz, eh bien, alors tant mieux! il n'y aura pas de victime. Mais, une chose est sûre, ceux d'entre vous qui n'écouteront pas de jazz mardi soir, alors ceux-là goûteront du tranchant de ma hache.

En espérant que vous vouliez bien publier cela.

J'ai été, je suis et je serai le pire esprit qui ait jamais existé, que ce soit dans la réalité ou dans le royaume de l'invisible.

Le tueur à la hache[2] »

Assis face à sa machine à écrire, le tueur à la hache releva la tête d'un air satisfait. Autour de lui, des dizaines de pages griffonnées s'amoncelaient sur le sol poussiéreux de sa chambre. Il aimait ce pseudonyme qu'on lui avait donné : « Le tueur à

2 Traduction de la lettre authentique du tueur à la hache publiée dans le *Times-Picayune*.

la hache ». Il faut dire que cela sonnait bien. Ce surnom était tranchant comme le plat de sa lame. Il le murmura une première fois entre ses lèvres fines avec délectation. « Le tueur à la hache ». Puis, une deuxième, « Le tueur à la hache ».

Un doux frisson se propagea le long de ses bras. Il adorait cette sensation. Celle de se sentir vivant. Inatteignable. Supérieur. Il inspirait la peur, la folie, et cela le caractérisait plutôt bien. En relisant sa lettre, il la trouva en tout point parfaite. Sensationnelle. Elle marquerait les esprits, pour sûr. Et c'était la seule chose dont il se souciait en cet instant.

- 2 -
Grace

À l'heure où les habitants du quartier ciraient leurs chaussures en cuir pour se rendre à la messe, où les coups de cloches de la cathédrale Saint-Louis s'élevaient dans l'air vivifiant du Vieux Carré français, Grace Perkins reprit connaissance. Allongée au beau milieu d'un enchevêtrement de livres poussiéreux et de bougies éteintes, sa nuque endolorie la faisait souffrir. Et pour cause, elle avait dormi par terre. Quand elle rouvrit les yeux, des volutes d'encens ondoyaient au-dessus d'elle pour rejoindre les boiseries travaillées du plafond.

Enroulée dans son étole sur le large tapis oriental qui recouvrait le plancher, la jeune femme tourna la tête. Un antique gramophone en cuivre était à l'arrêt. Sa platine tourne-disque, immobile, semblait figée dans le temps. Poussée par l'envie de rompre le silence, Grace tendit sa main dans sa direction. L'articulation de son coude craqua avant qu'elle n'atteigne la manivelle. Après l'avoir fait tourner plusieurs fois, elle bascula finalement le levier et le plateau se mit en mouvement, comme par enchantement. Mais ce n'était que de la mécanique, rien de magique là-dedans ! La jeune femme resta un instant immobile, regardant son disque préféré tourner, encore et encore, dans un silence solennel. Enfin, elle attrapa la tête de lecture et posa la pointe en saphir sur le disque. Le moment tant attendu approchait, *le clou du spectacle* comme elle aimait l'appeler. Sous l'effet des sinuosités du sillon, les premières notes de musique grimpèrent timidement le long du tuyau en laiton, puis, prenant de la force à mesure qu'elles continuaient leur ascension, celles-ci s'amplifièrent. Retenant son souffle, Grace regarda les larges pétales mécaniques du pavillon se déployer lentement, telle une fleur en train d'éclore. Un bonheur pour les yeux et pour le cœur. La jeune femme se laissa retomber en arrière, laissant l'œuvre de Wagner la déposséder de son corps.

Quand le morceau toucha à sa fin, elle se redressa, prenant appui sur ses coudes. Son regard balaya la pièce, le mobilier ancien qui l'entourait et la cage de Plim, sa chouette mécanique encore assoupie. À travers la lucarne ronde qui donnait sur la rue Bourbon, elle regarda les rayons du matin paresseux venir caresser à tour de rôle, comme une mère vient réveiller ses petits, les meubles en bois encore endormis de leur nuit.

Chaque matin, elle avait l'impression de redécouvrir ce lieu pour la première fois. Depuis deux ans, elle louait cet appartement d'une pièce, un ancien grenier poussiéreux sous les combles dont la hauteur sous plafond était tout juste suffisante pour tenir debout. Cela tombait bien, elle n'était pas grande ! Mme Stevens – la propriétaire qui habitait l'étage inférieur – avait accepté de le lui louer à une condition : de ne décrocher les tableaux fixés aux murs sous aucun prétexte ! Alors, devant l'insistance de la vieille dame, et de peur que l'appartement ne lui passe sous le nez, Grace avait cédé. En plus, il était très bien situé, à trois rues à peine du *Mechanic Hall*, l'aérocabaret dans lequel elle travaillait six jours sur sept. En deux ans, la jeune femme n'avait jamais osé désobéir à sa propriétaire. De toute manière, elle soupçonnait cette vieille pie d'avoir un double de la clé et de rentrer chez elle dès qu'elle en avait l'occasion.

Le regard de Grace retomba sur sa chambre. Elle se demanda ce que dirait William. Oui, sa chambre était aussi mal rangée que la veille. Après tout, qu'est-ce qu'elle espérait ? Qu'elle allait s'improviser fée du logis lors d'une crise de somnambulisme ? Non, autant l'admettre, cela n'était jamais arrivé et n'arriverait jamais ! Un sourire se dessina sur ses lèvres en y songeant. Une chose était sûre, son père adoptif n'aurait pas aimé ça. Pas du tout même, c'était certain ! Le désordre ne cadrait pas avec l'éducation quasi militaire qu'elle avait reçue chez les Perkins. Les phrases de William tournaient en boucle dans sa tête : « *Grace, quand vas-tu enfin comprendre que la rigueur et l'ordre sont la base même de toute éducation ! Combien de fois devrai-je te demander de bien vouloir faire ton lit au carré !* »

Visiblement, à 27 ans, elle n'avait toujours pas retenu la leçon. Au fond de la pièce, son lit à contre-jour ressemblait à un véritable champ de bataille, dont les draps et les couvertures formaient les montagnes ennemies à gravir. Sur sa droite, sa coiffeuse joliment décorée d'un miroir ovale était ensevelie sous une pile de foulards en soie et de corsets colorés. « Ses déguisements », comme elle aimait les appeler. Par terre, une boîte à musique rouillée était renversée et de vieux bijoux oubliés tentaient de s'en extirper en quête de liberté.

Une brise légère la fit frissonner, elle resserra les pans de l'étole contre elle et tenta de se lever. Sans succès. Un vertige la fit tanguer. Elle retomba aussitôt en tailleur sur le tapis, manquant de renverser avec son pied une tasse de thé déjà froide. Lentement, elle en attrapa l'anse et la porta à sa bouche avant d'y tremper ses lèvres avec méfiance. Vu l'odeur, ce n'était pas de la camomille, elle en était certaine ! Plus loin, un sachet rempli de feuilles séchées l'intrigua. Elle reconnut aussitôt le tampon de la pharmacie Dufilho à une rue de chez elle, dans laquelle elle aimait se rendre.

« Décoction à base de feuilles séchées d'Ashoo,
cultivé dans les bayous.
2 cuillères à café matin et soir.
Origine : Nouvelle-Orléans,
Indication thérapeutique : favorise l'endormissement. »

Soudain, un grincement la fit sursauter. C'était l'horloge accrochée au-dessus de la porte d'entrée. Grace se frotta les yeux pour déchiffrer l'heure. Les aiguilles tournèrent à vive allure avant de se stabiliser. Dix heures ! Grace sursauta. Elle était déjà en retard pour la répétition dominicale. Roy n'allait pas aimer ça. Oh ! Ça non ! Cela faisait déjà plusieurs fois que son patron l'avait mise en garde. Encore un retard cette semaine et elle prenait la porte.

Le cœur battant, elle se leva et se dirigea en vitesse vers sa coiffeuse. Elle ajusta son corset métallique qui lui comprimait la poitrine, puis, en deux temps trois mouvements, elle enfila une robe ornée de perles nacrées et boutonna ses bottines qui remontaient jusqu'à ses chevilles. D'un regard envieux, elle jeta un coup d'œil aux deux pantalons qui gisaient par terre. Dieu, qu'elle aurait aimé les mettre ! Niveau confort, on ne faisait pas mieux. Aucune comparaison possible. Mais aujourd'hui, elle n'était pas d'humeur. Elle n'avait pas de temps à perdre. Provoquer les passants, elle gardait ça pour un autre jour. Résignée, elle se recoiffa rapidement en lissant ses cheveux noirs qui ondulaient audessus de ses épaules et attrapa délicatement son chapeau en laine posé sur le manche en ivoire de son ombrelle. Elle inspira profondément. Elle était prête à sortir. Empoignant son sac verni, elle se dirigea vers la porte à vive allure et la claqua brutalement.

- 3 -
William

— Perkins ?

À l'instant où la voix nasillarde d'Anton, son collègue, s'éleva de l'autre côté de la porte, William sut qu'il n'allait pas le laisser tranquille. Un léger sourire s'étira sur ses lèvres. Il connaissait son ami ; s'il ne répondait pas dans la seconde, les noms d'oiseaux allaient fuser. C'était même devenu un jeu entre eux. Avec les années, les insultes étaient des marques d'affection.

— Hé ho ! vieux schnock, tu vas répondre oui ou merde !

William laissa échapper un rire et se redressa sur son fauteuil en cuir face à son bureau impeccablement rangé. Ce n'est qu'en relevant la tête de sa machine à écrire qu'il réalisa que la journée s'achevait. Il ne l'avait pas vue passer. À travers la lucarne poussiéreuse de son bureau, la rue *St Ferdinand St* en contrebas, anormalement calme, était plongée dans la pénombre. Les rares lampadaires électriques qui avaient été installés quelques mois plus tôt par la *New Orleans' General Electric Company* n'étaient plus fonctionnels. Ces phares éteints n'avaient pas résisté à l'assaut des membres actifs du Front national anti-électricité et avaient été vandalisés, juste sous leurs yeux. Un pied de nez à la police qui avait plus urgent à faire que d'attraper des activistes anti-progrès.

Soudain, la poignée s'abaissa et la porte s'ouvrit brutalement : elle buta contre le portemanteau qui se trouvait juste derrière. William le regarda tanguer dangereusement, avant que son regard ne se pose sur Anton. Celui-ci ne s'embarrassait pas des convenances. À vrai dire, l'idée de toquer ne lui avait même jamais traversé l'esprit. Anton était de ces hommes sans gêne qui se croyaient tout permis, disposant de l'espace public comme s'il était le leur. Alors, le bureau de son collègue, Anton le considérait depuis bien longtemps comme le sien. Même si cela l'avait agacé à ses débuts, William avait appris à passer outre. Mains sur les hanches, l'inspecteur approcha d'un pas décidé vers le bureau de son ami, faisant claquer ses semelles neuves sur le parquet grinçant. Ses yeux bleus, tels deux billes de verre, fixaient son acolyte avec malice.

— Tu t'es cru dans un saloon ou quoi ? lança William.

— Appelle-moi, Billy, Billy *the Kid*, répliqua Anton, en s'arrêtant au beau milieu de la pièce.

Il fit mine de jeter par terre un cigare imaginaire.

Affublé d'une veste vert pomme du plus mauvais goût, Anton était loin du *dress-code* conventionnellement adopté dans les rangs de la police. Une chose était sûre : encore une fois, il ne passerait pas inaperçu.

— T'as trouvé ça à la brocante ? C'était la semaine dernière, Mardi gras, ricana William en se moquant gentiment de lui.

— Très drôle… répondit Anton en torsadant sa moustache finement taillée, qui contrastait avec les rondeurs de son visage.

— Tu sais que tu pourrais être arrêté pour ça… Cette veste trouble à elle seule l'ordre public.

Alors, même si les deux hommes rigolèrent de bon cœur, William pria pour qu'ils ne soient pas appelés sur une nouvelle scène de crime. Avec ses vestes excentriques, Anton était depuis longtemps une cible de choix des journalistes du *Times-Picayune*.

— Qu'est-ce que tu fiches encore ici à cette heure ? Si les heures supplémentaires étaient payées, ça se saurait !…

— Tout le monde n'est pas comme toi, Anton. Certains ont le goût du travail bien fait, ajouta-t-il en le fixant d'un air provocateur.

— Certains brassent du vent, d'autres… non. Que veux-tu… ?

— Sinon, tu es venu là uniquement pour m'insulter ? Ou tu avais une autre bonne raison de défoncer ma porte ?

— Tu viens faire un tour au *Dixieland Aéro-club* tout à l'heure ? Paraît qu'y aura du beau monde ce soir… Si tu vois ce que je veux dire…

William remarqua l'éclat dans les yeux de son ami. Il connaissait bien ce regard. Quand Anton passait la soirée dans un des aérojazzclubs de la ville, ce n'était pas pour faire les choses à moitié. Tout le monde le savait, les clubs aériens étaient les plus sulfureux de la ville. On était loin des bars terrestres où le mot prohibition était roi. Dans les airs, les lois n'avaient aucune emprise. Aussi, le *Dixieland Aéro-club* avait une réputation qui n'était plus à faire. L'absinthe y coulait à flots, les fumées d'opium saturaient l'atmosphère et les plus belles créatures de la ville paradaient en tenue plus que légère.

— J'ai du travail, murmura William en désignant du regard les différents dossiers posés sur son bureau.

— Oh, non ! Tu vas pas me rejouer ton cinéma, j'ai du boulot, Anton, tu comprends, je suis débordé… L'enquête piétine, gna-gna-gna.

— C'est pourtant le cas… soupira-t-il en jetant un regard aux photos des victimes étalées sur son bureau.

— Ça va, je le sais qu'elle piétine, pas besoin de me le rappeler tous les jours. Tu crois quoi ? Que moi, je m'en fiche ? Je veux autant arrêter ce malade que toi… Mais tu n'as plus les idées claires, William.

— Ah ! parce que, en buvant, tu crois qu'elles vont s'éclaircir ? Anton, si Denwo apprend qu'on passe la soirée là-bas… Je ne veux pas prendre le risque de perdre l'enquête… ni ma place !

— On n'aura qu'à dire qu'on a une piste, qui nous a justement menés là-bas, tiens… dit-il, un sourire malicieux aux lèvres.

— Ah oui ! Un verre à la main ? Je ne vois pas quelle enquête tu pourrais résoudre avec trois grammes dans le sang…

— Écoute, ça fait combien de temps qu'on se connaît tous les deux ? Vingt ans, vingt-cinq ans ?

— Trente.

Oui, cela faisait plus de trente ans qu'ils travaillaient ensemble. Entrés dans la police la même année, ces deux sexagénaires avaient réussi à se faire une place dans cette société américaine en pleine mutation.

— Écoute, je prends la responsabilité d'accord, murmura Anton qui venait de s'asseoir face à lui. Allez, détends-toi pour une fois ! T'es vraiment coincé, mon vieux… Ça fait des mois qu'on est dans une impasse ; ce mec nous rend fous. Mais on finira bien par l'attraper, ce n'est qu'une question de temps…

William hésita. Il aurait aimé le suivre sans réfléchir. Ne plus s'écouter et mettre sa conscience en sourdine quelques heures pour se laisser aller. Lâcher du lest. Mais ce n'était pas si simple. Son regard se posa sur les articles de journal du *Times-Picayune*. La lettre du tueur à la hache avait été publiée la semaine dernière. Combien de fois l'avait-il relue ? Dix, vingt, cent fois ? Peut-être plus. Il avait arrêté de compter. Les premiers mots le firent frissonner. « *Estimés mortels, ils ne m'ont pas pris et ils ne le feront jamais* ». Ces mots, il les connaissait par cœur. Il avait décortiqué chaque phrase, chaque virgule, chaque syllabe, à la recherche d'un indice qui aurait pu le mettre sur la voie. Mais à chaque nouvelle lecture, il n'avait trouvé qu'un déferlement de haine, un ouragan de violence et cette arrogance maladive qui suintait de chaque mot. Oui, cette lettre avait été écrite par un esprit malade. Un détraqué. Comment aurait-il pu en être autrement ?

Ces lignes avaient fait grandir en lui la peur et la rage. Avec elles, bouillonnait l'envie d'en finir, de tourner la page. De mettre cet homme en prison et de le faire payer pour tout ce qu'il avait fait, pour toutes les vies et les familles détruites. Oui, cette justice frappait dans son cœur, tous les jours, à chaque heure, de plus en plus fort, comme un métronome. C'était elle qui le faisait avancer, qui le poussait à se lever chaque jour et qui l'empêchait de dormir la nuit.

Chaque matin, ses gestes étaient devenus les mêmes, des rituels. Aussitôt levé, William se rendait au kiosque le plus proche de chez lui et achetait le *Times-Picayune*. Les minutes qui suivaient étaient toujours les plus longues. Ses pas devenaient plus rapides, ses foulées plus grandes. Il prenait sur lui pour ne pas dévorer le journal sur place. Le lire sur le trottoir à la vue de tous, c'était, d'une certaine manière, avouer son incompétence, admettre que son enquête reposait sur de simples tribunes journalistiques. Et ça, il ne pouvait l'accepter ! Alors, il montait quatre à quatre les marches qui le séparaient de son bureau, puis, une fois seul, il tournait frénétiquement les pages dans l'espoir d'y trouver une nouvelle lettre, un nouvel indice qui aurait pu le mettre sur la piste du tueur. Et par terre, venaient s'amonceler, autour de son bureau, les piles de journaux.

Agacé, William attrapa celui du jour et le tendit à Anton.

— C'est dans moins d'une semaine, Anton, mardi ! Tu sais ce que ça veut dire ? Qu'il y aura de nouvelles victimes, lâcha-t-il avec gravité.

— Calme-toi, regarde ce qu'il a écrit, si tout le monde écoute du jazz, personne ne sera tué. Élémentaire, mon cher Watson !

— Ah ! parce que tu crois ce taré ? Tu penses vraiment que ça l'arrêtera ? lâcha William d'un ton agacé.

— Eh bien oui, je le crois de bonne foi ! Du moins, laissons-lui le bénéfice du doute, non ?

— Pour compter de nouveaux morts ? Tu délires…

— On parie ? lança Anton en tendant sa main au-dessus du bureau.

William hésita quelques instants avant de répondre.

— Pari tenu !

— Allez ! à défaut d'aller boire un verre, allons manger un bout en ville, je meurs de faim, lança Anton en se levant du bureau.

— Un po'boy, sinon rien ! répliqua William en riant.

— Allons pour un po'boy alors… Ils en servent un excellent chez *Mama's Tronjo*…

- 4 -
Grace

À chaque fois que Grace partait travailler, elle ne pouvait s'empêcher d'imaginer Mme Stevens, sa propriétaire, l'oreille collée à sa porte. Aujourd'hui, en passant devant le palier de la vieille dame, elle entendit une douce musique s'élever de l'autre côté du battant. Grace balança sa tête de droite à gauche en rythme. Mais cette seconde d'égarement lui coûta bien cher. Se prenant les pieds dans le paillasson poussiéreux de sa voisine, elle trébucha et dévala les escaliers sur les fesses avant de se rattraper à la rambarde en fer.

Et merde ! pensa-t-elle en étouffant un juron avant de découvrir sur son avant-bras une nouvelle entaille qui zébrait sa peau noire. *Comme si j'avais besoin d'une nouvelle cicatrice !* marmonna-t-elle en essuyant les gouttes de sang sur le revers de sa jupe.

Au même moment, elle entendit un craquement à l'étage. Elle en était sûre, Mme Stevens avait tout vu. *Comme toujours d'ailleurs.* Derrière l'œilleton, elle n'en avait pas loupé une miette. Elle avait même cru entendre un rire lors de sa chute. *La garce.* Évidemment qu'elle avait apprécié le spectacle, il ne se passait rien de palpitant dans sa vie! Époussetant sa veste, pour se redonner contenance, Grace releva la tête et dévala les dernières marches qui la séparaient du hall d'entrée.

Une fois, dans la rue, la jeune femme poussa un long soupir avant d'inspirer profondément. L'air était lourd, mais une brise marine fit voleter ses cheveux noirs. Elle ne put s'empêcher de jeter un coup d'œil en arrière. L'immeuble dans lequel elle vivait s'élevait sur trois étages. D'ici, sa façade parme et ses balcons fleuris étaient adorables. Balayant du regard l'étage inférieur où vivait Mme Stevens, Grace remarqua que le rideau venait de bouger. Cela lui décrocha un sourire. Si elle se croyait discrète, c'était raté ! Amusée, Grace resserra son sac verni contre elle, et pressa le pas.

Autour d'elle, les familles étaient nombreuses, toutes élégamment vêtues. Les plumes sur les chapeaux des femmes frissonnaient dans le vent, les chaussures en cuir des hommes étaient cirées et leurs costumes impeccablement repassés. Les enfants, eux, riaient à gorge déployée en se courant après. Au même moment, une petite fille la dépassa en sautillant, tenant contre elle un livre à la reliure dorée.

— Charlotte, ne traverse pas toute seule ! gronda sa mère quelques mètres plus loin.

— Mais maman ! L'église est juste là-bas, dit-elle en se retournant vers ses parents, puis en pointant le clocher de la cathédrale qui surplombait les immeubles alentour.

Soulevant ses nombreux jupons, la jeune mère accéléra le pas pour la rattraper, puis, une fois à sa hauteur, elle lui attrapa fermement la main.

— Tu sais que je n'aime pas que tu t'éloignes ! Tu vois ces rails là-bas ?

— Oui, murmura-t-elle d'un air penaud.

— C'est la ligne de *Streetcar*, c'est dangereux tu comprends ? Un accident est si vite arrivé, la réprimanda-t-elle en attendant son mari qui n'avait pas dit un mot.

— Mais il marche plus maman, le tramway ! répondit la petite fille.

— Qu'est-ce que tu racontes ? réfuta sa mère en relevant la tête.

L'enfant avait raison. Quelques mètres plus loin, un attroupement de personnes bloquaient la circulation. Intriguée, Grace distingua la silhouette de plusieurs hommes en bleu de travail couchés en travers des rails. Les cris de protestations grondaient autour d'eux.

— Dégagez de là ! On n'a pas que ça à faire, nous ! cria le conducteur du tramway furieux, qui venait de pencher sa tête hors du wagon.

Grace ne mit que quelques secondes à comprendre de quoi il retournait. Et pour cause, ce n'était pas la première fois qu'elle assistait à un tel spectacle ! Cette fois-ci, ils étaient trois. Trois ouvriers mécanisés allongés sur la chaussée. D'un coup d'œil, Grace les reconnut. Leurs peaux recouvertes d'une fine pellicule argentée brillaient au soleil. *Des ferrailleurs*. Grace n'aimait pas ce terme, qu'elle jugeait humiliant. Au fond, rien ne les distinguait des autres hommes agglutinés autour d'eux.

Pourtant, en y regardant de plus près, ces automates nouvelle génération étaient la propriété de la *New West End Steam Line*. En quelques années, la compagnie principale de *Streetcar* avait quadrillé la ville et tiré des lignes électrifiées dans chaque rue grâce à cette main d'œuvre obéissante et très bon marché. Devant leur poitrine, les ferrailleurs, muets jusqu'alors, tenaient des pancartes aux slogans bourrés de fautes d'orthographe. Grace réussit à déchiffrer l'un d'eux «*Rendé nou notre libertai*». Malheureusement, ils avaient encore du chemin à faire.

— Et pourquoi pas liberté, égalité, fraternité aussi, tant que vous y êtes ! On n'est pas en France, ici !

— Apprenez à écrire et on en reparle après... railla l'un des badauds avec un rire moqueur.

Une salve de rires se propagea dans la foule. Quand, soudain, un homme excédé s'extirpa du groupe pour se rapprocher des trois ouvriers.

— Comme si voler not' boulot vous suffisait pas ! Faut en plus que vous vous donniez en spectacle ? dit-il en leur crachant au visage.

Grace croisa le regard d'un des trois ferrailleurs. Un frisson de peur passa dans ses yeux. Ils le savaient, ils ne faisaient pas le poids. Leur révolte silencieuse avait pris l'allure d'un énième règlement de compte. Les conflits entre automates et humains n'étaient qu'un éternel recommencement. Il y avait eu trop de morts dans les deux camps. Les souvenirs des fusillades et des exterminations de masse des illusionnautes, les automates de première génération, étaient dans toutes les têtes. L'instant d'après, un homme plus trapu se jeta sur l'un des ouvriers.

Les passants, autour d'eux, retinrent leur souffle. Un bruit de ferraille retentit sous les acclamations de la foule. Grace détourna le regard. Elle en avait assez vu. Aussi, elle continua d'avancer et tourna cinquante mètres plus loin à l'angle de la rue suivante, *Twisting Street.*

*

Malgré son nom plutôt joyeux et sa localisation avantageuse, *Twisting Street* était de ces rues étroites et sombres où personne ne voulait habiter. Aux balcons, les dizaines de panneaux « à vendre » s'entassaient derrière des pots de fleurs desséchés. Le long de la route, les arbres dégarnis semblaient attendre leurs pendus. Il faut dire que, depuis l'ouverture cinq ans plus tôt de l'aérocabaret, ils n'avaient pas souvent vu le soleil.

Remontant la rue, la jeune femme passa devant un cortège de commerces fermés. Seule une boucherie était encore ouverte. Debout, M. Firlay, le boucher, fumait une cigarette d'un air triste. Grace se demanda comment il avait réussi à tenir toutes ses années. À vrai dire, d'aussi loin qu'elle s'en souvienne, elle n'avait jamais vu un seul client dans sa boutique. Grace lui fit un discret signe de la main, se dirigeant vers la passerelle qui menait à l'entrée du *Mechanic Hall* encore fermé. Levant la tête vers le ciel, elle observa l'aérostat d'une soixantaine de mètres qui masquait une bonne partie du soleil. Elle avait beau le voir tous les jours, elle ne pouvait s'empêcher d'admirer les nouvelles lettres dorées cousues sur le dirigeable. Roy avait investi, ça oui ! Il n'avait pas lésiné sur les moyens. L'aérostat pourpre criblé de diodes lumineuses attirait tous les regards à la ronde.

Soudain, la jeune femme sursauta alors qu'elle venait de rejoindre les quelques marches qui menaient à la plateforme. Un son puissant fit vriller ses tympans. Posant ses mains sur ses oreilles, une voix artificielle s'éleva tout autour d'elle sans qu'elle puisse en localiser précisément l'origine.

« Mesdames et messieurs, approchez !
Et bienvenue au Mechanic Hall,
le cabaret qui ne dort jamais vraiment !
Oui, mesdames et messieurs, vous avez bien entendu :
sept jours sur sept, venez vivre une expérience comme vous
n'en avez jamais vécu ! »

Relevant la tête, Grace remarqua avec étonnement une dizaine d'ampliphones suspendus à l'aérostat et reliés à un réseau complexe de câbles électriques. Alors voilà donc ce que Roy manigançait depuis quelques semaines. Sa nouvelle lubie. Les affichettes publicitaires ? Démodées. Les diodes et les jeux de lumière ne suffisaient plus. Il s'attaquait maintenant à la voie des airs pour occuper davantage l'espace urbain. Pourtant, elle devait bien l'admettre, l'idée était ingénieuse, et ce message diffusé attisait la curiosité. Mais il cassait aussi les oreilles des voisins. Jusqu'où irait-il pour appâter les clients ?

En montant les dernières marches qui menaient à la plateforme, la jeune femme écouta d'une oreille distraite, le message sonore qui continuait de tourner en boucle.

« Dans un espace exceptionnel de près de 220 mètres carrés,
venez passer un agréable moment et découvrir nos trente-

cinq danseuses automates : leurs pas endiablés vous laisseront pantois, je peux vous l'assurer !»

Tellement cliché.

«Et si votre cœur manque d'entrain, venez vous laisser bercer par les mélodies jazzy de notre musicien virtuose qui joue du piano les yeux bandés ! À moins que vous ne préfériez que Sidya lise votre avenir dans les lignes de votre main ?»

Grace manqua de s'étouffer en entendant son nom de scène. Sidya ? Sérieusement ? Roy n'avait pas trouvé mieux ?

— C'est tout l'effet que ça te fait ? lâcha une voix masculine juste derrière elle.

Grace sursauta et fit volte-face. Un soulagement l'envahit aussitôt à la vue de Joshua.

— Ne refais jamais ça ! dit-elle en le menaçant du doigt, sourcils froncés.

Vêtu d'une chemise criblée de taches d'huile, le jeune apprenti d'une quinzaine d'années venait d'atterrir à quelques mètres d'elle. Harnaché par plusieurs cordes reliées à des poulies rouillées, il semblait visiblement fier de son coup.

— Oh ! la la ! Mais c'est qu'elle est pas contente, Mme Perkins…

— Josh…. soupira-t-elle en continuant d'avancer vers la passerelle grinçante à l'inclinaison édifiante.

— Sérieusement, tu crois que tu m'impressionnes avec ton index tendu ? dit-il d'un air rieur avant de se hisser à la force de ses bras à une nouvelle corde pendue au-dessus d'eux.

Grace se retint de rire. Elle savait qu'elle n'avait jamais eu la moindre autorité sur le jeune apprenti.

— La journée a été dure ? Que diriez-vous d'un petit remontant ? Laissez-vous tenter... pour quelques dollars, nos cocktails aphrodisiaques sauront redonner vie à votre quotidien morose, récita l'adolescent d'une voix destinée à imiter celle qui sortait des ampliphones.

— J'y crois pas ! Ne me dis pas que c'est toi qui as enregistré ce message ? dit-elle en posant une main sur sa hanche tout en détaillant les diodes et les ampoules cassées à sa ceinture.

— Non, Roy s'en est chargé. Par contre, toutes les diodes que tu vois, c'est moi qui les ai posées cette nuit, dit-il avec une fierté non dissimulée.

— Eh ben ! Roy te paie pas pour rien...

— Pas comme toi, dit-il en redescendant en piqué pour attraper une perruque noire dans le sac verni de la jeune femme.

— S'il te plaît, c'est vraiment pas le bon jour, rends-moi ça, je suis déjà en retard, soupira-t-elle en tendant la main pour récupérer sa perruque.

— Hé ! mais tu t'es fait quoi au bras ? demanda Joshua en découvrant l'entaille ensanglantée de Grace.

— Une égratignure, dit-elle en cachant son avant-bras pour clore la discussion.

Évidemment, elle refusait d'admettre qu'elle s'était lamentablement vautrée dans les escaliers.

— Allez ! Rends-moi ça ! J'ai vraiment pas envie de rire…

Mais loin de l'écouter, le jeune homme défiait les lois de la gravité en effectuant de larges cercles dans les airs. Après quelques secondes, il plaça finalement la perruque sur sa tête, puis, d'un air grave, commença à l'imiter grossièrement avec un accent à couper au couteau.

— Yé vois, yé vois…

L'ignorant royalement, Grace se contenta d'avancer en direction de l'entrée qui n'était plus qu'à une vingtaine de mètres. Elle avait assez perdu de temps comme ça.

— Oh allez ! Ça va ! Si on peut plus rire… dit-il avant de lancer la perruque dans sa direction.

Une seconde plus tard, celle-ci retomba à ses pieds. D'un air de défi, Joshua détailla la réaction de Grace du coin de l'œil.

— Ben quoi, t'en fais une tête, c'est pas ce que tu voulais ?

À cet instant, les insultes pleuvaient dans sa tête, mais aucun qualificatif n'était assez grossier pour le décrire parfaitement. Grace déglutit. Un vertige s'empara d'elle au moment où son regard glissa vers la perruque criarde et ses bottes lacées qui lui compressaient les orteils. À travers la passerelle constituée de fines barres métalliques entremêlées, la rue sombre apparut en contrebas. Le vide l'aspira. Son champ de vision se rétrécit. Elle savait qu'il lui aurait suffi de se baisser et de tendre le bras pour récupérer la perruque. Mais sa main était moite, trop moite, et ses doigts tremblants se raccrochaient désespérément aux cordes torsadées qui longeaient la passerelle. Oui, elle devait bien l'admettre, ce geste en apparence si anodin, elle était bien incapable de le faire.

Sa respiration devint irrégulière et l'air plus lourd. Le vide était partout. Autour d'elle et en elle. Immense. Infernal. Telle une brèche infinie impossible à combler. Une déception immense grandit au creux de son ventre. Dire qu'elle avait cru que, en venant travailler ici, elle se surpasserait. Malgré tous ses efforts quotidiens pour combattre sa peur du vide, rien n'avait changé. Aujourd'hui, au milieu de cette passerelle suspendue à une trentaine de mètres du sol, elle se sentit aussi désemparée que le jour où elle avait intégré le *Mechanic Hall.*

— Ça va ? demanda Joshua, en remarquant l'hésitation de sa collègue.

Incapable de répondre, Grace se cramponna plus fermement aux cordes. Ses phalanges blanchirent. Ses jambes devinrent cotonneuses. Lentement, elle ravala une bouffée d'air et releva la tête, plus déterminée que jamais. Tant pis, elle ferait sans perruque ce soir.

The Times-Picayune.

« *L'Hélianthium* pris pour cible par une horde de pigeons mécaniques »

Les occupants de *L'Hélianthium* ne sont pas prêts d'oublier la nuit qu'ils ont passée ! En effet, vers trois heures du matin, dans la nuit du samedi au dimanche, l'hôtel-dirigeable a été attaqué par une horde d'oiseaux mécaniques. Un couple en voyage de noces a été blessé. Les jeunes mariés se trouvaient sur le balcon de leur suite nuptiale. M. Arllow, le propriétaire, revient en exclusivité sur cette nuit d'angoisse qui a failli tourner au drame.

Nul doute que la SPEANO (Service de la Police Chargé de la protection de l'espace aérien) est déjà sur le coup. Deux personnes auraient d'ailleurs été arrêtées. À l'heure actuelle, elles nient toujours être les propriétaires de ces oiseaux.

Affaire à suivre, donc !

Nous rappelons que, conformément à la loi de Juin 1918, plus aucun automate n'est autorisé à voler dans la ville sans laisse. Décidément, il ne fait pas bon être un oiseau mécanique au sortir de la Grande Guerre qui les avait pourtant largement décorés.

- 5 -
Rachel

Rachel Henwoorth observa Ian Cobb quelques secondes, détaillant sa posture avec attention. Son patient semblait tendu et respirait d'une manière peu naturelle. Ses épaules contractées et ses longs doigts noueux qui tremblotaient trahissaient son mal-être évident. La jeune femme avait du mal à le cerner. Depuis le moment où il s'était assis dans le fauteuil de consultation, elle avait l'impression d'avoir affaire à un nouvel homme. Son charisme naturel et son arrogance s'étaient comme envolés, laissant place à une anxiété grandissante. Elle avait du mal à en saisir la raison.

— Bien ! Monsieur Cobb, avant de commencer la séance, j'aimerais comprendre. Dites-m'en plus sur ces cauchemars récurrents. Racontez-moi comment tout cela a commencé… murmura-t-elle d'une voix calme et posée.

Ian déglutit. Il hésitait à se livrer, cela ne faisait aucun doute. Ses yeux perçants fixaient la plume suspendue au-dessus de la feuille blanche. Quelque chose l'empêchait de parler. Elle pouvait le sentir. Cette dualité l'intrigua. Il y avait quelque chose en lui qu'elle ne parvenait pas à saisir.

— Écoutez, si j'avais simplement voulu parler de ces cauchemars, je serais allé voir un psychothérapeute. Alors, arrêtons de tourner autour du pot et endormez-moi une bonne fois pour toutes ! lâcha-t-il, à bout de nerfs.

Surprise, Rachel eut un mouvement de recul. Elle ne s'attendait pas à une réaction aussi vive de la part de son interlocuteur. Un silence s'installa entre eux, avant qu'elle ne repose lentement la plume sur la page blanche. Au cours de sa jeune carrière, elle en avait vu des patients énervés, des hommes qui prenaient un malin plaisir à la rabaisser sous prétexte qu'elle n'était qu'une femme. Ses éloquents professeurs l'avaient pourtant mise en garde. Se faire une place dans un monde masculin n'était pas chose aisée. Combien d'entre eux lui avaient rappelé que sa place n'était pas sur les bancs d'une faculté de médecine ? Avec le temps, elle avait appris à encaisser les réflexions douteuses et les remarques désobligeantes. Les humiliations faisaient partie de son quotidien. Baisser le regard. Se taire, ça oui, elle savait faire. Elle était même experte en la matière ! De toute façon, elle avait depuis bien longtemps renoncé à l'idée de faire évoluer les mentalités. Les mœurs ne changeaient pas. Jamais. Pourtant, aujourd'hui, elle ne pouvait plus se murer dans le silence. Relevant la tête, elle répondit d'une voix tremblante :

— Avec tout le respect que je vous dois, je connais mon métier autant que vous connaissez le vôtre. Je n'aimerais pas vous faire perdre votre précieux temps, monsieur. Alors, si cela ne va pas assez vite pour vous, prenez la porte, elle est grande ouverte ! Et soyez sûr que je ne vous retiendrai pas…

Dès qu'elle eut terminé sa phrase, une sensation de soulagement se répandit en elle. Cela lui avait fait un bien fou ! Pourtant, l'instant d'après, son ventre se serra quand elle croisa le regard de son patient.

Stupéfait, Ian Cobb se releva dans un réflexe. Il avait été piqué au vif. Son ego en avait pris un sacré coup ! Rachel comprit en un regard qu'il n'avait pas l'habitude de se faire remettre à sa place. La seconde suivante, il se laissa tomber dans le fauteuil de consultation, la tête entre ses mains.

— Excusez-moi, je… vraiment. Je n'aurais pas dû dire ça, murmura-t-il au bord des larmes.

Rachel ne sut quoi dire, fixant toujours la porte d'un regard insistant.

— C'est juste que… je suis vraiment à cran ces temps-ci… Je ne dors plus. Je ne sais plus quoi faire, vous comprenez ? Si je suis là, c'est que vous êtes ma dernière chance, mon ultime espoir. Je dois sortir de cette spirale infernale… Je vous en prie… Aidez-moi, dit-il en approchant du bureau.

Pour la première fois de sa vie, Rachel ressentit de la pitié en voyant un homme de dix ans son aîné la supplier du regard.

— J'accepte vos excuses, mais vous savez, je ne sais pas si je suis la mieux placée pour vous aider… L'hypnothérapie ne résout pas tout… Mais reprenons plutôt depuis le début. Racontez-moi comment tout cela a commencé… murmura-t-elle d'une voix de nouveau calme et posée.

Soulagé, Ian bascula à nouveau sur son siège.

— C'est assez récent. Quelques mois tout au plus. Avant ça, je n'avais jamais eu de problèmes. Vous savez, je passe le plus clair de mon temps sur mon lieu de travail, alors, autant vous dire que, une fois dans mon lit, il ne me faut pas plus de cinq minutes avant de m'endormir.

— Vous savez, monsieur Cobb, tout le monde fait des cauchemars. C'est même tout à fait normal. Si vous n'en faisiez pas, voilà qui serait inquiétant.

— Vous croyez que je fabule ? demanda-t-il sur la défensive.

— Non, non ce n'est pas ce que j'ai dit, je me questionne juste sur ce qui vous amène à consulter, admit-elle.

— Eh bien, depuis une semaine, mes cauchemars se sont... intensifiés.

— Intensifiés, que voulez-vous dire par là ? demanda-t-elle d'un air intrigué.

— Depuis lundi dernier, les cauchemars sont devenus plus intenses... Ils... Ils tournent en boucle dès que je ferme les yeux. Ils ne me laissent aucun répit, professeur. Même les hypnotiques ne me font plus aucun effet.

— Oui, mais ces cauchemars en eux-mêmes, pouvez-vous m'en dire plus ?

— Eh bien, ce ne sont pas de simples cauchemars. Regardez.

M. Cobb releva la manche de sa chemise. Une longue estafilade rougeoyante remontait de son poignet jusqu'au milieu de son avant-bras. On aurait dit des traces de brûlures. La surprise se lut sur le visage du professeur Henwoorth.

— C'est vous qui vous êtes fait ça ?

— Je... je ne sais pas, murmura-t-il du bout des lèvres. Elles sont apparues à mon réveil.

— Vous voulez dire qu'elles n'étaient pas là avant de vous endormir ? demanda-t-elle en suivant du doigt la trace rouge sur sa peau.

— Professeur, je crois que je deviens fou… lâcha-t-il dans un souffle.

Il avait dit cela avec une telle gravité que Rachel ne pouvait que le croire. Aussitôt, un frisson remonta le long de sa colonne vertébrale. La séance pouvait commencer…

- 6 -
Grace

En débouchant d'un pas pressé de la passerelle aérienne, Grace reconnut la musique envoûtante de l'orchestre s'élever de l'autre côté des épais rideaux qui masquaient l'entrée de l'aérocabaret. Les solos des saxophones se mêlaient habilement aux trompettes et au reste de l'orchestre qui jouait chaque soir jusqu'à l'aube. La jeune femme aurait pu reconnaître ses musiciens les yeux fermés. Le gros Bill, trompettiste et son souffle imperturbable, Johnny, le saxophoniste à la dextérité irréprochable et le talentueux Wilhem, le virtuose à l'oreille absolue. Soudain, les rideaux s'ouvrirent, dévoilant un tapis en velours bordé de fines diodes rouges. Grace avança et discerna dans l'ombre la silhouette de deux poupées mécaniques qui discutaient ensemble. Leur peau nacrée reflétait les lumières du lustre en verre suspendu au-dessus d'elles.

D'un pas pressé, les épaules en arrière, la jeune femme traversa l'espace *lounge*. Au centre, le bar circulaire, à l'allure d'un carrousel, était à l'arrêt. Grace n'avait pas l'habitude de le voir vide. Elle le savait ; dans quelques heures, la quarantaine de sièges serait occupée. Quand la soirée battait son plein, elle aimait voir les fauteuils en cuir fixés sur des rails tourner et tourner encore autour du bar dans le sens inverse des aiguilles d'une montre. Comme un pied de nez au temps qui continuait inlassablement sa course dans l'autre sens.

Au centre, plusieurs personnes dont Jack, le barman attitré, s'affairaient à remplir des bombonnes en verre suspendues au-dessus du bar-carrousel. Les breuvages, aux couleurs ambrées, vertes ou laiteuses, circulaient le long de tuyaux transparents et pompaient l'alcool dans des fûts où un « M » majuscule était grossièrement peint en rouge, M comme Mayerstini, l'importateur italien qui avait fait fortune dans la revente d'alcool. Une fois en l'air, la pesanteur faisait le reste et les serveurs n'avaient plus qu'à ouvrir les vannes pour préparer les cocktails. À voir ces bombonnes toutes vides, Grace comprit que la soirée précédente avait été plus que rentable. Au plafond, des boiseries exotiques décrivaient des motifs Art nouveau, tandis que les murs en bois d'acajou réchauffaient la pièce où étaient accrochées des dizaines de photos monochromes de la ville de Paris. « Souvenirs de France » disait Roy, qui avait passé une partie de son enfance de l'autre côté de l'Atlantique.

Soudain, une main effleura son épaule. Elle était gelée. La jeune femme frissonna au contact des doigts de Wilhem.

— Tiens, t'es là toi ? Pas encore en tenue ? murmura le musicien qui tenait dans ses mains une partition de musique.

— Non, je comptais me changer ici… Tu sais à quel point j'aime ma tenue de scène, dit-elle un sourire aux lèvres.

— Y'a pire, tu sais… dit-il en désignant du regard les serveurs mécaniques occupés à dépoussiérer les tabourets en cuir.

Wilhem avait raison. Leur uniforme de travail était plus que ridicule. Avec leurs diodes fixées sur leurs épaulettes pour être vus de loin, les servautomates étaient affublés d'un accoutrement que tous détestaient.

— Heureusement, tu as évité ça, dit-elle en détaillant du regard le smoking noir de Wilhem qui lui allait comme un gant.

— Mon talent m'a sauvé, répliqua-t-il d'un ton amusé en agitant en l'air ses douze doigts mécaniques.

Grace le gratifia d'un sourire, puis le regarda rejoindre l'orchestre sur la gauche de la scène, composée d'une dizaine de musiciens aux origines diverses. Wilhem était le seul automate du groupe. Roy l'avait recruté quelques mois plus tôt, charmé par son assurance et son talent. Et il avait bien fait ! En quelques mois à peine, ce jeune virtuose était devenu la coqueluche du *Mechanic Hall*. Les autres aéropropriétaires étaient d'ailleurs nombreux à vouloir le débaucher.

Grace le regarda monter sur l'estrade où les autres musiciens silencieux s'affairaient à nettoyer ou à accorder leurs instruments. La seconde suivante, Wilhem s'installa au milieu de la scène derrière son piano à queue laqué *Steinway & Sons*. Il plaça ses douze doigts articulés sur les touches noires et blanches, puis, fermant les yeux, il se laissa entraîner dans une mélodie nouvelle, aussitôt rejoint par le trombone et les basses, muets jusqu'alors.

Plus loin, sur la droite, une seconde scène beaucoup plus grande était occupée par une dizaine de dancing-automates qui s'échauffaient. Presque entièrement dévêtues, leur peau métallique brillait sous le feu des projecteurs. En coulisses, les plumes, les jupons et les tulles entassées témoignaient de l'avancée des répétitions. Le numéro qu'elles offraient aux spectateurs était méticuleusement étudié. Les couches de tissu tombaient les unes après les autres, jusqu'à dévoiler leurs corps entièrement nus. Capter l'attention. Maintenir la tension. Roy avait flairé le filon avant les autres. Il avait bien compris que ces corps mécaniques exerçaient sur les hommes une attraction irrépressible. Incontrôlable. Et cette puissance féline, mécaniquement animale, qui se dégageait d'elles captivait. Alors, fascinés, les clients, pris dans le tourbillon de la fête, consommaient et consommaient encore. Bien souvent jusqu'à la démesure. Elle devait le reconnaître, en important un petit bout de Pigalle à La Nouvelle-Orléans, le charme à la française faisait son effet. Et même si l'artificiel était omniprésent au *Mechanic Hall*, l'art et l'esthétique surpassaient tout. Le divertissement était là. Partout. Et au fond, c'est tout ce que les Américains venaient chercher ici.

En retrait, Roy, accoudé à un fauteuil, surveillait l'entraînement du coin de l'œil, un verre à la main. Quand il aperçut Grace, il lui fit signe d'approcher. À contrecœur, elle le rejoignit, slalomant entre les tables hautes.

— T'as vu l'heure ? dit-il d'un ton nonchalant en fixant sa montre rapidement.

— Oui… répondit-elle en détournant le regard.

— C'est la troisième fois en deux semaines, Grace… Tu sais ce que ça veut dire… j'aime pas qu'on me prenne pour un con, et là, tu dépasses méchamment les bornes.

— Grace… Tu veux dire Sidya ? J'adore ce nouveau nom que tu m'as trouvé…

— Tu veux que je te vire, c'est ça ? dit-il en lui coupant la parole avant de boire une nouvelle gorgée d'alcool.

— Non, dit-elle avec une assurance naturelle.

— Tu te crois unique peut-être ? Tu es bonne comédienne, oui, mais les rues sont pleines d'actrices en herbe, prêtes à enfiler une perruque pour lire les lignes de la main… Je n'ai qu'à claquer des doigts pour trouver dix filles comme toi.

Grace ne l'écoutait que d'une oreille. Elle connaissait son discours par cœur. Au fond, Roy ne l'impressionnait pas vraiment. Elle savait qu'il avait une dette envers son père. Il n'oserait pas la mettre dehors.

— Alors la prochaine fois, tu prends la porte, compris ?

La jeune femme hocha poliment la tête. Elle n'avait pas envie de le provoquer davantage. Traversant la scène, elle rejoignit les coulisses en passant derrière les rideaux en velours vert émeraude qui empestaient la vanille. Devant la porte de la loge qu'elle partageait avec deux autres filles, des sanglots s'élevaient de l'autre côté du battant. Elle la poussa lentement, puis découvrit Molly en tenue de scène, assise face à sa coiffeuse, la tête entre ses mains gantées. Grace referma aussitôt la porte et laissa tomber son sac par terre avant de s'approcher de son amie. Puis, posant une main sur l'épaule de celle-ci, elle murmura :

— Qu'est-ce qu'il s'est passé encore ? demanda-t-elle en faisant pivoter son visage vers elle.

Son cœur se serra à la vue des larges coulées de mascara qui dégoulinaient sur ses pommettes saillantes.

— Rien, rien, dit-elle en essuyant rapidement ses yeux d'un revers de manches.

Sa bouche maquillée de rouge contrastait avec son regard terne et abattu. Mais ce n'est pas ce qui l'inquiéta le plus. Sur son bras, une longue trace violette était bien visible, malgré les couches de fard à joue et de paillettes qu'elle avait superposées.

— Ne me dis pas que c'est ce que je crois…

— Je t'en prie, ne dis rien, c'était un accident. Cela ne se reproduira plus, répondit Molly en attrapant les mains chaudes de son amie entre deux sanglots étouffés.

— Roy ne peut pas continuer à te traiter comme ça. Ça ne peut plus durer… Tu dois partir, Molly, avant que tout ne dérape…

— Ah oui ? Pour finir où ? Sur le trottoir comme toutes ces filles ? C'est facile pour toi de dire ça ! Toi qui vis dans le quartier français ! Crois-moi, je suis mieux ici… que dehors, dit-elle en sortant quelques billets de son corset doré.

Grace la regarda les compter et en mettre une partie de côté. Les règles étaient les règles. Un quart des pourboires revenaient à Roy. Celles qui ne respectaient pas le règlement ne travaillaient plus ici depuis longtemps.

— Je t'aiderai, Molly, tu pourrais venir loger chez moi, y'a de la place pour deux… dit-elle en la fixant à travers le miroir.

Cette dernière, visiblement touchée, ne répondit pas. Sa fierté l'empêchait d'accepter la proposition de son amie.

— Je ne supporterai pas de te voir finir comme Franscesca… ajouta-t-elle en posant ses mains de chaque côté de ses épaules.

— Ce n'était qu'une ferrailleuse. Tous les automates finissent un jour en pièces détachées. C'est juste arrivé plus tôt que prévu dans son cas…

Grace nota le ton sur lequel elle avait prononcé le mot « ferrailleuse ». Il y avait de la jalousie dans sa voix. Grace ne le comprenait que trop bien. Molly était la dernière danseuse de la troupe de chair et d'os. Et si elle n'avait pas été mise à la porte, ce n'était pas uniquement pour son déhanché et sa souplesse légendaires.

— Comment tu peux dire ça… Molly ? Il frappe les automates… Mais toi, tu n'es pas faite de métal…

— Je ne suis pas en porcelaine non plus, répliqua-t-elle aussitôt en relevant la tête avant de se repoudrer le nez.

— Tu veux finir comme elle, c'est ça ?

Au même moment, quelqu'un frappa à la porte.

— Molly Barnett ! Tu viens ou quoi ? On n'attend plus que toi pour le porté final… cria Tina, la plus jeune automate de la troupe.

— J'arrive, dit-elle en se relevant, tout en se regardant une dernière fois dans le miroir.

Molly remercia Grace d'une accolade puis quitta la loge en trottinant.

— Au fait, Joshua vient juste de rapporter ça pour toi, dit-elle en désignant d'un coup d'œil le portant au fond de la pièce où étaient rangés les costumes.

Grace se retourna. La perruque noire abandonnée sur la passerelle était pendue à un cintre. Un mot avait rapidement été griffonné à côté.

« Désolé.

J. »

Elle l'attrapa puis la posa sur sa tête avant de s'installer à son tour face à la coiffeuse. Sa transformation pouvait débuter.

*

Après une dizaine de minutes, Grace était presque prête. Les fards à paupières appliqués grossièrement sur ses yeux faisaient ressortir son regard tandis qu'un rouge à lèvres criard soulignait ses lèvres.

Son regard glissa ensuite sur sa plaie. Elle ne s'était pas loupée. Ouvrant le tiroir face à elle, Grace en sortit une bouteille de désinfectant fait maison, puis elle imbiba un coton qu'elle posa sur l'entaille. Une légère douleur la fit grimacer. Mais ce n'est que l'instant d'après qu'un élément plus surprenant attira son attention. Non, elle ne rêvait pas, une pièce de métal était bien enfoncée sous sa peau !

Stupéfaite, elle écarquilla les yeux, puis tenta avec ses ongles de la faire ressortir. Après cinq minutes d'efforts, elle parvint finalement à l'extraire et la nettoya avant de la poser face à elle. Le cœur battant, elle l'inspecta quelques minutes sous toutes les coutures. La pièce était ovale et fine. Ses bords étaient crantés mais rien ne permettait d'en identifier l'origine. Elle la tourna plusieurs fois sur elle-même, mais il n'y avait aucune inscription dessus, pas la moindre gravure. De quoi pouvait-il bien s'agir ? Depuis combien de temps avait-elle ça sous la peau ?

Elle regarda de nouveau son avant-bras et fit courir ses doigts sur la blessure avant de remonter vers une cicatrice beaucoup plus ancienne, située au creux de son coude. À vrai dire, d'aussi loin que remontaient ses souvenirs, elle l'avait toujours eue, celle-ci. Un sourire se dessina sur ses lèvres en se remémorant les histoires qu'elle racontait à ceux qui voulaient bien la croire. « *Ça ? C'est un alligator qui m'a mordue !* ». « *Wahou !* » criaient les enfants en chœur, les yeux brillants d'admiration après avoir entendu ses exploits imaginaires. Pourtant, aujourd'hui, cette cicatrice mystérieuse l'inquiéta. Cette trouvaille remettait en cause toutes ses certitudes. Se pouvait-il que la pièce de métal qu'elle venait de trouver et la cicatrice soient liées ?

Soudain, quelqu'un toqua à la porte. Rapidement, elle enfouit la pièce métallique dans la poche interne de son manteau avant que deux nouveaux coups ne résonnent contre le battant en bois.

— Tu viens ou quoi ?

— J'arrive, je suis presque prête, répondit-elle, encore perturbée par ce qu'elle venait de découvrir.

De ses doigts tremblants, elle accrocha en vitesse ses boucles d'oreilles en toc avant de nouer autour de sa perruque un foulard rouge orné de fleurs. *Niveau stéréotype, on ne faisait pas mieux.*

Ses gestes étaient vifs, précis. Elle les connaissait par cœur et les répétait inlassablement jour après nuit sans jamais lever les yeux vers le miroir. Pourtant, quand enfin elle eut fini, elle releva la tête et fixa son reflet quelques secondes. Aujourd'hui encore, l'image artificielle qu'il lui renvoyait ne lui plaisait pas. Ce n'était pas elle. Grace avait disparu. Cette perruque, ces breloques grotesques et ce maquillage n'étaient au fond que des artifices destinés à donner vie à *Sidya, la chiromancienne. La cartomancienne.* Celle que les clients étaient prêts à payer cher pour rêver à un futur meilleur.

Elle se souvenait du mouvement de recul qu'elle avait eu la première fois qu'elle s'était découverte ainsi. « *Tu es sûr, Roy, ça ne fait pas trop ?* » « *Mais non, pas du tout ! C'est ça que les gens attendent, Grace, c'est ça qu'ils viennent chercher, du GRAND spectacle* ». Le spectacle, le divertissement. Roy n'avait que ce mot à la bouche. Pourtant aujourd'hui, après trois années à travailler au *Mechanic Hall*, le spectacle ne lui avait jamais semblé aussi loin. Et Grace, la femme libre et indépendante qu'elle était, lui paraissait plus lointaine encore, étouffant un peu plus chaque jour sous les couches de fard à joues.

Soudain, un long miaulement la tira de sa rêverie. C'était Artiz, le chat de la troupe. Il se frotta contre ses jambes avant de passer sous sa jupe brodée de grelots qui traînait au sol.

— Sors de là, toi, dit-elle en lui caressant la tête avant de se relever.

Le félin se mit à ronronner et manqua de la faire trébucher en passant plusieurs fois devant elle. Une fois la porte franchie, Grace jeta un regard en arrière. Sur le seuil, le chat ne bougeait pas. Il savait que sa place n'était pas sur la scène, mais en coulisses, prêt à réconforter les danseuses et à écouter les messes basses.

Telle une ombre, Grace se fondit dans les coulisses, jetant de temps à autre un coup d'œil vers la scène où les danseuses répétaient. Elles enchaînaient les prouesses techniques mises en valeur par l'éclat de leur peau et les courbes sensuelles de leurs corps. Juste devant elles, mains sur les hanches, Roy les observait, sourcils froncés, détaillant chaque centimètre carré de leurs corps nus comme s'il en était le propriétaire. Ce qui était un peu le cas, avouons-le. Sa voix s'élevait à intervalles réguliers au-dessus de la musique : « *Plus haut la jambe, Tina ! Voilà, comme ça !* » « *Meryll, relève le menton* » « *Et toi, Molly, rentre ton ventre !* » Tels de petits soldats, les filles obéissaient en silence. Leurs muscles fuselés souffraient. Pourtant, elles restaient muettes. Ne rechignant jamais à la tâche. Acceptant leur sort sans broncher. C'était dans ces moments que la différence entre humains et automates était le plus frappante.

Continuant d'avancer, Grace effleura du bout des doigts le rideau de velours. Une vague se répandit dans le tissu jusqu'au plafond. Elle ne pouvait s'en empêcher et savait que cela énervait Roy au plus haut point. « *Grace, le rideau !* » La jeune femme ne répondit pas et accéléra le pas pour rejoindre l'escalier de l'autre côté de la scène.

Une fois descendue de l'estrade, elle suivit le chemin de bougies qui rejoignait une scène circulaire de deux mètres de circonférence. Au centre, trônait une table ronde entourée d'un rideau de perles noires. *Sa scène à elle.* Une pancarte entourée de néons indiquait les tarifs pratiqués. Sur la table, un jeu de tarots, une boule de cristal montée sur un socle en laiton et quelques cristaux d'améthystes occupaient le plan de travail. Grace s'installa et alluma deux bâtons d'encens puis pivota de nouveau vers la scène principale en attendant l'arrivée des clients.

— Non, non et non ! Ça ne va pas du tout ! Molly, réveille-toi, bon sang ! Et refaites-moi ce porté, cria Roy en adressant un signe de la main en direction de l'orchestre.

La musique se stoppa net avant de reprendre aussitôt à la mesure précédente.

— Allez ! Tu vas y arriver ! murmura Grace du bout des lèvres en fixant son amie, dont les mouvements, d'ordinaire fluides, se faisaient désormais plus saccadés. La seconde suivante, les danseuses approchèrent de Molly pour la soulever en l'air. Celle-ci prit appui sur les épaules de l'une d'elles, mais son genou craqua sous l'effort. Elle parvint néanmoins à se redresser avant de retomber sur le plancher de la scène dans un fracas assourdissant.

Les regards inquiets des danseuses se croisèrent. Les musiciens, surpris, arrêtèrent de jouer, ne sachant pas s'ils devaient continuer.

— Je suis désolée, s'excusa Molly, je ne sais pas ce qui m'a pris… Je… Je peux le refaire, dit-elle en peinant à se relever tout en regardant Roy.

Le cœur de Grace se serra.

— Tina, prends sa place, trancha Roy, sans jeter un regard à Molly.

Puis, comme si rien ne s'était passé, la musique reprit et les filles, infatigables, se repositionnèrent une nouvelle fois à leur place.

Seule Molly, les yeux bordés de larmes, était sur le point d'imploser.

- 7 -
WILLIAM

Le ventre à moitié plein, William et Anton marchaient d'un même pas sur le trottoir à peine éclairé d'*Arrow Street*. L'odeur des fruits de mer encore tièdes montait dans la chaleur humide du soir et réchauffait le pain baguette à moitié dévoré que les deux amis tenaient dans leurs mains. En quelques décennies, cette spécialité avait colonisé tous les quartiers et n'avait pas épargné le *French Quarter*… Si bien qu'il était impossible de faire une dizaine de mètres sans être assailli par les affiches publicitaires «*Ici, Gumbo et Po'boy, 50 cts l'unité !*»

Dehors, la lune était pleine. Ses rayons timides se reflétaient sur les paratonnerres et les tentures gonflées des aérostats à cent mètres au-dessus d'eux. Ce soir, il devait y en avoir une vingtaine en circulation dont *L'Hélianthium*, un hôtel-dirigeable de luxe qui transportait à son bord les touristes les plus fortunés d'Europe. À l'avant de ces vaisseaux volants, de larges projecteurs illuminaient la ville à coup de flashs intenses. À côté, le ciel était bien triste et les étoiles semblaient mortes. Les lumières artificielles éclipsaient la nuit et réchauffaient les cœurs.

— Prions pour qu'ils se décident pas à vider leurs fosses maintenant, ricana Anton en croquant de nouveau dans son sandwich dégoulinant de gras.

William esquissa un sourire.

— Au moins, ça t'est jamais arrivé, à toi… dit-il en lançant un regard complice à son collègue. J'ai perdu un costume comme ça.

— Moi qui croyais qu'on vivait déjà dans la merde des riches, répondit-il la bouche pleine.

— Remarque, s'il faut ça pour que tu retires ce costume hideux… Peut-être que ça serait pas si mal, ajouta William en fixant la veste verte d'Anton.

Son ami ne répondit pas, préférant évoquer d'anciens souvenirs.

— On r'vient de loin quanch mêrme, murmura Anton la bouche pleine.

— Qu'est-ce que tu veux dire ? demanda William en se tournant vers lui.

Celui-ci avala sa bouchée avant de répondre.

— Tu te souviens de notre première enquête ?

— T'es nostalgique maintenant ?

— Parfois, je me dis que c'était le bon temps…

— On était des gosses, Anton.

— Ouais, j'comprends même pas comment on a pu nous confier une enquête…

— Surtout quand on sait comment elle a commencé... renchérit William en donnant un coup de poing dans l'épaule de son acolyte.

— Tu vas me le rabâcher encore longtemps, ce coup de poing ? soupira Anton.

— Jusqu'à ton dernier souffle... Tu m'avais pas loupé, cette fois ci... Je m'en souviens encore. Tu m'as quand même cassé le nez.

— Tu me l'as largement rendu depuis...

— C'est vrai.

William fixa plus longuement son ami.

— Tu sais qu'on ne devrait pas être dehors à cette heure...

— Je sais, répondit Anton en continuant d'avancer d'un pas traînant pour le provoquer.

Agacé, William consulta sa montre. Il était bientôt deux heures.

— Rentrons, les ensemenceurs vont arriver.

— Relax, ils sont toujours en retard de toute manière.

— Ah ouais ? regarde ça ! murmura William en pointant du doigt le ciel.

La seconde suivante, un petit planeur fendit les nuages noirs. L'engin décrivit une large trajectoire, avant de s'éloigner.

— Putain ! Je savais que j'aurais pas dû t'écouter... râla William.

— Monsieur a peur de l'orage ?

— Mieux vaut qu'on soit pas là quand ils reviendront ! Cette merde chimique qu'ils balancent ne me dit rien qui vaille, ajouta-t-il en tirant son collègue par le bras pour rejoindre la rue principale.

Mais Anton se dégagea de son bras. Une musique avait retenu son attention. William reconnut le message du *Mechanic Hall* qui passait en boucle. *Et merde !* pensa-t-il intérieurement.

— Tu entends ce que j'entends ?

— Oui, souffla-t-il, mais la réponse est non. Rentrons, je suis crevé.

— Je crois qu'on n'a plus trop le choix, dit-il en apercevant le planeur revenir. Allez ! Déride-toi, juste un verre le temps qu'ils balancent leur poudre chimique dans le ciel.

William hésita un instant. Il redoutait plus que jamais de s'y rendre.

— Tu me laisses pas vraiment le choix, j'ai l'impression, dit-il en suivant son ami qui s'était déjà engagé dans la rue qui menait à l'aérocabaret.

The Times-Picayune.

Rubrique petites annonces :

La *New Orleans' General Electric Company* connue pour sa technologie avant-gardiste, propose deux postes à pourvoir immédiatement :

— REF 1293. Un poste « Ensemenceur » (homme uniquement) : dans le cadre de ce poste, vous travaillerez sept jours par semaine et survolerez le quartier français. Travail à temps complet. Vous disposez d'une expérience de cinq ans (minimum) en tant que pilote (type planeur). Aucune allergie déclarée aux produits chimiques. Bonne vue : examen médical faisant foi. Sérieux et fiable, vous avez le goût du travail bien fait et pensez que l'électricité est l'énergie de demain. Postulez dès à présent.

— REF 1294. Un poste « Désembobineur » (H/F) : Tout profil, même débutant, accepté. Automate uniquement. Sept jours/semaine. Logement de fonction proposé. Qualités recherchées : agilité, souplesse, sérieux. Mission : chaque matin à l'aube, vous serez chargé d'évoluer de toit en toit pour décharger les bobines électriques couplées aux paratonnerres urbains. Quartier à définir.

Pour plus d'informations, veuillez contacter la rédaction, service « Petites annonces », en précisant le numéro de référence.

- 8 -
Ian

— Je crois que nous pouvons commencer, reprit Rachel.

Lentement, l'hypnothérapeute s'approcha de Ian et pressa un bouton dissimulé sous l'accoudoir. Le fauteuil pivota instantanément, s'orientant vers le mur opposé. Il ne l'avait pas remarqué jusqu'alors, mais une cage dorée attira son attention. À l'intérieur, un oiseau mécanique observait la scène de son perchoir. Ses yeux rouges et son plumage métallique le firent frémir. Cela faisait un moment qu'il n'en avait pas vu. Il faut dire que ces objets, jugés ringards, étaient passés de mode. Peu en possédaient encore. Et si c'était le cas, c'était souvent pour les exposer dans des vitrines d'antiquité. À la vue de l'automate, ses épaules se relâchèrent instantanément et sa nuque, jusqu'alors crispée, se détendit aussitôt.

— C'est le vôtre, je suppose ? demanda-t-il en désignant l'automate des yeux.

— En effet.

— Ces objets sont rares par ici, on en trouve peu sur les brocantes si ce n'est en pièces détachées. Où l'avez-vous déniché ?

— Il appartenait à ma famille, à mon père.

Ian nota le ton triste avec lequel elle avait prononcé ce dernier mot.

— C'est un très beau modèle.

— Oui, il en était très fier. Mais il n'est pas très heureux ici, dit-elle en le fixant quelques secondes.

Quand le regard de la jeune femme croisa celui de l'automate, celui-ci émit un petit pépiement plaintif.

— Paris lui manque on dirait bien, enfin surtout l'extérieur. Il n'avait pas l'habitude d'être enfermé dans une cage, en France. Les règlementations européennes sont plus souples qu'ici.

— Vous voulez dire, qu'ils sont autorisés à…

— À voler ? Oui, c'est le propre d'un oiseau après tout, non ? dit-elle en reposant son regard sur son patient.

Elle n'avait pas tort. Ces appareils avaient été conçus pour voler, pas pour passer leur vie en cage, parfois les hommes l'oubliaient.

— Mais assez parlé de lui, reprit-elle. Détendez-vous complètement, ajouta-t-elle en posant sa main sur l'épaule de Ian.

Ian se racla la gorge, se positionnant bien droit sur le siège.

— Bien. Inspirez profondément et expirez… Voilà, comme ça, c'est parfait ! Imaginez-vous dans votre lit. Il est tard. Très tard. Et vos paupières se ferment doucement. Les bruits de la ville s'estompent progressivement. Vous n'entendez plus que le son de ma voix et votre respiration.

Une étrange sensation d'apaisement s'empara de lui.

— Je vais maintenant vous demander de vous ancrer dans le siège et de laisser votre inconscient refaire surface. Accueillez-le avec bienveillance. Vous êtes en sécurité, personne ne peut vous atteindre ni vous faire du mal.

À cet instant, mille questions le submergèrent. Devait-il vraiment se laisser aller ? Laisser cette part intime de lui le submerger ?

— À présent, n'écoutez plus que ma voix. Vos membres deviennent de plus en plus lourds. Vos bras, vos avants-bras, vos jambes. Votre corps tout entier est détendu. Relâché. Vous êtes calme. Serein. Dans votre bulle. Je vais compter jusqu'à dix et vous plongerez dans un profond sommeil. Vous serez alors libre de me décrire ce que vous voyez, ce que vous entendez.

Sa respiration s'accéléra. Il ne s'en sentait pas capable. Pourtant, il savait que cette étape était nécessaire. Il en avait besoin. Pour avancer. Pour que ces cauchemars cessent de le tourmenter.

« Dix, neuf, huit, sept
six, cinq, quatre
trois, deux
un. »

Son rythme cardiaque ralentit. Et la porte de ses cauchemars s'effondra. Un frisson se propagea le long de ses bras. Il le savait, aucune marche arrière n'était possible.

« Vous dormez.
Profondément. »

Dans sa tête, les images cauchemardesques, tels des monstres de fumée, se déployèrent. Son souffle s'accéléra, ses paupières frémirent.

— Ian ? Vous m'entendez ?

— Oui, murmura-t-il, perturbé par ces visions soudaines.

— Pouvez-vous me décrire l'endroit où vous vous trouvez ?

— Je suis… dans une petite pièce, murmura-t-il du bout des lèvres.

— Pouvez-vous me décrire cette pièce ?

— Il fait froid, je suis face à une vitre sale.

— Vous êtes seul ?

— Non, plusieurs hommes sont près de moi, l'un d'eux me tient par le bras.

— Vous les connaissez ?

— Non, articula-t-il lentement.

— Bien. Et que voyez-vous de l'autre côté de la vitre ?

— Une chaise vide. Nous attendons quelqu'un.

— Qui attendez-vous ? demanda la psychothérapeute, intriguée, en relevant sa tête de son carnet de note.

— Je ne sais pas. Mais j'ai peur. J'aimerais… j'aimerais partir.

— Plongez plus profondément dans ce rêve. Rappelez-vous que rien de tout cela n'est réel.

*

Soudain, un spasme me traverse tout le corps. Une sensation étrange remonte en moi. Un mélange de dégoût et d'excitation. Je baisse la tête vers mon pantalon côtelé. Au niveau de l'entre-

jambe, le tissu est mouillé. Je viens de me pisser dessus. Autour, les bavardages et les murmures parsèment les rangs serrés. La plupart d'entre eux sont des hommes d'âge mûr aux moustaches soigneusement brossées. « Enfin ! » lance une femme. « Depuis le temps qu'on attendait ça ! » renchérit son mari près d'elle.

« Tout est prêt ! » annonce finalement un homme en uniforme d'un ton solennel. Sitôt prononcé, l'ambiance devient plus tendue. Les rires et les murmures se tarissent. Les regards se jaugent dans l'assistance avant de se tourner vers la même direction. Vers cette chaise vide que tous détaillent avec arrogance. Seul l'un d'eux, un homme petit, aux épaules menues et aux lunettes carrées, prend des notes sur son calepin. Un journaliste, sans doute.

Je me cramponne à la main rugueuse que l'on me tend, tandis que mon regard vient s'échouer à son tour sur la pièce attenante.

Cling.

Les gonds grincent et la porte s'ouvre. Un homme aux cheveux grisonnants, chaînes aux poignets, avance aux bras de deux hommes armés.

« John »

Mon cœur se serre en découvrant son visage amaigri. Au moment même où je croise son regard, je comprends pourquoi il est ici et une certitude brûle en moi… Rien de bon ne peut sortir de cette pièce.

« Papa »

Les larmes me montent aux yeux en te regardant avancer d'un pas lent. Je croyais avoir déjà assez pleuré. Résigné, tu avances vers la chaise, dans un mouvement ordinaire, avec cette fierté qui ne t'a jamais lâché. Je te reconnais bien là. Dans cette nonchalance admirable que tu traînes jusqu'à la chaise de la mort.

Je me rue sur la vitre et frappe contre elle avec toute la rage qui est en moi. Ma colère enfle avant d'éclater. Contre toi. Contre moi. Contre tout ça. Tu as tout gâché. Je sais qu'ils vont tout gâcher à leur tour. Et je ne sais pas à qui j'en veux le plus.

Je continue à frapper de toutes mes forces contre la vitre. Personne ne m'arrête. Seul le bruit de la plume griffonnant le papier continue sa course imperturbable derrière moi. Le verre vibre. Mais il ne cède pas. Tu tournes la tête vers moi. Ton regard se perd dans le vide. C'est à ce moment-là que je comprends que la vitre est sans tain. Tu ne me vois pas. Tu ne m'entends pas.

L'un des hommes près de moi me tire le bras en arrière, avant qu'un homme lâche froidement : monsieur Hamilton, vous avez été reconnu coupable de la mort d'Adam Pembrooke, de Pheobe Haywell, de Markus Riochman et de Violet Zillas. Avez-vous une dernière chose à déclarer ?

— Vous faites une grave erreur, murmure-t-il en relevant la tête avant qu'un silence pesant ne s'installe dans l'assistance. Ils ne sont pas morts… Je leur ai offert l'immortalité.

La plume glisse sur le papier à côté de moi. Ce bruit m'insupporte. Ce vautour de journaliste n'en a pas loupé une miette. Il s'est emparé de tes derniers mots comme une hyène affamée se repaît de la chair fraîche. Ce bout de toi, tes dernières paroles seront éternelles, immortalisées en première page du Times-Picayune*…*

« Vous faites une grave erreur ». Tes mots tournent en boucle dans ma tête. « Vous faites une grave erreur ». C'est tout ce que tu avais à dire ? « Vous faites une grave erreur ». Et moi alors ?

N'as-tu donc aucun mot pour moi ? As-tu oublié que tu avais un fils ?

Tu t'assois sur la chaise, la tête haute, en baragouinant des mots que personne d'autre que toi et moi ne comprend. J'en perçois certains, ils sont un mélange de folie et de génie. « Tout ce que j'ai fait, je l'ai fait pour l'amour de la science » rage t-il.

Arrête. Arrête de parler.

Une minute après, l'un d'eux vient t'enlever les chaînes. Mais tes mains ne restent pas longtemps libres. La seconde suivante, une brute vient les attacher aux sangles en cuir fixées au fauteuil.

— Apportez la bassine !

Un jeune officier s'exécute, puis, avec une moue de dégoût, en sort une éponge gorgée d'eau qu'il place sur le dessus de ta tête.

Là, avec l'eau qui te dégouline sur le visage, pour la première fois, j'ai peur. Peur de ce qui va se passer. Peur de tout ce que cela implique. Et je comprends que, à partir d'aujourd'hui, ma vie ne sera plus jamais la même.

Dire que tu as toujours été pour moi un modèle. J'étais aveuglé. Je t'ai suivi. Obéi. Car je croyais qu'on était les gentils, Papa.

Mais j'ai dû me tromper.

Tu as sacrifié mon enfance sur l'autel de la science. Parce que tu n'as jamais su t'arrêter. Parce que tu n'en as jamais eu assez. Parce que tu voulais être quelqu'un. Reconnu. Quelqu'un qui marquerait le début du XXe siècle. Dont le nom traverserait les âges. Mais tu l'as sali, ce nom. Tellement sali, que l'administration a choisi de m'en donner un autre.

Tu disais qu'il fallait tout tenter. Que le Progrès méritait bien quelques sacrifices. Pourtant, malgré tout ça, malgré tout ce que tu as fait, malgré tout ce que les autres pensent, je te regarde et je n'arrive pas à voir le monstre en toi, Papa.

Tu rêvais de grandeur.

Mais tu as rêvé trop grand.

Et les grands hommes ne finissent pas sur une chaise électrique, pas vrai ?

La seule chose que j'aimerais faire, là, c'est que tu me prennes une dernière fois dans tes bras. Que tu me dises « tout ira bien, tu verras ». J'ai peur du futur. De cette graine de culpabilité qui bourgeonne déjà au creux de mon ventre. Car, je le sais, la plante grandira. Et alors, les branches pousseront et me détruiront de l'intérieur. Ça sera une lutte. Un combat permanent. Tes actes, c'est moi qui les assumerai. Tes erreurs passées, c'est moi qui les réparerai.

Ils placent les électrodes sur ton crâne. Les hommes autour de moi sont ravis. Je sens l'excitation grandir en eux. Le spectacle va commencer. Ils n'attendent qu'une chose, la mise à mort du monstre sur la chaise électrique.

Soudain, un homme fait signe à son collègue d'abaisser la poignée. Je ferme les yeux avant que tes cris de douleur ne me vrillent les tympans. Si seulement la musique avait pu étouffer le son de ta voix.

*

Brutalement, Ian ouvrit les yeux. Il mit quelques secondes à réaliser où il se trouvait avant de se lever, paniqué. Le cœur battant, de larges gouttes perlaient au niveau de ses tempes.

— Vous allez bien ? demanda l'hypnothérapeute surprise en remarquant son trouble.

Mais il ne pouvait pas rester calme. Il fit un tour sur lui-même, et se dirigea vers la porte en trombe.

— Je suis désolé, je… je ne peux pas, dit-il avant de quitter le cabinet en laissant un billet sur son bureau.

Il longea le couloir pour rejoindre l'extérieur, allongeant ses foulées. Ces mains étaient moites. Et son cœur battait la mesure d'un tempo infernal. Les images étaient là, collées à ses paupières. Il ne pouvait s'en débarrasser. Elles faisaient partie de lui. Car la vérité était plus sombre encore. Car, ce qu'il avait omis de dire, c'était que ses cauchemars n'étaient pas de simples cauchemars… C'étaient des souvenirs.

- 9 -
Grace

Minuit.

La fête battait son plein sous les tentures du *Mechanic Hall* qui avait pris de l'altitude. En contrebas, les premiers éclairs zébraient le ciel, retombant sur les paratonnerres fixés sur les toits des immeubles. Les ensemenceurs étaient efficaces, il leur suffisait de libérer quelques kilos de leurs précieux cristaux chimiques pour déchaîner les éléments.

À l'intérieur, l'atmosphère, jusqu'alors guindée, de l'aérocabaret était devenue plus lourde, saturée par la fumée des cigares et les rires alcoolisés des clients qui n'en étaient plus à leur premier verre. C'était toujours comme ça, à chaque fois que l'aérostat s'élevait, les clients, piégés quelques heures dans un des temples du divertissement, s'oubliaient jusqu'à la démesure.

Grace laissa son regard glisser sur les tables autour d'elle. Les verres à bière et les flûtes de champagne vides s'amoncelaient comme autant de cadavres sur les tables nombreuses. Même les serveurs, débordés, n'arrivaient plus à suivre la cadence. Elle consulta la pendule suspendue au milieu de la pièce. Il était l'heure. L'heure de son petit numéro. Elle approcha de l'estrade puis attendit que la chorégraphie en cours se termine. Elle monta alors sur scène. Ses talons claquèrent sur les planches vernies.

— Aurai-je un volontaire ce soir ? ou devrai-je moi-même choisir l'un d'entre vous pour que je lui lise les lignes de la main ? Quelqu'un de courageux de préférence… dit-elle un sourire aux lèvres pour provoquer les hommes au premier rang.

L'un d'eux se leva, mais retomba aussitôt sur sa chaise tant il était alcoolisé.

— Eh bien, personne ? N'y aurait-il aucun homme courageux ce soir ? dit-elle en laissant courir son regard ténébreux sur la foule qui s'était tue.

Soudain, un serveur renversa un verre sur un homme au troisième rang.

— Vous pouviez pas faire attention ? gronda-t-il en essuyant sa redingote noire.

— Je crois que nous avons un chanceux ! s'écria Grace. Monsieur, dit-elle en le pointant du doigt. Si vous voulez bien monter sur l'estrade…

L'homme obtempéra. Il devait avoir une dizaine d'années de plus qu'elle. Lorsqu'il retira son chapeau en gravissant les quelques marches pour la rejoindre, elle remarqua qu'une ancienne brûlure dévorait une partie de sa mâchoire. Malgré tout, c'était un bel homme avec un charisme certain, aux ongles soigneusement coupés. Ce n'était pas le genre de client qui venait habituellement la consulter. Allons bon ! Qu'allait-il vouloir savoir, celui-ci ? Voudrait-il se rassurer sur sa situation amoureuse ? Savoir si son affaire florissante allait lui permettre de s'élever socialement ? Si la femme qui partageait sa vie allait lui donner un héritier dans l'année ?

— Applaudissez-le !… cria une des danseuses sur le bas-côté pour haranguer la foule.

— Je vous en prie, dit-elle en lui faisant signe d'approcher de la table et des deux chaises que Roy venait de placer au centre.

Malgré sa démarche assurée, l'homme semblait mal à l'aise.

— Quel est votre prénom, chuchota-t-elle à son oreille avant de lui faire signe de s'asseoir.

— … I… Edward, répondit-il d'un ton hésitant.

Les quelques secondes de flottement qui s'écoulèrent avant qu'il ne réponde la troublèrent. N'assumait-il pas à ce point d'être sur scène ? Avait-il peur d'être reconnu ? Elle mit ça sur le compte de l'appréhension. Nombreux étaient les clients nerveux à l'idée de consulter pour la première fois une diseuse de bonne aventure. Quand il prit place sur le siège, elle sentit son regard insistant se poser sur elle. Le regard des hommes, elle avait l'habitude de les supporter. Mais le sien était différent. À la lueur de la flamme des bougies, Grace détailla un instant le visage de l'inconnu. Autour d'eux, les gens s'étaient tus.

— Bien. Vous avez droit à une question, mon cher Edward. Choisissez-là bien ! dit-elle avant de lui tendre la main pour attraper la sienne.

— Éclairez-moi sur mon passé, dit-il d'un ton provocateur.

— Défi relevé ! dit-elle en attrapant sa main sous le feu des projecteurs.

Grace n'avait jamais su lire dans les lignes de la main et elle se cachait bien de le dire. Bon, elle avait bien lu un ou deux livres trouvés en brocante sur le sujet, mais cela s'arrêtait là. De toute façon, Roy n'avait jamais rien compris à son don. D'ordinaire, un simple contact pouvait lui déclencher des visions soudaines. Aujourd'hui, en faisant glisser son index le long de la ligne de vie de l'inconnu, Grace fut surprise, car, pour la première fois de sa vie, elle ne ressentit rien. Absolument rien. Pas la moindre émotion. Aucune vision. Cette absence d'intuition la déstabilisa aussitôt. L'homme perçut son trouble. Perturbée, la jeune femme jeta un regard autour d'elle tandis que ses joues s'empourprèrent. Sa respiration s'accéléra. Pas une fois, elle ne s'était ridiculisée en public. Si elle ne convainquait pas l'assistance, elle pouvait dire adieu à ses clients et à ses pourboires. Elle n'avait pas le choix, si elle ne voulait pas perdre la face, elle allait devoir broder.

La jeune femme ferma les yeux, se concentrant davantage sur la pulpe de ses doigts.

— Pour lire les lignes de la main, ne faut-il pas commencer par garder les yeux ouverts ? demanda-t-il.

Grace inspira profondément avant de lui jeter un regard noir. Il ne manquait plus que ça. S'il s'y mettait aussi, elle était foutue. Pendant les minutes qui suivirent, Grace se perdit dans un monologue d'une banalité affligeante, restant le plus vague possible pour éviter que l'individu en face d'elle ne puisse la contredire. Elle mentionna par exemple une enfance classiquement heureuse entourée de parents aimants. C'est finalement Wilhem qui vint mettre fin à son calvaire en détournant l'attention de la foule vers son piano. Reprenant sa respiration, Grace remercia rapidement l'inconnu…

— Loin de moi l'idée de vous manquer de respect, mais… vous débitez ce genre de lieux communs à tous vos clients ?

— J… je..

— Vous savez, je suis psychiatre, j'ai probablement l'esprit le plus cartésien de la ville. Vous êtes plutôt mal tombée…

Vexée, Grace s'éloigna. La dernière chose dont elle avait besoin, c'était qu'on lui rappelle à quel point son numéro avait été mauvais.

— Laissez-moi, s'il vous plaît, répondit-elle sèchement.

— Je ne voulais pas vous froisser, dit-il en la rattrapant en deux enjambées. Sidya, c'est votre vrai prénom ? demanda-t-il intrigué.

— Évidemment que non… tout comme Edward n'est pas le vôtre, affirma-t-elle en descendant de la scène pour couper court à la conversation.

- 10 -
Ian

En regardant la chiromancienne quitter la scène, Ian réalisa qu'il avait sans doute été trop loin. Il aurait aimé la suivre pour s'excuser, mais ce n'était pas dans ses habitudes d'admettre qu'il avait eu tort, qui plus est face à une femme.

L'esprit embrumé, il se dirigea vers une banquette en cuir et commanda un whisky, observant du coin de l'œil la jeune femme qui venait de regagner une petite scène ronde plus intimiste. Il se demanda si elle réussirait à convaincre quelques clients ce soir. Il pariait sur un maigre pourboire. En buvant une gorgée d'alcool, il repensa à leur échange. S'il avait tenté de connaître son prénom, ce n'était pas pour l'intimider, encore moins pour la séduire. Non. Ian n'était pas ce genre d'homme. Côtoyer ce genre de lieu lui était inhabituel. Mal à l'aise depuis qu'il était entré, il ne se sentait pas à sa place. Entouré par la foule trop bruyante. Ces hommes trop expansifs. Ses femmes trop vulgaires, trop ivres, qui dévoilaient leurs cuisses sous des robes trop courtes. Non assurément, sa place n'était pas ici. Sa place était ailleurs, dans son petit bureau bien rangé de l'aile droite du *Charity Hospital*. Dans cette aile qu'on imaginait lugubre, où les cris torturés des patients berçaient ses nuits.

À côté de lui, deux hommes discutaient : ils étaient passablement amochés mais leur conversation était étonnamment cohérente.

— Dis, Marcel, t'as lu le nouvel article du *Times* ?

— Non, pourquoi ? Qu'est-ce qu'ils racontent encore ? Que Mc Corbyl va s'prendre une raclée aux prochaines élections ? railla-t-il.

— Ah non ! C'était dans le numéro d'hier ça ! J'parle des meurtres du tueur à la hache !

— Oh putain ! Tu vas pas m'saouler avec ça ! On est là pour faire la fête... soupira-t-il.

— Non, mais écoute ça ! Certains témoins ont dit que c'était un nain !

— Quelle connerie ! Et pourquoi pas le diable aussi... On aura tout entendu... Arrête de parler d'malheur, commandons plutôt un aut' verre ! dit-il en sifflant un servautomate qui passait par là.

Ils commandèrent deux bourbons puis, avant que le serveur ne s'éloigne, le plus ivre des deux clients ajouta :

— On vous a déjà dit qu'vous aviez l'air d'abrutis avec vos diodes sur les épaules ?

— Tous les jours, m'sieu, répondit poliment l'automate qui ne semblait pas vexé par la remarque de ce dernier.

Ian n'eut pas le temps de voir les deux nouveaux verres de ses voisins de tablée arriver. Assommé par l'alcool et la fatigue, il ferma un œil puis l'autre. Le visage de la chiromancienne commença à danser dans sa tête. Malgré sa fausse chevelure et ses artifices clinquants, il lui sembla reconnaître en elle une vieille connaissance.

Non, ce ne pouvait pas être le hasard qui l'avait mise sur sa route. Cette jeune femme lui rappelait quelqu'un qu'il avait bien connu. Rose.

Mais ce n'était pas possible. Son esprit alcoolisé lui jouait forcément des tours.

- II -
Grace

Une heure plus tard, après le fiasco qui avait eu lieu, une dame, qui devait avoir la quarantaine, prit place sur la chaise métallique face à Grace. C'était sa seconde cliente de la soirée et ce n'était pas la première fois qu'elle venait. Vêtue d'une robe noire qui soulignait ses formes, elle avait cette mine renfrognée et un sourire figé que l'alcool avait rendu triste.

— Bienvenue, murmura Grace. Un tirage comme la dernière fois ? demanda-t-elle en attrapant ses cartes de tarot aux coins racornis posées sur sa droite.

— Oui, murmura-t-elle d'une voix éraillée en sortant son portefeuille.

La dame connaissait les règles. On payait toujours en avance. Grace avait connu trop de clients, qui, mécontents du tirage, refusaient de régler. Combien d'entre eux s'étaient emportés ? Ou pire, l'avaient menacée à l'énoncé de ses prédictions ? Elle en avait même gardé une cicatrice dans le cou. Un client enragé qui n'avait pas aimé entendre que l'affaire qu'il avait montée ne marcherait jamais.

Alors, au fil des mois, elle s'était rendu compte que les personnes qui la consultaient ne venaient pas seulement chercher la vérité, mais l'espoir. Avec le temps, Grace avait appris à mettre un peu d'eau dans son vin. Elle ne leur mentait pas, non ! Mais déformait parfois les visions qu'elle pouvait avoir pour les rendre plus audibles. Et cela marchait ! La plupart de ses clients revenaient et partaient apaisés et heureux. Au fond, ils cherchaient tous la même chose, les mêmes réponses aux doutes insondables qui meurtrissaient leurs cœurs. *L'amour. Le travail. La santé. La fortune.* C'était ces mêmes thèmes qui revenaient toujours sur la table. Et l'espoir d'un futur meilleur s'achetait pour quelques dollars.

Le bruit des pièces sur la table fit sortir la cartomancienne de sa rêverie. Grace tendit la main et récupéra l'argent que la cliente avait posé devant elle. Trois dollars. Une question.

— Quel est votre prénom ? demanda Grace.

— Anna. Anna Walters, répondit-elle dans un souffle qui s'échoua sur le visage de Grace.

Un mélange de rhum et d'absinthe titilla ses narines.

— Bien, tirez trois cartes, murmura Grace en étalant le paquet de tarots sur la nappe en velours.

La femme devant elle hésita, fixant une à une les cartes retournées. Comme si piocher l'une ou l'autre revêtait une importance capitale et pouvait changer le cours de sa vie.

De ses doigts tremblants, elle s'empara finalement des trois cartes de son choix et les fit glisser dans la direction de la jeune femme.

— Voilà, murmura-t-elle en la fixant avec appréhension.

— Que voulez-vous savoir cette fois-ci…

— Ma fille, Mila… je… je voulais savoir si…. elle allait revenir. Elle a quitté la maison la semaine dernière et mon mari et moi n'avons plus aucune nouvelle…

La question serra la gorge de Grace qui retourna lentement les cartes une à une.

Première carte. La roue de la fortune.

Les traits de la cliente se détendirent à la vue de la carte.

Deuxième. La mort.

Troisième. Le pendu.

À la vue des trois cartes, une grimace étira les lèvres de Grace. Elle ferma les yeux, malgré la crainte que lui inspirait le tirage. Faire le vide. Laisser l'obscurité envahir son esprit. Soudain, une image apparut de manière floue. Une couleur dominante. Le jaune. Un jaune délavé, comme délayé dans du lait. Elle ne parvint pas immédiatement à en saisir le sens. Elle fronça les sourcils et se concentra davantage pour apprivoiser cette image pétrifiée. Alors, lentement, les couleurs et les traits devinrent plus nets. Elle discernait maintenant une masse. De longs cheveux blonds.

— Je vois de longs cheveux blonds, murmura Grace toujours aussi concentrée.

— Oui, c'est elle, c'est Mila ! Où est-elle ? Elle va bien ? demanda sa mère en explosant de joie.

Grace n'aimait pas juger ses clients mais, compte tenu de cette seule information délivrée, le manque de discernement de la cliente lui sembla évident. Une couleur de cheveux, cela ne voulait rien dire. En tout cas, rien qui puisse permettre d'identifier cette jeune femme avec certitude. Sans tenir compte de sa remarque, Grace continua d'explorer la scène figée qu'elle avait sous les yeux. Puis aussitôt un symbole mystérieux apparut dans son esprit. Un frisson lui parcourut l'échine.

Sans perdre de temps, Grace attrapa un bout de papier et tenta de reproduire le dessin qui venait d'apparaître dans son esprit.

— Cela vous dit quelque chose ? dit-elle en lui tendant le bout de papier.

La dame balbutia quelques instants.

— Oui ! c'est… Oh, mon Dieu ! C'est bien elle ! dit-elle avant de faire le signe de la croix. Merci, mon Dieu.

— Calmez-vous, articula-t-elle lentement.

— Je… c'est, c'est son tatouage… ! C'est Mila !

— Bien, c'est un bon début, admit Grace en fermant de nouveau les yeux.

La vision de la jeune femme réapparut.

— On dirait qu'elle est allongée… sur une banquette en velours. Je vois aussi des notes de musique. Des plumes qui volent tout autour d'elle.

— Des notes de musique ? Des plumes ? Qu'est-ce que vous me racontez là… ?

Soudain, le souffle de Grace se bloqua net. « *Tu n'as rien à faire là* » gronda une voix menaçante dans sa tête. Un frisson remonta le long de sa colonne vertébrale, tandis que les bougies allumées autour d'elle s'éteignirent simultanément.

Grace rouvrit les yeux, paniquée, inspirant une goulée d'air.

De ses mains tremblantes, la jeune femme regroupa rapidement les cartes choisies et les reposa au-dessus du paquet. Les trois cartes tirées et la vision qu'elle avait eue n'étaient pas de bon présage.

— Je.. je ne peux pas, ajouta Grace en se levant de son siège.

Surprise, la cliente eut un moment de recul avant de se rapprocher de la table.

— Je dois savoir, dit-elle.

Elle posa alors sa main froide sur celle de Grace pour l'empêcher de partir.

— J'ai payé trois dollars pour ça, ajouta-t-elle.

Grace retira sa main, et fouilla dans sa poche. Les pièces roulèrent sur la nappe en velours.

— Je suis désolée… dit-elle en évitant le regard désabusé d'Anna Walters.

La seconde suivante, Grace traversa le rideau de perles et descendit de l'estrade. Mais l'effervescence de la fête ne lui permit pas d'oublier les images violentes encore collées à ses paupières. La dernière vision qu'elle avait eue. Une vague immense qui approchait. Une vague. Rouge, rouge sang.

Pour la première fois, elle espéra que ses visions fussent fausses, que ce don ne fût jamais le sien.

The Times-Picayune.

« Le nouveau dérapage du gouverneur ! »

Gregory Mc Corbyl, le gouverneur actuel, a encore choqué ce jeudi en s'exprimant lors d'une allocution publique à propos des illusionnautes :

« La plus grande erreur de l'homme n'a pas été d'accorder des droits nouveaux aux automates, ce n'est pas non plus de les avoir créés, mais de les avoir façonnés à son image. C'est ainsi que les illusionnautes sont nés. Ces automates, physiquement identiques à lui, se sont fondus dans la masse. Et une fois que le loup déguisé en brebis était dans la bergerie, il était malheureusement trop tard. Nous avons payé cette erreur du sang des nôtres. »

À New York, cette prise de parole n'est pas passée inaperçue ! Rappelons que la vingtaine d'illusionnautes qui a survécu aux vagues d'extermination s'est réfugiée dans le quartier de Brooklyn à l'époque. Leur groupe associatif « Illusionnautes United » en recense aujourd'hui vingt-huit.

- 12 -
WILLIAM

Assis autour du bar-carrousel à côté d'Anton qui enchaînait les verres, William guettait du coin de l'œil la scène principale où les danseuses automates enchaînaient les prouesses techniques. Avec une pointe de honte, il ne put s'empêcher de détailler leurs corps dont l'éclat lunaire brillait sous les feux éclatants des projecteurs. Leurs hanches et la cambrure de leurs dos attiraient tous les regards. On était loin des modèles bas de gamme confectionnés à la chaîne dans les nombreuses usines qui bordaient la frontière mexicaine. Ces modèles coûtaient chers. Ils avaient été façonnés dans les ateliers-fonderies les plus réputés de la ville.

— Je vous en sers un autre ? demanda le barman en désignant le verre vide de William.

— Ça ira merci, mon ami boit pour deux, dit-il en glissant un clin d'œil à Anton qui riait à gorge déployée dans son siège en cuir.

En voyant la mine de son collègue, il sut comment la soirée allait se terminer. Il allait devoir raccompagner Anton chez lui, bras-dessus bras-dessous.

William se leva, glissant à l'oreille de son ami qu'il allait faire un tour à l'étage. Celui-ci ne réagit pas, se contentant d'avaler une nouvelle rasade d'alcool. Une fois debout, l'inspecteur slaloma lentement entre les tables tout en s'approchant de l'orchestre. Violoncelle, tubas et trompettes conversaient ensemble, tandis que le pianiste fou, bandeau sur les yeux, enchaînait les accords dans un ballet de doigts métalliques qui déchaînait les passions. Pourtant, dans ce tumulte de rires et d'applaudissements, une étrange sensation s'empara de lui. Il ne savait pas bien si c'était l'alcool ou les corps échauffés autour de lui, mais il lui sembla manquer d'air. Des gouttes de sueurs perlèrent au creux de sa chevelure grisonnante. Il déboutonna le dernier bouton en nacre de sa chemise et inspira une longue bouffée d'air.

Plus loin, il jeta un regard à l'estrade circulaire, d'ordinaire éclairée, où Grace faisait son numéro. C'était bien la première fois qu'il la voyait vide. Cela l'étonna et l'inquiéta à la fois. Il scruta d'un mouvement de tête la foule autour de lui pour essayer de la trouver, sans succès. Résigné, il approcha de l'escalier central. Un tapis de velours rouge remontait le long des marches jusqu'à l'étage supérieur. Se tenant à la rambarde dorée, il dépassa plusieurs couples enlacés qui peinaient à arriver en haut.

Au premier, l'air était plus lourd, mais il était plus facile de circuler. D'ici, il surplombait les différentes scènes, le bar et tout l'orchestre. Il voyait les corps se déchaîner, les fumées des cigarillos remonter en volutes éphémères vers les lustres tapageurs. Hommes comme femmes s'amusaient sans penser au lendemain et à leur vie banale qui reprendrait son cours. Lui n'avait pas le goût à la fête. Il regrettait déjà d'avoir suivi Anton. Voir ces visages heureux, ces rires exagérés, ces baisers échangés, cela le laissait de marbre. Il se sentait différent. Lui aussi aurait aimé s'amuser. Perdre le contrôle. Se laisser aller à plusieurs verres et oublier ses tracas, ce tueur à la hache qui leur riait au nez dans le *Times-Picayune*. Mais c'était plus fort que lui. Il n'y parvenait pas. Il n'était pas comme eux.

Il fit quelques pas en arrière et approcha d'un des nombreux hublots dorés de l'étage. Dehors, les projecteurs des autres aérostats illuminaient le ciel. Plus bas, la ville en contrebas était endormie. Et les éclairs se faisaient plus rares maintenant que les ensemenceurs avaient terminé leurs rondes.

Il inspira profondément et consulta sa montre à gousset. L'aérocabaret n'allait pas tarder à entamer sa descente.

— Qu'est-ce que tu fais là ? murmura une voix familière derrière lui.

William se retourna, découvrant le visage étonné de sa fille en tenue de scène, mains sur les hanches.

— Ah, Grace ! Tu es là… dit-il d'un ton rassuré tout en s'approchant d'elle pour la prendre dans ses bras.

— S'il te plaît, pas de ça ici… murmura-t-elle avec un léger mouvement de recul.

— Tu es très belle, ce soir, dit-il avec une pointe de fierté dans le regard.

— Je t'ai déjà dit que j'aimais pas que tu viennes quand je bosse, répondit-t-elle d'un ton sec.

— Tu t'es fait mal ? demanda-t-il en découvrant sa blessure au niveau du bras.

Celle-ci le cacha aussitôt derrière son dos, puis releva la tête, fixant la scène vide devant laquelle deux personnes faisaient déjà la queue.

— Il faut qu'on parle, tu le sais… ajouta William avec douceur.

— Oui, je sais, mais ce n'est ni l'endroit ni le moment, dit-elle en faisant quelques pas vers l'escalier.

— Je regrette ce qu'il s'est passé, combien de fois devrai-je te le dire ?… dit-il en approchant de la rambarde.

La jeune femme ne répondit pas, se contentant de dévaler les escaliers à vive allure. Au même moment, le pan droit de la veste de l'inspecteur se mit à trembloter. Il passa sa main dans sa poche. Non, il n'avait pas rêvé, son styloméca venait de vibrer et cela ne lui disait rien qui vaille.

*

En vitesse, William approcha de la table la plus proche et sortit le carnet qu'il gardait toujours sur lui. L'odeur rassurante de la couverture en cuir l'apaisa immédiatement. Il l'ouvrit et fit défiler les pages pour en trouver une vierge. Il dévissa ensuite le bouchon du styloméca avant de poser le stylo à la verticale. Une fois en équilibre, il actionna le bouton pressoir incrusté dans le manche et laissa la magie de la mécanique opérer. L'objet s'arrêta immédiatement de vibrer. Une tige télescopique se déplia aussitôt, tandis que cinq autres baguettes, telles des pattes d'araignées articulées, se déployèrent pour soulever le stylo au-dessus de la page immaculée. L'instant d'après, le styloméca se mit aussitôt en mouvement tandis que l'encre glissait sur le papier ondulé sous les yeux inquiets de son propriétaire.

« Nouvelle victime. 136 bis angle Nicols St et Barbary St.
Venez bite.
Tom Slender. »

En d'autres circonstances, la faute d'orthographe aurait pu le faire rire ; ce soir, elle ne lui décrocha pas même un sourire. Ces systèmes jumelés, bien que perfectionnés, étaient perfectibles. Son sang ne fit qu'un tour en découvrant le message envoyé par son collègue. Tom devait déjà être sur place. Il jeta un regard en direction du bar où Anton enchaînait toujours les pintes, trinquant avec des hommes ivres qu'il ne connaissait même pas. Avec gravité, il appuya de nouveau sur le bouton pressoir et approcha son visage du styloméca.

« Bien reçu, nous sommes en route. William » lâcha-t-il d'une voix grave avant d'attraper l'objet mécanique qui, au contact de la chaleur de sa peau, se replia aussitôt sur lui-même.

Cette nuit s'annonçait difficile. Il le savait. Au fond de lui, il sentait que le tueur à la hache n'avait pas dit son dernier mot. Combien de victimes allait-il découvrir cette fois ?

Pourtant une mission bien plus périlleuse attendait William : déloger Anton du bar.

*

— Lève-toi, on est attendu en ville, Anton !

— Quoi ? Qu'est-ce que tu dis ? dit-il d'un ton exagéré qu'il aimait employer dans ce genre de situation.

Un large sourire aux lèvres, les autres clients se tournèrent vers eux.

— Bon, t'arrêtes ton cinéma et tu lèves ton cul !

— Quoi, t'es pas bien ici ? dit-il en brandissant son verre poisseux.

William approcha plus près, attrapant le verre de son collègue qu'il fit glisser sur le comptoir circulaire.

— J'ai dit on y va !

Mais Anton ne réagit pas, haussant un sourcil en voyant son verre s'éloigner. Cela agaça davantage William. Il n'avait pas envie de crier sur tous les toits qu'une nouvelle victime était à déplorer.

— L'agent Slender m'a envoyé un message ; ils nous attendent, murmura-t-il au creux de son oreille.

— Un p'tit dernier, allez !... dit-il en faisant un clin d'œil au barman pour qu'il lui remplisse un nouveau verre.

William inspira profondément. Sa patience avait des limites, il n'avait pas envie de se donner en spectacle, mais il ne lui laissait pas le choix.

— J'ai dit maintenant ! renchérit William en attrapant brutalement son collègue par le col.

— Oh ! Ça va, ça va ! On n'est même pas redescendu.

— Si et ça fait bien dix minutes, mais t'es trop bourré pour t'en être rendu compte, imbécile !

- 13 -
Molly

Il était six heures près du port et les premiers rayons de soleil tapis derrière l'horizon brumeux n'avaient pas osé apparaître. Une brise légère se leva, fouettant le visage fermé de Molly. Les bras croisés, la jeune femme marchait le long du ponton sur la pointe des pieds, faisant de temps à autre craquer une planche qui pourrissait. Autour d'elle, les lampadaires étaient tous éteints et les slogans protestataires des ouvriers écrits à la craie disparaissaient déjà sous ses pieds. Les révoltes mouraient chaque nuit sous l'assaut des vagues qui se chargeaient d'en effacer toutes les preuves.

Le clapotis de l'eau berçait les cadavres fatigués des bateaux à aubes qui ne tournaient plus depuis longtemps. Et pour cause, des algues puantes recouvraient la majeure partie de leur coque jadis impeccable. Molly les regardait, sagement amarrés comme des animaux de compagnie qu'on aurait tenus en laisse. *Le Natchez. The Delta paradise. Liberty Queen. White horse.* Du bout des lèvres, la jeune femme récita leurs noms comme une incantation en hommage aux vieux démons maritimes qu'ils étaient autrefois. Aujourd'hui, ces carcasses fantômes dévorées par l'humidité et la crasse ne faisaient plus rêver personne. Pourtant, elle le savait, il ne fallait pas se fier aux apparences. Ces carlingues abîmées abritaient des milliers de personnes. Oui, c'était dur à croire, mais des milliers de Néo-orléanais s'entassaient comme des bêtes de foire dans les cales de ces bourbiers flottants.

La nuit était calme. Si calme que cela en devenait presque inquiétant. Mais ce n'était qu'une façade, Molly le savait. Tybalt et ses sbires ne dormaient jamais que d'un œil et elle sentait peser sur elle leurs regards vicieux. Jetant un regard autour d'elle, elle les imagina, cachés dans l'ombre d'un tonneau ou d'un caisson de marchandise. De ce côté du port, deux gangs s'affrontaient et il n'était pas rare de voir un corps flotter dans le port au petit matin. L'eau se teintait alors de rouge, annonçant les représailles futures qui ne finissaient jamais vraiment.

Seul le vent sifflait entre les planches en bois. Pourtant, ce moment de calme était le bienvenu pour ses oreilles ivres de musique. Cela faisait une heure qu'elle marchait, qu'elle avait quitté le *Mechanic Hall.* Le retour à la réalité n'en était que plus difficile. Les traits tirés, la jeune femme referma le châle qui lui couvrait à peine les épaules. La nuit festive était derrière elle. Les paillettes, la musique et les cotillons n'étaient plus qu'un lointain souvenir. Ses jambes fatiguées peinaient à la maintenir debout et ses pieds meurtris couverts d'ampoules la priaient de s'allonger. La scène. La danse. Les lumières posées sur son corps. Cette passion dévorante lui faisait oublier quelques heures qu'elle vivait dans ce taudis miteux. Leur « cour des Miracles ».

Quelques minutes plus tard, après avoir traversé plusieurs passerelles, elle arriva finalement devant l'*Organdium*. Un rafiot de deux étages tout aussi puant que les autres. Ils étaient une cinquantaine à vivre ici. La plupart étaient des ferrailleurs employés par la municipalité. Elle enjamba l'espace qui la séparait du bateau et poussa d'un coup d'épaule la porte poisseuse qui menait à un long couloir. À l'intérieur, une odeur de vase et d'urine lui monta au nez. Passant devant une dizaine de portes aux numéros à moitié effacés, elle arriva devant la sienne. De nouvelles insultes à la craie avaient fleuri en son absence. Pourtant, l'une des inscriptions retint son attention. Un frisson remonta le long de sa colonne vertébrale. Son cœur manqua un battement en découvrant la signature.

« S. »

Non. Ce n'était pas possible.

Elle ne pouvait pas y croire.

Il l'avait retrouvée. Elle était en danger.

Dans un élan de panique, elle tenta d'effacer l'inscription. Sans succès. Elle récupéra la clé pendue à son cou et s'empressa de l'insérer dans la serrure rouillée. Sa respiration s'accéléra en découvrant que la porte ne voulait pas s'ouvrir. Elle retira alors la clé et cracha dessus avant de l'insérer de nouveau dans l'orifice. *Ouvre-toi, bon sang !* pensa-t-elle en forçant dessus. Cette fois ci, la porte s'ouvrit sur une chambre sombre de trois mètres sur trois. Les jambes flageolantes, Molly se rua à l'intérieur et verrouilla la porte aussitôt de ses mains tremblantes. Il était temps de faire ses valises.

Demain, elle devait partir. Dire adieu à cette vie bâtie sur des années de mensonges.

- 14 -
Grace

La lune finissait sa course quand Grace poussa enfin la porte de son appartement. Un soulagement intense l'envahit sitôt à l'intérieur. Elle ferma les yeux et se laissa glisser par terre avant de retirer ses talons hauts. Ses pieds étaient dans un tel état qu'elle les cacha sous sa jupe bariolée. D'un ongle, elle délaça son corset et inspira profondément.

Enfin, elle était chez elle, dans son cocon.

Soudain, un grincement la fit sursauter. Grace pivota aussitôt sur elle-même, le cœur battant. Mais ce n'était que Plim, sa chouette mécanique qui se balançait sur son perchoir dans sa cage. Son bec aux reflets argentés réverbérait les rayons du soleil dans toutes les directions. « Tu m'as fait peur ! » soupira-t-elle en posant sa main sur sa poitrine pour tenter de calmer les battements de son cœur. La jeune femme se releva.

En la voyant bouger, l'oiseau poussa un long roucoulement de bonheur, sautillant d'une patte sur l'autre pour manifester sa joie. Visiblement, Plim n'avait qu'une idée en tête : sortir de sa cage et vite ! Ses yeux perçants, composés de deux billes bleues en verre, fixaient déjà la lucarne fermée avec envie. Grace se leva pour la rejoindre tandis que la culpabilité grandissait au creux de son ventre. La voir enfermée dans sa cage lui serra le cœur. Slalomant entre les cartes de tarot éparpillées qu'elle n'avait toujours pas ramassées depuis son dernier tirage, sa bonne humeur s'évanouit aussitôt en constatant l'état de sa cage. Plim avait encore fait des siennes ! Elle s'en était donné à cœur joie. De longues traces de griffes étaient visibles sur le mur recouvert de papier peint. Furieuse, la jeune femme détailla du regard les pattes de l'automate. Des morceaux de tapisserie fleurie étaient encore accrochés à ses griffes acérées.

— Il était bon le papier peint ?

L'automate s'immobilisa aussitôt. Comment allait-elle justifier cela auprès de Mme Stevens ?

Mais ce n'était pas ce qui l'inquiétait le plus. En regardant la cage plus attentivement, plusieurs barreaux avaient commencé à être rongés par l'oiseau.

— Qu'est-ce que je t'ai déjà dit, Plim ! Tu sais que je DÉTESTE que tu ronges tes barreaux !

La chouette tourna la tête vers le mur, ignorant royalement les remontrances de Grace.

— PLIM !

L'animal, plus têtu que jamais, ne bougea pas et s'immobilisa pendant plusieurs minutes.

— Et ne fais pas semblant de tomber en panne comme l'autre fois ! Tu crois que je ne connais pas ton petit jeu ? C'est la deuxième cage que je te rachète ! Crois-moi, je ne compte pas en acheter une troisième ! Je te préviens, ronge un barreau de plus et M. Pistrelli se fera un plaisir de venir tous les renforcer, lâcha-t-elle à bout de souffle.

Pourtant, un profond mal-être l'envahit dès qu'elle eut fini de la gronder. À l'instant où l'oiseau planta son regard dans le sien, sa colère s'estompa. Elle regretta aussitôt de s'être emportée.

Si Plim rongeait ses barreaux, c'était en partie sa faute. Oui, c'est vrai, elle n'avait pas assez été présente ces dernières semaines. Elle s'en voulait. Elle ne lui avait pas accordé assez de temps. Cinq minutes de vol dans sa chambre, ce n'était pas suffisant pour se dégourdir les ailes.

Elle s'assit face à la cage et ouvrit la porte en décrochant la clé accrochée à son mur.

— Je suis désolée, Plim, murmura-t-elle avec une voix plus apaisée.

Mais l'automate ne bougea toujours pas. Il était vexé et boudait. Plim était plus qu'un vulgaire automate pour elle, c'était son compagnon de vie. Grace examina attentivement les barreaux abîmés les uns après les autres. La dernière chose qu'elle voulait, c'était qu'elle réussisse à s'échapper. La jeune femme le savait : dehors, Plim risquait sa vie. La laisser sortir seule, c'était prendre le risque de ne jamais la retrouver.

Elle se rappela la frayeur qu'elle avait eue, deux mois plus tôt. Un soir où elle avait oublié de fermer la porte de sa cage à clé. Plim avait réussi à ouvrir la lucarne. Grace ne l'avait pas revue pendant sept jours. Sept jours, où elle avait écumé la ville, collant des affichettes dans chaque rue pour tenter de la retrouver. Mais personne ne s'était présenté à son domicile. Personne n'avait vu Plim. Plim était introuvable. Alors, au bout de sept jours, plus résignée que jamais, elle avait dû se rendre à l'évidence. Elle ne la reverrait jamais. Pourtant, le huitième jour, en quittant son immeuble, elle avait retrouvé l'oiseau agonisant sur le perron. Deux plombs dans l'aile. Grace avait immédiatement reconnu les balles marquées du sceau de la SPEANO, le Service de la Police chargé de la protection de l'espace aérien. Elle avait compris le message. C'était le premier et dernier avertissement. Avec l'arrivée des nouvelles règlementations, aucun oiseau automate n'était plus autorisé à voler sans surveillance. Pire, les citoyens les jugeaient même dangereux. Et pour cause ! À grands coups de propagande, la SPEANO diffusait dans les journaux les derniers incidents en lien avec ces automates meurtriers.

En repensant à cet épisode, Grace s'allongea près de la cage pour lui raconter sa journée. C'était leur rituel depuis toujours. Alors, bien sûr, certaines journées n'étaient pas trépidantes, mais Grace s'évertuait à les rendre uniques et palpitantes quitte à en rajouter un peu. Elle revint sur sa soirée au *Mechanic Hall*, à la découverte de cette pièce de métal sous sa peau et à ces trois cartes qu'elle avait tirées.

La roue de la Fortune. La mort. Le pendu.

Elle revoyait le visage inquiet d'Anna Walters qui cherchait désespérément sa fille. En fermant ses paupières, les images cauchemardesques réapparurent comme si elles ne l'avaient jamais quittée.

Ce tatouage. Cette chevelure blonde. Ces plumes étouffantes.

Ces notes de musique. Et cette vague rouge, rouge sang.

Quand elle rouvrit soudain les yeux, Plim était là, posée sur son genou. Comme pour lui dire « *tu ne crains rien, je suis près de toi* ». Le contact du métal froid la rassura instantanément. Ses yeux malicieux la fixaient intensément. Lui parler, c'était aussi un moyen pour la jeune femme de faire vivre Plim par procuration. En racontant ses journées, c'était comme si elle ramenait avec elle, chaque soir, des morceaux du dehors. Des rires, des bribes de vie qui lui étaient interdits. Elle tentait de raviver les rêves de liberté qui mouraient déjà dans l'esprit de l'automate.

Elles finirent par s'endormir ensemble, bercées par les lumières mouvantes des hôtels-dirigeables.

*

Le lendemain matin, Grace se réveilla avec un terrible mal de crâne. Les pépiements de Plim qui sautillait sur son lit achevèrent de la tirer de son sommeil.

— Bon sang ! Qu'est-ce que tu fiches, Plim ? Tu veux bien arrêter ton boucan !

L'oiseau s'arrêta instantanément, la fixant de ses yeux qui venaient de s'éclairer. Grace poussa un long soupir avant de se redresser. Plim étendit ses longues ailes avant de s'envoler. Elle se posa une seconde plus tard sur son épaule. Dans son bec, brillait un objet.

— Qu'est-ce que t'as là ? murmura Grace en tournant sa tête vers elle.

Soudain, elle reconnut la pièce ovale qu'elle avait trouvée la veille sous sa peau. Plim avait dû fouiller dans son sac et la voler pendant qu'elle dormait. La jeune femme approcha sa main de son bec pour la récupérer. Mais l'oiseau refusa de lâcher l'objet métallique coincé dans son bec.

— Donne-moi ça, Plim !

Au contraire, l'automate s'envola de nouveau et se posa sur le cadre du lit à l'autre bout de la pièce. Les yeux de l'automate se mirent à briller de nouveau. Plim voyait ça comme un jeu. C'était une manière pour elle d'attirer son attention.

— Plim ! Rends-moi ça ! dit-elle avant se mettre à courir vers le lit.

L'oiseau s'envola de nouveau de l'autre côté de la chambre en roucoulant.

— Ce n'est pas un jouet ! cria la jeune femme, excédée.

Grace savait que Plim était infatigable. À ce jeu, elle n'avait aucune chance. L'oiseau mécanique se posa au-dessus de sa cage ouverte, visiblement fière d'elle. Elle avait remporté une bataille.

— J'ai pas le temps de jouer, Plim…

L'oiseau pivota sa tête vers la gauche, la fixant de ses grands yeux. Résignée, Grace s'assit devant sa coiffeuse surmontée d'un miroir ovale. Ces cernes étaient plus marqués que la veille. Elle versa un peu d'eau dans la vasque face à elle, puis y trempa un tissu avant de le passer sur son visage puis sur sa plaie. Plim vint alors se poser de nouveau sur son épaule. La jeune femme tenta de nouveau sa chance et tendit la main sous son bec pour qu'elle lui rende la pièce mystérieuse. Mais au lieu de la lui restituer… Plim l'avala.

Au même moment, quelqu'un toqua à la porte.

- 15 -
MOLLY

— Grace ? C'est Molly ! Ouvre-moi, je t'en prie ! répéta la jeune femme d'une voix tremblante en tambourinant contre la porte.

Une seconde plus tard, un jeu de clés cliqueta de l'autre côté. La poignée tourna enfin sur son axe. Molly retint son souffle tandis qu'un soulagement intense l'envahit sitôt que la porte s'entrouvrit.

— Qu'est-ce que tu fais là ? demanda Grace, étonnée en découvrant son amie une valise sous le bras.

— Vite ! ferme derrière moi, s'il te plaît, murmura la danseuse.

Elle s'engouffra l'instant d'après dans l'appartement avant de jeter un regard en arrière pour s'assurer de n'avoir pas été suivie.

— Tu vas bien ?

— J…

La jeune femme fit quelques pas dans l'appartement de son amie, tentant de reprendre son souffle. Ses pensées se bousculaient dans sa tête, si bien qu'elle ne savait pas par quel bout commencer.

— Tu me fais peur... murmura Grace en découvrant le visage inquiet de Molly.

Ses traits étaient tirés et une large entaille barrait sa joue droite. Cette fois-ci, Molly n'avait pas pris le soin de la camoufler sous des couches de poudre.

— C'est Roy qui t'a encore fait ça ? la questionna Grace.

La jeune femme voulut mentir, mais elle ne s'en sentit pas le courage. Elle n'avait pas de temps à perdre, chaque minute était comptée.

— Oui, mais là n'est pas la question, Roy est bien le dernier de mes problèmes à présent, avoua-t-elle en fixant son amie dans les yeux.

— Que veux-tu dire ? et qu'est-ce que tu fais avec cette valise ?

Ses épaules s'affaissèrent et la valise tomba sur le sol dans un grand fracas. Au même moment, elle sentit les larmes lui monter aux yeux. Depuis combien de temps les retenait-elles ?

— Je dois quitter la ville, Grace. Aujourd'hui.

— Quoi ? Mais pourquoi ? demanda-t-elle en approchant d'elle comme pour la retenir.

La jeune femme évita son amie et s'approcha de la lucarne pour jeter un œil à la rue en contrebas.

— S'il te plaît, ne me pose pas de questions... je t'en prie. C'est déjà trop difficile... dit-elle en prenant son visage entre ses doigts si fins qu'ils menaçaient de craquer comme du papier de verre.

Un silence s'installa entre les deux femmes.

— Quelqu'un me veut du mal, Grace…

— Qui te veut du mal ?

— C'est compliqué et ce serait trop long à expliquer.

— Donne-moi tes mains, murmura Grace en approchant d'elle à nouveau.

Molly la regarda, surprise, puis recula une nouvelle fois.

— Tu ne me fais pas confiance ? demanda-t-elle, une pointe de déception dans la voix.

— Si, si, bien sûr que si, sinon je ne serai pas là… mais…

— Alors, donne-moi tes mains et enlève ces gants.

Les larmes dévalèrent le long de ses joues sans qu'elle puisse les retenir. Ses larmes déformèrent son champ de vision et le visage de son amie devint une aquarelle. Elle savait pourquoi Grace lui demandait cela. Elle connaissait son don. Ce don de clairvoyance qu'elle avait dès lors qu'elle effleurait les peaux et les objets. *Sa malédiction.* Pour Molly, enlever ses gants, c'était se mettre à nu pour la première fois, face à sa seule amie. C'était la chose la plus difficile à faire. Abattre la dernière barrière, la dernière muraille qu'elle avait érigée entre elle et les autres. Faire tomber les masques. Montrer qui elle était vraiment.

Mais comment pouvait elle vouloir montrer qui elle était vraiment, alors qu'on lui avait appris à vivre cachée, à ne faire confiance à personne ? Elle avait appris à se fondre dans la masse et à vivre dans l'obscurité. Sur les planches, elle n'avait qu'à enfiler un costume, à jouer un rôle, celui que Roy attendait d'elle. La scène, les projecteurs qui l'éblouissaient chaque nuit, les paillettes du *Mechanic Hall* sur son corps, c'était sa dose de lumière qu'elle mettait dans ses ténèbres.

— Tu sais que tu as toujours pu compter sur moi.

— Je… je sais, balbutia-t-elle retenant un sanglot.

— Calme-toi, je suis là, tout ira bien… dit-elle d'une voix rassurante. Mais j'ai besoin de comprendre pour t'aider, ajouta-elle en tendant de nouveau ses mains vers elle.

Un mélange de peur et d'appréhension grandit au creux de son ventre. Était-elle prête à se dévoiler ? Si elle avait pu faire marche arrière, elle l'aurait fait. Pourtant, Molly n'avait plus le choix. La jeune femme resta immobile quelques secondes tout en observant les mains rassurantes de Grace tendues vers elle.

Au terme d'une lutte intérieure, elle retira d'une main le premier gant qu'elle fit glisser le long de son avant-bras. Le gant noir tomba par terre. Elle retira ensuite le second. Son souffle était irrégulier. Son cœur cognait si fort dans sa cage thoracique qu'elle crut qu'il allait en sortir.

Puis, plongeant ses yeux dans ceux de son amie, elle glissa ses mains tremblantes dans les siennes.

- 16 -
Ian

En rentrant de sa pénible garde, Ian rejoignit sa chambre sans manger. Il retira son manteau et son pantalon et s'assit sur le rebord du lit. Il avait du mal à l'admettre, mais il était encore perturbé par l'entretien qu'il avait eu avec Rachel Henwoorth, la jeune hypnothérapeute qu'il avait rencontrée quelques jours plus tôt. Ses mains sur ses genoux tremblaient. À côté de lui, son pilulier était à moitié vide. Combien de comprimés avait-il avalé d'ailleurs ? Il était incapable de s'en souvenir.

À bout de nerfs, il regarda sa chambre ordonnée, son bureau où s'empilaient ses vieux manuels scolaires d'anatomie et de pharmacologie. Comment avait-il pu penser une seconde que ses souvenirs ne l'affecteraient pas ? Comment avait-il pu prendre aussi peu de précautions et se livrer de la sorte face à une femme qu'il ne connaissait ni d'Ève ni d'Adam ?

Il regrettait cet entretien, il regrettait d'avoir accordé sa confiance à une inconnue. Pourtant, cette thérapie était nécessaire. Il le savait. Il avait déjà tout essayé. Cette séance avait été le déclic qu'il lui fallait. Il avait compris qu'il devait avancer seul, que personne d'autre que lui ne pouvait le sortir de cette spirale infernale. De cette culpabilité qui le rongeait de l'intérieur. Pour avancer, il savait ce qu'il devait faire. Laisser ses souvenirs qu'il avait si profondément enfouis refaire surface. Mais cela impliquait de se confronter à ses horreurs, à ses traumatismes, à son passé. Celui qu'une partie de lui avait nié.

Au cours de ses études et de son travail à l'hôpital, il avait souvent été impressionné par ses patients, par les facultés extraordinaires du cerveau humain. Par la faculté d'oublier aussi pour se reconstruire, pour survivre.

Il jeta un œil vers la trappe, au-dessus de son lit, qui menait aux combles. Depuis qu'il avait emménagé dans cette maison, celle de ses grands-parents, il n'avait jamais osé la réouvrir. De peur d'y trouver des preuves, des preuves de leur culpabilité.

Aujourd'hui était venu le jour. Il prit son courage à deux mains, inspira profondément et se releva en prenant appui sur ses jambes fatiguées. Il attrapa la tige métallique sous son lit et appuya sur le bouton à la base de celle-ci. Un bruit de ferraille s'éleva tandis que la tige s'agrandit jusqu'à atteindre un mètre cinquante.

Il leva le bras et, après quelques secondes de concentration, il réussit à faire entrer l'extrémité de la tige dans le crochet fixé au plafond mobile. Il tira ensuite de toutes ses forces. Le bois craqua, libérant un escalier en bois qui bascula jusqu'à lui.

Un nuage de poussière l'enveloppa. Jetant la tige sur son lit, il plaça son pied tremblant sur la *première marche*. Le plus dur était à venir, il le sentait au plus profond de lui. L'heure était venue. Celle de se confronter à la dure réalité.

Deuxième marche.

Son souffle s'accéléra.

Troisième marche.

Les battements de son cœur résonnaient dans ses tempes.

Quatrième marche.

Il releva les yeux vers le plafond. L'obscurité était totale. Il lui sembla un instant qu'une ombre planait au-dessus de lui. Un vertige l'envahit, manquant de le faire tanguer.

Cinquième et dernière marche.

Il était temps de laisser les fantômes du passé refaire surface. Oui, il se sentait prêt à replonger vingt ans plus tôt dans ses souvenirs les plus sombres.

The Times-Picayune.

PROTÉGEZ-VOUS DU TUEUR À LA HACHE

« Grand prêtre Vaudou Mamossus à votre service.

Toujours là pour aider. 14e génération de prêtres et prêtresses Vaudou, je propose rituels ancestraux pour protéger votre mari, parents et enfants contre le tueur à la hache. Attention, les effets de mes rituels sont bien réels. Pouvoirs sont très puissants et mondialement reconnus dans le quartier. Une fois lancées plus rien ne peut arrêter !

Déjà plus de 1000 personnes m'ont fait appel à mes services et ont pu été sauvées. 100 % clients satisfaits.

Efficacité prouvée dès première séance ! Gris-gris de protection offerts.

Consultations entre dix-heures et dix-huit heures tous les jours au 267 bis North Robertson, Trémé. 2e escaliers, 3e porte gauche (enlevez chaussures avant d'entré).

Grand prêtre Vaudou Mamossus »

Citoyens, voilà le genre de nouvelles affichettes que l'on peut voir fleurir en ville. Le titre est accrocheur, l'orthographe approximative, la syntaxe inexistante et pourtant de nombreux Néo-orléanais tombent dans le panneau. Jouant sur la peur, de nouveaux charlatans ne reculent devant rien pour se faire de l'argent facilement. À vrai dire, le marché est juteux, pourquoi s'en priveraient-ils ?

À la rédaction, nous nous sommes nous-mêmes rendus chez ce « réputé » grand prêtre vaudou Mamossus. C'est au cœur du quartier malfamé de La Nouvelle-Orléans, dans un immeuble délabré aux briques rouges que nous nous sommes fait passer pour un client. Après avoir gentiment retiré nos chaussures comme le suggérait l'annonce, nous avons découvert l'antre de cet homme ou plutôt sa salle d'attente. Une dizaine d'hommes et de femmes faisaient la queue pour rencontrer ce mystérieux monsieur Mamossus. Une véritable petite entreprise aux mécanismes bien huilés.

Après plus d'une heure d'attente et délestés de soixante dollars, nous avons pu passer dans la salle suivante. La décoration, méticuleusement étudiée, nous a directement plongés dans le bain. Au centre de la pièce, une hache au centre d'un pentacle nous a arraché un sourire. Y a pas à dire, monsieur Mamossus a le sens du spectacle et de la mise en scène.

Entourés de bougies à flammes noires, de mystérieux pentacles et d'animaux empaillés (nous cherchons encore ce qu'ils venaient faire là, même eux semblaient l'ignorer), le décor travaillé nous a fait frissonner. Mais le clou du spectacle n'était pas là… L'homme, affublé d'un costume multicolore, nous a alors invités à nous asseoir pour commencer le rituel. Les incantations théâtrales ont commencé et les flammes des bougies se sont éteintes au même moment (nous avons fait semblant de ne pas voir les enfants cachés derrière les tentures qui les ont éteintes en soufflant dessus). Enfin, gris-gris en mains, nous sommes vite repartis (sans chaussures) avec la bénédiction d'un homme qui ne parlait pas un mot d'anglais.

En tout cas, à la rédaction, nous voilà rassurés, nous pouvons dormir sur nos deux oreilles désormais. Une chose est sûre, avec monsieur Mamossus, le tueur à la hache n'a qu'à bien se tenir !

- 17 -
William

Cinq heures et vingt minutes. L'automobilectrique s'arrêta sur le bas-côté. William, qui avait conduit, en sortit d'un air grave, suivi d'Anton qui peina à s'en extirper. Ce dernier claqua la portière dans un grincement sinistre.

— La délicatesse, tu connais ? souffla William, exaspéré, en jetant un coup d'œil au quartier désert.

— Dés…

Anton n'eut pas le temps de finir sa phrase que son corps pris d'un spasme puissant se courba vers l'avant, expulsant les litres de bières qu'il avait consommés quelques heures plus tôt.

— Je savais que j'aurais dû te laisser au poste… dit-il en évitant la mare jaunâtre dont l'odeur nauséabonde manqua de le faire vomir à son tour.

— Je.. je te rejoins dans quelques minutes, peina à articuler Anton mains sur les hanches.

William ne prit pas la peine de répondre et fit quelques pas sur le trottoir éclairé par quelques lampadaires aux lueurs grésillantes. À ses pieds, des cotillons colorés flottaient dans des restes d'huile de friture. Mardi gras n'était pas loin. Visiblement, les automates employés par le service public n'avaient pas eu le temps de nettoyer ce côté-ci de la ville. Cela ne le surprit pas. Pourtant, un détail l'étonna. Ce calme. Cette absence de musique. De jazz plus précisément. À croire que les habitants n'étaient pas superstitieux, ne prenaient pas au sérieux les menaces du tueur à la hache qui réclamait ses rythmes endiablés ! À moins que leur manque de moyens ne les empêchât d'envisager l'achat d'un gramophone ?

À une cinquantaine de mètres plus loin, plusieurs autres automobilectriques étaient garées à l'angle de la rue suivante. Il reconnut aussitôt le blason de leur service de Police. Plus loin, un automate vêtu d'un uniforme réglementaire bleu lagon gardait l'entrée d'un jardin mal entretenu. Aucun doute, ils étaient bien à la bonne adresse : « *136 bis Barbary St.* »

William ayant présenté machinalement son insigne, l'automate le laissa passer sans prononcer le moindre mot. Il monta les quelques marches qui le séparaient du perron et poussa le battant de porte. Ce qu'il allait découvrir dépassait l'entendement.

L'odeur. C'est ce qui le marqua en premier lieu. Une odeur puissante. Entêtante et âcre. L'odeur de la mort. Partout. Tout autour de lui. Imprégnée sur le sofa, sur les photos de famille, dans les peluches des enfants.

Dans la pièce principale, les bûches de bois étaient consumées et n'étaient plus qu'un tas de cendres tièdes. La gorge serrée, William passa devant l'agent Slender qui l'accueillit chaleureusement malgré les conditions funestes qui les réunissaient.

— Ah ! inspecteur, vous êtes là, je croyais que vous ne n'arriveriez jamais !

— Désolé, on a dû faire un détour au poste avec Anton.

— Où est-il ? demanda Tom.

— Il arrive. Mais ne perdons pas de temps, combien compte-t-on de victimes ?

— Deux.

— Où sont-elles ?

— À l'étage… mais je vous préviens, ce n'est pas beau à voir, dit-il en désignant l'escalier du coin de l'œil.

Comme si certaines scènes de crime étaient belles à voir, pensa-t-il en grimpant les marches qui le séparaient de l'étage.

Une fois arrivé en haut, le parquet craqua sous ses pas. L'inspecteur traversa un couloir étroit au papier peint coquelicot qui menait à deux pièces dont chacune des portes était fermée. Sur l'une d'elles était gravé un cheval à bascule. Une chambre d'enfant. L'autre devait être celle des parents. Il resta une seconde immobile, main sur la poignée. N'osant l'abaisser de peur de ce qu'il trouverait derrière. Finalement, prenant son courage à deux mains, il inspira profondément et l'ouvrit. Son cœur manqua un battement. La pièce était remplie de jouets en bois et en métaux divers. Des automates miniaturisés étaient suspendus au-dessus d'un berceau tandis qu'un deuxième lit plus grand se trouvait au fond de la pièce. Mais pas la moindre trace de sang. Il n'y avait aucune victime à déplorer ici. L'inspecteur redouta alors ce qu'il allait trouver dans la suivante.

Quand il poussa la deuxième porte, un haut-le-cœur l'étreignit. À cet instant, face à l'horreur, il n'eut qu'une envie refermer cette porte pour mettre une distance entre lui et la victime. Le corps sans vie de cette dernière n'était que la résultante d'un déferlement de haine. D'une violence inouïe, innommable. Et du sang. Du sang. Du sang. Partout. Du sang. Sur les draps aux motifs fleuris, sur le sol poisseux, sur ses longs cheveux roux. Son visage n'était qu'un amas de chair à vif. Pourtant, il discerna la beauté de cette femme derrière cette horreur sans nom. Quel gâchis !

Il ne vit pas immédiatement la seconde victime tant la première captait toute son attention. Pourtant, quand son regard glissa vers son ventre rond. Il comprit. Que l'autre victime était un enfant à naître qui ne verrait jamais le jour. Comment un être humain avait-il pu commettre un tel acte ? Tuer de sang-froid une femme enceinte en train de dormir, c'était abominable. Oui, face à une telle scène, il reconnut son auteur. Il revit défiler dans sa tête le visage des dix autres victimes. Cela ne pouvait être que l'œuvre du tueur à la hache. D'ailleurs, une hache trônait fièrement au-dessus du lit, comme un nouveau dieu à prier, plantée en plein milieu du Christ sur la croix.

*

Encore tout retourné par la scène macabre qu'il venait de voir, William manqua une marche en redescendant.

— Ça va, inspecteur, vous voulez prendre l'air ?

Pensif, William ne répondit pas, se cramponnant à la rambarde fixée au mur. Ce qu'il venait de voir là-haut ravivait en lui quelque chose de plus profond. Terrible. Le temps pressait. Il devait retrouver le tueur. Le traquer avant que ce dernier ne laisse d'autres victimes dans son sillage.

Quand il croisa le regard grave d'Anton, il vit que ce dernier hésitait à monter. Son teint cireux trahissait son mal-être.

— Qui a donné l'alerte ? demanda William à Tom occupé à inspecter la pièce.

— M. Flitberg, son voisin.

— Et vous l'avez laissé en liberté ?

— Non, il est dans l'arrière-cour avec l'agent Blake.

— L'agent… Blake ?

— L'automate qui a rejoint l'équipe la semaine dernière. Vous devriez le savoir, c'est vous qui l'avez embauché, soupira Tom.

— Ah ouais, le ferrailleur ! C'était pas mon choix, vous l'savez bien, dit-il en tournant autour du sofa. La direction veut augmenter les quotas d'automates dans nos rangs en vue des élections prochaines. Quelle bande de lèche-culs !

Un silence s'installa, avant qu'Anton ne remarque un détail troublant.

— Et ça ? dit-il en désignant un gramophone abîmé à côté de la cheminée. Il était allumé quand vous êtes arrivé sur les lieux ? demanda Anton en s'adressant à Tom.

— Non.

William approcha de l'appareil pour l'inspecter. C'était un modèle bas de gamme dont le pavillon avait été rafistolé. Il discerna quelques grossiers points de soudure. Quant à l'aiguille, elle n'était plus droite. Quand l'inspecteur posa sa main sur la manivelle, celle-ci opposa une résistance.

— Il ne fonctionne pas on dirait bien, annonça-t-il.

— Regardez tous les disques qu'ils avaient dans leur bibliothèque! s'étonna Anton. Pourquoi s'en est-il pris à cette femme? C'était visiblement une amatrice de jazz.

— Cela prouve bien ce que je pensais, on ne peut faire confiance à ce tueur... dit-il en se dirigeant vers l'arrière-cour pour interroger le voisin.

*

— Elle vivait seule ?

— Non, Gloria vit.... vivait avec son mari et leur fils, répondit le voisin inquiet.

— Que pouvez-vous nous dire sur eux ? demanda William en vérifiant que son stylo-enregistreur était bien activé.

— Oh ! Eh bien, pas grand-chose, vous savez ! Les Destern ont emménagé dans le quartier il doit y avoir un an ou deux. C'est une famille assez discrète. À vrai dire, j'ai dû discuter avec Gloria seulement quatre ou cinq fois...

— Et son mari, vous savez où on peut le trouver ?

— Jack, il travaille de nuit comme barman dans un aéro-cabaret. Tiens, c'est quoi l'nom déjà ? attendez... Vous savez, à mon âge... la mémoire... J'me souviens tout juste du nom de mes petits-enfants.

— Faites un effort... *Fizzy Swing* ? *Iridium bar* ? *The Solarist* ?

— Non, ça m'dit rien. Ça commence par un « m » il me semble.

— *Mechanic Hall* ? répliqua du tac au tac William.

— Ouais, ça doit être ça !

— Blake, tu peux te charger du père ? Ramène-le au poste, on se retrouvera là-bas.

— C'est comme si c'était fait, répondit l'automate visiblement satisfait qu'on lui accorde une nouvelle mission.

Anton déglutit, lançant un regard contrit à William. Dire qu'il avait sans doute passé la soirée face au mari de cette pauvre femme.

— Et l'autre enfant, il va bien ?

— L'autre enfant ? demanda William.

— Vous n'avez pas dit qu'il y avait deux victimes ? s'étonna le voisin en jetant un regard vers la fenêtre à l'étage.

— Si, la femme et celui qu'elle portait. La deuxième chambre était vide.

Au même instant, un long frisson parcourut le dos de l'inspecteur qui se dirigea en courant vers les escaliers.

*

De retour à l'étage, l'inspecteur vérifia les armoires des deux chambres. Mis à part de vieilles couvertures et des habits d'été soigneusement pliés, il n'y trouva aucun indice. Il retourna finalement dans la chambre où avait eu lieu le massacre. Il expira longuement puis se baissa. En découvrant ce qui se cachait sous le matelas, son sang ne fit qu'un tour. Là, sous les lattes en bois, se trouvait une silhouette recroquevillée sur elle-même. Tremblant de peur, les mains sur les yeux, l'enfant, âgé de 6 ans tout au plus, ne bougeait pas, sous le choc. Pendant une seconde, il crut qu'il était mort. Ses cheveux bouclés aux reflets roux reposaient dans une mare de sang poisseuse. L'inspecteur resta silencieux quelques secondes avant de réussir à parler.

— Tu vas bien ?

L'enfant ne répondit pas, mais tourna lentement la tête vers l'inspecteur. Il remarqua au même moment un objet brillant coincé entre les lattes en bois et le matelas à une dizaine de centimètres du visage de l'enfant. Une arme à feu. L'enfant n'avait visiblement pas réussir à la sortir. Quand son regard croisa celui de l'inspecteur, un soulagement profond se répandit en lui. Cet enfant était un survivant. Un miraculé. Il avait échappé au tueur le plus meurtrier que La Nouvelle-Orléans ait connu.

— N'aie pas peur, mon grand, je m'appelle William, je suis de la police. C'est fini, dit-il en lui tendant sa main pour l'aider à sortir de sa cachette.

Il hésita quelques instants avant de s'essuyer avec la manche de son pyjama.

— Comment tu t'appelles ?

— Daniel, mais ma maman m'appelle Danny.

— Très bien, Danny, prends ma main, je vais t'aider à sortir de là, d'accord ?

L'enfant opina de la tête, les lèvres tremblantes.

— Mais d'abord, ferme les yeux, je te dirai dès que tu pourras les rouvrir... expliqua l'inspecteur.

Quelques minutes plus tard, William sortit de la chambre avec l'enfant sous le bras, Il sentit les battements de cœur du petit qui résonnaient contre sa cage thoracique. Leurs cœurs battaient en rythme une même mélodie.

Boum boum.

Tu n'es plus seul.

Boum boum.

Je suis là.

Boum boum.

Je te vengerai.

— Je veux voir Maman, murmura Danny à l'oreille de l'inspecteur.

William s'était toujours considéré comme quelqu'un de fort. C'est ce qu'on lui avait appris dans la police. Enfouir ses émotions pour être plus performant, plus efficace. Résoudre les affaires les plus sordides était son seul objectif. De nombreuses fois, certains de ses collègues l'avaient trouvé insensible. Mais cette nuit, il ne put pas mettre sa réaction sur le compte de la fatigue. Car cette voix, ce « *je veux voir Maman* » l'avait touché en plein cœur. Quand l'enfant répéta ces mots, une larme roula le long de la joue de l'inspecteur sans qu'il puisse la retenir. Il comprit alors qu'un point de non-retour venait d'être franchi dans cette enquête. Il savait qu'il devrait aller jusqu'au bout. Il n'avait plus le choix.

C'était le tueur à la hache ou lui.

The Times-Picayune.

« Le droit de vote des automates au centre d'une nouvelle campagne politique. »

C'est un tout autre débat qui affole les Néo-orléanais aujourd'hui. Assistera-t-on à un retour en arrière ? Les automates auront-ils un jour à nouveau le droit de voter comme leurs ancêtres illusionnautes ? C'est en tout cas le pari fou que s'est lancé le parti Humanicité Mécanique.

Plus de deux mille Néo-orléanais ont défilé aujourd'hui dans les rues. Certains, maquillés et déguisés en automates, marchaient en tête du cortège, banderoles à la main. Avec eux, Jefferson Astal, à la tête du parti d'opposition progressiste qui réclame le retour au droit de vote des automates de deuxième génération. Rappelons qu'il avait recueilli près de 8 % des suffrages aux dernières élections. « *Tant que des enfants automates continueront à être traités de ferrailleurs, que l'autom-racisme fera partie de notre quotidien, tant que l'accès à certains commerces leur sera interdit, nous poursuivrons le combat ! Les automates de seconde génération ne sont pas une menace mais une force pour l'avenir !* »

Mais leurs détracteurs sont nombreux. Dans le camp adverse, Cynthia Mc Corbyl, l'ex-compagne du gouverneur actuel, est, quant à elle, plus nuancée. « *Les ferrailleurs ne sont pas une menace aujourd'hui, mais ils le seront peut-être demain. Nous devons prendre toutes les mesures préventives pour ne jamais reproduire les erreurs du passé. Nous devons tirer des leçons de notre histoire ! Accorder le droit de vote aux automates est d'une imprudence sans nom !* »

Si le débat est si houleux, c'est que tout est parti de l'épisode commémoratif rendant hommage aux hommes et aux femmes victimes du printemps rouge quarante ans plus tôt. Vlad, un des automates, a d'ailleurs pris la parole à ce propos : « *ce pays est une honte, nous aussi méritons un jour de commémoration. Quand le gouvernement prendra-t-il sa part de responsabilité dans le génocide qui a touché notre peuple ? L'extermination des Illusionnautes a été une boucherie sans nom. Un hommage national doit leur être rendu.* »

La communauté noire de La Nouvelle-Orléans est d'ailleurs montée au créneau avec les progressistes. « *Qui aurait été montré du doigt si cela n'avait pas été les automates ? Les noirs peut-être ? Cette vision est absurde et complètement rétrograde ! Si l'esclavage a été aboli, c'est grâce aux automates qui ont remplacé nos pères dans les champs de coton. Cessons de nous entretuer et apprenons à vivre ensemble pour de bon !* »

- 18 -
GRACE

Au moment où Molly glissa ses mains dans celles de Grace, de fines impulsions électriques se libérèrent à la surface de sa peau. Des souvenirs-fantômes relevant ses poils un à un le long de ses avant-bras pour remonter jusqu'à sa nuque dans un frisson singulier. Soudain, un vertige l'envahit. Sa chambre tangua et une vision fugace manqua de lui faire perdre l'équilibre.

Ses yeux se fermèrent tandis que des centaines d'images prenaient vie sous ses paupières lourdes.

Une faille immense s'ouvrit devant ses yeux et une vague d'encens retomba sur elle. Des dizaines de machines à écrire alignées. Le bruit des touches que l'on presse frénétiquement. Les phalanges engourdies à la fin de la journée, les doigts fatigués qui peinent à bouger.

Seconde vague.

La silhouette d'un homme en costume cinq pièces. Des regards échangés. Un baiser. Une odeur de bonheur. Des draps mouvants dans la moiteur d'une chambre.

Troisième vague.

La silhouette de Molly courant dans les rues. Des balles fouettant l'air tout autour d'elle. Le bruit des corps tombant les uns après les autres comme des dominos. L'odeur de la poudre. Et cette peur, cette peur devenue son ombre, qu'elle partageait avec tous ceux qui couraient avec elle. Il fallait survivre, encore un jour, une heure, obstinément. Les images des rues qu'elle traversait au pas de course étaient brumeuses. Pourtant, Grace reconnut Twisting Street *qui n'avait pas l'allure qu'on lui connaissait aujourd'hui. Dans le ciel, la lune et les étoiles se taisaient, assistant, impuissantes, au massacre nocturne que leur offraient les Hommes. Quand Molly arrêta sa course devant une vitrine, le cœur de Grace manqua un battement. Car ce reflet, le visage de Molly se reflétant dans la vitre, lui glaça le sang. Molly n'avait pas le visage de l'enfant qu'elle aurait dû être. Ses traits étaient les mêmes qu'aujourd'hui. Identiques. Pourtant, la scène qui venait de prendre forme sous ses yeux se passait bien avant le début du siècle, elle en était certaine.*

Quatrième vague.

Une odeur de vase et une inscription gravée sur une porte.

« S. »

Quand elle rouvrit les yeux, Grace fit un pas en arrière et tomba à la renverse en découvrant le visage de son amie. Ses traits éternels. Aucun homme sur terre n'était immortel…

— Je t'en prie, n'aie pas peur de moi… murmura Molly en s'approchant de son amie pour l'aider à se relever.

— Ne me touche p…

— Calme-toi… je ne sais pas ce que tu as vu, mais je vais tout t'expliquer.

— Je… qui… qui es-tu ? C'était toi que j'ai vu courir avec tous ces gens dans la rue ? demanda-t-elle la gorge nouée.

Quelques secondes s'écoulèrent avant que Molly ne se décide à répondre.

— Oui… c'était il y a bien longtemps, au printemps 1878, dit-elle en inspirant profondément.

— Le printemps rouge ?

— Oui… quand la traque a commencé.

— Alors, tu es… une…

— Une illusionnaute, oui… murmura Molly en dévisageant son amie sans ciller des yeux.

Grace était sous le choc, déçue…

— Alors depuis tout ce temps, tu m'as menti ? Tu t'es fait passer pour… une humaine ?

— Je ne l'ai pas fait pas gaieté de cœur, crois-moi… je ne pouvais faire confiance à personne, dit-elle en approchant doucement.

— Pourquoi n'es-tu pas partie ? Tu risques ta vie chaque jour en restant ici.

— Oh ! J'ai tenté de partir, plus d'une fois d'ailleurs ! dit-elle en s'installant près de Grace. J'ai même bien failli réussir à quitter la ville. Mais… l'aérostat dans lequel je voyageais en soute a malheureusement été fouillé à quelques dizaines de kilomètres d'ici… Je n'ai jamais pu atteindre New York… J'avais payé cher pour ça pourtant. Sullivan m'avait demandé trois cents dollars.

— S ? Sullivan, qui est-ce ?

— Le passeur. Il n'a pas hésité à nous livrer aux autorités pour sauver sa peau quand l'aérostat a été intercepté.

— C'est lui qui te fait chanter depuis tout ce temps ?

— Oui, et une fois de plus, il a retrouvé ma trace. J'ai trouvé une inscription sur ma porte hier soir en rentrant.

— Je suis désolée… murmura Grace, le cœur serré.

— Après le massacre, j'ai cru que je pourrais vivre à nouveau dans cette ville. Repartir de zéro… Les premiers temps ont été difficiles. Mais j'ai réussi à me faire employer deux ans plus tard comme dactylographe dans une imprimerie. C'est là que je suis tombée amoureuse, pour la première fois de ma vie.

Une émotion s'empara de sa voix.

— C'était mon patron. Il s'appelait… Edmond.

Grace remarqua ses lèvres trembler à l'évocation de son prénom.

— C'était un homme brillant. Je savais que notre histoire d'amour était vouée à l'échec. Qu'il vieillirait et que tout s'étiolerait avec le temps. Au début, je me demandais ce qu'il pouvait bien me trouver. Qui pourrait aimer une automate ?

Grace continua de fixer son amie, son regard vide semblait perdu, sondant ses souvenirs passés.

— Le samedi soir, il m'emmenait virevolter dans ces bars-guinguettes au rythme des trompettes et des pianos fous. On dansait jusqu'au bout de la nuit, ivres d'amour. On était heureux, dit-elle avant de reprendre sa respiration et de se lever pour rejoindre la fenêtre.

Un silence passa.

— Il me regardait avec ses yeux bleus et disait : «Tu es la plus belle femme sur cette terre, Joanne». J'y croyais, à ses belles paroles, à ce prénom que j'avais choisi et qui m'allait comme un gant, à cette nouvelle identité et à ce passé que j'avais reconstruit de toute pièce. Dans ses bras, j'ai oublié un temps que j'étais une automate et il avait fini par me convaincre à mon tour que j'étais humaine.

— Il n'a jamais rien remarqué ?

— Tu sais, à force de répéter les mêmes bobards, tu finis, toi aussi, par y croire. Et c'est à ce moment-là que cela devient dangereux. Quelques mois après le début de notre relation, alors qu'il commençait à me parler de mariage et d'enfant, j'ai paniqué. Je me suis sentie coupable, coupable et triste de me dire que jamais je ne pourrais lui donner ce qu'il voulait. Je savais que ce bonheur ne durerait pas. J'avais raison… car quelques mois plus tard, Sullivan est revenu et m'a fait chanter. Après tous les efforts que j'avais fait pour disparaître, mon passé me rattrapait une nouvelle fois. Sullivan a menacé de tout révéler à Edmond et de me livrer aux autorités si je ne lui versais pas une grosse somme d'argent. J'ai acheté son silence, mais j'avais compris que je n'aurai aucun répit. Alors, j'ai pris la décision de partir, de quitter mon travail et celui que j'aimais. Je ne lui ai laissé aucun mot, aucune lettre. Ce n'était pourtant pas faute d'en avoir écrit des dizaines. Je pensais que la fuite serait moins douloureuse… je me trompais.

— Où es-tu allée après ça ?

— J'ai trouvé une chambre dans un raffiot près du port. l'*Orgundium*. J'y vis depuis.

— Et, Edmond, tu ne l'as jamais revu ?

— Si, je suis retournée devant l'imprimerie où il travaillait plusieurs fois. Un jour, j'ai vu cette autre femme. Je voyais ses gestes, sa main posée sur son épaule. Leurs regards complices ne mentaient pas. Il m'avait remplacée par une autre, bien plus belle que moi. Une humaine, dit-elle en se raclant douloureusement la gorge.

Elle déglutit.

— Mais ce qui me faisait plus mal, c'était de le voir vieillir. La dernière fois que je l'ai aperçu, ses cheveux étaient devenus blancs. Ses rides étaient plus profondes et son allure moins assurée. C'est un vieillard aujourd'hui. Pourtant, malgré le temps qui passe, je vois toujours en lui l'homme que j'ai aimé.

Sa voix tremblait à mesure qu'elle continuait de lui raconter son histoire. Chaque mot était plus dur que le précédent, la replongeant dans des souvenirs douloureux.

— C'est à partir de ce jour que je me suis fait la promesse de ne m'attacher à personne. Je ne voulais plus souffrir.

— Mais tu ne peux pas t'empêcher de vivre…

— Les automates ne sont pas faits pour aimer, Grace.

— Bien sûr que si… qu'est-ce que tu racontes, ajouta-t-elle en la serrant contre elle.

Elles restèrent un moment dans les bras l'une de l'autre. Silencieuses. L'une comprenant la peine de l'autre. Toutes les deux savaient que c'était un des derniers moments qu'elles passaient ensemble.

— J'ai passé ma vie à mentir, il est temps maintenant de partir, enfin.

— Dis-moi ce dont tu as besoin et je t'aiderai, dit-elle en posant ses mains sur ses épaules.

— J'ai besoin d'argent, pour quitter la ville, répondit-elle en remettant ses gants.

— New York ?

— Oui.

— Combien ? dit-elle en ouvrant une boîte à musique dans laquelle Grace cachait ses économies.

— Deux… deux cents dollars.

Grace fit glisser les billets entre ses mains, avant de se retourner. Une émotion vive monta en elle en la regardant.

— Tiens… dit-elle en lui donnant la somme qu'elle avait demandée.

— Merci, je te les rendrai dès que je pourrai, murmura-t-elle en fixant l'argent qu'elle lui tendait.

Un éclat de joie brilla dans les yeux de Molly en serrant les billets entre ses doigts. Cela donna du baume au cœur à Grace. La danseuse enfouit rapidement l'argent sous son corset, puis releva les yeux vers son amie.

— Je ne sais pas comment te remercier…

— Alors ne le fais pas… File, si tu te dépêches, tu pourras peut-être avoir l'aérostat de dix heures trente.

Oui, l'heure était venue. De partir sans se retourner. De filer comme un éclair.

Une étoile filante.

- 19 -
Anton

Quand la porte du poste de police claqua, Anton se tourna vers son collègue qui jouait nerveusement avec son stylo enregistreur. Le moment qu'ils redoutaient venait d'arriver. Dans leur profession, on les avait préparés à beaucoup de situations, mais annoncer la mort de quelqu'un faisait partie des choses qu'ils redoutaient le plus. Comment s'y prendre ? Y avait-il une bonne manière de le faire ? Quels que soit les mots utilisés, ils étaient toujours trop violents. William lui lança un regard entendu qui voulait dire : « ne compte pas sur moi, cette fois-ci, c'est toi qui t'y colles ».

— T'es vraiment un enfoiré, c'était moi la fois dernière, lâcha-t-il alors qu'un relent de bière de la veille s'échappait de sa bouche.

Mais ce n'était pas le moment de jouer des coudes : déjà, à l'autre bout du couloir, il reconnut la voix mécanique de l'agent Blake qui revenait en compagnie du mari de la victime.

— Attendez ici, mon collègue va tout vous expliquer…

La démarche militaire de l'automate résonna dans le couloir avant que la porte ne s'entrouvre.

— Chef, il est là… Jack Destern.

— Merci, Blake… répondit Anton en lui donnant une tape sur l'épaule avant de rejoindre l'entrée.

Les épaules en arrière, tirant sur sa veste vert pomme qui ne lui semblait plus du tout de circonstance, l'inspecteur se pressa vers l'accueil. Là, un homme de corpulence fine, les cheveux soigneusement peignés en arrière, l'attendait. En le voyant, l'homme se redressa.

— Monsieur Destern ?

— C'est bien moi… Désolé pour la tenue, votre collègue ne m'a pas laissé le temps de me changer, dit-il en désignant les diodes lumineuses qui clignotaient à ses épaulettes.

Au moment où il prononça son nom, il nota une lueur inhabituelle dans les yeux du barman. Pas de doute, ce dernier venait de le reconnaître. En même temps, Anton lui avait commandé plus d'une dizaine de verres quelques heures plus tôt au *Mechanic Hall.* Pourtant, il fut ravi que ce dernier ne mentionne pas ce détail.

— Suivez-moi, je vous en prie, lâcha Anton avec gravité.

Une fois dans le bureau, il prit soin de refermer la porte et le fit s'asseoir. Il se racla la gorge et dans un silence pesant lui annonça l'indicible…

— Monsieur Destern, votre femme, Gloria, est morte cette nuit…

Il vit alors dans les yeux du pauvre homme que s'ouvrait une brèche que rien ni personne ne pourrait jamais refermer.

- 20 -
William

Dans le bureau voisin, la tête en arrière, William regardait lentement le balancier de l'horloge mécanique pendue au-dessus de lui. Il n'avait pas dormi de la nuit. Les secondes lui semblaient plus longues. Interminables. Le sang affluait vers ses tempes tandis qu'il retenait sa respiration.

Un. Deux.

Soudain, le mécanisme s'enclencha pour marquer la nouvelle heure. William sursauta et ne put s'empêcher de regarder ce spectacle automatisé qu'il connaissait par cœur. De l'autre côté de la pièce, le petit Danny, releva la tête, fasciné.

Premier coup.

Les rouages cliquetèrent en rythme. Un plateau arrondi retenu par un levier se libéra, se positionnant à l'horizontale.

Deuxième coup.

Un petit soldat métallique sortit de l'horloge et se mit en marche dans une cadence militaire.

Troisième coup.

Le soldat fit quelques pas avant de s'arrêter net.

Quatrième coup.

Son bras se souleva dans un grincement avant de pointer le canon de son arme factice vers le petit garçon. Un éclat de joie apparut dans les yeux de l'enfant. Un sourire amer se dessina sur le visage de l'inspecteur.

Cinquième coup.

Un nuage de vapeur s'échappa de l'arme à feu. Le soldat venait de tirer. On peut dire que les créateurs avaient le souci du détail au point de reproduire le bruit de la détonation.

Sixième coup.

Le soldat se remit en marche. Le plateau se referma brusquement, mettant fin à la mini-scène de guerre qui avait eu lieu devant ses yeux. Danny applaudit en riant à gorge déployée.

— Encore, encore ! s'enthousiasma le petit.

Cet élan de joie crispa l'inspecteur. Nombreux étaient les enfants à désirer un tel objet. Ses créateurs, *Werney & Cie*, avaient finalement réussi l'impensable : miniaturiser une scène de combat dans une horloge, un ballet funeste qui fascinait autant qu'il révulsait. Oui, il fallait bien l'avouer, de tout temps, la guerre était sur toutes les bouches, dans toutes les mémoires. À peine les garçons savaient-ils marcher qu'ils jouaient déjà avec de petits soldats de plomb, préparant des batailles imaginaires au beau milieu du salon. Pourquoi fascinait-elle autant, cette guerre ? Était-ce un moyen pour ces petits hommes de se préparer dès l'enfance à un jour rentrer dans le rang pour rejoindre le front à leur tour ? À affronter l'horreur qu'avait connue leurs parents ou leurs grands-parents avant eux ? À se préparer à cet éternel recommencement ? De tout temps, la guerre était là, omniprésente, vicieuse et sauvage, faisant planer l'ombre de la mort sur ceux qui osaient l'affronter.

Aujourd'hui, moins d'un an seulement après la fin de la Première Guerre mondiale, ce mot ne faisait pourtant plus rêver personne. Ceux qui en réchappaient étaient des débris d'hommes, des gueules cassées, plus morts que vivants, hantés à jamais par les fantômes de leurs ennemis, traqués dans leurs nuits par les cris des obus et les regrets des mourants.

William avait donné dans cette guerre. Il avait donné et elle lui avait tout pris. Sa chair. Son fils aîné. Son sang. Depuis, il n'osait plus prononcer son prénom à voix haute. *Andrew*. Oui, la guerre n'en avait jamais assez, elle dérobait des visages, volait des prénoms, décimait des familles, attirait la jeunesse dans ses rangs en leur faisant miroiter des insignes militaires à accrocher à leurs uniformes clinquants. Elle flattait les héroïsmes naissants, les valeurs patriotiques, pour, dans l'ombre des tranchées boueuses, se repaître de leurs corps d'adolescents. Cela le dégoûtait. Il revoyait encore son fils faire sa valise. Combien étaient tombés à ses côtés ? Combien étaient partis la fleur au fusil, nullement inquiets de ne savoir utiliser l'arme qu'ils portaient fièrement contre leur cœur. Combien avaient oublié que ce n'était plus un jouet qu'ils avaient entre leurs mains ? C'était la mort enrubannée qui s'était déjà entichée d'eux.

Regardant son arme de service dans son étui, William eut un mouvement de recul. Depuis cet épisode-là, les armes à feu le révulsaient. Et c'était toujours une épreuve, pour lui, de prendre la sienne quand il était en service. Pas vraiment pratique pour un inspecteur de police…

Soudain, un cri de douleur s'échappa du bureau d'Anton. Cela aurait pu être un cri de bête, d'homme ou d'automate. Ce cri était le même. Viscéral. Le cri d'une souffrance trop intense pour être retenue dans un corps, qu'il soit de chair ou de métal.

— Mon fils, il est ici ? cria l'homme.

— Danny, tu viens avec moi ? murmura William en tendant la main au garçon.

Posant sa main dans la sienne, Danny obéit et c'est ensemble qu'ils sortirent du bureau pour rejoindre celui d'Anton.

— Papa ! cria Danny en relâchant la main de l'inspecteur sitôt qu'il croisa le regard de son père.

L'homme, sous le choc, tomba à genoux face à son fils.

— Dieu merci ! tu es en vie, murmura-t-il les larmes aux yeux en prenant sa tête entre ses mains trempées de larmes.

Silencieux, Anton et William les observèrent quelques instants.

— Avec votre accord, nous aimerions lui poser quelques questions, lâcha William qui ne s'était pas encore présenté.

— Je... il y en a pour longtemps ?

— Tout dépend de lui... Il n'a presque pas dit un mot depuis que nous l'avons trouvé. Nous pensons que votre présence pourrait l'aider à mettre des mots sur ce qu'il a vu.

— Je ne suis pas sûr de... réussir à...

— Je comprends, vous pourrez quitter la pièce dès que cela devient trop difficile pour vous, ajouta Anton d'un air compatissant.

— Comprenez bien que toutes les informations que pourra nous fournir votre fils sont capitales, monsieur Destern...

— Mais... mon fils n'a que 6 ans...

— C'est aussi notre seul témoin… Notre seule chance de coincer celui qui a fait ça à votre femme.

— Très bien. Allez-y, dit-il en passant sa main dans les boucles rousses du garçon.

Satisfait, William sortit son stylo enregistreur de sa poche. Il fit pivoter le bouchon argenté sur lui-même avant d'annoncer d'une voix grave :

« Mardi 21 mars, enregistrement numéro 1 : Danny Destern »

- 21 -
Grace

C'était une après-midi pluvieuse dans le quartier de Storyville. Les usines ronronnaient et les badauds s'étaient abrités sous les porches en attendant que l'averse passe. Sa chouette sous le bras, évitant d'un même coup les flaques qui se formaient de part et d'autre de la rue, Grace comprimait les ailes mécaniques de Plim pour éviter que l'oiseau ne s'envole.

— Courage, on est bientôt arrivé, murmura-t-elle pour la rassurer.

Accélérant le pas, elle prit la première à droite avant d'arriver dans une petite impasse sans issue. Au fond de la rue, le nom de l'enseigne avait perdu de sa superbe. Les lettres initialement dorées avaient pris une vilaine teinte rouille. «*B.rdingology*». Il manquait même une voyelle. N'importe quel passant aurait pu croire le commerce fermé au vu de la vitrine poussiéreuse. Pourtant, cette boutique, qui ne payait pas de mine de l'extérieur, regorgeait de trésors que les initiés savaient apprécier. La jeune femme, qui connaissait son propriétaire pour y venir une fois l'an, poussa la porte grinçante de la boutique. Un coucou mécanique se mit aussitôt à chanter pour alerter le commerçant.

Dans le magasin, elle n'était pas seule : une femme, qui devait avoir son âge, se tenait face au comptoir et s'entretenait avec le maître automaticien. Grace lui fit un petit signe de la main en guise de bonjour et déambula dans la boutique en attendant qu'ils finissent leur conversation. Quantité de pinces, boulons et ressorts s'amoncelaient par centaines sur les étagères en bois. Des oiseaux-automates étaient exposés dans des cages en fer qui se balançaient lentement au-dessus de leur tête. Du plus petit, qui devait faire cinq centimètres, au plus grand, chaque oiseau observait la nouvelle arrivante avec intérêt. Sur sa droite, une petite affichette écrite à la main lui serra le ventre.

« S'il vous plaît, l'achat d'un automate n'est pas à prendre à la légère. Ces oiseaux mécaniques sont des êtres vivants qui requièrent une attention toute particulière.

L'abandon n'est pas une option.

Ivan Pistrelli, maître automaticien ».

Les abandons devenaient de plus en plus fréquents à cause des nouvelles lois qui devenaient chaque année plus restrictives. Alors, même si le propriétaire faisait tout son possible pour recueillir les modèles dont les gens ne voulaient plus, certains finissaient malheureusement en pièces détachées à défaut de leur trouver un nouveau foyer.

— Je suis inquiète, il, il… ne bouge plus. Je… auriez-vous quelque chose pour lui remonter le moral ?

Grace tendit l'oreille et ne put s'empêcher de jeter un œil au modèle que la cliente tenait dans les mains. On aurait dit un oisillon recroquevillé sur lui-même. Effectivement, il ne semblait pas en forme.

— Depuis combien de temps est-il comme ça ? demanda le réparateur en attrapant l'oiseau pour l'inspecter.

— Deux jours, je dirais… Lundi, il avait meilleure mine, il chantait encore.

— Je ne vois aucune pièce défectueuse, dit-il après plusieurs minutes d'un examen minutieux. Il doit simplement déprimer…

— Déprimer ? demanda-t-elle surprise.

— J'imagine, il s'agit d'un vieux modèle anglais de chez *Barney & Walnett*. Il devait avoir l'habitude de voler dans la capitale anglaise. Dieu sait qu'il a dû en voir des choses ! Ce n'est pas facile pour eux de s'adapter. Imaginez-vous un instant qu'on vous empêche de sortir de chez vous du jour au lendemain. Comment le vivriez-vous ?

— Mal j'imagine, répondit-elle en récupérant l'animal immobile entre ses mains.

— Installez-le dans une pièce plus lumineuse si vous pouvez et essayer de le stimuler plus régulièrement en le laissant voler quelques heures chez vous.

Grace ne put s'empêcher d'intervenir.

— Sauf si vous avez du papier peint, je vous le déconseille fortement. Le mien m'a saccagé l'appartement en moins de temps qu'il n'en faut pour le dire, ajouta-elle en sortant la chouette de sa veste.

— Oui, Plim est particulière, admit le réparateur en faisant un clin d'œil à Grace.

— Comment s'appelle-t-il, demanda Grace ?

— Rachel Henwoorth, heu, pardon, Piclou. Rachel, c'est moi, dit-elle en rigolant avant de lui serrer la main.

— Enchantée, je m'appelle Grace, Grace Perkins et voici... Plim.

Grace posa l'automate face au vendeur puis retira le lien qui entourait son bec. Au même moment, Piclou, qui semblait éteint jusqu'alors, leva la tête vers Plim.

Un instant passa.

Quelques secondes suspendues avant que les yeux des deux oiseaux ne brillent d'un éclat nouveau. Piclou approcha doucement et émit un long roucoulement avant que Plim ne se mette à chanter.

Grace resta stupéfaite. C'était bien la première fois qu'elle entendait Plim émettre sur une telle fréquence.

— Je n'en crois pas mes yeux, murmura le vendeur émerveillé en regardant les deux oiseaux s'approcher timidement l'un de l'autre.

— Quoi ? demanda Rachel.

— Je ne pensais pas voir ça de mes propres yeux un jour, murmura le vieil homme. Ils se sont retrouvés. Ces deux oiseaux. Je pensais que ce n'était qu'une légende urbaine !

— Que voulez-vous dire ?

Au même instant, Piclou s'envola suivit de près par Plim. L'oiseau tournoya autour de la chouette quelques minutes. Tous trois étaient sans voix, assistant, impuissants, à cette danse envoûtante, à ce ballet d'ailes métalliques. Les deux oiseaux, subjugués l'un par l'autre, avaient visiblement oublié leurs maîtresses et tout ce qui se passait autour. Leurs pépiements se mêlèrent doucement, composant une symphonie irréelle, un chant d'amour qui n'appartenait qu'à eux.

— Ils viennent de tomber amoureux, murmura du bout des lèvres le vendeur.

— Je vous demande pardon ? demanda Rachel, en se raclant la gorge.

— On dit que deux oiseaux produits dans la même usine à partir du même minerai tombent amoureux au premier regard s'ils se retrouvent. Comme deux pièces d'un puzzle. Deux âmes sœurs si vous préférez. On dirait bien que c'est le cas aujourd'hui. Il va être difficile de les séparer maintenant, ajouta-t-il en regardant Piclou se lover sous l'aile de Plim.

— Il manquait plus que ça ! soupira Grace qui était venue pour récupérer la mystérieuse pièce en métal que Plim avait avalée quelques heures plus tôt.

*

Cela faisait tout juste deux minutes que Rachel venait de quitter la boutique avec Piclou que Plim était déjà intenable. La chouette n'avait visiblement pas apprécié qu'on la sépare de son âme sœur et donnait des coups de bec.

— Calme-toi, Plim ! lâcha Grace à bout de nerfs.

— Je suis désolé, mais je crois que je ne vais pas avoir le choix… murmura l'automaticien. Dis, tu veux bien préparer la pince ?

— Oui, répondit une voix enfantine à l'arrière.

— Oh ! vous n'êtes pas seul ! C'est votre petit-fils ? demanda Grace en tendant la tête vers l'atelier.

Là, à l'arrière-boutique, elle discerna une tête brune de dos.

— Non, c'est mon nouvel apprenti. Croyez-moi, malgré son jeune âge, il en sait des choses, dit-il en rigolant avant de partir dans l'atelier.

De retour avec l'outil en main, Grace prit peur en voyant l'automaticien approcher.

— Vous n'allez pas…

— Lui faire mal ? Non, elle ne sentira rien, dit-il avant d'approcher une étrange pince métallique reliée à deux fils en cuivre.

Sitôt que l'outil toucha une des plumes de la chouette, une fine décharge électrique se répandit à la surface de son plumage. Une seconde plus tard, une légère odeur de brûlé se répandit dans la pièce avant que Plim ne tombe raide sur le comptoir.

— Voilà. On aura la paix pendant une bonne demi-heure comme ça.

— Elle est ?…

— Juste endormie, ne vous inquiétez pas, le voltage est trop faible pour lui causer le moindre mal. Alors, dites-moi quel est le problème cette fois-ci ?

— Eh bien, Plim a avalé une pièce en métal ce matin. J'aimerais la récupérer, dit-elle.

— Très bien, je vais voir ce que je peux faire. Attendez-moi ici, je reviens dans quelques minutes, cela ne devrait pas être très long, dit-il avant de disparaître avec Plim sous le bras.

*

Près de dix minutes plus tard, M. Pistrelli réapparut, visiblement satisfait. Il tenait une ribambelle d'objets entre ses mains.

— On dirait qu'elle n'a pas mangé que votre pièce ! Même ma pie mécanique ne me pique pas autant de choses ! dit-il en désignant un oiseau dans le coin de son atelier.

L'oiseau poussa un long roucoulement.

— Oui, c'est de toi que je parle, Koly.

Parmi les objets que Plim lui avait subtilisés, Grace retrouva une bague, une petite cuillère, et un gri-gri offert par son frère le jour de son dix-huitième anniversaire.

— Et voilà, je pense que c'est de ça que vous parliez ? dit-il en lui remettant la pièce ovale dans la main.

— Oui, merci beaucoup, c'est bien ça, je vous remercie, dit-elle avant de la remettre dans sa poche.

— Je ne savais pas que vous aviez encore la clé en votre possession. Où l'avez-vous retrouvée ?

— La clé ? Que voulez-vous dire ?

— Cette pièce, dit-il, elle fait partie de la chouette, vous l'ignoriez ?

— Attendez, je… je ne comprends pas, dit-elle en posant sa main sur sa blessure.

Grace hésita, elle ne savait pas s'il était sage de lui révéler que cette pièce métallique, elle l'avait trouvée sous sa peau.

— Eh bien, Plim est une chouette enregistreuse. Cette pièce, c'est la clé, la clé de la chouette. Vous saviez qu'elle était désactivée ?

— Désactivée ?

— Oui, la chouette n'enregistre plus depuis dimanche.

Depuis le moment où elle l'avait retirée de sous la peau, cela coïncidait parfaitement.

— Vous savez, ça me regarde pas, mais j'en ai rarement vu en aussi bon état. Puis-je la regarder de nouveau ?

Grace était sous le choc, elle ne savait quoi dire, mais elle s'exécuta.

— Ils étaient ingénieux quand même à l'époque. Voyez-vous, cette pièce métallique est une clé. Pas comme vous l'entendez évidemment. Mais regardez, elle est aimantée, dit-il avant de poser un clou en équilibre sur sa surface. Quand votre chouette l'a avalée, la pièce est allée se loger précisément dans sa serrure. Elle est maintenant prête.

— Prête à quoi ?

— Eh bien, à vous faire écouter votre passé !

— Vous voulez dire qu'elle a tout enregistré ? Depuis quand ?

— Depuis le jour où on vous a implanté cette clé sous la peau, mademoiselle !

C'était surréaliste. Cette cicatrice qu'elle avait au creux du coude, c'était donc ça ? Qui lui avait implanté cet objet ? William et Janet ? Ou tout cela datait-il d'avant son adoption ?

— Il s'en est vendu quelques milliers d'exemplaires à la fin des années quatre-vingts en Angleterre. Regardez, je dois même avoir la publicité de l'époque à côté.

M. Pistrelli revint une minute plus tard et lui tendit un papier jauni. Dessus, on pouvait voir plusieurs modèles.

« Walter & company, chouette et coucous enregistreurs, protégez vos enfants, offrez-leur le doudou idéal ».

— On avait l'habitude d'implanter, à l'âge de 1 an, la clé sous la peau des petits. Ainsi, l'oiseau restait toujours à distance et surveillait l'enfant où qu'il aille. Niveau sécurité, on n'a pas fait mieux depuis.

Ainsi, le lien quelle avait développé avec Plim n'était-il lié qu'à de la mécanique ?

— Comment cela fonctionne-t-il ? demanda Grace intriguée.

— Ses yeux peuvent projeter des images si vous la mettez face à un mur. Pour le son, il sortira par le bec. Bon, la résolution n'est pas la meilleure qui soit, mais tout de même, c'était drôlement novateur !

— Comment cela est-il possible ?

— En fait, ils ont placé derrière leurs yeux deux oculaires, plusieurs miroirs et une série de loupes pour projeter des images enregistrées sur des bobines. Il vous suffira ensuite de lever l'aile droite pour avancer et l'aile gauche pour revenir en arrière.

— Pouvez-vous me montrer comment l'allumer ?

— Bien sûr ! Là, regardez, dit-il en attrapant l'oiseau. Vous sentez, l'aimant, là, entre les deux ailes, il activera la source lumineuse logée à l'intérieur. Il suffit de prendre votre pièce métallique en main et de la positionner ici pendant quelques secondes. La projection devrait se faire.

Grace continua à fixer Plim sans dire un mot de plus. Qu'allait-elle découvrir sur son passé ? Était-elle prête à cela ? Encore fallait-il que la chouette coopère. Ça, c'était une autre histoire…

- 22 -
Ian

À l'étage, les combles étaient sombres, seule la lumière de sa chambre en contrebas illuminait faiblement la pièce. Des rais de poussières quadrillaient l'espace. Une odeur de rance et de vieux livres abîmés le prit à la gorge. Ian fit quelques pas, approchant de plusieurs cartons entreposés sur sa droite. Il ouvrit le premier. Il était rempli d'anciens livres qui appartenaient à son père. Plusieurs titres retinrent son attention parmi lesquels «*Human, All too Human*» de Nietzsche ou encore *Oliver Twist* de Dickens. Ce dernier était un des seuls livres que son père l'avait forcé à lire. La lecture, il avait toujours vu ça comme une punition.

Ian referma le carton et ouvrit le suivant. Là encore, il était rempli de bouquins aussi poussiéreux que les précédents. Il s'agissait d'ouvrages médicaux de référence. *Darwin, Luigi Galvani, Benjamin Franklin*, autant de grands noms dont les travaux avaient été une source d'inspiration pour son père.

Ian en attrapa un, *The Mechanism of Human Physiognomy* de Duchenne de Boulogne. À la lecture de son nom, le livre glissa des mains de Ian. Un frisson de dégoût remonta au même moment le long de son dos. Ce nom, il en avait largement entendu parler. Il se souvint même avoir plusieurs fois croisé cet homme qui venait rendre des visites régulières à son père.

Soudain, une ombre le fit sursauter au fond de la pièce. Son cœur s'emballa de nouveau.

— Y a quelqu'un ? dit-il en attrapant le premier objet qui lui passait sous la main pour se défendre.

La canne de son père dans la main, il serra le manche en ivoire jusqu'à s'en faire blanchir les phalanges. Il bloqua sa respiration sous l'effet de la peur. Évidemment, personne ne répondit. Seul un silence pesant l'enveloppait. Ian était seul dans les combles. Comment pouvait-il imaginer le contraire ?

Prenant sur lui, il avança lentement vers le fond de la pièce. Là, un large miroir était posé contre le mur qui lui faisait face. C'était son reflet qu'il avait vu bouger. Quel idiot ! Il se détendit aussitôt faisant rouler ses épaules vers l'arrière. Des tableaux avaient aussi été entreposés là, près du miroir, ceux qui avaient survécu au drame. Plus loin, des draps étaient posés sur plusieurs objets massifs. Il retira l'un d'eux, dévoilant une sculpture qu'il aurait préféré oublier. C'était la statue d'une femme-sirène en métal brossé recouverte d'une fine pellicule noire. Des cendres. Presque nue, elle semblait se cacher la poitrine avec pudeur tandis que ses cheveux flottaient autour de son visage, comme si elle était sous l'eau. Sur son socle, il lut l'inscription qui lui était attachée, « *Vyr – Venise – 1858* ». Ian replaça aussitôt le drap sur celle-ci, faisant marche arrière.

Les souvenirs étaient trop lourds.

Il continua à reculer avant de se cogner contre un meuble imposant. Un autre drap blanc recouvrait ce qui semblait être une armoire. Il le fit glisser par terre, puis ouvrit le battant de droite. L'armoire était vide, à l'exception d'une boîte à chaussures posée tout au fond. Les mains tremblantes, il s'en empara. Mais une fois en main, il se demanda s'il était assez courageux pour l'ouvrir.

- 23 -
Molly

— Votre ticket, madame ?

Molly sortit de la poche intérieure de son manteau le billet qu'elle avait composté quelques minutes plus tôt sur la passerelle suspendue de l'embarcadère. L'employé la remercia chaleureusement en lui rendant le ticket et lui souhaita un bon voyage, avant de s'éloigner pour contrôler les autres passagers déjà installés.

Sa valise posée sur ses genoux, Molly jeta un regard autour d'elle. Les bancs en bois de l'aérostat étaient encore clairsemés et tous les voyageurs n'avaient pas encore rejoint leur place numérotée. Il faut dire que le dirigeable long-courrier ne partait pas avant une vingtaine de minutes. Le cœur serré, les mains moites, elle avait du mal à réaliser que, dans moins d'une douzaine d'heures, elle serait à New York.

*

Soudain, alors que l'aérostat décollait, un haut-le-cœur s'empara d'elle. Cette situation, elle l'avait déjà vécue quarante ans plus tôt, cachée entre deux bagages en soute, et ce n'était pas un bon souvenir. Désirant se rafraîchir, l'automate se leva pour rejoindre les toilettes. Une vague de chaleur l'envahit au même instant alors que la voix du capitaine de l'aérostat s'élevait par plusieurs ampliphones accrochés aux tentures de l'embarcation.

« Mesdames et messieurs, merci d'avoir rejoint la compagnie White Star Line. *Nous sommes heureux de vous avoir à bord. Nous quittons actuellement La Nouvelle-Orléans où la température extérieure est de 20° C. Nos hôtesses vont passer pour vous proposer des boissons et des en-cas. Le trajet s'annonce calme, la météo est au beau fixe et le vent du sud clément. Nous devrions arriver avant minuit à New York. Je vous souhaite à tous un excellent voyage, merci d'avoir choisi notre compagnie. »*

Alors qu'elle marchait, Molly entendit des pas derrière elle. Se raccrochant par moment aux cordes pour ne pas perdre l'équilibre, elle accéléra le pas pour rejoindre plus rapidement les toilettes. Mais alors qu'elle posait ses doigts sur la poignée de la porte, elle sentit un objet froid plaqué entre ses omoplates.

— Comme on se retrouve ! murmura une voix dans son dos.

Paniquée, la jeune femme fit volte-face, découvrant le visage de son agresseur, une arme à feu à la main.

— Pas un mot, ou je tire, murmura Sullivan avant de l'entraîner avec lui dans la pièce exiguë.

La seconde suivante, l'homme verrouilla la porte de l'intérieur. Et voilà! elle était prise au piège. En tête-à-tête avec l'homme qui avait détruit sa vie.

Mais celui qui était devant elle était un vieillard. Il devait maintenant avoir plus de 60 ans. Ses yeux étaient surmontés de deux sourcils broussailleux qui avaient pris une teinte poivre et sel. Sa voix nasillarde, elle, n'avait pas changé. Molly n'avait jamais pu l'oublier.

— Pourquoi fais-tu cela ? demanda Molly, le corps saisi de tremblements.

— Car tu es à moi, Molly… je crois que tu ne l'as pas encore bien saisi, dit-il en faisant tourner le barillet entre ses doigts ankylosés. Si je t'ai laissé vivre ta petite vie minable, te trémousser dans ce club toutes les nuits, c'est uniquement car je l'avais décidé.

Une vague de dégoût monta en elle en entendant ces mots.

— Comment sais-tu, demanda-t-elle ?

— Oh ! Je venais souvent au *Mechanic Hall* voir Roy. Je le connais depuis une vingtaine d'années, tu sais… entre raclures, mieux vaut être alliés qu'ennemis.

— Alors, Roy était au courant ?

— Bien sûr… Il m'a dit que tu étais passée très tôt ce matin chez lui pour récupérer de l'argent. Que tu l'avais supplié de te verser ton dernier salaire.

Molly était sous le choc. Toutes ces années, toute la confiance qu'elle avait placée en son ancien patron, ces nuits partagées, tout cela venait d'être balayé d'un revers de manche.

— Il m'a même raconté ce que tu lui as dit… tu ne manques pas de toupet quand même, dit-il avant de rire.

Les lèvres tremblantes, Molly fit un pas en arrière avant de tomber à terre.

— Qu'attends-tu encore de moi ? Tu m'as déjà tout pris, dit-elle d'un air désespéré en plongeant son regard dans le sien.

Mais dans les yeux du vieil homme, elle ne vit que de la haine. L'appât du gain. Rien d'autre. Aucune rédemption n'était possible.

— Tu croyais quand même pas qu'il allait te croire ? Une illusionnaute enceinte, on aura tout entendu...

Le poing serré, une rage profonde monta en elle. Sans qu'elle s'explique pourquoi, Molly sentit que tout allait basculer, qu'elle n'allait pas réussir à se contenir, pas cette fois. Elle avait encaissé sans rien dire. Elle s'était tue quand on le lui avait ordonné. Elle avait été humiliée tant de fois. Elle avait souffert un nombre de fois plus important encore, car elle avait cru que c'était sa destinée. Celle des illusionnautes. Aujourd'hui, cette hargne, cette envie de vivre, ces droits qu'elle estimait mériter revenaient à la charge. Pourquoi ? bon sang ! Pourquoi ne pouvait-elle pas être libre ? Pourquoi n'avait-elle pas droit à une vie normale comme tous les autres ? Car c'était une automate ? Car elle n'était pas composée de chair et d'os ? Non ! Cette raison n'était pas acceptable. N'était plus acceptable ! Elle ne pouvait plus se taire. Elle ne pouvait plus se terrer dans un rafiot puant à chaque levée du jour. Elle ne pouvait plus accepter son sort. Il était temps d'agir.

— Parfois, je me dis que vous, les automates, vous prenez vraiment les hommes pour des abrutis...

Lentement, elle se releva et cracha au visage de Sullivan. Celui-ci, vexé et surpris, la plaqua contre la cloison, avant de pointer le canon de son arme sous son menton, l'index en place.

— Tu mérites qu'une chose, c'est cette balle, Molly ! Quarante ans que je rêve de te la claquer au visage.

— Tu vendras mes pièces détachées ensuite pour te faire plus de blé ? dit-elle en le défiant du regard.

Sa réplique parut surprendre son interlocuteur. Depuis tant d'années, Sullivan était craint et voilà qu'elle lui répondait ?

Une seconde passa avant qu'un sourire ne se dessine sur les lèvres tremblantes de l'automate.

— Tu n'es qu'une merde. Tu vendrais ton propre fils aux autorités si ça pouvait te rapporter du pognon. Tu n'as fait que t'enrichir en dénonçant toute ta vie des illusionnautes. Mais ton argent ne te sauvera pas aujourd'hui, ajouta-t-elle avant d'attraper l'arme et de la retourner contre lui.

Son index encore sur la gâchette, l'homme tenta de retirer son doigt, mais Molly était plus forte que lui. Sullivan avait oublié que les illusionnautes étaient des automates. Il avait oublié que leurs capacités physiques et leur puissance étaient décuplées lors de leur création dans les usines. Et même si esthétiquement, rien ne les différenciait des hommes, au fond, Sullivan ne pouvait pas lutter face à la force de Molly.

— Je t'en prie, non… supplia-t-il alors qu'elle lui broyait la main.

— Je n'ai aucune pitié pour les sous-hommes… dit-elle avant de presser la détente.

Le silencieux de l'arme masqua en partie le bruit de la détonation.

Une giclée de sang éclaboussa son joli visage. La résultante de toutes ces années de souffrance, de bonheurs morcelés, de non-vie. Cette balle était sa libération. Et même si elle croyait être heureuse, la mort de son bourreau ne lui apporta qu'un maigre réconfort. Juste le soulagement d'être libre, enfin !

— Parfois je me dis que vous, les hommes, vous prenez vraiment les ferrailleurs pour des abrutis... murmura-t-elle en s'essuyant le visage avec sa manche.

- 24 -
WILLIAM

«Mardi 21 mars, enregistrement numéro 1 : Danny Destern»

– Tu as vu le monsieur qui a fait ça à ta maman, Danny ?

– Silence -

– Danny ?
– Réponds au monsieur, Danny, ils veulent juste nous aider, murmura son père.
– Dis-moi à quoi il ressemblait…
– Je sais pas, je l'ai pas bien vu sous le lit.
– C'était un homme ?
– Oui.
– Et sa peau, elle était comme la tienne ?
– Oui
– Tu es sûr que ce n'était pas un automate ?
– Non ! Elle était pas brillante, sa peau !
– Très bien, tu te souviens d'autre chose ?
– Il… il avait de grandes chaussures.
– De grandes chaussures, tu dis ? Comme celles de ton papa ?

– Oui, plus grandes, même.
– Et son visage, tu as pu le voir ?

– Silence -

– Danny ?
– Je n'ai pas vu son visage.
– Et sa voix, tu l'as entendue ? Il a dit quelque chose à ta maman ?
– Non, pas à ma maman.

– Silence -

– À qui ?
– Avant de partir, il m'a dit qu'il savait que j'étais sous le lit.

*

Assis sur son fauteuil qui sentait l'encens, William réfléchissait, les yeux clos. Sur ses jambes, était posé leur album de famille. Il caressa sa couverture en cuir où était gravée la date de naissance d'Andrew, son premier enfant. Un voile de poussière s'éleva autour de lui. Cela faisait des années qu'il ne l'avait pas rouvert. Soudain, des bruits de pas provenant de l'escalier s'élevèrent derrière lui. William stoppa net l'enregistrement qui tournait en boucle depuis plus d'une demi-heure.

— William ? C'est toi ?

— Qui veux-tu que ce soit d'autre ?... marmonna-t-il dans sa barbe.

— Qu'est-ce que tu fais dans le noir à cette heure ? demanda Janet, enveloppée dans une couverture en laine.

— Tu devrais le savoir depuis le temps. Vingt ans que tu vis avec un insomniaque, ironisa William en lui jetant un regard complice.

— Tu veux que je te prépare une tisane d'Ashoo ? Grace m'en a rapporté la semaine dernière.

— Non, c'est bon, merci, retourne te coucher, ma chérie, il est bien trop tard.

— Bien trop tôt, tu veux dire. C'est quoi ce bruit que j'entendais ? Encore ton enquête, c'est ça ? dit-elle en entourant ses bras autour du cou de son mari.

— Ouais…

— Tu vas te rendre malade à force. Quand est-ce que tu vas enfin décrocher ? Tu as assez donné.

— C'est la dernière…

— Tu dis toujours ça… soupira-t-elle en se dirigeant vers la cuisine pour se servir un verre d'eau.

Un silence s'installa dans le salon. Il n'allait pas la contredire sur ce point.

— J'ai… tu viendras avec moi, dimanche ? demanda Janet.

— Évidemment, comment peux-tu poser cette question ? demanda-t-il d'un air vexé.

— Je sais que tu n'aimes pas les cimetières…

— Tu crois qu'il viendra ? demanda William.

— Je ne sais pas, mais Grace sera là, elle. Ce sera peut-être l'occasion d'enfin recoller les morceaux entre vous deux.

— Si elle le veut bien… tu la connais, notre fille est plus têtue qu'un mulet.

— J'en connais un autre, tiens, ajouta-t-elle d'une voix douce en remontant vers l'étage.

Interlude

Cette nuit, tout était prêt. Oui.
C'était ce soir.
Froissant la page qu'il tenait entre ses doigts fins, une brise légère fit voleter ses cheveux bruns. Son poing se serra puis libéra la feuille de journal qui termina sa chute dans une flaque nauséabonde où flottaient des cotillons. Il avait vu passer la lettre du tueur à la hache dans les journaux la semaine précédente. Sa mise en garde.
Il ignorait qui se cachait derrière ce surnom mystérieux. Mais ce soir, une chose était sûre, il allait lui faire de l'ombre. Demain, on ne parlerait pas de lui en première page du Times-Picayune. *Car ce soir, c'était à son tour d'occuper le devant de la scène. Il avait depuis trop longtemps vécu dans l'ombre de cette ville étouffante. Cette ville qui avait pour unique dieu celui de la fête. Cette ville où la vie était effervescente et se consumait une coupe de champagne à la main. Cette ville où le silence n'existait plus. Où la musique était reine.*

Alors, une idée avait germé en lui. Il voulait faire cesser la joie. Éteindre ces lumières tapageuses qui illuminaient chaque rue. Il voulait effacer les sourires, les artifices. Faire taire les gens qui riaient à gorges déployées. Et plus que tout, il voulait pétrifier leurs pas de danse outranciers sur les trottoirs, il rêvait de les changer en statues de cire.
Oui, il comptait bien voler la vedette au tueur à la hache ce soir.
Jetant un regard aux passants déjà ivres au milieu de la rue, il accéléra le pas, plus déterminé que jamais. Oui, ce soir, il allait montrer que le tueur à la hache n'était pas le seul à devoir être craint à La Nouvelle-Orléans.
Car lui était plus dangereux encore.

- 25 -
GRACE

Sitôt de retour chez elle, Grace fit de la place sur la table de sa cuisine, débarrassant rapidement ses bougies et sa théière en fonte qu'elle n'avait pris le temps de ranger. Elle plaça ensuite Plim au centre. L'oiseau n'était pas encore complètement réveillé : de temps à autre, une de ses pattes tressautait, mais ses yeux restaient bel et bien fermés. Courant vers son lit, la jeune femme attrapa le drap blanc posé dessus et se débrouilla pour l'accrocher au mur à l'aide de plusieurs pinces à linge. Elle retourna ensuite auprès de la chouette, la positionnant face au drap. Ses gestes étaient hésitants, ses mains moites, sa respiration haletante. Qu'allait-elle découvrir dans son passé ? Avant son adoption par William et Janet, sa vie était un grand trou noir. Aujourd'hui, postée derrière la chouette, il lui sembla être tout en haut d'un grand plongeoir duquel elle avait peur de sauter.

Lentement, elle reprit sa respiration puis sortit la pièce métallique de la poche de son manteau avant de laisser glisser le vêtement par terre. Grace fit tourner le morceau de métal entre ses doigts tremblants. Elle l'approcha ensuite du plumage de Plim à la recherche de l'aimant. Quelques secondes furent nécessaires pour que la pièce, attirée par une force magnétique, trouve sa position finale.

Un ballet de cliquetis et de rouages se mit alors en marche tandis que les yeux de l'oiseau s'ouvraient brusquement. Les mains posées sur chacune des ailes déployées de la chouette, Grace sentit un battement au creux de l'animal, comme un cœur artificiel qui venait de se mettre à battre. *Boum. Boum.* Soudain, deux rais de lumière traversèrent les yeux de l'oiseau, se projetant vers l'avant. Grace releva aussitôt la tête vers l'écran mouvant qui ondulait sous l'effet d'un mince courant d'air.

Puis les images apparurent. Une vague d'images éphémères en noir et blanc déferla, se superposant les unes aux autres en un kaléidoscope miroitant. Grace souleva l'aile gauche de l'animal pour revenir en arrière alors qu'un enchevêtrement de voix difformes s'échappait de son bec. Un vertige l'envahit.

Soudain, elle laissa retomber l'aile, le cœur serré. Oui, c'était bien lui qu'elle venait d'apercevoir. Andrew, son frère. Jim aussi était là. Ils devaient avoir respectivement 12 et 10 ans à l'époque, guère plus. Elle était un peu plus petite. Ne se concentrant plus que sur les images qui reprenaient vie sous ses yeux humides, il lui sembla un instant que tout ce qui l'entourait, le mobilier, la table et même

Plim, venait de disparaître. Oui, il était temps de sauter du grand plongeoir.

*

Chouette enregistreuse Modèle NW878 –
Enregistrement du 26 août 1899

— Je peux jouer avec vous ? demanda Grace du seuil de la porte.

Face à elle, la petite fille regardait ses deux frères jouer dans leur chambre avec une armée de soldats de plomb.

— Non, c'est pas pour les filles, la guerre ! ricana Andrew occupé à aligner les petites figurines peintes à la main.

— M.. mais… je m'ennuie toute seule, dit-elle d'un ton implorant.

— Tu vois pas que tu nous déranges ! Dégage, retourne jouer avec tes poupons ! cria Jim avant de courir vers la porte pour la lui claquer au visage.

Grace recula doucement tandis que Plim, dont la tête était lovée dans le creux de son cou, s'envolait pour frapper la porte en bois avec son bec.

Le flot d'émotion était grand, difficile à contenir pour une petite fille. Elle ressentit un vide immense au creux de son ventre. Pourquoi ne voulaient-ils pas jouer avec elle ? Parce que c'était une fille ? Parce qu'elle était différente ?

Vexée, la petite fille rebroussa chemin vers le bout du couloir. Hors de question pour elle de redescendre. Elle ne voulait pas une nouvelle fois se plaindre auprès de William et Janet. Les cris et les remontrances n'avaient guère arrangé les choses la fois dernière.

Plus loin, la chambre de ses parents était vide. Elle s'y engouffra et referma la porte derrière elle avant de sauter de l'autre côté du lit. Assise en tailleur sur le sol poussiéreux, ce n'est qu'à ce moment-là qu'elle s'autorisa à pleurer.

Plim, qui l'avait suivie, approcha en sautillant gaiement sur ses genoux, comme pour attirer son attention. Face à la petite fille en pleurs, la chouette pencha sa tête à droite puis à gauche, comme si elle tentait de comprendre la peine qui la tiraillait. Approchant son bec d'une de ses joues comme une caresse, Plim recueillit ses larmes qui coulaient.

- 26 -
Ian

Assis à la table de sa cuisine, Ian avait placé la boîte à chaussures face à lui. Le cœur serré, les mains prises de légers tics nerveux, cela faisait plus d'une dizaine de minutes qu'il la regardait sans oser la toucher. Seul le cliquetis du balancier de l'horloge martelait les secondes.

Ses paupières étaient lourdes. Il avait peur. Peur d'ouvrir cette boîte et de ce qu'elle pouvait contenir. Peur de replonger vingt ans en arrière. Peur de redevenir l'enfant qu'il n'était plus. Rouvrir ses failles, ses blessures. Pendant une seconde, il lui sembla voir le couvercle de la boîte bouger tout seul. *Encore une hallucination,* pensa-t-il en tentant de maîtriser les spasmes qui traversaient son corps. Une voix monta dans sa tête : « *ouvre-moi, ouvre-moi…* »

Reprenant sa respiration, il se décida finalement à faire basculer le couvercle. Une odeur de charbon lui monta au nez. La boîte était pleine. Remplie de babioles qu'il avait depuis longtemps oubliées. Promenant ses doigts dans la boîte, il en sortit une figurine, un petit cheval en bois peint en rouge et un harmonica. En prenant l'instrument dans ses mains, une émotion vive lui souleva le cœur.

« — Apprends-moi à jouer, Ian,

— Oh oui ! Apprends-nous, s'il te plaît ! »

Soudain, Ian lâcha l'objet, comme si ce simple contact lui avait délivré une décharge électrique. Une fois la boîte entièrement vidée, Ian se releva. Il constata alors qu'un dernier élément se trouvait tout au fond, recouvert par une fine couche de cendres. C'était une photo argentique. Au moment où il l'attrapa, ses jambes s'affaissèrent, le clouant de nouveau à la chaise sur laquelle il était assis quelques instants plus tôt. Il déglutit et souffla dessus, faisant voler les particules noires tout autour de lui.

Les secondes étaient comme suspendues. Il lui sembla un instant que le balancier de l'horloge s'arrêtait. Il se pencha en avant et son regard glissa sur la photographie. À l'arrière, il reconnut l'écriture de son père,

« Swan Orphenage, 1898 - New-Orleans ».

La seule lecture du nom de cet endroit le mit mal à l'aise. C'était là où il avait grandi. C'était là que son père avait franchi toutes les limites. C'était là-bas, l'enfer…

Sur le cliché, une trentaine d'enfants se tenaient en rang sur les marches devant l'orphelinat. Ian reconnut, sur la droite, le petit chemin de gravier qui menait au lac une cinquantaine de mètres plus loin. Il se souvenait avec précision du moment où la photo avait été prise.

« Allez tout le monde ! Vite, rassemblez-vous, on ne va pas faire attendre davantage notre ami Merkens ! Où sont Axel et Violet ? Ian, tu veux bien aller les chercher, ils doivent être dans le petit salon de musique ! »

Ian était revenu quelques minutes plus tard, tenant les deux enfants par la main. Il les installa sur la première marche, face au photographe et à son daguerréotype. La trentaine de bambins fixait, avec un émerveillement non dissimulé, l'objectif.

« Calmez-vous les enfants, calmez-vous, répéta le directeur. Bien, vous êtes tous en place ? Tenez-vous bien droits, et souriez, monsieur Merkens va vous donner le signal. »

« Trois, deux, un… »

Flash.

Voilà comment était née cette photo. Ian fit glisser son index sur le papier jauni en sentant sa gorge se serrer. Parmi les rangs, il reconnut les visages du passé, ceux qui n'étaient plus mais qui continuaient de vivre dans ses rêves. Ses amis, ses frères, ses sœurs. Même s'il ne se souvenait pas du prénom de chacun d'entre eux, il pouvait compter sur les notes laissées par son père à l'arrière de la photographie. Parmi eux, il reconnut Adam, un petit garçon adorable qui tenait dans ses bras un cygne. Axel se tenait à sa gauche et le dépassait d'une tête. Le plus rieur de la bande tirait sur une des plumes du volatile d'un air malicieux. Violet fixait l'objectif avec un regard vide tandis que son amie Phœbe faisait une grimace. À l'arrière, les branches d'un vieux chêne caressaient la toiture en ardoise de la bâtisse néo-gothique. Il remarqua deux billes briller sous l'assaut du flash. Un oiseau ? Son regard se posa ensuite au centre du cliché. En tenue du dimanche, son père, le directeur de l'orphelinat, se tenait droit, la tête haute, une main posée sur... l'épaule de son fils, *Ian*.

Il écarquilla les yeux en se découvrant. Une vague de dégoût monta en lui. Il devait avoir 12 ou 13 ans à l'époque. Les cheveux tirés en arrière, la tête tournée vers la gauche, les épaules affaissées.

Sur sa gauche justement, un autre détail attira son attention. Un visage manquait à l'appel. Un sourire timide éclaira le visage du psychothérapeute en découvrant que le cliché avait été découpé. Il se souvint du temps, ciseaux à la main, qu'il avait pris à l'époque pour détourer soigneusement la tête manquante. C'était la petite fille à la peau d'ébène. Celle qu'il considérait comme sa petite sœur. À l'heure qu'il était, ce bout de photo devait encore être derrière le montant de son lit d'enfant. Et même s'il ne se souvenait que vaguement de son visage. Son prénom était, quant à lui, indélébile.

Rose. Oui. Elle s'appelait *Rose*.

Un frisson remonta le long de son dos en repensant à elle et à cette époque. C'était le seul cliché qu'il restait de cet endroit. Le seul qu'il restait de ces enfants qui n'avaient pas eu la chance d'être adoptés. Des souvenirs dans une boîte poussiéreuse oubliée de tous.

Perturbé, il se dépêcha de replacer la photo et les objets dans la boîte avant de la remonter au grenier. Mais en revenant dans la cuisine, il remarqua qu'un article de presse était tombé par terre ; sans doute s'était-il décroché du dessous de la boîte.

Il l'attrapa par le coin supérieur. Quelle ne fut pas sa surprise en découvrant le titre :

« Incendie meurtrier au *Swan Orphenage*, une miraculée retrouvée parmi les décombres ! »

Estomaqué, Ian se mit à la recherche d'un prénom, d'une photo, n'importe quoi ! Cet article remettait en question toutes ses certitudes. Comment se faisait-il qu'il ne soit jamais tombé dessus ? Lui qui avait toujours cru être seul survivant, voilà qu'ils étaient deux ? Deux à avoir survécu à l'horreur de cette nuit ?

Malheureusement, après une dizaine de minutes d'une lecture plus minutieuse, Ian ne trouva rien. Pas la moindre information sur l'identité de la petite miraculée. Sans doute avait-on préféré la protéger plutôt que de la livrer en pâture à la presse. Étonnamment, il n'était pas fait mention non plus de son propre prénom. La police avait préféré mettre son placement sous silence pour le mettre à l'abri lui aussi. Avaient-ils eu peur que certains ne se vengent des actes commis par son père ?

En parlant de ce dernier, il était bien mentionné dans l'article. Il avait même droit à deux paragraphes dans le journal en question. Les journalistes s'en étaient donné à cœur joie, indiquant qu'il croupissait déjà derrière les barreaux dans l'attente de son exécution.

En repliant la page de journal, un souvenir lui revint en mémoire. Il n'était pas aussi vieux que ceux contenus dans la boîte. Il datait de la semaine dernière à vrai dire. Lors de sa soirée au *Mechanic Hall.* Ce visage, ces yeux. Oui, il lui semblait avoir reconnu ceux de Rose. Mais se pouvait-il que la chiromancienne et la miraculée soient une seule et même personne ?

Cette nouvelle hypothèse lui paraissait plausible… Il allait devoir s'en assurer…

- 27 -
William

La nuit suivante, assis à son bureau, William était tendu et seul. Anton avait pris sa soirée. En y réfléchissant bien, c'était sans doute la meilleure chose à faire pour ne pas subir ses humeurs massacrantes. C'était mardi. La nuit où le tueur à la hache avait promis de frapper à nouveau, où il avait mis en garde tous les citoyens : « écoutez du jazz et vous aurez la vie sauve ». William n'en croyait pas un mot. Il avait un mauvais pressentiment. Cette nuit ne serait pas comme les autres. Dans sa main, son stylo enregistreur tournoyait comme une toupie. C'était le seul moyen qu'il avait trouvé pour se déstresser.

Aux alentours de trois heures du matin, il se leva de sa chaise et fit le tour de son bureau qui, il fallait bien l'avouer, n'était pas bien grand. Il dénoua le col de sa chemise et approcha de la fenêtre. À travers la vitre sale, il pouvait entendre les rythmes endiablés joués par les orchestres de quartier. Manquant d'air, il décida d'ouvrir. Les plaintes des saxophones et des trompettes se mélangeaient dans une cacophonie inédite. Si le tueur à la hache était mélomane, William doutait qu'il apprécie le résultat final. Pourtant, il ne put s'empêcher de l'imaginer, telle une ombre insaisissable, faisant quelques pas de danse en bordure d'un trottoir. Oui, ce malade devait jubiler, car il avait réussi, avec une simple lettre, à faire danser une ville entière. Il avait mis les hommes à ses pieds et ça, pour tout mégalomane qui se respecte, c'était le summum du bonheur.

En contrebas, les jeunes gens faisaient la fête en groupe et improvisaient des pas de charleston au beau milieu de la rue, bloquant le passage des automobilectriques. De leur côté, les bars et leurs homologues aériens affichaient tous complet, si bien que certains citoyens descendaient même des chaises de chez eux pour rejoindre la fête.

Jetant un regard vers le ciel, l'inspecteur discerna les pics métalliques des paratonnerres pointés vers les étoiles. Il pensa alors à la compagnie électrique. Cette nuit ne ferait pas leurs affaires. Exceptionnellement, aucun ensemenceur ni planeur n'était autorisé à voler. La foudre ne s'abattrait pas sur les toits de La Nouvelle-Orléans, ce mardi. C'étaient les désembobineurs qui devaient râler. Demain à l'aube, aucun d'entre eux ne sauterait de toit en toit pour collecter l'électricité accumulée dans les bobines électriques. Songeur, William resta ainsi quelques minutes, silencieux. Quand une porte claqua, suivie d'une voix à peine audible qui le tira immédiatement de ses pensées. Il mit quelques secondes à comprendre qu'elle provenait de l'accueil. Le cœur battant, il sortit de son bureau à la hâte, faisant tomber sur son passage plusieurs piles de journaux.

Traversant le couloir principal, il arriva devant la porte d'entrée du poste de police. Face à lui, se tenait un homme d'une corpulence remarquable. Terrifié, il prit la parole en tremblant de tout son être.

— S… S'il vous plaît, il faut que vous veniez vite ! balbutia l'homme apeuré en essuyant ses mains moites sur sa chemise mal boutonnée.

Dans son regard, un éclat de peur brillait.

— Calmez-vous, murmura William, quel est votre nom ?

— Elton, je m'appelle Elton Brold, balbutia-t-il.

C'est en plongeant son regard dans celui de l'inconnu que William comprit que la nuit allait être plus longue que prévue…

— Que s'est-il passé ? s'empressa de demander l'inspecteur en attrapant l'homme par les épaules.

— Je… c'est mon amie, Mila, Elle.. elle… il faut que vous veniez vite. Vite !

L'homme paniqué ne parvenait pas à formuler une phrase cohérente.

— Où est-elle ? demanda l'inspecteur en tentant de capter son regard fuyant.

— Je.. je suis rentré chez moi et… oh ! mon Dieu !… Je…

— Où est-elle ? répéta-t-il lentement pour capter toute son attention.

— Su… suivez-moi, balbutia de nouveau Elton,

William eut tout juste le temps d'attraper un manteau, que l'inconnu avait déjà poussé la porte du poste de police.

Une fois dehors, l'inspecteur mit quelques secondes à réussir à le localiser de nouveau. Heureusement, l'homme était élancé et dépassait d'une bonne dizaine de centimètres de la foule animée.

*

Après quelques minutes au pas de course, l'étranger s'arrêta finalement face à un bâtiment triste. *Foxtrot St.*

— C'est ici ! dit-il en désignant de son index la porte d'entrée qui leur faisait face.

La façade, qui jadis devait être bourrée de charme, n'avait visiblement pas été refaite depuis bien longtemps. De larges fissures serpentaient entre les balcons rouillés, tandis que, au dernier étage, les fenêtres avaient été condamnées. Cela ne rassura pas l'inspecteur qui se demanda où il venait d'atterrir.

William s'engouffra le premier dans la cage d'escalier. Une odeur de pisse lui piqua les narines, tandis qu'il grimpait les marches en vitesse avec dégoût. À chaque étage, les rythmes jazzy s'élevaient des habitations, telles des prières. Même en se concentrant, William n'entendait pas le bruit de ses pas. Et pour cause, chaque habitant surenchérissait sur le voisin. *Comme si augmenter le volume les protégeait davantage du tueur*, pensa William.

Quand ils arrivèrent sur le perron, Elton, qui le suivait, se stoppa net à la vue de la porte encore entrouverte.

— Restez ici, murmura William en sortant son arme de service de sa ceinture.

Le colt entre les mains, William se sentit plus faible que jamais. Le contact du métal entre ses mains lui délivra un frisson dans tout le bas du dos. Dieu ! Qu'il détestait cette sensation ! Face à lui, la porte de l'appartement était entrouverte. Il la poussa du bout du pied et avança à tâtons dans l'obscurité naissante. Le cœur battant, ses yeux s'acclimatèrent lentement à la pénombre. Seuls quelques rais de lumière passaient à travers les planches en bois fixées aux fenêtres. Il crut discerner une table, au centre de la pièce, qu'il contourna habilement. Une odeur de renfermé le prit alors la gorge. Il se demanda comment ils faisaient pour vivre ici.

Soudain, il manqua de se prendre les pieds dans une lampe à pétrole posée à même le sol. Il s'en empara la seconde suivante et l'alluma en sortant son briquet de sa poche arrière. Son cœur manqua un battement en découvrant la pièce de vie. Car ce n'était plus une pièce de vie justement. La mort était là, partout, planant tel un spectre funeste sur tout ce qui l'entourait. Autour de lui, le mobilier avait été retourné. Les chaises étaient par terre, la table renversée. Des assiettes en porcelaine, brisées, témoignaient de la lutte féroce qui avait eu lieu ici. En continuant d'avancer, un tapis de verre crissa sous ses semelles neuves. Une aura étrange l'enveloppa aussitôt et fit vaciller la flamme de la lampe qu'il tenait à bout de bras. Il avança alors vers la pièce attenante.

*

Dans la seconde pièce, un étrange mélange d'essence de térébenthine et de chair grillée le prit à la gorge. Le ventre noué, il avança en inspirant profondément. Au centre du salon, la victime était là, nue, la tête en arrière, allongée sur un imposant sofa en velours vert. Sa bouche était ouverte. Ses traits étaient si crispés que, même morte, elle paraissait encore agoniser. Sa peau était rosée et encore tiède. Il sut qu'elle avait succombé peu de temps avant qu'ils n'arrivent. Même s'il n'était pas médecin, William avait vu, au cours de sa carrière, suffisamment de cadavres pour savoir que la jeune femme avait dû sacrément souffrir. Pourtant, il ne repéra sur son corps aucun coup, aucune plaie, pas la moindre trace de sang qui aurait pu expliquer la cause de son décès. Elle semblait posée là sur ce sofa, telle une poupée, une muse désarticulée prenant la pose face à un peintre imaginaire.

À quelques mètres d'elle, un second élément attira son attention. C'était un gramophone. Encore un. *Décidément !* Pourtant celui-ci était dans un état déplorable. Posé sur une petite table en bois rongée par les termites, son caisson n'était plus qu'un amas de cendres encore chaudes. La manivelle destinée à faire tourner le plateau avait été sciée en deux, tandis que le pavillon argenté n'était plus qu'un tas de tôles gondolées inutilisable. Celui qui avait fait ça s'était acharné sur l'objet avec une violence non dissimulée. Pourtant, le message derrière, tout cela échappait à l'inspecteur.

Tout en pensant à ce qu'il venait de voir, William continua de faire un tour rapide de l'appartement. Puis, armé de son stylo enregistreur, il prévint rapidement le reste de l'équipe. Tant pis s'ils étaient en train de dormir, cette affaire était à prendre au sérieux. Il retourna ensuite dans la cuisine, l'homme était toujours sur le palier, immobile. Il lui fit signe de rentrer et referma la porte derrière lui. La dernière chose à faire était bien d'alerter les voisins.

*

— Elle, elle adorait la musique… pourquoi. Pourquoi s'en est-il pris à elle ? murmura Elton, les larmes aux yeux en regardant le corps inanimé de son amie.

— Je l'ignore…

— M… mais, il avait… il avait dit qu'il ne ferait rien si l'on écoutait du jazz… balbutia-t-il avant d'éclater en sanglots.

William le raccompagna vers la cuisine et le fit s'assoir sur une chaise. Il était bien trop tôt encore pour tirer des conclusions. Avaient-ils affaire, une fois de plus, au même homme, au tueur à la hache ? Rien n'indiquait ni n'infirmait cette hypothèse. Bien sûr, il n'avait retrouvé aucune hache ni aucune trace de sang, rien à voir avec les premières scènes de crime signées de la main du tueur à la hache. Pourtant, William trouvait ça trop gros pour que ce soit l'œuvre d'un nouvel homme.

Quand l'inspecteur approcha de nouveau du cadavre, un nouveau détail l'intrigua. C'était au niveau des tempes. Là, juste à la naissance de ses cheveux. Deux taches noires de la taille d'une pièce de 1 dollar. Comme si la peau avait été brûlée à cet endroit.

— Elle fumait ? demanda l'inspecteur en se retournant.

— Non

Au même moment, la porte d'entrée s'ouvrit brutalement. William reconnut aussitôt les voix d'Anton et de Tom. Même si la situation était des plus dramatiques, l'inspecteur eut du mal à retenir un sourire en voyant la dégaine de son collègue. Cheveux hirsutes, chemise à l'envers, traces de plis d'oreiller sur la joue. Il en imposait… Ce dernier se présenta rapidement à l'ami de la victime puis se dirigea vers son collègue toujours occupé à observer le corps de la malheureuse.

— Et Johnsson, il est pas avec vous ? demanda William surpris en ne discernant pas la silhouette du légiste dans leur rang.

— Non, il est en chemin… il ne devrait pas tarder.

— Bien… Tom, tu veux bien t'occuper de lui ? demanda-t-il en désignant Elton du regard.

Celui-ci obtempéra d'un signe de tête, les laissant seuls, Anton et lui, dans le salon.

— Alors, c'est qui cette fois-ci ? demanda son collègue en approchant du corps de la jeune femme.

— Elle s'appelait Mila. Mila Walters. Seize ans. Elle travaillait apparemment comme serveuse dans un restaurant italien depuis quelques jours.

Le visage de son ami se décomposa.

— On a justement eu un signalement à ce nom-là, admit Anton en se raclant la gorge. Sa mère est passé au poste y'a une ou deux semaines. J'ai pris sa déposition.

— Et ?

— Elle pensait qu'elle avait fugué…

— Elle était loin du compte…

— Et lui ? c'est qui ? demanda Anton en désignant Elton.

— Son mec apparemment.

— Son mec ? Tu rigoles j'espère, il a l'âge d'être son père !

William lui lança un regard noir. La dernière chose dont il avait envie là, tout de suite, c'était de discuter de la différence d'âge acceptable entre deux amants.

— Là n'est pas la question, souffla William excédé par l'attitude de son collègue. Ce qu'il faut déterminer, c'est comment elle est morte ?

— Ouais…

— Reprenons : aucune trace de coups, d'étranglement, juste ces deux taches aux tempes.

— Des brûlures ?

— Oui, ça se pourrait bien. Mais ça n'explique pas le reste…

— Elle a peut-être juste fait une overdose, suggéra Anton en découvrant avec horreur les yeux révulsés de la victime.

— Tu vois une seringue, toi ?

— Peut-être qu'il l'a cachée, murmura Anton en désignant du coin de l'œil Elton.

William se releva doucement, prenant soin de recouvrir le corps de la victime avec un drap dont l'hygiène était plus que douteuse.

— Ah ouais ! Et il aurait pris le temps de l'allonger là, sur le divan, à poil ? Ressaisis-toi, mon vieux, je sais que t'a pas beaucoup dormi, mais ça ne tient pas debout…

— Ouais, bon, ça va ! Tu vas continuer à m'en envoyer plein la gueule toute la journée ? Si c'est ça, j'me tire, moi, et tu te démerderas tout seul avec Johnsson !

— Arrête, répliqua William en posant sa main sur l'avant-bras de son ami pour le retenir. Excuse-moi, je suis à cran, avoua-t-il aussitôt.

Anton ne s'en formalisa pas davantage et demanda à son tour :

— Tu lui fais confiance, toi, à son gus ?

— Pas particulièrement, il est en état de choc, je n'ai pas pu en tirer grand-chose.

*

Avec l'arrivée de Johnsson, le légiste, William se mit en retrait dans un coin de la pièce, préférant fumer une cigarette qu'assister passivement au cérémonial habituel du médecin. À vrai dire, même si cela faisait une paire d'années qu'ils collaboraient, William ne l'avait jamais apprécié. Fort heureusement, ce désamour était mutuel, aussi, un contrat tacite s'était établi entre les deux hommes afin de limiter tout échange inutile. Le professeur Johnsson, Finley de son prénom, était pourtant un homme cordial. Méticuleux et autoritaire, il avait derrière lui plus de quarante années de métier. En entrant dans la pièce, il ne salua personne et se contenta de se diriger d'un pas vif vers la silhouette de la victime qu'il devinait sous un drap. Son sujet d'étude, c'était bien là tout ce qu'il lui importait.

Il resta près de quarante-cinq minutes près de la victime. Silencieux, le légiste détailla avec soin chaque partie de son corps sans émettre la moindre grimace, le moindre dégoût. Il semblait observer une poupée de chiffon tant son visage ne laissait transparaître aucune émotion. À le voir ainsi, penché au-dessus de la malheureuse, William se demanda si le légiste ne voyait en elle qu'un nouveau sujet d'étude, un énième cas à déchiffrer. Oubliait-il que, quelques heures avant, cette femme était bel et bien vivante ?

William s'était toujours demandé comment un homme avait pu volontairement choisir d'exercer ce métier. Était-ce une vocation ? Passer ses journées à la morgue entouré de cadavres froids, cela faisait-il rêver des médecins ? Il se promis de lui poser la question un jour prochain.

Anton était, quant à lui, le seul qui avait osé s'installer à ses côtés. Et visiblement, il peinait à garder sa langue dans sa poche tant les questions lui brûlaient les lèvres. Quand le légiste fit rouler la victime sur le ventre, pour inspecter son dos, William retint son souffle.

Là, entre ses omoplates, étaient plantées deux plumes métalliques argentées qui devaient mesurer plus de vingt centimètres. Le légiste les retira et les inspecta avec curiosité avant de les tendre à Anton. Était-ce ça l'arme du crime ? Les objets étaient vétustes, ils provenaient d'un de ces anciens modèles d'oiseau mécanique qui n'étaient plus autorisés à voler. Probablement un oiseau de grande taille, vu l'envergure des plumes. Un hibou ou une chouette peut-être ? Cela allait faire les choux gras de la presse et du SPEANO qui aurait vite fait de voter une nouvelle loi, plus restrictive encore.

Dans la nuque de la victime, un symbole étrange était tatoué à même la peau.

— Vous avez vu ce tatouage ? demanda le médecin.

— « Oïpo » murmura Anton à demi-mot.

Il s'agissait d'un symbole d'appartenance à un cercle vaudou connu dans les bayous alentour. Depuis l'été dernier, les nouveaux adeptes se comptaient par centaines.

— Pour son jeune âge, elle n'avait pas froid aux yeux ! On peut dire que c'était une originale, elle,

— Ou un mouton, renchérit William, ce tatouage, c'est devenu la grande mode ! Les jeunes se l'arrachent…

Le légiste, agenouillé jusqu'alors, se redressa prenant appui sur le sofa. Le craquement de ses genoux rocailleux brisa le silence.

— Alors, qu'en pensez-vous ? demanda Anton.

— Ce que j'en pense ? C'est que celui qui a fait ça a bien choisi son jour…

— Que voulez-vous dire ?

— Cette femme a souffert, et pas qu'un peu ! Elle a dû crier, se débattre… En temps normal, n'importe qui l'aurait entendue… mais avec ce raffut dehors… cette musique, je doute que quelqu'un…

— Nous allons quand même nous en assurer, murmura Anton en faisant signe à un de ses collègues de faire le tour de l'immeuble. Savez-vous de quoi elle est morte, professeur ?

— Pour le moment, comme dirait Socrate, « Je sais que je ne sais rien ». Je n'ai aucune certitude, rien ne me permet d'écarter la thèse de l'asphyxie, de l'empoisonnement… Quant à ces plumes…

— Ce pourrait être l'arme du crime ?

— Non, les plumes ont été plantées dans son dos après sa mort…

— Cela veut dire qu'il est resté là à la regarder agoniser ?

— C'est très probable… affirma le légiste.

— Et ces taches noires ?

— On dirait des traces de brûlures, mais je n'ai jamais rien vu de tel auparavant. Elles sont profondes, rien de comparable à des brûlures de cigarettes. Écoutez, c'est bien la première fois que je vois un cas comme celui-ci en quarante ans de carrière. Si vous le permettez, inspecteur, j'aimerais conduire une analyse plus approfondie à mon cabinet.

— Faites, faites !

— Nous passerons vous voir dans quelques jours alors… renchérit Anton avant de le raccompagner poliment vers la porte d'entrée.

The Times-Picayune.

« Estimés mortels,

Contrairement au tueur à la hache, je ne ferai pas dans le sensationnalisme. Je n'ai pas la prétention de manier les mots, ni de me croire envoyé sur terre par des forces obscures. En revanche, je partage son avis sur un point. Oui, votre police est stupide et incapable. Et il me semble évident qu'elle ne parviendra à arrêter ni lui ni moi.

Mardi soir, une de vos concitoyennes a écouté les recommandations du tueur à la hache. Écouter du jazz, quel manque de goût ! Quelle erreur ! Le jazz, voyez-vous, moi, je déteste ça ! Vous êtes maintenant prévenus. À partir d'aujourd'hui, vous aurez le choix… Préférez-vous goûter du tranchant de la hache ou du piquant de ma plume ?

Amicalement. »

- 28 -
Grace

La nuit était tombée depuis plusieurs heures sur La Nouvelle-Orléans. Rue Bourbon, la soirée s'annonçait festive et terrifiante. Dehors, le jazz était partout, pulsant dans les rues devenues un flot sanguin musical, dans ces artères grouillantes où l'alcool coulait à flots et teintait les trottoirs de sa robe rouge. Pourtant, Grace n'avait pas la tête à faire la fête. Bien sûr, elle avait pris soin d'allumer son gramophone en gage de bonne foi pour ne pas attirer les foudres du diable. Mais si elle l'avait fait, c'était davantage pour tenir la promesse qu'elle avait faite à sa mère, bien plus inquiète qu'elle.

Assise derrière la table où se tenait Plim, la jeune femme n'avait pas bougé depuis plusieurs heures. Son ventre gargouilla, comme pour lui rappeler qu'elle n'avait rien avalé depuis le déjeuner. Six longues heures, où, face à ce mur, elle ingurgitait les images-souvenirs délivrées par sa chouette mécanique. Pourtant, bien que l'animal montre des premiers signes de fatigue et que son plumage commence à chauffer, Grace ne pouvait se résoudre à dormir. Il lui était tout simplement impossible de détacher ses yeux du mur.

Une nouvelle scène apparut soudain, telle une vague prête à l'engloutir.

« Chouette enregistreuse Modèle NW878 –
Enregistrement du 10 mai 1885

— Venez les enfants, il est l'heure, murmura Thilda en nous faisant signe de rentrer.

Entourée d'une dizaine d'enfants, le sourire aux lèvres, je courus vers le perron, suivie de près par Violet et Adam qui sifflotait dans mon dos. Axel me bouscula en me passant devant, il aimait toujours être le premier. En arrivant devant le grand escalier de l'entrée, je jetai un regard vers l'horloge murale qui lui faisait face. La petite aiguille était à l'horizontale pointée vers la droite tandis que la plus grande se dressait vers le ciel, tel un soldat au garde-à-vous. Je crois bien qu'il était 4 heures, ou 3 heures. Je n'étais pas très forte pour lire l'heure de toute façon.

En sautillant jusqu'au petit salon du rez-de-chaussée, je traversai ensuite à cloche-pied la salle de musique. En contournant son piano silencieux, je me fis la réflexion que son chant mélodieux me manquait. D'habitude, M. Hamilton en jouait tous les soirs après le repas juste avant que nous montions au dortoir. Il était très occupé ces temps-ci.

— Viens, Rose, murmura Adam en me tirant par la main vers une pièce attenante pour me faire sortir du rang, j'ai quelque chose à te montrer.

*

Un flash tira aussitôt la jeune femme du souvenir dans lequel elle venait de plonger. Rose ? Non ! Grace ! Elle avait du mal entendre. Ce prénom ne pouvait pas être le sien ! Désorientée, elle attrapa l'aile gauche de Plim et revint en arrière quelques secondes. « *Viens, Rose* », murmura de nouveau l'enfant. Non, elle n'avait pas rêvé, c'était bien Rose qu'il avait dit ! Il ne faisait pourtant aucun doute que la petite fille en face de lui était bien elle. Ce souvenir était si immersif. Si réel. Elle avait l'impression de revivre la scène. Grace reconnaissait ses yeux, ses fossettes creusant ses joues ébène et cette cicatrice dans le creux de son bras. Oui, c'était bien elle dans cet orphelinat avant que William et Janet ne l'adoptent. Mais pourquoi avaient-ils choisi de lui donner un nouveau prénom ? Et surtout, pourquoi avait-elle oublié l'ancien ? Comment se faisait-il qu'elle n'ait aucun souvenir de cette période ?

D'accord, elle était petite, mais, en voyant ces images, c'était comme si les souvenirs remontaient à la surface, comme si elle réalisait qu'ils n'avaient jamais vraiment disparu. Qu'ils étaient juste là, tapis, recouverts d'un voile noir dans un coin de son esprit. Bien décidée à retourner dans son passé, Grace reprit son souffle et replongea de nouveau dans les images.

*

— Viens, Rose, murmura Adam en me tirant par la main vers une pièce attenante pour me faire sortir du rang, j'ai quelque chose à te montrer.

— Non, Mme Thilda a dit qu'on devait la suivre, murmurai-je, même si, en mon for intérieur, je n'avais qu'une envie : désobéir.

— Oh ! Tu n'es vraiment pas drôle ! marmonna Adam en soupirant avant de refuser d'avancer.

— Allez, viens ! Tu me montreras tout à l'heure, ajoutai-je en revenant sur mes pas pour le tirer par le bras.

— Tu danseras avec moi ? demanda-t-il.

— Mais oui, promis !

— Croix de bois... commença-t-il en tendant son auriculaire vers moi.

— Croix de fer ! Si je mens, je vais en enfer, répondis-je avec sérieux en attrapant son doigt pour sceller le pacte.

Un sourire éclaira son visage avant qu'il ne se remette en marche. Nous traversâmes ensemble une autre pièce pour rejoindre les autres déjà regroupés dans la salle de bal. J'aimais l'appeler comme ça, même si ce n'en était pas vraiment une. À l'intérieur, le mobilier était sommaire, seuls quelques rares tableaux ornaient les murs recouverts de tapisserie d'époque. L'un d'eux représentait une petite fille terrifiante, qui, qu'importe l'endroit où je me trouvais, semblait me suivre du regard. De l'autre côté, plusieurs portes-fenêtres vitrées donnaient sur le lac qui entourait la propriété. Dans la pièce, de larges rideaux épais occultaient une partie des rayons du soleil. Mais si on tendait bien le cou, entre deux interstices de tissu, on pouvait voir quelques couples de cygnes mécaniques qui paradaient deux à deux.

Au sol, le parquet luisait et avait cette mielleuse odeur de cire que j'adorais par-dessus tout. Oui, c'était vraiment une de mes pièces préférées. Au-dessus de nous, un ancien lustre brillait de mille éclats. On aurait dit des diamants. Même si Ian n'arrêtait pas de me répéter que ce n'était que du verre.

De là où je me tenais, j'observai Thilda en silence. Dans sa main, elle tenait un bout de papier. Je ne pouvais pas lire ce qui était écrit, mais, à voir ses lèvres remuer, j'en conclus qu'il devait s'agir de nos prénoms. Un, deux, trois… Je me demandais jusqu'à combien savait compter Thilda ? Cent, peut-être plus ? Après tout, c'était une grande personne. Les grandes personnes savent compter jusqu'à l'infini. J'espérais au fond de moi qu'elle veuille bien m'apprendre à compter jusque là. Adam, lui, savait compter jusqu'à soixante-dix.

— Bien. Vous êtes tous ici, lâcha-t-elle, visiblement satisfaite en replaçant le morceau de papier dans la poche de son tablier.

Au même moment, Ian fit irruption dans la pièce, il me regarda de ses grands yeux puis murmura quelque chose au creux de l'oreille de Thilda.

— Phœbe, tu veux bien venir me voir, c'est toi qui as été choisie aujourd'hui. dit-elle d'une voix calme et posée.

Quoi ? Encore elle. Pourquoi fallait-il toujours que ça soit Phœbe ou Violet qui soient choisies ? J'avais beau faire les efforts nécessaires, être la plus sage de la bande, rien n'y faisait. Agacée, je jetai un regard noir vers Ian. Celui-ci, mal à l'aise, remontait déjà l'escalier en bois jusqu'au premier étage. La petite fille obtempéra et rejoignit Thilda. Je l'observai du coin de l'œil, détaillant avec jalousie son air fier et ses bouclettes parfaites. Thilda disparut à son tour avec Phœbe dans l'escalier puis en redescendit quelques minutes plus tard, seule, tentant de cacher cet air triste qui lui collait au visage comme une seconde peau. Heureusement, cela ne durait jamais bien longtemps.

— Vous êtes prêts, les enfants ? dit-elle en approchant de notre meuble favori.

— Oui ! criai-je en chœur avec mes petits camarades.

Elle s'agenouilla par terre et ouvrit lentement les deux battants du meuble qui nous faisait face, dévoilant une machine complexe. Ian m'avait un jour dit que ça s'appelait un « granophane ». C'était une sorte de grosse boîte à musique, sauf qu'il n'y avait pas de danseuse à l'intérieur. Thilda tourna le levier mécanique et posa le premier disque que nous écoutions tous les jours, un certain « Beethovin », oui, je crois bien que c'était ça son nom.

« Moonlight Sonata ».

Alors que les premières notes s'échappaient de la machine, les enfants autour de moi se mirent doucement en mouvement au rythme des notes graves du piano. Je me demande d'ailleurs comment ils avaient fait pour emprisonner un piano à l'intérieur d'une machine si petite. Était-il possible de fabriquer des pianos minuscules ?

Je mis quelques secondes avant de me mettre à danser à mon tour, observant mes camarades comme des bêtes de foire, disséquant du regard chacun de leur geste. Axel gesticulait en faisant la grimace, Violet était immobile, Sam et les autres, eux, n'avaient pas attendu le début du morceau pour courir d'un bout à l'autre de la pièce, préférant jouer à leur jeu favori.

Mais moi, je n'avais pas envie de jouer, je n'avais pas envie de courir ni de crier. Je voulais danser. Me dissoudre dans cette mélodie et ne faire qu'un avec elle. Ne ressentaient-ils pas la musique comme moi je la ressentais ? Adam, près de moi, semblait, quant à lui, hypnotisé, porté par cette mélancolie qui le caractérisait si bien.

— Tu ne danses pas ? me demanda-t-il d'un air inquiet en approchant de moi.

— Non, je n'ai pas de robe pour ça. Regarde ! dis-je en montrant ma jupe abîmée que j'avais traînée dans l'herbe le reste de la matinée.

— Mais tu n'as pas besoin de robe pour danser. Ce serait bien trop triste sinon…

Il remarqua que sa réponse n'avait pas l'air de me satisfaire.

— J'ai une autre idée, dit-il en approchant de moi.

Il prit mes mains dans les siennes et me murmura à l'oreille :

— Tu peux avoir la robe que tu souhaites si tu le veux vraiment !

— Comment ? demandai-je intriguée.

— Tout réside là-dedans, dit-il en posant son index sur ma tempe.

Je restai muette un instant, ne comprenant pas ce qu'il voulait dire par là.

— Le pouvoir de l'imagination, dit-il avec un air de mystère dans les yeux.

Je voyais cela comme un défi, alors, je fermai les yeux, me concentrant sur ce que je voulais voir en les rouvrant. Quand je déployais mes cils à nouveau, j'avais réussi. Un large sourire s'étira sur mon visage. Je ne portais plus cette jupe trop petite qui sentait l'herbe et la poussière. Je l'avais troquée contre une robe blanche recouverte de dentelle. Au-dessus de nous, le lustre était plus étincelant encore. On aurait dit une fontaine d'étoiles. Émerveillée, je regardais Adam qui se tenait près de moi. Dans son regard, je voyais une lumière nouvelle. Comme si lui aussi, complice de cette mascarade, vivait dans le même monde imaginaire que moi. Il m'avait rejointe. Alors, à cet instant, j'en étais encore plus convaincue, j'étais une princesse qui avait le droit de danser. Un long rire s'échappa de ma gorge tandis que je faisais un tour sur moi-même. Mes jupons, telle une corolle, volèrent tout autour de moi.

— Tu as réussi, murmura-t-il avec bonheur alors qu'il prenait ma main pour se lancer avec moi dans une valse éternelle.

*

Soudain, l'enregistrement se coupa net. Grace mit quelques secondes à comprendre où elle se trouvait. Tout cela lui paraissait si réel. Elle ne faisait pas seulement que regarder des images, elle en revivait chaque instant. Chaque souvenir était un voyage.

Soudain, les yeux de l'oiseau automate se refermèrent en un claquement sourd.

— Plim ? demanda-t-elle inquiète en posant ses mains sur celle-ci.

Retenant un juron, Grace retira aussitôt ses mains de la machine. Il lui sembla un instant que le métal était en train de fondre. Pourtant, l'automate avait été créé pour s'adapter aux changements de température et aux conditions climatiques parfois extrêmes. Par égoïsme, la jeune femme avait repoussé les limites. Une vague de culpabilité l'oppressa aussitôt en regardant ses paumes rouge feu.

Cette fois, elle était allée trop loin. Elle avait oublié l'animal derrière la machine.

— Plim ? Je t'en prie, réponds-moi, répéta-t-elle avant d'attraper un torchon pour l'emmener vers la fenêtre et ainsi tenter de la refroidir plus rapidement.

L'animal ne réagissait plus, gardant les yeux désespérément clos.

— Je suis désolée, murmura-t-elle en ouvrant plus grand la lucarne pour y passer ses bras.

Après toutes ces années de bons et loyaux services, c'est comme ça qu'elle prenait soin de sa confidente ? Tenant à bout de bras la chouette, Grace n'avait qu'une crainte, que Plim soit véritablement endommagée. Heureusement, ses craintes furent rapidement balayées. Une dizaine de minutes plus tard, elle sentit ses plumes bouger de nouveau.

— Pardonne-moi, Plim, je crois qu'on a bien besoin de se reposer toutes les deux, murmura-t-elle d'une voix rassurante en regardant l'oiseau ouvrir les yeux.

Mais alors qu'elle était sur le point de rentrer l'animal à l'intérieur, Plim déploya ses ailes et s'envola.

— Plim, reviens ici tout de suite ! cria Grace affolée.

Visiblement, l'animal n'avait pas envie de l'écouter. Était-ce parce que son histoire d'amour avait bien vite été avortée ? Parce qu'elle voulait se dégourdir les ailes ? Parce que Grace lui avait ligoté le bec ? Ou parce qu'elle voulait lui faire payer la surchauffe ? Nul n'aurait pu le dire. En tout cas, le résultat était le même, Plim était dehors. Sans laisse. En toute illégalité.

— Tu vas te faire tirer dessus, Plim, dit-elle pour tenter de la raisonner.

Mais l'animal, plus obstiné que jamais, s'était envolé à tire-d'aile. Désemparée, Grace ne savait pas quoi faire. Elle n'avait plus aucune autorité sur lui. L'oiseau s'éloigna davantage, décrivant des courbes plus larges dans le ciel.

La peur au ventre, Grace descendit les escaliers, dévalant les marches quatre à quatre. Mais une fois dans la rue, Plim avait disparu. Pour de bon.

Remontée chez elle, Grace se laissa tomber sur son lit. Les larmes coulèrent le long de ses joues. Mais aujourd'hui, personne n'était là pour les recueillir. Pas même Plim.

Elle était seule.

Plus seule que jamais.

- 29 -
Molly

— Embarquez-le, murmura le commandant de bord à l'intention des deux officiers de police qui venaient de monter à bord.

— Mais c'est pas moi, j'vous dis ! J'sais pas ce que cette arme fait dans mes affaires, cria le pauvre homme qui clamait son innocence.

Dans l'aérostat, la tension qui montait depuis plusieurs heures venait de retomber comme un soufflé. Passé le moment où tous les soupçons étaient permis, il fallait maintenant se rendre à l'évidence : le coupable était démasqué. On avait découvert l'arme du crime dans ses affaires.

Molly regarda les deux officiers embarquer le suspect. Elle n'était pas fière d'elle. De ce qu'elle avait dû faire pour sauver sa peau. Quand le coup de feu avait retenti, elle savait que ses minutes étaient comptées. Elle avait essuyé ses mains et son visage puis était sortie des toilettes en vitesse. Elle avait fait quelques pas dans le couloir, l'arme cachée dans son dos et une hôtesse était arrivée dans sa direction. C'était une ferrailleuse : « *Vous n'avez pas entendu l'annonce de notre commandant de bord ? Veuillez regagner votre place, s'il vous plaît, nous allons traverser une zone de turbulences.* » Non, elle n'avait rien entendu. Mais c'était une chance. Le ronronnement du moteur, du vent ainsi que le message du commandant avaient étouffé, en partie, la détonation.

Molly avait obéi, et avait regagné sa place sans opposer la moindre résistance. Sur son chemin, une valise était mal fermée. Sans réfléchir, elle avait fait tomber l'arme dedans en passant à sa hauteur.

Les cris de l'homme qui se débattait lui serrèrent le cœur. Comment pouvait-elle rester insensible face à cet innocent qu'elle avait condamné si injustement ?

Autour d'elle, les messes basses étaient nombreuses. « *Je me doutais bien que c'était lui, regarde sa tête* ». « *Tuer de sang-froid une personne d'une balle dans la tête, c'est inhumain...* » Les avis des gens lui importaient peu, car, pour la première fois de sa vie, elle avait agi pour elle.

En regardant les deux officiers de police contenir cet homme, la culpabilité grandit au creux de son ventre. Elle aurait aimé dire que c'était elle, avoir le courage de se lever et de prendre la parole face à tous ces passagers pour clamer haut et fort que oui, c'était elle. C'était elle qui avait tué cet homme dans les toilettes de l'aérostat. Elle aurait aimé à cet instant ne pas penser à elle. Elle aurait aimé que la justice puisse la faire payer pour le crime qu'elle avait commis. Elle le méritait après tout, elle avait fait couler le sang. Mais elle savait que la justice n'était pas juste. La peine encourue dépendait d'une quantité de variables sur lesquelles elle n'avait aucune emprise. Pour un même crime, elle avait vu certaines personnes sortir libres et d'autres mourir sur la chaise électrique. Était-elle, au fond, vraiment responsable de ses actes ? Après tout, elle n'était qu'une automate, non ? De l'homme ou de la créature créée par sa main, qui était le véritable monstre ?

Oui, à cet instant, elle aurait aimé révéler à cette foule d'étrangers ce qu'elle venait de faire, leur expliquer, avec ses mots, son histoire et les sacrifices endurés pour rester en vie. Mais elle savait que faire ça, c'était se tirer elle-même une balle dans le pied. Un homme pouvait connaître le pardon et la rédemption de ses pairs. Une illusionnaute n'avait aucune chance d'en bénéficier. Car son histoire, aussi émouvante soit-elle, aussi pitoyable soit-elle, ne toucherait aucun homme, aucun juré, personne. Elle n'aurait droit à aucun procès, tout simplement car les automates ne méritaient pas de vivre dans l'inconscient collectif. Elle aurait aimé être quelqu'un d'autre. Mais elle avait assez donné. Elle n'avait pas le courage de sacrifier sa vie une nouvelle fois. Sullivan méritait de mourir. Il n'y avait rien d'autre à ajouter.

En repensant à cette ordure, elle imagina tous les illusionnautes en train de rouiller, couchés dans le lit du Mississipi. Combien d'entre eux avait été trahis par cet homme ? Ils pouvaient à présent reposer en paix, car Molly avait tué leur bourreau. Elle leur avait rendu justice. C'était son doigt qui avait pressé la détente, mais tous étaient derrière elle quand elle l'avait fait. C'étaient eux qui lui avaient donné la force d'agir.

Si elle avait été humaine, elle se serait levée car la justice aurait été clémente. Mais elle n'était pas humaine, alors, elle garda les lèvres closes, impassible, et regarda une dernière fois l'homme innocent s'évaporer dans la nuit.

- 30 -
GRACE

Le lendemain, à la première heure, Grace était sur le pont, coiffée, habillée ; elle avait, sous son bras, une pile d'affichettes à coller dans le quartier.

> « Recherche chouette mécanique modèle NW878,
> Grosse récompense offerte en échange de l'animal ou de toute information permettant de retrouver sa trace.
> Grace Perkins, Appartement 56 bis, 3e étage,
> Bourbon St. »

Remontant la rue, la jeune femme passa par quelques boutiques dans lesquelles elle avait l'habitude d'aller. Les commerçants, compréhensifs, la gratifièrent d'une accolade, lui assurant qu'elle allait bien vite la retrouver. Pourtant, elle avait un mauvais pressentiment. Les sentinelles du SPEANO étaient à pied d'œuvre pour éliminer les derniers oiseaux mécaniques encore en liberté. La plupart des oiseaux naturels l'avaient d'ailleurs compris et avaient, depuis bien longtemps, déserté la ville.

— Ouais, 'fin, c'est tout de même qu'un piaf, cracha un vendeur de légumes en lisant son affiche qu'il froissa dans sa main pour la provoquer.

Grace ne se donna même pas la peine de répondre et continua son trajet à pied avant d'emprunter le *streetcar* pour rejoindre la maison familiale.

*

En arrivant devant la porte, Grace frappa deux coups. Elle entendit les talons de sa mère claquer sur le carrelage avant qu'elle ne déverrouille le loquet.

— Grace ? Qu'est-ce que tu fais là ? s'écria Janet en ouvrant la porte avant de la prendre dans ses bras. William, regarde qui vient nous voir !

Grace ne répondit pas directement et entra, découvrant son père, assoupi sur son fauteuil, les doigts de pieds en éventail sur la table basse.

— Fatigué ? demanda Grace.

— Il vient de rentrer y'a une heure, avoua sa mère. Je lui ai dit d'aller se coucher dans son lit, mais tu le connais, il m'écoute pas, dit-elle en soupirant.

— Remarque, ça change pas de d'habitude, il écoute personne ! répondit Grace esquissant un petit sourire en direction de cette dernière qui venait de la débarrasser de son manteau.

— Tu es tout en beauté, dis-moi, murmura Janet en effleurant sa joue dans un geste affectueux.

— Merci, dit-elle avant de rejoindre le salon.

Son père n'avait pas bougé, visiblement vexé par la tournure qu'avait prise leur dernière entrevue.

— Faut qu'on parle, je crois, lâcha Grace avec gravité.

— Qu'est-ce qu'il se passe, ma chérie ? demanda Janet en lui passant sa main dans le dos.

— Ah ! Maintenant, tu veux discuter ? L'autre soir, au *Mechanic hall*, madame était pas d'humeur, mais, maintenant, faut être à sa disposition !

— Je peux repartir, si tu veux dit-elle d'un ton provocant en faisant glisser sa main sur le dessus du canapé.

— Non, c'est bon... dit-il en se frottant les yeux, enlevant d'un même coup ses pieds de la table. Parlons...

Quand Grace posa la dernière affiche qu'il lui restait sur la table, ces deux parents restèrent sans voix.

— Elle s'est envolée hier soir, avoua-t-elle le cœur serré.

— Si tu laisses la fenêtre ouverte aussi...

Grace lui jeta un regard noir.

— William ! s'offusqua Janet.

— Mais c'est pas de ça que je voulais vous parler, dit-elle en relevant les yeux vers William.

— Tu me fais peur, murmura sa mère...

— Tu vas te marier ? ricana William en attrapant un cigare dans la boîte posée en face de lui.

— Vous saviez que Plim était une chouette enregistreuse ?

— Une quoi ? demanda sa mère, surprise.

Étonnamment, William, lui, ne semblait pas étonné et se contenta de reposer le cigare là où il l'avait pris. Il savait où cette conversation allait le mener.

— Tu le savais, toi ? s'écria Grace en le regardant avec dégoût. Tu le savais depuis tout ce temps et tu n'as rien dit ?

— De quoi elle parle ? demanda Janet d'un ton accusateur à son mari.

William déglutit.

— Tu veux lui dire, Papa, de quoi je parle ? ou tu préfères que ça soit moi qui le fasse ?

— Je t'en prie…

— Plim était une chouette enregistreuse, Maman, elle était reliée à cette puce, lâcha-t-elle en la montrant à sa mère.

— Mon Dieu ! Mais qu'est-ce que c'est que ce truc ?

— C'est vous qui m'avez mis ça sous la peau ? demanda Grace sans répondre à sa question.

— Non… tu l'avais déjà quand nous t'avons adoptée, murmura William d'un ton ferme en se redressant.

Il disait vrai. Dans les souvenirs que la jeune femme avait pu revoir la veille, elle se rappelait avoir vu la cicatrice au creux de son bras quand elle était à l'orphelinat. Ils lui avaient donc implantée là-bas ? Dans quel but ?

— C'est eux qui me l'ont implanté, à l'orphelinat ?

— Non, tu l'avais bien avant… avoua mon père.

— Comment le sais-tu ?

William reprit sa respiration, plongeant son regard dans celui de sa fille.

— Pas envie d'en parler, désolé, dit-il avant de se lever.

— Oh non ! Je t'en prie, ne prends pas la fuite, pas cette fois !… dit-elle en s'interposant face à lui.

Dans sa poitrine, son cœur battait à tout rompre.

— J'avais un moyen de connaître la vérité, Plim la détenait depuis le début. Elle était prête à tout me révéler si tu n'avais pas le courage de le faire ! lâcha-t-elle d'un ton froid.

— Je t'interdis de me parler de courage ! dit-il avant de serrer son poing le long de son corps.

Surprise, Grace regarda son père se raidir. C'était bien la première fois que la jeune femme voyait de la violence se matérialiser en lui. Jamais il n'avait posé la main sur elle, ses frères ni sa mère. Était-il prêt à le faire aujourd'hui ? Que lui cachait-il ?

— J'ai vu des choses dans ma vie que tu ne pourrais même pas imaginer. Cette nuit par exemple, une gosse de 16 ans est morte assassinée, putain ! Et… et toi, tu viens me parler de courage ! ça aurait pu être toi, Grace ! Allongée sur ce divan, des plumes plantées dans le dos…

Grace resta immobile. Sans voix, elle ne savait que répondre.

— Parfois les choses doivent rester là où elles sont.

— Alors, rien n'a changé ? Je pensais que notre dernière discussion t'avait fait réfléchir, je pensais que tu étais venu au *Mechanic Hall*… pour ça.

— Ne compte pas sur moi pour te raconter ces choses-là, Grace. Arrête, arrête, bon sang ! de remuer toute cette histoire. Rien de bon ne peut en sortir ! Tu comprends ?

— Que tu le veuilles ou non, tu sais que je saurai la vérité.

— Grace !

— Je ne m'appelle pas Grace ! lâcha-t-elle les larmes aux yeux.

Ces parents restèrent une nouvelle fois sous le choc.

— Ça aussi, t'as pas cru bon de me le dire ?

Janet, se tenait en retrait, terrifiée.

— Comment avez-vous pu… ? dit-elle la gorge serrée.

Quelques secondes s'écoulèrent alors qu'ils la regardaient tourner comme un lion en cage autour du canapé.

— C'était ton idée ou celle de Papa ? ajouta-t-elle en prenant à partie sa mère.

— Nous avons pris cette décision ensemble, s'interposa William, et tu aurais fait la même chose si tu avais été à notre place.

— Rose, c'était ça mon vrai prénom, pas vrai ?

Un duel de regards s'échangea entre eux pendant quelques secondes.

— Il n'y a plus de Rose ici, dit-il d'un ton tranchant.

Les lèvres de la jeune femme tremblaient. Comment pouvait-il dire ça ?

— Rose est morte dans cet orphelinat le jour de l'incendie, pour que tu puisses vivre, Grace ! lâcha-t-il en donnant un coup de poing sur la table de la cuisine.

Un des verres dressés roula avant de s'écraser à ses pieds. Janet, paniquée, s'empressa de le ramasser en sanglotant. Au fond, Grace avait eu ce qu'elle voulait. Elle l'avait poussé à bout, dans ses propres retranchements. Il avait fini par réagir. Un incendie ? L'orphelinat avait donc brûlé ?

— C'était pas à vous d'en décider. Ça aurait dû être MON choix !

— Mais tu avais 6 ans, Grace, 6 ans ! Ce n'est pas un choix que l'on donne à une enfant de 6 ans, bon sang !

— Nous avons toujours fait pour le mieux, murmura sa mère du bout des lèvres.

Grace remarqua les larmes aux creux de ses yeux et la regarda ramasser les derniers bouts de verre au sol.

— Tu ne me feras pas regretter les choix que j'ai faits y'a plus de quinze ans. Si on les a faits, c'est avant tout pour toi, pour te protéger. On t'a accueillie dans cette fami…

— Vous auriez dû me laisser là-bas alors, dans cet orphelinat… avec les autres dit-elle en lui coupant la parole.

— Ne dis pas ça… répondit-il.

— J'étais heureuse là-bas… malgré tout ce que vous pouvez croire, dit-elle.

Elle recula doucement.

— J'ai revu des souvenirs de cette période, hier soir. Je me voyais sourire…

— Vraiment ? Alors pourquoi n'as-tu aucun souvenir de cette période ? Pourquoi as-tu besoin de cette putain de chouette pour t'en souvenir ! Grace, écoute-moi. Ce qu'il s'est passé là-bas… était une tragédie.

— Alors tu es content que Plim soit partie ! ça t'arrange c'est ça…

— Ne dis pas de bêtises…

— Comme ça, je ne pourrai jamais connaître la fin de l'histoire. Mais j'ai besoin que tu me dises… Je t'en prie… raconte-moi mon histoire, dit-elle en tendant ses mains vers lui.

- 31 -
William

— Je t'en prie… raconte-moi mon histoire, murmura Grace, plus fébrile que jamais.

Ses mots résonnèrent en lui, explosèrent au creux de son cœur. William regarda les mains de sa fille tendues paumes vers le ciel. Elle l'implorait. Mais il ne pouvait pas, il ne voulait pas mettre ses mains dans les siennes pour qu'elle lise en lui comme dans un livre ouvert. Il ne voulait pas que les images, ces souvenirs traumatisants qu'il avait emmagasinés ne deviennent les siens. Ces scènes de crimes, ces corps mutilés le tourmentaient bien assez. Cette violence ne se partageait pas.

Aucun enfant ne méritait de vivre avec un tel poids. Pourtant, en la regardant, il vit l'adulte qu'elle était devenue. Grace avait grandi. Mais il la voyait toujours comme sa petite protégée, celle qu'il avait recueillie dans son foyer alors qu'elle n'avait que 6 ans. Quand il avait été appelé sur les lieux le soir de l'incendie du *Swan Orphenage*, il avait vu cela comme un présage. C'était la deuxième fois que le destin l'avait mise sur sa route.

Au fond, il savait depuis toujours que cette conversation devrait avoir lieu. En vérité, il la repoussait sans cesse. Il en avait souvent discuté avec Janet d'ailleurs. « *Il est plus sage d'attendre ses 18 ans* » « *ses 20 ans* » « *ses 20-25.* » Mais jamais il n'avait réussi à franchir le pas. Aujourd'hui, il était temps.

— Cette nuit-là, c'était la deuxième fois en réalité que je te rencontrais, Grace.

— La nuit de l'incendie, tu veux dire ?

— Oui. Notre première rencontre remonte plus loin encore, le 20 décembre 1894 pour être exact. C'est ce soir-là qu'on t'a trouvée avec Anton. Tu n'étais encore qu'un bébé, tu grelottais dans mes bras quand je t'ai emmenée au *Swan Orphenage*.

— Quoi ? C'est toi qui m'a emmenée là-bas ?

— Oui, avoua-t-il à demi-mot, alors que les émotions submergeaient la jeune femme.

— Mais pourquoi ? Où m'as-tu trouvée ?

— … sur une scène de crime, Grace…

— Quoi ? dit-elle en manquant de s'écrouler.

— Viens, tu devrais t'installer sur le canapé, murmura-t-il.

Il fit signe à Janet de lui apporter deux verres, puis, une fois assis l'un à côté de l'autre, il reprit :

— C'était un dimanche soir, je m'en souviens comme si c'était hier, c'était l'hiver et il faisait un froid de canard. J'étais au poste quand on a reçu un signalement. Sur le coup, on n'a pas pris ça trop au sérieux avec Anton. On en avait marre de faire le sale boulot, de gérer les histoires de couples et les cambriolages de quartier. Mais quand on a reçu un deuxième signalement, on n'a pas eu le choix et on a dû quitter le commissariat. On a traversé une bonne partie de la ville pour rejoindre les bayous. À vrai dire, j'ignore pourquoi c'est sur nous que c'est tombé, y'avait des commissariats beaucoup plus proches que le nôtre. À notre arrivée, on faisait pas les fiers. Une barque missionnée nous attendait sur la rive. À son bord, un homme plutôt louche devait nous conduire là-bas. J'peux te dire qu'on a hésité avant de monter. La brume était partout autour de nous, si bien qu'il était impossible de discerner la berge une fois que nous l'avions quittée. Pourtant, les marécages nous paraissaient calmes, bien trop calmes. Et le jeune officier que j'étais ne désirait qu'une chose : rentrer chez lui.

Silencieuse, Grace ne perdait pas un mot de son récit, restant suspendue à ses lèvres.

— Une dizaine de minutes se sont écoulées avant que la brume ne nous recrache. L'homme nous a déposés devant une maison isolée. La façade en bois était plutôt en mauvais état et le premier étage menaçait de s'effondrer. J'me rappelle m'être demandé qui pouvait bien habiter là. De l'extérieur, on n'entendait rien, aucun bruit. Seul le souffle du vent faisait bouger les branches tortueuses des cyprès chauves qui se balançaient au-dessus de nos têtes. En avançant vers la porte d'entrée entrouverte, je me souviens d'avoir vu quelques signes vaudous tracés à la craie et du gros sel devant la porte.

Visiblement, ça n'avait pas suffi à faire fuir les mauvais esprits… dit-il en baissant la tête.

— Tu n'es pas obligé, murmura Janet en posant sa main sur l'épaule de son mari.

Si, il avait fait le plus dur. Il devait aller au bout, pour Grace.

— Si, elle doit savoir, reprit-il en se raclant la gorge avant de reprendre son histoire.

— Quand on est rentré, il y avait une valise à l'entrée et… et… tu étais là, au centre de la pièce, au milieu d'un bric-à-brac d'affaires. Mon cœur s'est arrêté quand je t'ai vue. J'ai d'abord cru que tu étais morte. Tu étais enveloppée dans une couverture et tu avais les yeux grands ouverts, mais tu ne pleurais pas. Tu paraissais si fragile ! Autour de toi, il y avait deux corps. Ta mère était déjà morte quand on est arrivé. Son cœur ne battait plus. Ton… père l'avait… Je crois qu'il n'avait pas accepté qu'elle parte avec toi loin de lui.

— Et lui ?

— Plim était là, elle aussi, penchée juste au-dessus de toi comme une nouvelle mère de substitution. Tu ne regardais qu'elle.

— Que veux-tu dire ?

— Il y avait du sang, du sang partout sur ses ailes. Je crois que tu aurais connu le même sort, si elle ne l'avait pas tué….

— Plim ?

— Oui, c'est elle qui t'a sauvée.

Grace resta sans voix, touchant entre ses mains la clé de la chouette enregistreuse.

— Tu t'appelais Rose Lalaurie à cette époque, murmura William en prenant ses mains dans les siennes.

- 32 -
Tueur à la plume

Dans sa petite chambre, il faisait sombre et humide. Seul un petit hublot au-dessus de son lit délivrait un mince filet de lumière. Mais il s'était habitué à vivre ici. Caché, à l'abri des regards. L'obscurité, il n'en avait pas peur. Il avait dû composer avec. « Composer », oui, c'était bien le terme adéquat. Avec le temps, il l'avait même domptée si bien qu'elle lui obéissait maintenant au doigt et à l'œil.

Oui, même s'il avait le ventre vide, qu'il n'avait pas fermé l'œil de la nuit, il était heureux. Dans ses mains, il avait le *Times* du jour.

« La Nouvelle-Orléans en proie à un second tueur en série ? … »

Avec attention, il lut l'article qui faisait une double page : on y mentionnait une ancienne affaire de 1899 qui ressemblait étrangement à celle-ci. Un sourire se dessina sur son visage. Les journalistes étaient plus perspicaces que les inspecteurs de police. Ils avaient réussi à faire le lien. Effectivement, « le tueur à la plume », comme ils l'appelaient, n'en était pas à son premier meurtre.

Lentement, il se redressa sur son lit en repensant à sa nouvelle victime, âgée d'à peine 16 ans. Il découvrait aujourd'hui son prénom et son nom dans le journal : *Mila Walters*. Il eut de la peine pour elle, même s'il ne regrettait pas son geste. Tout cela était nécessaire.

En lisant l'interview et le rapport d'autopsie du légiste, il était satisfait : au moins, cet homme semblait lui reconnaître un certain talent. Une finesse d'esprit. Bien sûr, il avait bien quelques hypothèses sur le procédé de mise à mort de la victime, mais il était loin du compte.

Le tueur à la hache avait commis trois meurtres pour avoir droit à un premier article. Lui n'en avait eu besoin que de deux. Il avait réussi, réussi à faire de l'ombre au tueur le plus en vogue de La Nouvelle-Orléans et ça, il en était fier. À cette idée, il imagina son rival, chez lui, en train de se morfondre. Ils devaient à présent composer à deux. Pourtant, ce n'était pas ce sentiment de fierté qui dominait. S'il avait commis ce meurtre, c'était pour une raison plus précise : la médiatisation. Cette mise en avant servait d'autres desseins : ce qu'il voulait, c'était être vu d'une seule personne. Une seule. La seule à La Nouvelle-Orléans capable de remonter jusqu'à lui. Il avait besoin d'elle.

En se levant pour rejoindre le petit point d'eau à côté de sa chambre, il jeta un œil aux articles épinglés aux murs. Tous les meurtres du tueur à la hache étaient là. La quinzaine de victimes, photographies noir et blanc… Il n'aurait pas dit qu'il éprouvait une fascination pour son rival, plutôt un profond respect, alors même qu'il ne l'avait jamais rencontré. Il avait l'impression de le connaître comme si, à chaque nouvelle victime, un lien étroit s'était tissé entre eux.

En arrivant dans la seconde pièce, sitôt qu'il ouvrit la porte, une dizaine d'oiseaux mécaniques piaillèrent. Il y en avait des petits, des plus grands. Plusieurs d'entre eux, affolés, frappaient le hublot vitré pour tenter de s'échapper. Mais c'était peine perdue. Aucun d'eux ne sortirait d'ici vivant.

Il attrapa le plus proche de lui. Paniqué, l'oiseau tenta de le mordre. Sans attendre, il lui tordit le cou et l'emmena dans sa chambre. Sur son lit, il étendit l'oiseau inanimé déployant ses grandes ailes mécanisées. Il fit glisser son index le long de son plumage, alors qu'une larme perla au coin de son œil. Il aimait tant les oiseaux, cela lui faisait mal au cœur de devoir les achever. Mais il avait un titre à honorer, « le tueur à la plume ».

Il commença alors sa triste besogne et, attrapant une pince et un tournevis, commença à déplumer l'oiseau en silence, décrochant une à une ses sinistres plumes argentées.

- 33 -
Ian

À 3 heures du matin, l'aile Psychothérapie & Psychiatrie cognitive du *Charity Hospital* était plutôt calme. Bien sûr, il y avait bien, de temps en temps, des cris qui s'échappaient des chambres fermées à clé, mais rien qui vienne inquiéter Ian Cobb. Le médecin venait de terminer sa ronde, il avait parcouru une dizaine de couloirs, prenant le temps de s'arrêter devant chaque porte pour vérifier les informations annotées sur les pancartes nominatives. Le service était plein depuis deux mois. La plus grande partie était occupée par des femmes, « hystériques » pour la plupart, bien que ce terme ne plût pas vraiment au médecin. Trop de ces confrères utilisaient ce qualificatif à tout va. De passage dans le couloir A, regroupant les internés les plus instables, il gronda Adeline. La jeune infirmière s'était assoupie dans le couloir. Tenant entre ses mains un plateau, elle avait fait tomber une vingtaine de pilules de bromure de potassium par terre. En regardant les médicaments au sol, Ian songea que ses patients étaient chanceux d'être là. Ici, on les traitait avec respect et dignité. Cela n'avait pas toujours été le cas par le passé. Ian avait toujours refusé, malgré la venue de grands spécialistes, de faire rentrer la lobotomie transorbitale dans son service. Pourtant, certains de ces confrères vantaient ses résultats spectaculaires sur leurs patients. Pour lui, cette pratique était rétrograde et inhumaine.

De retour dans son bureau, Ian prit place dans son fauteuil. Tout y était impeccable et bien rangé. Il alluma la lampe posée sur sa table de travail en bois et jeta un regard aux ouvrages médicaux classés dans sa bibliothèque. Certains titres aux noms évocateurs le firent sourire, parmi lesquels. «*Balnéothérapie cognitive*». La balnéothérapie, il n'avait jamais cru non plus en cette pseudoscience. Reposant les yeux sur son bureau, il attrapa le journal du jour. Enfin, vu l'heure, il était devenu celui de la veille. Depuis sa garde de douze heures, il n'avait pas encore eu le temps d'y jeter un œil.

En lisant le titre, il arqua un sourcil. Un second tueur ? Tiens donc, il ne manquait plus que ça. Comme si un seul ne suffisait pas ! Le léger sourire qu'il avait jusqu'alors se dissipa en découvrant la suite de l'article. Un profond malaise l'envahit en découvrant l'interview du légiste, le professeur Johnsson. Son cœur s'emballa à la lecture de l'autopsie. Il y était mentionné que la victime, une certaine Mila Walters, avait été retrouvée morte en ville, deux plumes plantées dans le dos. Un frisson s'empara de lui en découvrant la photographie à côté du texte. On y voyait deux plumes d'une longueur importante. En les regardant, il lui sembla les reconnaître. Ce n'étaient pas des plumes de chouette comme le journaliste et le légiste le supposaient. Non, ces plumes étaient des plumes de cygne.

En découvrant la suite, Ian laissa retomber le journal sur la table. *Mon Dieu !...* murmura-t-il, en découvrant les deux traces cramoisies sur les tempes de la victime... Dans un état second, Ian regarda ses mains, elles étaient prises de tremblements incontrôlables. Trop d'éléments coïncidaient pour que tout cela ne soit qu'un hasard. À commencer par le prénom de la jeune femme, Mila : c'était le même prénom que celui de la cuisinière du *Swan Orphenage*. Elle était morte elle aussi, cette nuit-là.

Paniqué, le médecin se leva de son siège si brutalement qu'il donna un coup dans le bureau avec son genou et renversa la lampe. Il la redressa rapidement, puis ouvrit le premier tiroir de son bureau avant d'attraper un petit récipient en verre rempli de pilules. Il l'ouvrit d'un coup d'ongle et en avala trois. *Tant pis pour la posologie*, pensa-t-il en déglutissant.

— Vous allez bien, professeur ? J'ai entendu du bruit...

— Oui, oui, merci Adeline, je suis juste un peu fatigué, voilà tout, dit-il arborant un sourire de façade pour ne pas inquiéter l'infirmière.

Quand la soignante disparut dans l'embrasure de la porte, une peur vicieuse s'insinua plus profondément en lui. Ainsi, donc, quelqu'un avait retrouvé sa trace malgré son changement de nom ? Si c'était le cas, cela voulait dire que le tueur savait qu'il était le fils de John Hamilton ?

Un vertige déforma un instant son champ de vision. Pendant quelques secondes, il lui sembla que les murs ondulaient, telles des vagues, et que le plafond se rapprochait dangereusement du sol. Son cœur s'emballa. Oui, ce meurtre était un message que le tueur à la plume lui adressait. Mais comment avait-il su qu'il était vivant alors que rien dans les journaux n'avait fuité sur lui ? Ian ne voulait pas laisser ses démons intérieurs prendre le dessus. Cette paranoïa, ces délires, cela faisait tant d'années qu'il luttait contre. Pourtant c'était évident, il n'était plus à l'abri ici, ni dans cet hôpital, ni chez lui. Le tueur à la plume venait en ville pour… lui…

Brutalement, il sentit ses paupières devenir plus lourdes et sa nuque s'engourdir. Lentement, sa tête tomba en avant sur la table. Mais ce qu'il ignorait, c'est que ses souvenirs allaient encore une fois le rattraper, car, même dans le monde des rêves, il n'était à l'abri de rien.

*

Ian était fébrile, balloté de gauche à droite dans l'habitacle de l'automobilectrique qui roulait à vive allure, il regardait son père dans le miroir du rétroviseur. Le visage fermé, concentré sur les virages du chemin caillouteux, John Hamilton semblait ailleurs. Cela faisait une dizaine de minutes qu'ils s'étaient éloignés du centre-ville et du port et l'excitation du petit garçon était de plus en plus difficile à contenir.

— On est bientôt arrivé ? demanda-t-il, timidement.

— Oui, cesse de me le demander toutes les cinq minutes, s'il te plaît, soupira son père.

Appuyé contre la vitre, Ian regardait les habitations défiler. Il se demandait comment serait la maison et si elle allait être à son goût. Son père lui avait déjà parlé du jardin et du lac qui entouraient la propriété. Cela faisait des mois, des mois qu'il attendait de la voir…

Après cinq minutes de route supplémentaires, la voiture s'arrêta net. Les pneus crissèrent sur le chemin, faisant voler des petits gravillons sur le bas-côté.

— Et voilà, mon grand! lâcha son père avant de sortir pour ouvrir la portière arrière.

Ian s'extirpa de l'automobile. Il mit quelques secondes à réaliser qu'il était devant chez eux. Que c'était ici qu'ils allaient vivre à présent.

Face à lui, se dressait un grand portail en fer qui dépassait les trois ou quatre mètres. Il releva doucement la tête et découvrit à son sommet deux cygnes en métal qui se faisaient face. Il lui sembla voir leur bec s'ouvrir à leur arrivée, mais peut-être était-ce tout simplement son imagination qui lui jouait des tours. En les découvrant, il comprit d'où venait le nom que son père avait choisi pour l'orphelinat : « Swan Orphenage » *; c'est vrai que cela sonnait bien.*

Dans un silence pesant, son père déverrouilla le gros cadenas qui bloquait le portail, puis l'invita à entrer. Ensemble, ils traversèrent un grand jardin en friche, dont les herbes hautes chatouillaient les mains de Ian. Certaines lui arrivaient même au nombril. Visiblement, le jardin avait été laissé à l'abandon depuis bien longtemps.

— Ça fait combien de temps que personne ne vit ici, Papa ? demanda-t-il, intrigué.

— Plus de vingt ans. C'est pour ça que je t'ai expliqué que nous aurons beaucoup de travaux ces prochains mois. Je compte sur toi, dit-il en continuant à avancer vers la maison.

Soudain, à travers les épis séchés par le soleil, Ian discerna l'ombre de la bâtisse.

— Alors qu'en penses-tu ? demanda-t-il en se retournant vers son fils. Elle te plaît ?

De l'extérieur, la maison de maître était en mauvais état. Le bois avait perdu de son éclat et les nombreuses cheminées ne tenaient plus vraiment droit. Pourtant, à travers les yeux de Ian, ce lieu était un paradis.

— Elle, elle est si grande ! s'extasia Ian en prenant son père dans ses bras.

— Ah oui, on ne manquera pas de place ici !

— Et il va où ce chemin ?

— Au lac, nous irons ensemble tout à l'heure si tu veux.

— Oh oui ! Dis, je peux aller voir à l'intérieur ? Je veux voir ma chambre.

— Bien sûr, mais fais attention à ne pas te faire mal ! Je vais chercher les valises dans le coffre et je te retrouve à l'intérieur, dit-il en lui tendant une clé épaisse en laiton.

Ravi d'ouvrir la porte tout seul, Ian courut vers les escaliers en pierre et inséra la clé dans la serrure. Il mit quelques secondes avant de réussir à l'ouvrir tant celle-ci était grippée. Il jeta ensuite un regard en arrière. D'ici, il pouvait voir son père qui venait tout juste d'arriver à la voiture.

Une fois à l'intérieur, une brise souleva doucement ses cheveux. Certaines des fenêtres n'étaient pas bien étanches. Des rais de lumière quadrillaient le hall poussiéreux où un imposant escalier en bois montait vers les étages. Une épaisse couche de poussière recouvrait chaque marche. Il fit quelques pas, impressionné. Les pièces étaient vides, à l'exception de quelques meubles et de tapis que les anciens occupants avaient préféré abandonner. Ses semelles glissaient sur le parquet. Pire, un silence religieux l'enveloppa. Pourtant, il tendit l'oreille. Là-haut, à l'étage, il lui semblait entendre comme un murmure… Intrigué, il posa sa main sur la rambarde en bois et, prenant soin de ne pas glisser sur le tapis de poussière, il grimpa les marches qui le séparaient du premier étage. La voix lui semblait maintenant plus proche. Soudain, la dernière marche grinça. Le murmure s'arrêta aussi sec. Au même instant, il crut voir une ombre tout au fond du couloir. Paniqué, il redescendit les marches à la hâte, sautant les quatre dernières pour finir sur les genoux.

— Papa, Papa, y'a quelqu'un dans la maison ! cria-t-il en courant vers le perron.

— Quoi ? Qu'est-ce que tu racontes ! répondit son père affairé à porter leurs deux valises à bout de bras.

— J'ai vu quelqu'un là-haut !

— Tu as vraiment une imagination débordante, mon fils…

— Mais si ! Je te dis que j'ai entendu quelque chose !

— Il n'y a personne ici, Ian, le rabroua-t-il avant d'arriver à son tour dans le hall.

Visiblement le ton qu'il avait employé avait vexé le petit garçon, alors M. Hamilton se mit à sa hauteur et l'attrapa par les épaules.

— Écoute, je sais que, en l'état cette maison est un peu effrayante, mais crois-moi, après un peu de ménage et avec nos nouveaux meubles qui arriveront demain, elle sera beaucoup plus accueillante, fais-moi confiance.

Pourtant, malgré les paroles rassurantes de son père, Ian n'était pas plus convaincu. S'il y avait quelqu'un dans cette maison, il se fit la promesse de le trouver !

— Tu veux que je te montre la salle de musique ? demanda John.

Ian acquiesça et ils firent quelques pas dans le hall pour rejoindre la pièce attenante.

— Ce sera ici, annonça son père.

C'était une petite pièce coquette : des livres ouverts jonchaient le sol tandis qu'un piano, dévoré par l'humidité, était à moitié éventré. Ian tourna autour, regardant avec émerveillement les cordes et les mécanismes à l'arrière. C'était la première fois qu'il découvrait l'instrument sous cet angle.

— Bon, il faudra changer le piano bien sûr, je doute que celui-ci soit encore accordé, dit-il en appuyant sur une touche au hasard.

La note qui en sortit résonna en un écho désagréable dans la salle vide.

— Effectivement, c'est complètement faux. Tu veux qu'on aille voir ta chambre maintenant ? demanda John.

— Oh oui ! s'écria Ian en sautillant sur lui-même.

— Alors, allons-y ! dit-il en le prenant de nouveau par la main pour l'emmener vers l'étage.

*

Ian releva brutalement la tête de son bureau. Ces souvenirs qu'ils venaient de revivre lui semblaient si limpides, si proches. L'esprit embrumé, il se demanda combien d'heures il avait dormi. Ces pilules, qu'il donnait d'ordinaire à ses patients les plus agités, l'avaient complètement assommé. Au moins, elles étaient efficaces ! Lentement, il se releva et marcha jusqu'au couloir en se massant la nuque en de lents mouvements circulaires. Dans le couloir, il faisait jour et l'horloge murale indiquait 17 heures. Heureusement, il n'était pas de garde cette nuit, il avait d'autres projets en tête.

- 34 -
William

Cinq jours s'étaient à présent écoulés depuis le décès de Mila Walters, sans qu'aucune nouvelle piste n'ait permis de faire avancer l'affaire. Cela rendait fou William. Si bien que son supérieur l'avait forcé à prendre une journée de repos pour décompresser et passer ses nerfs sur d'autres personnes que ses collègues qui ne le supportaient plus. Ce dimanche, il ruminait dès le lever du lit, exaspérant sa femme au passage. Pourtant, il avait, selon lui, une bonne raison de le faire : le rapport du légiste n'était toujours pas arrivé ! *Qu'est-ce qu'il foutait, bon sang !*

Comme à son habitude, alors que le soleil venait tout juste de se lever, il fit claquer la porte d'entrée et traversa son jardin en bougonnant. C'est sa femme qui devait être contente ! Dehors, l'air était frais et des cristaux de givre crissaient sous ses semelles. Il referma les pans de son manteau et souffla sur ses mains abîmées. Puis, il se précipita vers le bout de la rue où son voisin, le vendeur de journaux, sortait tout juste de son garage pour commencer sa tournée. Il le salua d'une accolade amicale.

— La même chose, je suppose ?

— Évidemment !

William chercha de la monnaie au fond de sa poche tandis que l'autre s'affairait à dénouer la pile de journaux qui sortaient tout juste de l'imprimerie.

Une fois le *Times-Picayune* dans ses mains, l'inspecteur rebroussa chemin. Le papier était encore tiède et sentait l'encre fraîche. Il aimait cette odeur rassurante. Il se retint de lire la première page et allongea ses foulées pour rejoindre en vitesse son canapé. Devant sa porte, il ramassa les deux bouteilles de lait posées sur son perron et rejoignit le salon devant l'œil médusé de sa femme qui trempait ses tartines dans son bol de café fumant.

— Putain d'enfoiré !

Là, sur la première page, le titre en capitale d'imprimerie lui hérissa les poils et le fit trembler tout son être.

«La Nouvelle-Orléans en proie à un second tueur en série ? Le rapport d'autopsie de Mila Walters dévoilé par le légiste»

— William ? Prépare-toi nous allons être en retard…

— En retard, où ça ?

Les mains posées sur les hanches, Janet lui lança un regard noir. William comprit aussitôt. La cérémonie de commémoration, le cimetière, oui, c'était aujourd'hui. Comment avait-il pu oublier ? Une vague de culpabilité l'envahit aussitôt. Il se leva, et se promit de s'occuper du cas de Johnsson après la messe et la cérémonie d'hommage.

- 35 -
GRACE

Au cœur du quartier français, le tabasco et les alcools frelatés étaient de sortie, comme pour compenser l'absence de soleil. L'odeur délicieuse des beignets de gombos et des jambalayas mijotés flottait dans l'air, attirant les ventres vides des passants.

Les cheveux maintenus par un chapeau orné de tulipes en feutrine, Grace longeait la rue Bourbon en repensant à ces derniers jours. À Molly, tout d'abord, son amie qui l'avait quittée pour rejoindre New York. Une vague de tristesse grandit en elle en repensant à leurs douloureux adieux. Elle aurait aimé avoir plus de temps. Mais du temps, Molly n'en avait pas. En continuant de marcher, elle repensa aussi aux révélations de son père concernant son passé et à cette « Rose Lalaurie », cette petite fille qu'elle n'était plus. Puis Plim avait disparu. Elle avait bien reçu quelques visites de personnes prétendant avoir retrouvé la trace de l'automate, mais tous ces échanges s'étaient soldés par des échecs.

Évitant les tables déjà installées sur les terrasses des nombreux restaurants, Grace avait troqué ses corsets et ses tenues de scène contre un pantalon noir et une chemise, ordinairement réservés aux hommes. Certains hommes, en train de manger des piments, la dévisageaient, la détaillant des pieds à la tête avec un regard si noir qu'on aurait pu croire qu'elle avait commis un crime. À vrai dire, ces regards, cela faisait bien longtemps qu'elle n'en tenait plus compte. Elle avait appris à vivre avec les remarques déplacées qui fusaient sur son passage. L'opinion de la gent masculine à ce propos lui importait peu. Les femmes, elles, assises en terrasse au bras de leurs maris, gloussaient. Mais derrière ces rires, la jalousie de ces femmes qui étouffaient sous leurs ombrelles aquafuges n'était pas loin. Car oui, Grace le savait, être une femme en 1919 demandait bien du courage. Résister à la pression sociale qui vous imposait d'être mère avant vos 25 ans, aux corsets trop serrés qui vous écrasaient la poitrine et aux remarques graveleuses d'hommes qui empestaient l'alcool relevait de l'exploit. À 27 ans, la jeune femme était loin des codes et des convenances admises par la société. Et elle comptait bien le rappeler à chaque personne qui croiserait son chemin. Grace aimait déranger, provoquer. Dérider les mœurs, ouvrir les esprits étriqués. Et comme une réponse cinglante à toutes leurs critiques, ses talons vernis claquaient sur les pavés brûlants tels des coups de feu qui disaient une seule et même chose : « Ne-me-fais-pas-per-dre-mon-temps. »

La voix d'Antonia, la coqueluche de la *taverne Métailler,* la radoucit quelques instants. À chaque fois qu'elle passait devant le bar, elle ne pouvait s'empêcher de ralentir la cadence, savourant les fréquences de sa voix grave et chaude qui s'élevait dans toute la rue. Grace consulta sa montre à gousset. Dix heures moins dix. À regret, elle accéléra le pas : si elle était en retard, sa mère ne le pardonnerait pas. Déjà qu'elle n'allait pas apprécier sa tenue vestimentaire... Elle avait pourtant fait un effort, elle portait le pantalon préféré d'Andrew, celui qu'il aimait mettre les jours de fête. Alors aujourd'hui, ce n'était pas un jour de fête, elle en convenait, et son cœur était lourd, mais elle savait qu'il aurait apprécié le clin d'œil. En continuant de marcher, elle repensa au jour où elle l'avait retrouvé dans ses affaires. À vrai dire, en y repensant, c'était depuis sa mort qu'elle s'était mise à porter des pantalons. Cela faisait un an tout pile. Comme si en portant ses pantalons, une part de lui continuait à vivre.

Oui, ce dimanche était un jour particulier. Un de ces jours que l'on redoute et qui pourtant nous libère une fois passé. Dans les rues, l'effervescence était de mise. Accrochées entre les immeubles, des banderoles blanches surplombaient la rue. On pouvait lire sur l'une d'elles «*Hommage aux anciens combattants*» «*À nos pères, nos fils, ces héros*». Ces héros, quels héros ? Grace ne voyait pas son frère comme un héros, mais comme un idéaliste qui avait sacrifié sa vie pour une guerre qui ne le concernait pas. Pire, il était mort à quelques jours de la signature de l'armistice... Autour d'elle, les balcons étaient décorés, et, en arrivant sur la place de la cathédrale Saint-Louis, des dizaines de gerbes de fleurs avaient été déposées devant l'édifice religieux. Une fanfare était là aussi, jouant des airs entraînants pour remonter le moral des familles endeuillées.

Son cœur se serra en apercevant son père et sa mère un peu plus loin. William avait les traits tirés, depuis la dernière fois qu'elle l'avait vu. Grace devina que quelque chose le tourmentait. Elle savait qu'il travaillait depuis plusieurs mois sur l'enquête du tueur à la hache. S'il continuait comme ça, il allait y laisser sa santé.

— Encore ta tenue de garçon ? lâcha William d'un ton cynique avant de la serrer dans ses bras.

— Tu aurais pu faire un effort, Grace… ajouta sa mère qui l'embrassa tendrement.

— Justement, j'ai fait un effort, c'est son pantalon, répondit-elle du tac au tac.

Sa mère déglutit.

— Et Jim, il est arrivé ? demanda Grace en regardant autour d'elle.

— Non, je ne l'ai pas vu, murmura sa mère, inquiète.

William lui prit la main avant d'ajouter.

— Je suis sûr qu'il ne va pas tarder, nous n'avons qu'à rentrer, nous lui garderons un siège, ajouta-t-il avant de se diriger vers l'entrée de la cathédrale.

C'est d'un même pas qu'ils franchirent les portes de l'édifice. À l'intérieur, la cathédrale était pleine, pourtant, un silence religieux planait tout autour d'eux. Seul le bruit des pièces tombant dans les boîtes métalliques qui recueillaient les dons retentissait. Plus loin, un chapelet de bougies était aligné et nombreuses étaient les familles qui se pressaient près des colonnades pour en allumer de nouvelles. Des cierges brûlaient près de l'autel tandis que des volutes d'encens s'élevaient vers la nef et ses vitraux colorés.

Grace regarda sa mère tremper ses doigts dans l'eau du bénitier et faire le signe de croix. William fit de même à contrecœur. Grace savait à quel point il détestait le cérémonial qui accompagnait ces moments. Il était d'humeur à faire des efforts visiblement.

Grace, elle, ressentit un immense vide l'envahir face à la grandeur de l'édifice. La froideur du lieu l'enveloppa aussitôt. Elle détestait les cimetières et ces lieux de culte austères où chacun reproduisait les gestes de ses parents sans en comprendre vraiment la signification.

Elle se souvint de sa grand-mère maternelle, penchée au-dessus de son lit quand elle avait 10 ans. Elles récitaient ensemble une ou deux prières avant de s'endormir. C'était leur rituel du soir. Grace aimait ce moment. Ces instants calmes qui n'appartenaient qu'à elles. Pourtant, un sourire s'étira sur ses lèvres en repensant à ce moment. « Je crois en la rémission des péchés,... à la résurrection de la chair ». Ces mots, elles les mimaient avec ses lèvres pour faire plaisir à sa grand-mère. Elle faisait bouger ses lèvres au rythme des siennes sans qu'aucun son n'en sorte. Car, pour Grace, si elle disait ces mots, c'était forcément qu'elle y croyait. Et ça, la résurrection de la chair, même à 10 ans, Grace n'y avait jamais cru.

Une fois installés, la messe débuta. Grace ne put s'empêcher de jeter un regard vers la porte d'entrée pour voir si son frère aîné aller finir par arriver. Elle n'écouta que d'une oreille les témoignages des familles qui, comme la sienne, pleuraient la mort d'un membre cher. Les larmes, les souvenirs, toutes ces émotions se mélangeaient, portés par les alléluias des chœurs secondés par l'orgue. Grace avait, quant à elle, assez pleuré et il n'était pas question pour elle de partager sa détresse avec celle des autres.

Après plus d'une heure et demie d'une cérémonie interminable, la messe toucha à sa fin et tous ressortirent de la cathédrale aux sons des cloches. En passant la porte, Grace remarqua une silhouette familière au loin vers laquelle elle se dirigea en courant, avant d'en remarquer une deuxième en retrait.

— Tu es venu ! dit-elle en se jetant dans les bras de son frère qui la serra contre lui.

— Oui. Je devais être là… dit-il le cœur lourd.

— Tu as assisté à la cérémonie ? demanda-t-elle.

— Non, Sebastian n'a pas pu entrer…

— Ce que ces lois peuvent être idiotes, murmura-t-elle en serrant de la main de l'automate de deuxième génération qui l'accompagnait.

— Heureusement, elles sont sur le point de changer grâce à Jefferson Astal, murmura Sebastian.

— Oui, et maintenant que le droit de vote des femmes vient d'être ratifié, j'ai bon espoir que les mentalités évoluent. Nombreuses sont celles qui, comme moi, ont déjà rejoint le parti Humanicité Mécanique, lui répondit Grace avec ferveur.

— Je le souhaite, j'ai entendu dire qu'un référendum sera organisé en Louisiane à la fin de l'année… Mais nous ne sommes pas là pour parler de ça, conclut-il.

Un léger silence les enveloppa.

— Dans tous les cas, vous n'avez pas loupé grand-chose, ajouta Grace en souriant.

— Où sont Maman et… ? demanda Jim.

— Ils nous rejoignent au cimetière, ils allument quelques cierges pour Andrew…

- 36 -
WILLIAM

En bordure du cimetière, un groupe de jeunes tentaient d'appâter des passants naïfs. Postés derrière un plateau recouvert d'un drap rouge, les charlatans présentaient trois cartes à la foule amassée devant eux. William connaissait bien ce tour. Deux rois, une reine. L'objectif était, pour le parieur, de retrouver la dame. « *Find the lady !* » criait le maître du jeu en manipulant les cartes entre ses doigts experts. William connaissait la combine. Dans son adolescence, il l'avait fait ce tour pour se faire un peu d'argent avec ses amis. Bien évidemment, ils avaient fini au poste avant d'amasser cinquante dollars. Tenant Janet par la main, William ne disait rien, écoutant d'une oreille le monologue de sa femme. Lui était ailleurs. Après quelques minutes de marche, ils arrivèrent face aux portes du cimetière Saint-Louis, le plus ancien de la ville. Une plaque indiquant « *Saint Louis Cemetery Number One* » les accueillit.

À l'intérieur du cimetière, les tombes surélevées et les cryptes étaient, pour la majorité d'entre elles, fleuries. Les allées étaient calmes et c'est dans un silence pesant qu'ils déambulèrent, le pas lourd, entre les tombes célèbres de Charles Trudeau ou de Marie Laveau.

Il était maintenant midi et le soleil à son zénith tapait fort. Plus loin, des centaines de croix en fer peintes en blanc étaient alignées sur plus de cinquante mètres. Devant la première rangée, une plaque avait été apposée.

« En souvenir du Jeudi-rouge 1878, à tous ces hommes et ces femmes victimes des Illusionnautes ».

Janet fit un signe de croix en passant devant la plaque. William, lui, baissa la tête. Quel carnage cela avait été.
Il compta mentalement la troisième croix de la deuxième rangée. Si on tendait la tête, on pouvait y lire *« Jonathan Perkins, 1828-1878 »*. C'était là qu'avait été enterré son père.

Un souvenir ressurgit aussitôt.

À 17 ans, il se tenait là, serrant sa mère, entièrement vêtue de noir, contre lui. Elle pleurait. Face à eux, la fosse venait juste d'être refermée et la terre était encore meuble.

Ses sanglots, William les entendait encore certains soirs quand il fermait les yeux.

Janet continua d'avancer, laissant quelques minutes de recueillement à son mari.

Une rage profonde monta en William en regardant la croix blanche. Cette rage, il avait lutté tant de fois contre !

Oui, c'était cet évènement qui avait fait naître en lui cette rancœur, cette haine profonde à l'égard des automates. *Ces ferrailleurs.* Leurs actes barbares avaient eu lieu simultanément dans plusieurs endroits de la ville. Fusillades, explosions, automobilectriques piégées. En tout, plus de cinq cents personnes avaient trouvé la mort ce jeudi-là. La ville à feu et à sang. William buvait un coup avec son père quand c'était arrivé. Il se souvenait du bruit de la détonation et des balles transperçant la vitrine du café. Son père, dans un élan protecteur, s'était jeté sur lui quand la fusillade avait débuté. William se souvenait du poids de son corps sur son dos, de la peur qu'il avait ressentie et qui l'avait tétanisé. Et surtout de cette furieuse envie de vivre qui palpitait au creux de ses veines. Il n'avait jamais pu oublier l'odeur du sang et de la poudre. Les cris d'agonie ni les larmes. Son père était mort ce jour-là d'une balle en pleine tête. En continuant d'avancer, il lui sembla revoir ces brancards fantômes portés à bout de bras, ses corps étendus dans les rues, recouverts de draps devenus linceuls. C'était eux qu'il avait vus s'entasser dans la fosse. C'était leurs noms qu'il lisait aujourd'hui sur les croix qui se dressaient face à lui. Comment la cohabitation sereine avec leurs homologues mécaniques avait-elle pu dégénérer à ce point ?

La suite, il n'en avait jamais reparlé, pas même à sa femme. Car la suite n'était pas belle à raconter. Le sang appelle le sang, dit-on. Ce jeudi rouge, la traque des illusionnautes avait débuté. Elle s'était achevée deux ans plus tard, quand tous avaient été décimés dans les camps. Leurs corps n'avaient, quant à eux, pas été enterrés mais jetés dans le fleuve. Le Mississipi était devenu leur tombeau liquide. On raconte que, les soirs de pleine lune, le lit du fleuve brillait car, sous leur apparence de chair, le corps des illusionnautes était bel et bien composé de métal.

C'est à partir de ce jour que William avait placé sa foi dans la justice. Car, rendre la sienne lui avait laissé un goût terrible dans la bouche. Il n'avait pas tué des automates. Ce soir-là, il avait tué les monstres qui lui avaient pris son père. Il n'en était pas fier.

Tout conflit apporte son lot de victimes collatérales. Certaines situations avaient fait les gros titres, comme ce petit garçon, dont la tombe, un peu plus loin, était fleurie d'un bouquet de tulipes. 6 ans. Un homme aveuglé par la mort de sa femme l'avait tué en croyant avoir affaire à un illusionnaute. Malheureusement, ça n'en était pas un. Et même si cela avait été le cas, un innocent automate de 6 ans méritait-il la mort ? Voilà où la folie des hommes et leur désir de vengeance les avaient menés.

Une main chaude se posa sur l'épaule de William. Quand il tourna la tête, il découvrit son fils Jim et plus loin son… ferrailleur. Ses mâchoires se crispèrent à sa vue.

— Qu'est-ce qu'il fiche ici, Jim ? … Tu sais qu'il n'a pas le droit de rentrer dans cette partie du cimetière… lâcha William d'un ton sec en rebroussant chemin.

— Tu te fiches de moi, là ?

— Par respect pour toutes les victimes, il ne devrait p…

— J'y crois pas ! Six mois que l'on ne s'est pas vu et c'est tout ce que tu trouves à me dire ?

— Écoute, ça fait beaucoup à digérer, tu ne crois pas ?

— Quoi ! Qu'est-ce qui est dur à digérer ?… que tu aies un fils homosexuel ? Ou que je sois en couple avec un automate ? Hein ? dis-moi, qu'est-ce qui est le plus difficile à accepter pour ton esprit étriqué ?

— Tu ne comprends rien… dit-il avant d'accélérer le pas.

Non, ce n'était pas le bon moment, William ne voulait pas de cette discussion. Pas maintenant. Il se souvenait comment la dernière avait fini.

— Je croyais que tu m'accepterais tel que je suis… répondit Jim en refusant d'avancer.

— Les choses ne sont pas aussi simples. J'ai besoin de temps.

— Tu veux que j'aille attendre avec lui dehors peut-être ? demanda Jim d'un air de défi, les larmes aux yeux.

Face à cet ultimatum, William s'arrêta net, baissant la tête vers ses pieds. Une honte profonde monta en lui. Les pas de son fils se rapprochaient de lui. Quand il se retourna, il le prit dans ses bras. Ce n'était pas le jour. Andrew n'aurait pas aimé les voir se disputer ainsi.

— Viens, il est temps d'aller voir Andrew, ajouta Jim.

Quand ils arrivèrent devant la tombe d'Andrew, Janet avait retiré les fleurs fanées de la stèle. Elle délaça le ruban noir qui entourait le nouveau bouquet qu'elle avait apporté et distribua une rose ferrique à chacun. Au moins, celles-ci ne faneraient pas. Une fois terminé, sa femme avança la première et posa la première fleur dans le vase vide.

— Tu nous manques tant, murmura-t-elle en inspirant lentement.

Deuxième rose.

— J'espère que de là où tu es… tu apprécies de me voir en pantalon, frérot, murmura Grace en jetant un regard mutin à sa mère qui retrouva le sourire quelques instants.

Troisième rose.

— Ça, ça fait longtemps que je n'étais pas venu… avoua Jim en jetant un regard à son père. Mais je suis content d'être parmi vous aujourd'hui, ajouta-t-il avant de glisser sa main dans celle de Sebastian qui esquissa un sourire gêné.

Un silence s'installa entre eux alors que tous attendaient la prise de parole de William qui ne venait pas.

— Et toi ? tu ne dis rien ? demanda Janet en jetant un regard à son mari.

Celui-ci poussa un soupir. Une seconde s'écoula, puis deux…

— Qu'est-ce que je pourrais dire ?

— Fais un effort, s'il te plaît… murmura Grace en fronçant les sourcils.

Tous les regards étaient maintenant tournés vers William. Son regard, quant à lui, ne lâchait pas la plaque funéraire où l'on pouvait lire :

« Andrew Perkins 1888-1918,
Mort en héros pour la patrie. »

Sa bouche était pâteuse. Trop sèche. Aucun homme dans ce monde ne méritait d'enterrer son enfant. La main chaude de son fils dans son dos lui donna un peu de force pour prendre la parole.

— Vous croyez que c'est facile de parler à une tombe vide… dit-il en déracinant avec sa chaussure une mauvaise herbe entre deux graviers.

— Ce n'est facile pour aucun de nous, ajouta Jim.

Un silence les enveloppa.

— Je… je suis désolé, mais je peux pas. Je peux pas rester une minute de plus ici…

À son tour, William posa la rose dans le vase. Les fleurs réunies s'ouvrirent simultanément, prenant une teinte rougeâtre qui n'avait rien à envier aux roses naturelles. Le visage de Janet se décomposa en voyant son mari rebrousser chemin en direction de l'entrée.

— Laisse-le, murmura Jim.

William, lui, avait besoin de penser à autre chose, d'oublier. De relâcher la pression, et il n'y avait rien de mieux qu'une enquête inachevée pour cela.

*

En sortant du cimetière, William ressentit un profond soulagement, comme si le plus dur était passé. Il aurait aimé être un père fort, être près de sa famille dans ce genre de moment. Il avait cru en être capable, mais la tristesse l'avait rattrapé. Essuyant une larme au coin de son œil, il accéléra le pas. Il avait une visite importante à rendre.

Après plus d'une demi-heure de marche qui lui avait fait le plus grand bien, William arriva dans la rue Solarium, une des rues les plus raffinées de La Nouvelle-Orléans. Il chercha des yeux le numéro dix et vérifia sur la plaque dorée qu'il était bien à la bonne adresse.

« Professeur Johnsson, médecin légiste,
spécialiste en criminologie »

Sous le porche, il discerna un petit ampliphone en laiton, mais refusa de s'annoncer. Rien ne valait les bonnes vieilles méthodes. C'est donc avec son poing qu'il se mit à frapper trois coups contre la porte principale du bâtiment.

— Johnsson ! cria-t-il en tambourinant comme le battant.

Autour, les badauds qui passaient dans la rue le regardaient avec étonnement. Il faut dire qu'ils n'étaient pas du même monde que William. Ceux qui circulaient dans cette rue avaient un portefeuille bien plus fourni que le sien. Les hommes étaient engoncés dans leurs costumes cinq pièces et les femmes arboraient des robes du tailleur le plus en vogue de La Nouvelle-Orléans.

Après quelques minutes, William se décida à frapper de nouveau. Cette fois-ci, une voix lui répondit.

— Qui c'est ? demanda le légiste apeuré de l'autre côté de la porte.

— C'est l'inspecteur Perkins...

— Quoi ? Qu'est-ce que vous faites là ? et comment avez-vous eu mon adresse ?

— C'est Anton qui me l'a donnée. Bon, vous m'ouvrez oui ou merde ?

— Vous avez vu quel jour on est ?

— Oui, c'est dimanche et alors ?

— Mais je ne travaille jamais le dimanche. Revenez demain...

— Votre interview, vous l'avez donnée sur vos heures de travail, j'imagine ?

Un silence passa.

— Écoutez, vous feriez mieux d'ouvrir cette porte si vous ne voulez pas que je l'ouvre à coups de pied, et, croyez-moi, vu le tapage que ça ferait, je doute que vous souhaitiez que vos voisins assistent à ce spectacle, répliqua William d'une voix menaçante.

Une seconde plus tard, la porte s'ouvrit dans un grincement sinistre. Quand William se retrouva face au légiste, il sentit une rage profonde monter en lui. Oh oui ! À cet instant, il n'eut qu'une envie : le prendre par le col et le coller contre le mur.

— Je me retiens de ne pas… vous étrangler.

— Je…

— Mais je ne veux pas me retrouver en première page du *Times-Picayune*… alors allons discuter, nous sommes des gens raisonnables…

— Suivez-moi, murmura Johnsson, mal à l'aise, qui avait bien compris ce que l'inspecteur venait faire ici.

C'était la première fois que William était en tête-à-tête avec cet homme. Bien sûr, ils avaient déjà collaboré de nombreuses fois au cours de leurs carrières respectives, mais toujours sur les scènes de crime, au commissariat ou à la morgue. Jamais William n'avait eu le cran de venir directement toquer à sa porte. Une fois dans son bureau, qui en vérité avait plutôt l'apparence d'une bibliothèque, le professeur s'assit dans son fauteuil, désignant du regard celui qui lui faisait face. Mais William n'avait aucune envie de s'asseoir.

— Écoutez, je… je sais que vous n'approuvez pas… ces méthodes… m..

— Ces méthodes ? Vous venez de ruiner MON enquête ! cracha William en posant sa main sur le bureau qui les séparait.

L'instant d'après, il sortit de la poche de son manteau le numéro du *Times-Picayune.*

— Combien les journalistes vous ont-ils payé pour ce torchon ? dit-il en jetant le journal sur son bureau.

— J...

— Depuis quand croyez-vous que vous pouvez divulguer des informations confidentielles aux journalistes ?

— Je...

— Le nom de la victime, ces traces noires retrouvées sur ses tempes, ces plumes que vous leur avez laissé photographier. Tout cela devait rester dans le rapport d'autopsie ! Comment avez-vous pu... lâcha-t-il à bout de souffle alors qu'il n'avait pas laissé au médecin le temps d'en placer une.

William était à bout, il ne comprenait pas comment ce professeur réputé avait pu contacter les journalistes.

— Maintenant, toute La Nouvelle-Orléans croit qu'un deuxième tueur rôde !

— C'est le cas... les deux tueurs ont des modes opératoires radicalement différents. Tout les oppose... mais vous refusez de le voir. Pourquoi inspecteur ? Pourquoi voulez-vous tout relier au tueur à la hache alors qu'il paraît évident que deux tueurs sont à l'œuvre.

Cette fois-ci, William resta muet.

— Laissez-moi vous dire pourquoi : car vous êtes obsessionnel, voilà tout. Votre enquête vous rend fou. Ce tueur vous nargue depuis des mois et chaque nouveau crime révèle un peu plus votre incompétence. Déjà que vous ne réussissez pas à boucler une affaire… voilà que vous vous retrouvez avec une deuxième enquête sur les bras !

— Je vous interdis de dire ça… dit-il en le fusillant du regard.

Incompétent, lui ? Pour qui se prenait-il ? … Oui il avait fait une promesse, une promesse à un petit garçon dont la mère avait été assassinée. Et l'inspecteur était prêt à tout, à tout ce qui était en son pouvoir pour attraper le coupable, et ce n'était pas Johnsson qui allait l'en empêcher…

— J'ai toujours su que vous étiez trop borné… d'ailleurs, la lettre du deuxième tueur est parue dans la presse bien avant que je ne vienne mettre mon grain de sel dans cette histoire, surenchérit Johnsson.

— Et si c'était vraiment le cas ? Admettons qu'il y ait deux tueurs, pensez-vous que votre interview et le rapport d'autopsie vont plaire au tueur à la hache ? Oh que non ! Il sera même furieux de voir la photo d'une victime qui n'est pas la sienne en première page ! Car, c'est une histoire d'ego qui est en jeu. L'un est fan de jazz, l'autre non. L'un est un boucher, l'autre est méthodique. Écoutez, nous allons tout droit vers le chaos, monsieur Johnsson, et tout ce qui se passera à partir de maintenant sera entièrement votre faute… dit-il en regardant le journal d'un œil.

— Si… je..

— Ce petit nom, « le tueur à la plume », c'est vous qui leur avez donné l'idée ou c'est une idée des journalistes ? dit-il en pointant du doigt le titre de l'article. Dites-moi, votre vie est si peu passionnante que vous vous sentez obligé de pourrir celle des autres ?

En plongeant son regard dans le sien, William sentit un mouvement de panique dans les yeux de son interlocuteur. Ses mains tremblaient, quelque chose ne tournait pas rond dans cette histoire. Il lui manquait quelque chose...

— Écoutez, je comprends votre colère, mais croyez-vous que je serais assez stupide pour mettre en péril trente ans de carrière ? Si j'ai fait ça, c'est... c'est parce que je... je n'ai pas eu le choix, lâcha-t-il finalement à bout de nerfs.

— Le choix ? Je ne comprends pas.

— C'est que, je... j'ai... j'ai reçu une lettre... il y a quelques jours.

— Une lettre ? Montrez-la moi...

— Mon Dieu ! Je n'aurais même pas dû vous parler de tout ça. Qui sait s'il ne nous écoute pas ? ... s'il ne vous a pas vu rentrer ? ... que me fera-t-il s'il découvre que j'ai parlé à la police ? dit-il avant d'ouvrir le premier tiroir de son bureau.

L'instant d'après, le légiste posa la lettre dans les mains de William. L'inspecteur la lut en entier, avant de regarder de nouveau le professeur.

— Vous voyez, je n'avais pas d'autre choix que de révéler toutes ces informations. Qu'auriez-vous fait à ma place... si l'on vous menaçait de s'en prendre à votre famille ?

William ne savait quoi répondre. Il n'en croyait pas ses yeux. Tout était écrit noir sur blanc. Ce qu'il devait dire à la presse. Le chantage était à son apogée.

— Que veut-il dire quand il mentionne des notes de musique ? ...

— Oh ça ! Justement, j'ai oublié d'en parler aux journalistes le jour où ils sont venus chez moi... j'ai bien essayé de les revoir directement dans les locaux de l'imprimerie, mais ils m'ont dit que c'était trop tard, le numéro avait déjà été imprimé… Vous devriez voir ça… dit-il, en lui tendant une photographie argentique.

— Qu'est-ce que c'est ?

— Je n'avais pas vu ça la première fois sur la scène de crime, mais j'ai trouvé des entailles entre ses deux seins. Vous voyez, là, ces cinq petits traits parallèles. Je n'ai pas compris tout de suite de quoi il s'agissait, jusqu'à ce que je voie ces trois points, murmura le médecin à William.

— Et ?

— Eh bien, c'est évident, ces trois points noirs, ce sont des notes de musique ! Regardez la clé de sol, là. Il a dû les tracer avec une des plumes avant de les lui planter dans le dos. Le corps de cette malheureuse est devenu sa partition de musique…

William déglutit.

— Vous croyez qu'il essaie de nous faire passer un nouveau message ? demanda le légiste.

— En tout cas, si ce n'est pas à nous, il espérait que vous les transmettriez à tous les Néo-orléanais…

— Ce qui m'inquiète le plus, inspecteur, c'est que le morceau n'est pas terminé… d'autres victimes viendront… ces premières notes, ce ne sont que le début de la mélodie qu'il cherche à nous faire écouter.

Un nouveau silence les enveloppa. Tout cela était de plus en plus étrange…

— Et pour ça ? demanda William en désignant les tempes de la victime sur la photographie.

— Cela m'a tout l'air d'une brûlure électrique.

— Électrique, vous dites ?

— Oui, vous savez, avec un de ces appareils qu'on peut trouver dans le commerce. L'électrothérapie portative est à la mode ces temps-ci. Mais je ne comprends pas comment c'est possible, les résistances et les voltages sont très faibles sur ce genre de machines. Impossible de tuer quelqu'un avec ça…

— Bien… Merci, professeur, pour ces informations précieuses… Puis-je prendre le rapport d'autopsie si vous avez terminé, j'aimerais pouvoir consulter la photographie à tête reposée ?

— Bien sûr, prenez-le, dit-il en lui tendant le dossier.

— Oh ! J'oubliais de vous demander… Vous rappelez-vous le cas de Dorothy Ashwood ?

— Dorothy Ashwood, ce nom ne me dit rien… pourquoi ?

— Les journalistes mentionnaient un meurtre avec un *modus operandi* semblable qui aurait eu lieu en 1899.

— Vous savez, j'ai vu tellement de cadavres…

— Ce n'est pas grave, merci quand même. Je me renseignerai aux archives municipales.

— Quant à la lettre, vous croyez qu'elle vient vraiment du tueur ?

— Je ne veux pas vous inquiétez davantage, M. Johnsson, mais qui d'autre que le tueur lui-même aurait pu connaître tous ces détails sur la victime ?

— Personne, j'imagine… Vous croyez que je suis en sécurité ici ? demanda-t-il la voix tremblante.

— Ne vous en faites pas, nous prendrons toutes les mesures nécessaires pour vous protéger. J'enverrai l'agent Blake pour patrouiller dans le quartier dès mon retour au poste, dit-il avant de lui donner une tape sur l'épaule.

- 37 -
Wilhem

— Excusez-moi de vous déranger, je… Sidya n'est pas ici ce soir ? demanda Ian en cherchant la chiromancienne à travers l'aérocabaret.

— Oh ! Vous cherchez Grace, Grace Perkins ?

— O… oui, c'est bien ça.

— Et vous êtes ? demanda Wilhem d'un ton hautain en dévisageant l'homme élégamment vêtu des pieds à la tête.

— Edward, je… j'ai déjà eu une consultation avec elle, il y a quelque temps et j'aurais aimé la revoir… pour un autre tirage…

Alors qu'il continuait à l'observer, Wilhem remarqua la lèvre tremblante de l'homme face à lui. Il ne semblait pas à l'aise. Non, son excuse ne tenait pas la route. D'autant plus que le spectacle de Grace avait été un vrai désastre lors de sa première visite. Non, il y avait autre chose, même s'il ne réussissait pas à comprendre quoi.

— Elle ne travaille pas ce soir, vous voulez que je lui transmette un message ? répondit-il sèchement.

— Oui, donnez-lui ceci, s'il vous plaît, ajouta-t-il en lui tendant un morceau de papier griffonné à la va-vite.

— Ce sera fait, dit-il en enfouissant le papier dans la poche de son pantalon de smoking.

— Vraiment, c'est important… ajouta l'inconnu.

— Comptez sur moi, je le lui transmettrai, ajouta l'automate avant retourner à son piano.

Wilhem attendit que l'inconnu s'éloigne. Celui-ci rejoignit rapidement la sortie avant que l'aérocabaret ne décolle. Tout ceci était bien étrange. C'était la deuxième fois qu'il le voyait et, comme la première fois, il ne lui avait pas fait forte impression. Le pianiste rejoignit les loges d'un pas pressé. Une fois dans les coulisses, il ressortit le papier de sa poche. Il mourait d'envie de le lire. *Non*, cria une petite voix intérieure. Il continua finalement sa route jusqu'à la porte des loges et frappa trois coups contre le bâtant avant d'entrer.

— Mais tu aurais pu attendre qu'on t'autorise à entrer ! cria Tina qui était en train d'enfiler une nouvelle tenue en se cachant la poitrine.

— Oh ! Ça va ! ne fais pas la pudique, tu montres ton cul tous les soirs à plus de deux cents personnes !

— Ce n'est pas une raison !

— Tina, ça fait plus de deux ans que je les vois, tes seins, rigola-t-il avant de tourner la tête vers la coiffeuse où était assise Grace.

Occupée à se préparer, Grace le fixa dans le reflet du miroir.

— J'ai quelque chose pour toi, dit-il en tendant le papier à travers la porte entrebâillée.

Lentement, il regarda Grace se lever. Même affublée de tous ses artifices, il la trouvait incroyablement belle. Lorsqu'elle approcha de lui, son parfum lui monta au nez. Fève de tonka. Dieu que cette odeur était renversante ! Un sourire aux lèvres, la jeune femme attrapa le papier.

— Merci, dit-elle.

— C'est qui ce mec ? C'est la deuxième fois qu'il vient, dit-il en refusant de lâcher le papier.

— De qui tu parles ?

— Edward !

— Oh ! Il encore là ? demanda-t-elle.

— Non, il était pressé, mentit Wilhem en refusant d'avouer la vérité.

— Tu mens, Wilhem, je le vois quand tu mens, ton menton tremble toujours… dit-elle avant de l'effleurer du bout des doigts.

Grace tira une nouvelle fois sur le bout de papier, mais son ami refusa de le lâcher.

— Je lui ai dit que tu bossais pas ce soir, avoua-t-il finalement.

— Tu es incorrigible… soupira-t-elle.

— Tu devrais te mêler de ton cul, Wilhem, lança Tina pour le titiller.

— Il se passe quoi avec lui ? demanda de nouveau Wilhem d'un ton inquiet.

Grace leva les yeux au ciel.

— Rien, il se passe rien, je le connais même pas !

— Oh, allez ! Ne fais pas l'innocente, je t'ai bien vue avec lui la fois dernière. Tu l'as choisi pour monter sur scène, pas vrai ? Me fais pas croire que c'était un hasard, tu choisis toujours des beaux mecs pour me faire chier.

— Ça a l'air de marcher, ajouta Tina d'un ton railleur.

— D'ailleurs, tu m'as toujours pas remercié pour t'avoir sauvé la mise, ton numéro était foireux au possible la fois dernière.

— Bien sûr que si, je t'ai remercié ! Mais merci de renfoncer le couteau dans la plaie et de me rappeler à quel point je suis mauvaise, grogna-t-elle.

— C'était rapide alors…

— Pourquoi faut-il toujours que je te remercie dix fois ? Oui, Wilhem, merci, grand dieu, tu es mon sauveur, dit-elle en se passant la main sur le front dans un geste théâtral.

Wilhem ne put s'empêcher de rire.

— Là, t'es content ? dit-elle pour le provoquer. Ça te suffit ou je dois en rajouter une couche ?

— Une phrase de plus et je vais vomir, lâcha Tina.

— J'y crois pas, tu es jaloux, Fuller ? demanda Grace en le fixant droit dans les yeux.

Les joues de l'automate rosirent. Il détestait quand Grace l'appelait par son nom.

— Tu délires…

— Bon, tu me le donnes ou non, ce papier ?

— Tiens, dit-il en lui glissant dans la main, mais fais attention, d'accord ? je le sens pas ce mec, c'est tout…

— C'est ton petit doigt qui te l'a dit ?

— Ouais, le douzième ! répondit le pianiste en le tendant en l'air.

Grace esquissa un sourire.

— Allez, j'y retourne ! lança Grace en refermant la porte une fois qu'il se fut éloigné.

- 38 -
Anton

— Sérieusement, quel genre de malade ferait ça, tatouer des notes de musique sur la peau de ses victimes ? demanda Anton en attrapant un nouveau dossier sur la pile.

— Je l'ignore, ce sera pourtant à nous de répondre à cette question… répondit William assis en face de son ami.

Les yeux rivés sur les feuilles qu'il tenait entre ses mains, William lança un regard lourd de sous-entendus à Anton. Ils le savaient, ils étaient tous les deux dans une impasse.

— Tu crois vraiment qu'on va trouver quelque chose ? Ça fait deux jours qu'on épluche ces putains d'archives… murmura Anton en reposant un nouveau dossier sur une pile qui grandissait d'heure en heure.

— T'en es où ?

— Avril 1899. Et toi ?

— Juillet 1899.

— Putain ! Si seulement ils nous avaient donné le mois… soupira Anton.

— Ils nous ont déjà assez mâché le travail, tu crois pas ?

— Pas faux, dit-il en s'étirant sur sa chaise.

Oui, cela faisait plusieurs jours qu'ils passaient leurs journées au bureau central de La Nouvelle-Orléans pour écumer les dossiers archivés. Pourtant, impossible de remettre la main sur celui de Dorothy Ashwood.

— On n'est pas dans la merde !

— Je viens de penser à un truc, si les journalistes ont raison et si on considère qu'il avait minimum 20 ans à l'époque, ça veut dire…

— Qu'il a plus de 40 ans… compléta Anton.

— Ouais, maximum 60 à mon avis, j'imagine pas un vieux commettre ce genre de meurtre.

— À part s'il a un complice.

— Ouais…

— Au fait, je t'ai pas dit, mais… j'ai vu Denwo hier, ajouta Anton.

— Et ?

— Il trouve qu'on rame… il dit que, si on boucle pas cette histoire avant la fin du mois, il nous retirera les deux enquêtes. Tu sais ce que ça veut dire vu notre âge…

— Me parle pas de ça ! le coupa William.

Pour Anton, même s'il ne le montrait pas, il vivait aussi mal que son collègue cette situation. C'était tout simplement impossible de finir sa carrière sur un tel échec. Pour changer de conversation, Anton demanda :

— Tu crois vraiment qu'il pourrait s'agir de la même personne ? Je sais que ça fait moins de boulot mais bon, rends-toi à l'évidence, Perkins... Pour avoir été sur toutes les scènes de crime du tueur à la hache, je peux te dire que les deux profils n'ont rien à voir. Il y a du raffinement chez le tueur à la plume. Sincèrement, qui irait se faire chier à graver des notes de musique sur un corps pour composer un morceau ? L'autre, c'est un bourrin, il taille dans le lard avec sa hache. Il aime quand ça gicle.

— T'es conscient que tu parles de ses victimes, là...

— Ouais, ça va ! Tu vas pas faire la fine bouche, t'en as entendu des pires.

— Effectivement...

Il savait que William avait du mal à se remettre en question, à reconnaître quand il avait tort. Pourtant sur ce coup, Anton en était persuadé, ils faisaient fausse route.

— Écoute, je pense qu'il serait plus judicieux de se diviser l'enquête...

— Je prends celle du tueur à la hache.

— Ben voyons! Ça m'aurait étonné...souffla Anton. C'est toujours toi qui décides de tout.

— J'ai fait une promesse à Danny, tu te souviens.

— Et moi ? Tu crois que je me sens pas impliqué dans cette histoire non plus ? Ce que tu peux être égoïste parfois, dit-il en quittant son siège.

— Tu vas où ?

— Fumer, j'ai le droit ou tu veux décider de ça aussi ?

En vérité, il préférait fuir la conversation plutôt que le ton ne monte entre eux. N'ayant pas vu le soleil de la journée, il quitta la pièce sous l'œil de son collègue. Il n'avait besoin que d'une chose : prendre un bon bol d'air frais. Il traversa deux couloirs miteux et remonta un escalier avant d'arriver à l'entrée des archives centrales. Dehors, l'air était doux. Quelques secondes plus tard, il entendit la porte claquer dans son dos…

— Excuse-moi, lâcha William… je… tu as raison. Je sais que je me suis trop impliqué dans cette affaire.

— Qui pourrait te blâmer ?

— Je.. j'arrive pas à expliquer pourquoi cet homme m'obsède tant… c'est plus fort que moi.

— Alors passe-moi la main, je pense que ça te ferait du bien. Tu es épuisé… À force d'avoir le nez dans le guidon, tu ne verrais même pas les évidences qui s'imposent.

Anton vit le visage de son collègue changer. Abdiquer ne faisait pas partie de ses habitudes. Pourtant, quand il plongea son regard dans le sien, il comprit qu'il allait accepter. William lui donna une frappe dans l'épaule.

— D'accord, chef ! dit-il un sourire aux lèvres.

— Allez, viens ! Remettons-nous au travail, nous avons deux tueurs à attraper, lâcha Anton d'un air satisfait en tenant la porte.

*

— Et les deux traces noires alors, Johnsson a confirmé leurs origines ? demanda William tout en continuant à chercher le prénom de Dorothy dans les dossiers.

— Au début, il pensait que ça aurait pu être fait par des cigares. Mais la trace est profonde. Il pense que c'est dû à un courant électrique.

— Un courant électrique ?

— Ouais, mais assez puissant pour provoquer la mort…

— Un mécanauticien ? un désembobineur… proposa Anton.

— Ouais, c'est ce que j'avais pensé, je vais creuser vers cette piste-là… les prochains jours. J'irai voir le siège de la *New Orleans' General Electric Company* en début de semaine prochaine, pour voir s'ils… si quelqu'un pourrait correspondre avec ce profil.

— C'est étrange quand même, on dirait qu'il a une aversion pour la musique et que, en même temps, c'est un mélomane.

— Tu crois que ça pourrait être un musicien ?

— Pour le moment, on ne peut écarter aucune p…

— Là, je le tiens ! lâcha soudain Anton, les yeux brillants.

Il eut du mal à retenir sa joie et commença à lire à voix haute la première page.

« Ce 25 juillet 1899, à 5 heures 42 du matin, l'inspecteur Giortano a retrouvé au 16 Fury road, le corps sans vie de Dorothy Ashwood… »

— Montre ! lâcha son collègue en essayant d'attraper le dossier des mains de son ami.

Mais Anton, qui avait envie de faire durer le suspense, continua la lecture en se levant de son siège :

« La jeune femme âgée de 63 ans vivant seule avec son fils a été retrouvée morte dans sa cuisine. Une plume métallique plantée dans son dos… »

— Allez, t'es vraiment pas drôle ! C'est mon enquête maintenant, dit-il en se levant pour lui arracher des mains.

— Ça va, si on peut plus te faire chier…

Le dossier en main, William retourna vers le bureau. Il y avait bien une photo dans le dossier. La photo de cette malheureuse de dos.

— Et la photographie de face, elle est où ? demanda William en tournant plusieurs pages à sa recherche.

Dans le dossier, il y avait bien un emplacement manquant pour la photographie mais impossible de mettre la main dessus.

— Putain ! manquait plus que ça, dit-il en continuant à lire le rapport.

« Nous avons relevé au niveau des tempes une trace noire côté droit, dont l'origine laisse supposer l'utilisation d'un cigare. Enfin, des lignes semblent avoir été tracées sur l'épaule droite de la victime sans que nous puissions en expliquer la cause. »

— Ils n'avaient rien pigé à l'époque… ils n'ont même pas compris qu'il s'agissait d'une gamme et de notes de musique…

— Ouais, ils ont classé l'affaire sans suite, on dirait qu'ils avaient pas envie de perdre leur temps avec elle.

— Malheureusement, sans la photo, nous ne pourrons pas déchiffrer la suite du morceau…

— Grace pourrait nous aider…

— Oh ! non, non, non, on ne va pas l'impliquer dans cette histoire sordide, Anton ! ça avait déjà mal tourné la dernière fois.

— Elle nous avait bien aidés pourtant… allez ! prends la photographie, ça vaut le coup d'essayer… Denwo n'en saura rien.

Anton vit un éclat dans les yeux de son ami.

— Si je lui ai pas montré les photographies du tueur à la hache, c'est pas pour la lancer sur la piste de celui-ci…

— Oh, allez ! Ne me dis pas que tu n'as pas envie de connaître les notes du morceau. C'est notre seule chance… Il faut qu'on réussisse à le décrypter, tu sais comme moi que c'est le seul moyen pour l'arrêter…

William hésita quelques instants, puis, convaincu par son ami, prit la photographie dans sa poche. Il n'avait plus le choix s'il ne voulait pas perdre cette dernière enquête.

- 39 -
GRACE

Une fois Wilhem parti, Grace s'installa de nouveau à sa coiffeuse. Elle sentit le regard de Tina peser sur elle, mais l'évita. Elle connaissait les travers de la jeune danseuse qui colportait les ragots plus vite que son ombre. Pire, c'était souvent elle qui les créait et ça, Grace n'approuvait pas. Les histoires, elle préférait s'en tenir éloignée.

Pourtant, la jeune femme savait bien que des rumeurs couraient depuis quelque temps dans la troupe, sur elle et sa supposée relation avec Wilhem, qui était pourtant inexistante. Elle n'avait jamais pris le temps de réfuter. Pour elle, tout ceci était une vraie perte de temps.

Une fois assise, elle déplia le papier. Elle savait que Tina ne rêvait que d'une chose, voir ce qu'il contenait. Et Grace, sans même le lire, se fit un malin plaisir à jouer la comédie, battant des cils comme une jeune femme amoureuse devant des mots doux.

— Tu peux m'aider ? demanda Tina en désignant son corset qu'il fallait serrer.

Grace posa devant elle le bout de papier avant de s'exécuter. Elle n'avait jamais été particulièrement proche de Tina depuis qu'elle avait rejoint la troupe de danseuses. À vrai dire, ce n'est pas qu'elles se détestaient, juste qu'elles n'avaient aucun atome crochu.

— Vous êtes ridicules tous les deux, y'en a pas un pour rattraper l'autre, murmura Tina alors que Grace venait de commencer à lacer le corsage.

— Si j'ai besoin de tes conseils, je te demanderai, murmura Grace en serrant plus fort les liens dans son dos.

— Ça se voit à dix milles que vous êtes fous l'un de l'autre, ajouta-t-elle.

— Tu dis n'importe quoi, entre Wilhem et moi, il n'y a rien.

Tina laissa échapper un soupir.

— Vous réussirez jamais à vous l'avouer, putain ! Je me demande lequel est le moins fier des deux, cracha-t-elle.

— Bon, t'as fini ? Qu'est-ce que ça peut te foutre de toute façon ! s'énerva Grace, si je te dis qu'il n'y a que de l'amitié entre nous...

— T'essayes de convaincre qui, là ? Toi ? sûrement pas moi en tout cas ! L'amitié fille garçon, j'y ai jamais cru de toute manière...

— C'est sûr, toi tu couches avec n'importe qui, alors...

Verte de rage, Tina se retourna brusquement et la gifla. Grace la regarda. Même si l'envie de lui en retourner une était présente, elle se retint. Elle l'avait méritée celle-ci...

Un silence enveloppa les deux femmes, alors qu'Artiz, vint se frotter aux jambes nues de Tina. Cette dernière le repoussa et enfila rapidement une paire de talons avant de claquer la porte de la loge.

Une fois la tension retombée, Grace retourna à sa coiffeuse et ajouta une nouvelle couche de poudre sur sa joue en feu. Elle remit sa perruque en place puis attrapa le bout de papier que lui avait donné Wilhem. Le premier mot lui glaça le sang.

> «Rose, j'ai besoin de te parler…
> 527 Porto Bello Street, 2e étage.»

Quand elle lut le mot, son cœur fit un bond dans sa poitrine. Ses mains se mirent à trembler sous l'effet de la surprise. Comment connaissait-il son prénom ? Elle n'en avait pourtant parlé à personne. Elle relut plusieurs fois le message.

Pouvait-elle faire confiance à cet inconnu ? Devait-elle prévenir son père ? Se rendre chez lui, seule ? C'était risqué, elle en était consciente. Pourtant… sa décision était prise au moment où elle avait fini la lecture du message.

The Times-Picayune.

« Vent de rébellion : les ferrailleurs montent au créneau. »

Payer les heures supplémentaires ? Quelle idée saugrenue !

C'est ce qu'une enquête indépendante vient de révéler au grand jour. Menée par un organisme privé réputé, « N & Wall », elle y révèle que plus de 12 560 heures supplémentaires n'auraient pas été payées depuis le début de l'année 1919 à quelques cent cinquante désembobineurs.

Parmi eux, une dizaine seulement ont décidé de s'exprimer publiquement pour dénoncer ces pratiques illégales. Rappelons que, malgré le statut des automates, toute heure se doit d'être payée par l'employeur, qu'il s'agisse d'un être de chair et d'os ou non ! Visiblement certaines compagnies semblent se croire au-dessus des nouvelles lois.

Déjà que l'affaire faisait du bruit en interne, la *New Orleans' General Electric Company*, plutôt que d'étouffer cette histoire, vient bien de raviver le feu. Alors qu'elle démentait ces accusations au début de la crise, elle vient, selon nos sources, d'engager le meilleur avocat de la ville.

Et elle sait bien que, en faisant ça, elle s'annonce déjà comme grande gagnante du procès. En effet, aucun avocat n'est autorisé à défendre un homologue mécanique. Autant dire que, avec un tel rapport de forces, le procès sera vite expédié.

De nouvelles manifestations sont d'ores et déjà prévues ce week-end.

Jefferson Astal, porte-parole du parti Humanicité Mécanique, s'est dit prêt à tout pour que l'affaire ne se termine pas ainsi. Lui qui s'était félicité, il y a quelques jours, de l'ouverture du droit de vote des automates aux élections locales, ajoute : « Nous ferons tout, tout pour que les ferrailleurs soient entendus. Nous réclamons plus de transparence, plus de justice sociale. Trouvez-vous normal que, encore aujourd'hui, en 1919, nos homologues mécaniques soient reconnus coupables de crimes qu'ils n'ont pas connus sous le seul prétexte qu'ils n'ont personne pour les défendre ? Non. Toute personne dans ce pays se doit d'avoir accès à un procès équitable ! Le génocide envers les illusionnautes que nous avons envoyés dans ces camps puis jetés au fond du Mississipi nous rappelle les heures sombres de notre pays. Nous ne devons pas reproduire les mêmes erreurs que par le passé. Nous ferons avancer ce pays, quoi qu'il en coûte. Rappelons à nos concitoyens que c'est sur ces « ferrailleurs » que reposent la base de notre société et notre confort ! Certains semblent avoir oublié que, sans automate, ils s'éclaireraient encore à la bougie ! »

En espérant que les mentalités changent… ou, à défaut, que la compagnie leur paye aux moins leurs heures supplémentaires.

- 40 -
Tueur à la hache

Assis à son bureau, le tueur à la hache n'avait pas fermé l'œil depuis plusieurs jours. Et pour cause : calé dans son fauteuil, ses yeux étaient rivés sur une seule et unique chose : le titre du *Times-Picayune*. Son regard ne pouvait se détacher des quelques lignes qui provoquaient en lui un dégoût profond.

« La Nouvelle-Orléans en proie à un second tueur en série ? ... »

Il s'était préparé à beaucoup de choses, se faire arrêter, juger, condamner, à mourir aussi. Mais pas à ça. Pas à avoir un rival. Car oui, il voyait cet homme comme un concurrent. Un concurrent qu'il ne voulait pas avoir dans les pattes. Un homme en manque de reconnaissance qui voulait lui piquer la vedette. Pour qui se prenait-il ?

Il n'y avait et il n'y aurait qu'un tueur en ville. Lui. La Nouvelle-Orléans était SON terrain de jeu. Il ne comptait pas partager son terrain de chasse.

Cet original ne perdait rien pour attendre. Il venait de faire monter en lui une rage profonde. Viscérale. Déjà, les voix, qui s'étaient tues depuis son dernier meurtre, réclamaient leur dose de sang. Il avait honoré sa promesse mardi dernier. Il n'avait fait aucune victime. Mais voilà qu'un autre avait profité de l'occasion pour en commettre un à sa place. C'était trop. L'enfer lui réclamait de nouvelles âmes.

Les poings serrés, il n'arrivait pas à penser à autre chose. Sur le côté droit de la table, la lettre du tueur à la plume trônait comme un trophée à haïr :

« Estimés mortels,
Contrairement au tueur à la hache, je ne ferai pas dans le sensationnalisme. Je n'ai pas la prétention de manier les mots, ni de me croire envoyé sur terre par des forces obscures.

De toute évidence, cet homme n'y connaissait rien, aux forces obscures, car ce n'était qu'un benêt en mal de reconnaissance. Et il comptait bien lui régler son compte s'il marchait encore une fois sur ses plates-bandes ! Énervé, il sauta quelques lignes.

Mardi soir, une de vos concitoyennes a écouté les recommandations du tueur à la hache. Écouter du jazz, quel manque de goût !

Il manqua de s'étrangler en relisant la dernière phrase frappant du poing sur le secrétaire avec sa force légendaire. Comment osait-il le provoquer de la sorte. Le jazz, un manque de goût ? Comment avait-il pu détruire un gramophone ? Comment pouvait-on détester la musique à ce point ?

Vous êtes maintenant prévenus. À partir d'aujourd'hui, vous aurez le choix… Préférez-vous goûter du tranchant de la hache ou du piquant de ma plume ?

Qui avait envie, dans cette ville, de mourir avec une plume plantée dans le dos ? Personne. Ça faisait peur à qui, une plume ? Non, franchement, c'était bien plus classe de mourir avec une hache plantée dans la tête ! C'était tout de suite bien plus sensationnel, un lundi matin, à la boulangerie, de dire « Ma voisine est morte décapitée par une hache » que « Elle est morte à cause d'un piaf », non ?

En relisant ses mots, un frisson lui parcourut tout le corps alors que ses mâchoires se contractaient à intervalles réguliers. Oui, ce tueur à la plume, comme ils l'appelaient, voulait jouer dans la cour des grands, mais n'en avait visiblement pas la carrure. C'était comme jouer à la dînette alors qu'on avait de l'argenterie dans le vaisselier !

Cet homme se croyait malin, se fichant ouvertement de lui aux yeux de tous. Mais il allait bien vite comprendre à qui il avait affaire. Il se leva de sa chaise et claqua la porte de chez lui. Il était l'heure de relancer les hostilités. Ça tombait bien, il était d'humeur massacrante !

- 41 -
William

En faisant son entrée sous les tentures du *Mechanic Hall*, William n'était pas plus à l'aise que la fois précédente. Il passa devant le bar-carrousel et fit un signe de la tête à Jack, le barman. Le pauvre homme semblait complètement dépassé. Cela étonna d'ailleurs William de le voir ici. Le décès de sa femme était si récent. Les cernes sous ses yeux trahissaient sa fatigue et sa peine. Cela serra le cœur de l'inspecteur qui continua d'avancer dans une ambiance festive à la recherche de sa fille.

— William, dis donc, que fais-tu ici mon ami ? lâcha Roy de l'étage d'où, verre à la main, il surveillait d'un œil ses danseuses mécaniques.

— Je cherche Grace, cria William pour tenter de se faire entendre malgré le brouhaha général.

— Attends, je descends ! Je n'entends rien !

Roy ne se fit pas attendre bien longtemps et, évoluant entre ses clients, descendit les quelques marches de l'escalier central.

— Comment vas-tu depuis le temps ?

— Eh bien, tout va bien ! Et toi, tes affaires ? Pas trop impacté par toutes ces histoires de tueurs ?

— Ah, bien au contraire ! Les gens se bousculent pour venir ici, ils voient le *Mechanic Hall* comme un refuge. J'ai enregistré plus de trente pour cent de clientèle par rapport à d'habitude. Trente pour cent, t'imagine !

— Eh bien, ces tueurs font tes affaires, on dirait !

— Ah, ça oui ! ne les attrape pas trop vite, s'il te plaît ! ricana Roy en donnant une tape amicale à son vieil ami. Tu veux boire quelque chose ? Je t'offre un verre.

— Non merci, c'est vraiment gentil, je suis venu voir Grace si ça ne te dérange pas que je te la vole quelques minutes.

— Rien de grave, j'espère ?

— Non, non, tu penses ! mentit-il.

— Elle doit être en coulisses, attends ici, je vais te la chercher, répondit Roy en s'éloignant dans leur direction.

William se retourna alors vers l'orchestre qui concentrait tous les regards. Une lumière tamisée rougeoyante mettait en valeur le pianiste au centre de la scène. Installé sur une banquette en velours rouge, Wilhem, le jeune virtuose, semblait comme transcendé. Ses doigts mécaniques affamés couraient sur les touches noires et blanches du piano comme s'ils allaient les dévorer. À le voir jouer ainsi, cela semblait si facile ! William aurait aimé avoir un tel don. Oui, ce virtuose était impressionnant, l'inspecteur ne pouvait détacher ses yeux de ces douze doigts qui brillaient sous le feu des projecteurs. Cette dextérité hors du commun, aucun homme sur terre ne pouvait l'égaler. Les notes se diffusaient, semblaient l'envelopper, le protéger. Wilhem jouait comme si chacune d'elles avait plus d'importance. Comme si chaque note était la dernière qu'il jouerait ce soir. Comme si sa vie en dépendait. Le regard de l'inspecteur glissa ensuite sur le visage du jeune ferrailleur. Sa bouche se tordait sous l'assaut des notes comme si chacune d'elles lui décrochait une douleur fugace mais nécessaire. L'art nécessitait-il autant de sacrifices pour s'exprimer ?

Le pianiste accéléra alors le rythme, ses doigts galopaient maintenant sur le clavier comme s'ils tentaient de maîtriser le flot de notes et la tempête de sol, de si et de ré qui menaçait de l'engloutir. Il ressortait une telle sensibilité, une telle émotion du morceau qu'il jouait que William ne s'aperçut pas qu'il avait arrêté de respirer. Soudain, les paupières de l'artiste se fermèrent comme pour laisser la musique prendre possession de son corps. Pendant quelques secondes, il lui sembla que ses bras, ses mains devenaient un nouvel instrument de musique entrant en résonnance avec celui qu'il maîtrisait. Il devenait son propre esclave et c'était désormais la mélodie elle-même qui tenait les rênes. L'automate, lui, n'était plus qu'un marionnettiste au service de son art.

Autour de la scène, les coupes de champagne ne tintaient plus. Les spectateurs s'étaient tus. Seules les notes libératrices berçaient le silence. Tous étaient devenus esclaves à leur tour, hypnotisés par cette valse mélancolique.

William sembla voir en Wilhem une aura étrange, pénétrante. Oui, il y avait une lueur en lui. Une lumière si forte qu'elle les aveuglait tous. Oui, à cet instant précis, porté par les notes qui résonnaient au creux de son ventre, William en oublia tous les autres musiciens. Il en oublia quelques instants cette enquête, le tueur à la hache et la mort de son fils. La beauté des notes étouffa sa douleur. Le temps était comme suspendu, si bien qu'il n'entendit même pas sa fille arriver dans son dos. Sa gorge se serra d'émotion, car, pour la première fois de sa vie, il avait perçu dans cet automate une chose qu'il n'aurait jamais cru voir, qu'il n'avait jamais voulu voir… cette humanité qui transpirait de chaque parcelle de son être.

— Hé ho ! Tu me cherchais ? demanda Grace en posant sa main sur l'épaule de son père.

William tourna la tête, se détachant enfin du pianiste.

— Tu vas bien ? demanda Grace face à son manque de réaction…

— Je… oui… je… excuse-moi de débarquer encore une fois à ton boulot…

— Viens, allons nous installer dans une alcôve à l'étage, nous pourrons parler plus calmement, dit-elle.

- 42 -
Grace

Grace poussa un rideau, puis un deuxième. Derrière, se trouvait un fauteuil confortable entièrement recouvert d'un tissu brillant qui réfléchissait les loupiotes fixées au mur. L'ambiance était intimiste. Dans ces alcôves isolées, on y rentrait rarement pour discuter d'ordinaire. Plutôt pour passer du bon temps avec une danseuse qui faisait payer cher ces minutes passées à l'abri des regards.

— Alors, dis-moi, qu'est-ce qui se passe ? demanda-t-elle sitôt le rideau franchi.

Grace regarda son père : elle l'avait rarement vu comme ça. Il semblait perdu. Déboussolé.

— Tu me fais peur… dit-elle en lui touchant l'épaule.

— J'ai besoin de toi sur une enquête, avoua William.

— Encore ? Tu avais dit que c'était la dernière pourtant !

— Je sais… mais tu me connais, tu sais que si je pouvais faire autrement, je le ferais…

Grace comprit en un regard que c'était du sérieux. Son père était plus têtu qu'une mule, venir ici lui demander ce service lui coûtait beaucoup.

— Dis-moi, ajouta-t-elle.

— Tu as dû en entendre parler dans le journal, mais voilà : on a retrouvé, il y a quelques jours, une jeune femme morte. Elle s'appelait Mila Walters…

À l'évocation de son identité, Grace n'en crut pas ses oreilles. Elle eut du mal à assimiler instantanément cette information. *Mila. Mila Walters.* Elle se souvenait de sa mère désemparée qui était venue la voir quelque temps plus tôt. «*Ma fille Mila… je… je voulais savoir si…. elle allait revenir. Elle a quitté la maison, la semaine dernière et… nous n'avons plus aucune nouvelle*». Grace déglutit. Les flashs qui avaient suivi l'avaient d'ailleurs contrainte à mettre fin au tirage. Elles étaient encore là ces cartes, ces images sous ses paupières. Cette banquette en velours. Ces longs cheveux blonds étendus en une corolle autour d'elle. Et ces plumes qui volaient autour d'elle.

— Ça va ? demanda William inquiet en voyant le visage de sa fille devenir blême.

— J'ai rencontré sa mère… avoua Grace.

— Quoi ?

— Elle était venue me voir pour avoir des informations sur sa fille qui avait disparu… je n'ai eu que quelques flashs mais… tout ça, je… je l'avais vu. Que s'est-il passé exactement ?

William déglutit.

— Donne-moi tes mains, demanda-t-elle.

— Non, garde ton énergie, nous en aurons besoin… Je t'ai apporté quelques photographies.

Alors, William revint sur le meurtre, la gorge serrée. Il mentionna ces deux plumes plantées dans le dos dont il ignorait le message. Les deux traces sur ses tempes qui étaient sans doute dues à un puissant choc électrique. Il termina par évoquer les notes de musique gravées entre ses deux seins.

— C'est horrible… dit-elle en regardant les photographies de la victime.

— Mais nous pouvons l'arrêter… TU peux l'arrêter, ajouta William, en posant sa main sur son avant-bras.

— Pourquoi, tu crois qu'il va recommencer ?

— Mila, c'est déjà son deuxième meurtre, dit-il en sortant de sa veste la seule photographie du premier qu'il avait. Voici le seul cliché en notre possession du premier meurtre ! À l'époque, la police avait classé ça sans suite et il n'est fait mention dans le dossier d'aucune note de musique.

— Qui est-ce ? demanda Grace en attrapant le cliché, le regard toujours posé sur son père.

— Elle s'appelait Dorothy, Dorothy Ashwood et elle avait tout juste 30 ans. Écoute, je sais que ça peut paraître fou, mais je pense que le tueur essaie de nous faire passer un message. Un message qu'il veut qu'on médiatise. J'ignore encore pourquoi pour le moment, mais j'ai la conviction que ces notes de musique sont la clé, c'est pour ça qu'il faut que tu m'aides.

— Alors tu penses qu'il a aussi laissé des notes sur le corps de la première ?

— Exactement, c'est là que tu entres en œuvre…

Un frisson remonta le long de sa colonne vertébrale. Ce n'était pas la première fois que son père lui demandait de l'aide pour une affaire. Dans l'ombre, elle l'avait aidé à en résoudre certaines et était même venue une fois sur une scène de crime. Elle avait alors 22 ans. Elle se souvenait parfaitement de cette journée où, pour la première fois, elle avait vu un mort, enfin plusieurs en l'occurrence. Cela avait été un choc. Un homme qui avait tué sa femme et ses enfants avant de se tirer une balle dans la tête. Elle se souvenait de l'impression étrange qui l'avait saisie en découvrant le corps de ces malheureux. Elle s'était demandée comment de si petits corps pouvaient contenir un flot aussi important de sang ? Mais étrangement, c'était en se confrontant à l'âpreté de la mort qu'elle avait saisi l'essence même de la vie. Ces corps devant elle n'étaient plus qu'une enveloppe de chair. Une coquille vide dont l'âme s'était envolée.

Reprenant ses esprits, Grace posa alors ses yeux sur la photographie de Dorothy. Elle posa ses deux pouces sur la surface du cliché. Elle sentit alors une froideur remonter le long de ses doigts. Comme une douleur paralysante qui glaçait ses os de l'intérieur. Soudain, un flash lui fit fermer les yeux et les images arrivèrent. Par dizaines. Elle eut du mal à les comprendre tant elles se superposaient. Une chevelure rousse, une pièce sens dessus dessous. Un gramophone qui ne tournait plus. Soudain, un éclair métallique. Elle se concentra davantage dessus. Oui c'était bien une plume. Elle arrivait à la discerner à présent, plantée violemment dans le dos de la victime. Lentement, elle se concentra davantage sur la peau de la victime. Une tache de naissance sur son ventre nu. Ses hanches fines où l'on discernait presque ses os anguleux sous sa peau diaphane. Une trace noire à la jointure de ses cheveux. Une odeur de brûlé qui lui piqua le nez. Et sur son épaule droite, des lignes. Oui, c'était ça. Cinq lignes parallèles.

— Donne-moi un stylo, vite, murmura-t-elle en s'adressant à William qui, deux secondes plus tard, lui tendit son styloméca.

Se concentrant davantage, elle ferma plus profondément les yeux, tentant de se rapprocher de l'épaule droite de la victime pour déchiffrer les notes. D'un geste rapide, elle traça à l'aveugle cinq lignes à l'arrière de la photo. Elle resta immobile quelques secondes dans un silence pesant. Il y avait quatre notes. Quatre ronds. Soudain, elle se sentit repartir en arrière et ouvrit brutalement les yeux avant de retranscrire ce qu'elle venait de voir. Son cœur battait à un rythme effréné. Quand elle relâcha le stylo, elle sentit un frisson lui parcourir tout le corps. Elle se sentait vidée. Vidée, mais heureuse. Elle avait réussi. William, un sourire aux lèvres, déposa un baiser sur sa tempe en guise d'affection. Lui aussi était heureux. Il récupéra le papier et demanda :

— Tu crois que ton ami pourrait essayer de les jouer ? dit-il en faisant bouger le bout de papier.

— Qui ça, Wilhem ? demanda Grace, surprise.

— Oui… en combinant les deux jeux de notes, on pourra peut-être…

— Tu veux impliquer un automate dans une de tes enquêtes maintenant ? Je rêve… dit-elle, un sourire aux lèvres.

— C'est… c'est juste qu'il est ici, alors… on pourrait gagner un peu de temps…

— Je vais lui demander… Mais ce ne sera certainement pas avant la fin de la soirée.

— Évidemment, de toute façon je suis bloqué ici… alors…

Au même moment, elle repensa à Edward et au message qu'il lui avait transmis quelques heures plus tôt. Il lui avait donné une adresse. Et même si, au fond, elle brûlait d'envie de s'y rendre, elle savait que c'était risqué. Devait-elle en parler à William ? Oui, elle aurait dû. Mais elle savait ce qu'il lui dirait. Il lui ferait un long monologue en insistant sur le fait que ce n'était qu'un inconnu. Il lui proposerait peut-être même de l'accompagner… Grace n'avait pas envie d'un chaperon. Au fond d'elle, elle savait qu'elle devait s'y rendre seule…

— Tu voulais me dire quelque chose ? demanda William en remarquant le trouble de la jeune femme.

— Non, non, dit-elle en lui faisant un sourire.

Elle se releva doucement, alors qu'un vertige s'empara d'elle.

— J'y retourne, on se retrouve tout à l'heure, ajouta-t-elle en se dirigeant vers les rideaux sans lui laisser le temps de répondre.

*

— Wilhem, c'est… je te présente mon père, William.

— Enchanté, monsieur, dit-il en lui serrant la main.

William l'accepta volontiers. C'était bien la première fois qu'il n'eut pas un mouvement de dégoût en touchant un automate. Cela surprit Grace.

— Tu veux bien nous jouer quelques notes, Beethoven ? dit-elle en lui donnant la photo où Grace avait griffonné les notes de musique.

— Et voici la seconde, ajouta William en sortant la seconde photographie de sa poche. Je suis désolé, je n'ai pas pris le temps de les recopi…

— Mon Dieu !… C'est…

— Des seins, oui… tu as en déjà vu, non ? ajouta Grace d'un ton railleur.

Cela ne fit pas vraiment rire Wilhem qui tenait la photographie du bout des doigts.

— Elle est… ?

— Morte, oui, ajouta William.

— Bon, concentre-toi sur les notes au centre plutôt…

Wilhem monta sur l'estrade dans un silence pesant. Autour d'eux, l'effervescence s'était tarie et il ne restait dans l'aérocabaret que quelques servautomates occupés à débarrasser les tables et à nettoyer les sols. Pour la seconde fois de la soirée, Wilhem se rassit sur la banquette. Grace prit place à côté de lui, tandis que William se tenait en retrait, le cœur battant.

— Bon, voyons voir ça, dit-il avant de poser sur son pupitre les deux photographies.

Lentement, il composa les notes, les déliant lentement pour que chacune d'elles ressorte. Ils restèrent quelques secondes silencieux.

— Ça vous dit quelque chose ? demanda William en s'adressant à Wilhem et à Grace une fois qu'il eut terminé.

— Absolument rien… murmura Wilhem en reposant ses mains sur ses genoux.

— Idem. En même temps, avec huit notes... Papa...

— Alors, quoi, nous devrions attendre le prochain crime ?

— Non, ce n'est pas ce que j'ai dit, mais...

— Qui nous dit que c'est un morceau qui existe ? C'est peut-être un morceau de sa propre composition.

— Non, il nous manque quelque chose...

— Peut-être qu'elles ne sont pas dans l'ordre, proposa Wilhem.

— Bien vu ! ajouta Grace en posant la seconde photographie avant la première.

— Tu veux bien réessayer ? demanda William en s'adressant à Wilhem.

Wilhem posa à nouveau ses doigts sur le clavier et composa les huits notes. Pourtant, ce n'était pas plus concluant. Une déception immense se lut sur le visage de William qui récupéra les deux photographies.

— Tu devrais aller dormir, Papa... On dit que la nuit porte conseil...

— Ouais, dit-il en enfouissant les deux clichés dans la poche intérieure de son manteau.

— Je passerai te voir... dans la semaine, ajouta Grace.

— Allez, dormez bien les jeunes, et merci, Wilhem ! dit-il en le gratifiant d'une tape amicale dans le dos.

- 43 -
TUEUR À LA HACHE

Quatre heures trente du matin. La nuit était noire et seuls les projecteurs des aérocabarets encore ouverts éclairaient à intervalles réguliers les allées bordées de platanes de ce quartier aisé. *Formingham Street.* Tout autour de lui, les hululements des chouettes et l'odeur d'herbe fraîchement coupée flottaient encore dans l'air épicé du soir. Cela lui rappela son enfance, quand il jouait dans ces rues. Quand il vivait parmi eux. Quand il faisait encore partie du monde impitoyable des hommes.

Son pas était calme. Assuré. Il aimait ce moment de flottement. Où il se sentait seul. Où les rues étaient désertes. Il se sentait fort, puissant. Insaisissable. Errant tel un dieu sur les âmes perdues d'un peuple en perdition. Car oui, il le savait, tôt ou tard le monde des hommes courrait à sa perte.

Le menton levé, le regard fier, il scrutait méthodiquement chaque jardin entretenu, chaque porte, détaillant les clôtures électrifiées des pavillons résidentiels avec plus d'attention encore. « 110 volts » pouvait-on lire sur les panneaux fixés sur les boîtes aux lettres. Un sourire s'étira sur ses lèvres. Comme si l'électricité pouvait les protéger ! Comme si cela allait le décourager d'entrer ! Bien sûr que non. Ce n'était pas du 110 volts qui allait le stopper. Pourtant, il devait bien l'avouer, ces habitants avaient mis le paquet question sécurité, et depuis quelques mois, ces nouveaux équipements gagnaient du terrain en ville. Il faut dire que, au cours de la même période, il avait laissé plus d'un mort dans son sillage. Il avait vu grandir la peur dans les yeux des habitants. Leur inquiétude naître sur leurs visages. Il s'en délectait. En quelques mois, sa réputation l'avait précédé et la légende était née. Et il en était fier.

Voir ces hommes investir toutes leurs économies dans ces systèmes perfectionnés, il trouvait cela touchant. Naïf, pathétique, mais touchant. N'importe quel imbécile savait que, au marché noir, des gadgets vendus une poignée de dollars permettaient de désamorcer ces systèmes peu robustes. Mais si cela leur permettait de dormir sur leurs deux oreilles… pourquoi pas ? Au fond, ces hommes s'étaient enfermés tout seuls dans leurs propres cages, tels des animaux de cirque. Si bien qu'on ne savait plus si c'était eux qui se protégeaient des autres, ou le reste de la ville d'eux.

*

On aurait pu croire qu'il marchait là où ses jambes le portaient. Sans but.

Il ralentit le pas et inspira profondément, gonflant ses narines fines, tel un prédateur à l'affût d'une nouvelle proie. Il savourait ces minutes. Celles où il avait encore les mains propres. Où le crime n'avait pas encore été commis. Où il était innocent. Étrangement, c'était ce moment qu'il préférait, n'en déplaise aux journaux et à leurs titres racoleurs. Bien sûr, il aimait aussi quand le sang coulait. Après tout, qui n'aimait pas ça ?

« *Tue-le, tu peux le faire* ». Oui, cette phrase et la voix de ses frères et sœurs résonnaient encore dans sa tête. Sauf que, à l'époque, ils ne parlaient que d'un poulet à égorger. Aujourd'hui, les poulets étaient devenus des hommes. Et lui était devenu un monstre. Un loup dans la basse-cour urbaine.

Plus loin, devant l'une des maisons, un portail massif constitué d'un enchevêtrement de fils de laiton et de cuivre brillait dans le noir. Celui-ci ne tournait pas au 110 volts Intrigué, il approcha et découvrit une tête de mort gravée en son centre. Elle était accompagnée d'une phrase :

« Ne pas toucher sous peine d'électrocution. »

Cette tête de mort. Il vit cela comme une invitation, une incitation au crime. Il fit grincer ses mâchoires l'une contre l'autre tandis qu'une boule d'énergie se répandait le long de ses avant-bras jusqu'à atteindre le bout de ses doigts. À cette instant, l'animal en lui ne demandait qu'une chose. Du sang. Du sang. Du sang.

De sa main, il sortit un objet métallique de sa poche. Les rayons de lune se reflétèrent sur la surface argentée de la montre à gousset qu'il tenait entre ses doigts. D'un coup d'œil, il vérifia qu'il était seul. À droite. À gauche. Personne. Rassuré, il l'ouvrit. À l'intérieur. Aucune aiguille, mais un bouton unique relié à un réseau complexe de rouages et de câbles électriques. Il l'avait eue à un bon prix.

Un clic retentit quand il pressa le bouton. *Vingt secondes.* Un éclat furtif brilla dans ses yeux exaltés.

Dix-neuf. Dix-huit. Dix-sept.

Les battements de son cœur résonnaient, tel un métronome, dans sa tête.

Seize. Quinze. Quatorze.

Son souffle s'accéléra.

Treize. Douze.

Il colla la montre aimantée au portail et recula d'un pas.

Onze.

Ce qu'il s'apprêtait à faire était défendu. Illégal.

Dix.

Mais qu'importe.

Neuf.

Il était un monstre.

Huit. Sept.

Sanguinaire.

Six. Cinq. Quatre.

Il irait tout droit en enfer.

Trois. Deux

Mais l'enfer. C'était ici.

Un.

- 44 -
GRACE

Grace regarda son père rejoindre la sortie. Toujours assise sur la banquette, elle sentit alors Wilhem à côté d'elle s'avancer de nouveau vers le piano.

— Ça te dit ? demanda-t-il en désignant le clavier du regard.

— Tu rigoles, j'espère, je n'ai pas joué depuis... des années.

— Allez, laisse-toi faire, dit-il en attrapant la main droite de la jeune femme.

Grace accepta. Le contact de la paume de Wilhem sur le dos de sa main la mit mal à l'aise. Elle sentit au même moment une douce chaleur se répandre dans ses veines.

Il la guida ensuite vers les touches, puis, après avoir esquissé un sourire complice, commença à jouer. Dès les premiers accords, Grace reconnut la mélodie. Une de ses musiques préférées. Les paroles, qu'elle connaissait par cœur, résonnaient dans son esprit.

« I see trees of green, red roses too. I see them bloom for me and you… »

Une sensation étrange s'empara de la jeune femme à cet instant. Cette musique, elle l'avait tant de fois écoutée sur son gramophone. Seule dans le noir, superposant sa respiration aux notes mélancoliques du morceau. Elle l'avait tant de fois chantée du bout des lèvres avant de s'endormir. Pourtant, pour la première fois de sa vie, elle eut l'impression de la découvrir. D'en percevoir le sens. Elle ressentit une gêne en l'écoutant. Car elle n'était pas seule ce soir. Wilhem la jouait pour elle. Pour eux.

« see skies of blue and cloud of white.
The bright blessed day, the dark sacred night.
And I think to myself what a wonderful night. »

Grace sentait les touches vibrer sous ses doigts engourdis. Il lui sembla qu'ils reprenaient vie après un trop long sommeil. Cette sensation oubliée était exquise. Perturbée par leur proximité soudaine, Grace sentit ses poumons se gonfler, comme les tentures d'un zeppelin. Son souffle devint irrégulier. Et les battements de son cœur ne suivaient plus du tout la mesure.

Wilhem, lui, ne semblait pas décontenancé, il continuait à jouer, imperturbable. Seule la musique semblait compter à ses yeux. À présent, les doigts de la jeune femme étaient plus malléables, se laissant guider par ceux de Wilhem au-dessus des siens. Il était devenu son métronome.

Ses yeux suivaient les doigts du jeune homme qui couraient sur le clavier. Tandis qu'une tension au creux de son ventre ne faisait que s'amplifier. L'air qui les enveloppait lui parut tout à coup plus lourd, presque électrique. Grace n'osait le regarder. Observer ses doigts était déjà suffisamment intimidant.

« I see friends shaking hands, saying how do you do, they really saying… » chantonna-t-il doucement.

Grace connaissait la fin de la phrase. Ses joues rosirent en imaginant Wilhem dire ses trois derniers mots.

I love you[3]. »

Et même s'il ne les prononça pas, les imaginer suffit à faire palpiter son cœur.

— Excuse-moi, je.. je dois y aller… dit-elle en retirant sa main brusquement.

Elle préférait ne plus y penser. Elle n'était pas douée pour ce genre de choses. Pour les beaux sentiments.

— Alors, ça y est, quand tu n'as plus besoin de moi, tu pars le retrouver ? demanda-t-il en la regardant s'éloigner.

Grace comprit qu'il parlait d'Edward.

— Il n'y a rien entre lui et moi, je t'assure… dit-elle d'une voix rassurante.

— Pourtant tu vas le voir, non ? demanda-t-il les sourcils froncés.

Grace ressentit de la douleur dans sa voix. Elle n'avait pas l'habitude de le voir aussi sérieux. Il avait cette mine des sombres jours où rien ne va. Cela ne ressemblait pas à Wilhem. Où était passée cette lumière naturelle qui brûlait en lui ? L'avait-elle éteinte ?

D'habitude, ils passaient leur temps à se chamailler ; ce soir, c'était différent. Il y avait autre chose en jeu. Quelque chose qu'elle refusait de voir.

3 *What a Wonderful World* – Louis Armstrong, 1967

— J'ai vu l'adresse qu'il t'a laissée… qui est Rose ? demanda-t-il.

Un moment de flottement s'installa sur le visage de Grace.

— Tu as lu son message ? demanda-t-elle, énervée.

— Oui, avoua-t-il.

— Il ne t'était pas destiné ! lâcha-t-elle d'un ton sec.

— J'avais peur pour toi, dit-il en se relevant avant d'enjamber la banquette.

Mais Grace n'avait pas envie d'entrer dans un nouveau débat. Dans une conversation stérile. Là, tout ce qu'elle voulait, c'était partir. Demain serait un autre jour.

— Je suis désolée… dit-elle en s'éloignant à regret.

Au moment où Grace sortait de l'aérocabaret, tout en haut de la plateforme, le vent froid s'engouffra dans son costume, faisant voleter ses cheveux artificiels. Cramponnée aux cordages, une vive douleur lui broya le cœur. Un vertige l'envahit. Mais pour la première fois, ce n'était pas le vide sous ses pieds qui la tétanisait. Il lui parut moins profond tout à coup. Non, à cet instant, elle aurait aimé être une automate. Avoir un cœur mécanique. On disait qu'ils étaient moins sujets aux variations de sentiments. Leurs blessures cicatrisaient mieux aussi. Oui, Grace voulait un cœur mécanique comme celui de Wilhem. Elle réalisa, pour la première fois de sa vie, que c'était elle l'obstacle à son propre bonheur. Elle barricadait les portes de son cœur, accrochait sans cesse de nouveaux cadenas, changeait les serrures et jetait les clés pour que personne ne puisse s'approcher d'elle. L'amour. L'amitié. Elle ne vivait ses sentiments qu'à moitié. Elle aimait mal. Elle aimait peu. Par peur du rejet, par peur de l'abandon. Par peur de ses propres fêlures.

Les lèvres tremblantes, Grace se laissa glisser sur la plateforme. Pourquoi avait-elle aussi peur de s'ouvrir aux autres ? Pourquoi craignait-elle de laisser Wilhem se rapprocher d'elle ? Cette perruque, ce personnage, était-ce finalement sa propre carapace qu'elle se disait haïr mais qui lui permettait de cacher sa vraie nature ?

Une boule acide remonta dans sa gorge. Elle hésita à cracher puis la ravala. Elle ne voulait pas craquer, pas ici. La rue autour d'elle était sombre, déserte. Les diodes de l'aérocabaret encore tièdes étaient éteintes, endormies. Les clients, eux, étaient partis depuis bien longtemps. Elle releva la tête, seuls les paratonnerres au sommet des habitations brillaient. Des arcs lumineux jaillissaient vers le ciel en petites étincelles. Chargés d'électricité, les désembobineurs viendraient les collecter dans moins d'une heure. Il lui sembla d'ailleurs voir la silhouette de l'un d'eux qui courait sur un des toits à une rue de là. Certains étaient plus matinaux que d'autres.

Son regard glissa ensuite vers le ciel gorgé d'humidité. Où était Plim en ce moment ? Était-elle plus heureuse sans elle ? Reviendrait-elle un jour ? Où était-elle déjà ensevelie sous une pile de pièces détachées dans une des nombreuses décharges de la ville ?

Le silence autour d'elle l'enveloppa. Le vent redoubla, l'aidant presque à se relever. Il était bien trop tard pour rester ici à se morfondre. Elle retira sa perruque qu'elle enfouit dans son sac verni et dévala la passerelle en courant.

- 45 -
Tueur à la hache

Un.

Le portail électrifié se désactiva instantanément. Et l'homme, satisfait, s'engagea dans le jardin. Les colonnades de la propriété, une vingtaine de mètres en retrait, l'impressionnèrent. Telle une ombre, il traversa le jardin, laissant ses semelles s'enfoncer dans le gazon humide. Dans un silence pesant, il regarda l'allée de gravier qu'il avait préféré éviter, puis au loin, aperçut une masse sombre. Un chien. Il frissonna en découvrant l'animal. Cela l'étonna que les propriétaires n'aient pas opté pour un modèle mécanique, plus féroce. Lentement, il s'immobilisa et ouvrit sa veste trouée pour en tirer un couteau. Le contact de la lame sous ses doigts le rassura instantanément. À la différence des hommes, il n'aimait pas tuer les bêtes. Mais parfois, il n'avait pas le choix.

En se rapprochant du perron, il remarqua que l'animal était endormi et attaché à sa niche. Un molosse redoutable.

Il décida de faire marche arrière et d'aller inspecter l'arrière de la maison. Il préférait toujours les entrées discrètes aux entrées pompeuses.

De l'autre côté de la maison, il passa devant un petit cabanon peint en blanc et décida d'entrer. Il crocheta sans mal la serrure après quelques minutes de concentration et s'y engouffra. À l'intérieur, des dizaines d'outils de jardinage étaient soigneusement rangés. Tournevis, écrous et clés à molette étaient, quant à eux, alignés sur plusieurs établis. Quelqu'un de méticuleux vivait là. Pourtant, un seul outil attira son attention. Une hache pendue à un panneau métallique. Un éclat d'envie apparut dans ses yeux en découvrant l'objet. D'un pas assuré, il s'approcha, puis effleura du bout des doigts le manche. Du chêne. Centenaire. Un modèle classique comme il en avait souvent vu. Pourtant, la sensation qu'il ressentit était toujours la même. Intense. Incontrôlable. Une vague de chaleur se répandit dans ses membres qui, déjà, ressentaient le manque.

Un instant, il ferma les yeux. Il aurait aimé se contrôler. Prendre le dessus sur cette pulsion. Cette malédiction qui le dévorait de l'intérieur. Mais cette noirceur en lui était plus forte. Il ne pouvait pas lutter. Dans un geste instinctif, il s'empara de la hache, puis referma la porte du cabanon derrière lui.

L'heure était venue.

À l'arrière de la maison, il ne lui fallut qu'une minute pour venir à bout de la porte. Aussitôt ouverte, il rangea dans sa poche « Hilda », une tige en fer télescopique qui ne l'avait jamais déçu. Puis, à pas de velours, traversa tour à tour plusieurs pièces plongées dans l'obscurité. Dans le salon, il discerna un large fauteuil en cuir et s'approcha d'un meuble où des cadres-photos offraient au regard des portraits en noir et blanc. Sur l'un d'eux, il vit un couple charmant rayonnant de bonheur, tenant sur leurs genoux trois bambins. Deux petits garçons aux yeux rieurs et…

Une petite fille à la peau noire. Il en resta bouche bée.

Pris de tremblements incontrôlables, il retourna le cadre. L'année était notée en toute lettres à l'arrière de la photo. Mille huit cent quatre-vingt-dix-neuf. Il fixa de nouveau le visage de la petite fille. Oui, c'était elle. Il ne pouvait pas en être autrement. Il reconnaissait ce regard, ces pommettes, ces cheveux sombres qu'il avait si souvent tressés. Vingt ans le séparaient de ce cliché. Pourtant les souvenirs de cette époque étaient toujours là. Intacts. Vifs. Terribles. Marqués au fer rouge dans sa chair. Il ne pouvait pas les oublier. « *Pourquoi ?* » souffla-t-il en se prenant la tête entre ses mains. Pourquoi avait-il fallu qu'il rentre dans cette maison ?

Sous le choc, la hache tomba à ses pieds.

— William, c'est toi ? cria une voix féminine à l'étage.

Ravalant la boule au creux de sa gorge, l'individu, paniqué, rattrapa l'arme par terre. Une décharge d'adrénaline pulsa dans ses veines chaudes. Dans sa tête, deux scénarios livraient bataille. Il regarda l'escalier et la porte principale à tour de rôle. Il pouvait monter et faire couler le sang. Ou fuir. Ce serait bien la première fois.

Quelle histoire voulait-il écrire cette nuit ?

Il repensa au tueur à la plume. Son rival. Qu'aurait-il fait à cet instant précis ?

Au fond de lui, une rage viscérale monta en lui. Ses mains, tenant la hache immaculée, ne demandaient qu'une chose :

être abreuvées, nourries du plus fascinant des breuvages. D'un sang rouge, profond. Le sang d'un innocent.

Le lit grinça à l'étage.

— William ?

Des bruits de pas se firent entendre. Celle qui habitait là venait de se lever. Il devait prendre une décision et vite. Jetant un dernier regard aux photos, le visage de la petite fille qu'il avait jadis connue acheva de le convaincre. Il se dirigea vers la porte d'entrée et tenta de déverrouiller la serrure de ses doigts tremblants.

Mais les bruits de pas se rapprochaient. Et les marches grincèrent. Il se retourna. Une dame en chemise de nuit se tenait en haut des marches, affolée.

— Q... Qui es-tu, dit-elle en allumant la lumière ?

Le regard de la dame se posa sur la hache. Dans ses yeux, un éclat de peur traversa ses pupilles. Oui, en voyant la hache, elle avait compris. En tout, il lui avait fallu moins d'un dixième de seconde pour réaliser qui se tenait devant elle. Décidément, les facultés du cerveau humain étaient fascinantes.

La vieille dame recula, le souffle coupé, puis trébucha sur la dernière marche. En voyant cette âme désespérée tenter de s'enfuir, il tenta de se mettre à sa place, d'analyser les émotions qu'elle était en train de vivre. Il lâcha la poignée de la porte et se dirigea alors vers l'escalier, tenant toujours la hache dans sa main droite.

Pour la première fois, il aurait aimé que cela se passe autrement.

Mais il s'était toujours promis une chose.

Ne jamais laisser un témoin en vie.

The Times-Picayune.

Disparition inquiétante à *Formingham Street* !

Dans la nuit, une dame d'une soixantaine d'années a disparu dans le quartier tranquille de *Formingham Street*. C'est son mari, l'inspecteur Perkins, qui a trouvé la maison vide aux alentours des 5 heures du matin de retour de son travail. « Le portail électrifié a été désactivé, pourtant aucune trace de sang n'a été retrouvée dans l'habitation. De même, il semble qu'aucun bijou n'ait été volé » a avoué Anton Bowie, son collègue en charge de l'enquête.

Les voisins, quant à eux, disent n'avoir entendu aucun bruit suspect cette nuit-là… Sous le choc, ils nous confient ce matin que c'était « une femme sans histoire, toujours souriante, le cœur sur la main ». Martin Floy, son voisin, pense, pour sa part, qu'elle aurait quitté de son plein gré le domicile conjugal pour vivre une histoire d'amour passionnée. « Faut dire que son mari, il est pas souvent à la maison ces temps-ci avec ses enquêtes qui avancent pas beaucoup ».

Alors, véritable disparition ? Fugue passionnelle ? Cambriolage qui a mal tourné ? Seul l'avenir nous le dira…

- 46 -
TUEUR À LA PLUME

Cher tueur à la plume,
Cher inspecteur Perkins,
Chers estimés mortels,

Beau travail, cher collègue, ce dernier crime est, je l'avoue, sensationnel ! Ces plumes dans le dos, ça en jette ! Tu comptes déplumer combien de piafs en tout ? (Remarque, c'est la SPEANO qui doit être ravie, tu fais un peu leur boulot en fin de compte !)

Sans parler de ces mystérieuses notes de musique tatouées sur le corps de tes victimes, tu dois vraiment être un artiste torturé au fond. Je t'envierais presque, mais je n'ai pas la patience pour ce genre de choses.

Malheureusement, je suis au regret de t'annoncer que tu n'as pas le dixième de mon talent. Non, tu es bien trop raffiné. Ce n'est pas ce que les voix de l'enfer réclament, ou alors nous ne bossons pas avec les mêmes envoyés du diable… Les vrais tueurs ont toujours du sang sur les mains.

D'ailleurs, pourquoi n'as-tu pas tué la femme de l'inspecteur, l'autre soir ? Elle t'a fait de la peine, alors tu l'as embarquée avec toi ? Comme c'est touchant ! Tu es bien plus faible que je ne le pensais.

De quoi parlait-il ? Ce n'était pas lui, il n'avait absolument rien à voir avec cette affaire. Voulait-il brouiller les pistes de la police ? Lui faire porter le chapeau ? Dans quel but ?

Si tu veux des conseils la prochaine fois, n'hésite pas à me demander, je me ferai une joie de t'enseigner comment tuer en beauté !

Alors, vu que la police est toujours une bande d'incapables, je me suis mis en tête de te retrouver, toi. Oui, je vais aider la police dans son enquête. Bien sûr, pas dans le sens où ils l'entendent. Je ne vais quand même pas te livrer à eux sur un plateau d'argent. J'ai plus d'ambition que cela… Sache que j'ai déjà quelques pistes et attends avec impatience ton prochain meurtre pour voir si mes hypothèses s'avèrent les bonnes. D'ailleurs, si tu pouvais me communiquer l'adresse avant que la police n'aille saccager les preuves sur la scène de crime, je t'en serais reconnaissant.

Tu es maintenant mis en garde, prends garde à toi… car si je te trouve avant l'inspecteur Perkins, toi aussi tu goûteras du tranchant de ma hache. Je l'aiguise chaque soir en prévision de notre future rencontre.

Amicalement,
Le tueur à la hache. »

En terminant l'article du *Times-Picayune* du jour, l'individu eut un sourire en coin. Visiblement, son dernier meurtre n'avait pas plu au tueur à la hache. Bien au contraire, il avait visiblement ravivé en lui une sombre folie.

Pourtant ces menaces ne l'impressionnaient pas vraiment. Tout cela, ce n'était que du bluff. Comment pourrait-il remonter jusqu'à lui ? Il avait pris toutes les précautions nécessaires et le savait bien. Une seule personne pouvait, à l'heure actuelle, remonter jusqu'à lui et cela faisait partie de ses plans.

Pourtant les jours passaient, et cette personne n'avait pas fait un pas vers lui. N'était pas allée voir la police. Pourquoi ? Les indices qu'il avait laissés étaient-ils trop peu nombreux ? Trop difficiles ?

Il rassembla sur le lit ses partitions et les photographies de ses deux victimes. *Mila Walters et Dorothy Ashwood.* Tout était là, le gramophone, les notes de musique, les plumes... Il ne pouvait tout de même pas tatouer son prénom sur le corps de sa prochaine victime !

Soudain, une inquiétude monta en lui. Et si elle était morte ? Si la seule personne qui était capable de le démasquer n'était plus en vie ? Comment aurait-il pu le savoir, il ne connaissait même pas le prénom de celle qu'il cherchait ? Cela faisait vingt ans. Vingt ans qui s'étaient écoulés. Mais pour lui, c'était comme si c'était hier...

Un rire nerveux s'éleva dans la pièce en pensant à cette idée. Peut-être que les messages qu'il jetait en pâture à la presse était vains ? Peut-être qu'elle ne lisait tout simplement pas le journal ? Peut-être que la miraculée était une simple prostituée qui ne savait pas lire !

Non, il ne pouvait pas penser à ça. Il devait réessayer. Une dernière fois...

Dire qu'il pensait que la deuxième victime serait la bonne et suffirait à le faire démasquer. Mais ce n'était pas le cas. Il faut dire que le légiste n'avait pas fait son boulot. Cet abruti avait oublié la chose la plus essentielle : communiquer au *Times* les notes de musique. Il lui avait pourtant dit de le faire. Il allait devoir le punir pour cela… il entravait son projet…

La voilà, elle était toute trouvée, sa prochaine victime…

- 47 -
Ian

Debout dans sa cuisine, Ian faisait les cent pas. Il n'avait pas fermé l'œil de la nuit et avait avalé trois cafés avec deux pilules. Il était à cran. Les mains tremblantes, il tournait en rond comme un animal en cage, se posant mille questions auxquelles il n'avait, bien évidemment, pas de réponse. Le pianiste avait-il transmis le message à Grace ? L'avait-elle lu ? Était-elle bien la Rose qu'il connaissait, celle du *Swan Orphenage* ? Comptait-elle venir ? Aujourd'hui ? Demain ? Jamais…

Non, il n'imaginait pas une seconde que cela puisse être le cas. Il devait absolument la voir. Discuter. Il avait tant de choses à lui dire. Il l'avait retrouvée.

Rose. Rose. Rose. Son prénom tournait en boucle dans sa tête.

Pour se dégourdir les jambes, Ian se décida à descendre pour aller voir s'il avait reçu du courrier. Dans sa boîte aux lettres, il ne trouva rien, sinon une publicité qui lui hérissa les poils. Elle vantait les vertus de l'électrisation portative.

«Violet Wand, la valisette qui vous fait du bien».

Ian connaissait bien le principe. L'appareil, constitué de tubes en verre remplis d'un gaz rare permettait le passage d'un courant de haute fréquence. Le tube, au contact de la peau, produisait des gerbes d'étincelles et des picotements aux vertus multiples ! Comment pouvait-on vendre de telles conneries ? Et surtout qui étaient ceux qui achetaient ces «tocailles» ? Oui, vraiment, en 1919 tout se vendait... et tout s'achetait ! Les industriels ne reculaient devant rien pour faire de l'argent. On vous promettait de paraître dix ans de moins en vous mettant une électrode dans le derrière. L'électricité, disait-on, faisait des miracles ! Mais le pire, c'est que certains essayaient ! Effectivement, certains avaient perdus dix ans... ils avaient fini au cimetière bien plus tôt que prévu ! Pour une fois que la publicité n'était pas mensongère ! Les industriels et leur mauvaise foi, eux, se lavaient les mains, expliquant à la presse que ceux-là n'avaient pas dû bien suivre le mode d'emploi...

Fou de rage, Ian déchira la publicité et jeta les confettis par terre. Cela tombait bien, c'était bientôt Mardi gras.

En remontant les marches de son perron, un souvenir lui revint en mémoire.

*

— C'était qui ?

— Un éminent neurologue français, le fondateur même de la neurologie. Crois-moi, le prix Nobel n'est pas loin. Ses travaux sur le courant alternatif et le courant continu sont incroyables !

Ian ne put que le croire sur parole.

— Et ça, c'est quoi ? demanda Ian en désignant une boîte en bois vernie posée sur le bureau de son père.

— C'est un cadeau. Je t'en dirai plus quand tu seras un peu plus grand, murmura-t-il, un brin de mystère dans la voix.

— Oh, allez ! dis-moi, s'il te plaît ! dit-il en sautillant sur place en lui faisant les yeux doux.

— Bon, viens sur mes genoux.

Ian s'exécuta.

— Vois-tu, mon chéri, pendant plusieurs millénaires, l'homme a observé des phénomènes naturels sans pouvoir les expliquer. Le magnétisme, la foudre, les orages. Il mettait ceci sur le compte de croyances ou même de divinités. Maintenant, toutes ces énergies, nous les avons domestiquées. Il n'y a qu'à voir le succès fulgurant de la New Orleans' General Electric Company *avec les ensemenceurs et leurs planeurs, ils créent de l'électricité sur commande toutes les nuits. Ne trouves-tu pas ça fascinant ?*

— Si, murmura du bout des lèvres le petit garçon.

En entendant le mot ensemenceur, Ian ouvrit plus grand les yeux. Il voulait faire ce métier quand il serait plus grand.

— Mais ça, qu'est-ce que c'est ? demanda-t-il en désignant de nouveau la boîte face à lui.

— Ceci est un des tout premiers prototypes de pile électrique, dit-il avant de l'ouvrir.

Ian écarquilla les yeux.

— Voici le tube et, ici, aux deux extrémités, tu as le pôle positif d'un côté, et de l'autre, le négatif.

— C'est quoi du fer ? demanda-t-il en approchant son doigt.

— Non, ne touche pas, chaque pôle est composé d'une rondelle de cuivre et de zinc, dit-il en refermant la boîte. Je t'expliquerai comment cela marche quand tu seras un peu plus grand, ajouta son père en le faisant descendre de ses genoux.

Oui, même du haut de ses 7 ans, Ian trouvait cela fascinant que l'homme ait réussi l'exploit de créer de l'énergie à partir de matériaux inertes.

— Mais ça sert à quoi ? demanda-t-il.

— Vois-tu, de nombreux scientifiques voient en l'électricité un nouveau moyen thérapeutique. Je crois aussi que cette énergie peut sauver des vies ! Les travaux en France, entrepris par d'éminents confrères comme le docteur Charcot, vont dans ce sens. L'électricité peut guérir, Ian ! Seulement, nous n'en sommes qu'au balbutiement de cette science. Nous avons beaucoup à apprendre… nul doute que de nouveaux dispositifs arriveront sur le marché et, alors, l'électricité médicale sera à portée de tous.

Il ne s'était pas trompé. L'électricité récréative était à portée de tous. Pour le côté médical, on repasserait.

*

Il était 10 heures quand Ian entendit quelqu'un frapper à sa porte. Sans tarder, il se leva de son fauteuil et lissa les plis de sa chemise. Il approcha de l'œilleton. C'était *Rose*. Elle était venue. Un soulagement l'envahit.

Il ouvrit rapidement la porte avant de la saluer chaleureusement en lui serrant la main.

— Grace, je suis heureux que tu sois venue. Viens, entre…. dit-il en lui tenant la porte.

La jeune femme semblait surprise de ce tutoiement soudain. Elle esquissa un faible sourire et pénétra avec prudence dans l'appartement. Après tout, Ian n'était qu'un inconnu à ses yeux. Et, il ne pouvait pas lui en vouloir, elle avait raison de se méfier, elle ne connaissait même pas sa véritable identité. Elle fit quelques pas peu assurés en direction de la cuisine. Ian avait l'impression de la redécouvrir. Sans ses artifices, la jeune femme ne ressemblait plus à celle qu'il avait rencontrée au *Mechanic Hall*, comme si elle avait perdu toute assurance en retirant son masque de scène. Il remarqua sa perruque dans son sac ainsi que le papier où il avait griffonné son adresse.

— Tu veux boire quelque chose ? demanda-t-il en lui proposant de s'asseoir autour de table.

Deux verres vides étaient déjà posés au centre. Ian remarqua le trouble sur le visage de Grace.

— Vous étiez à ce point persuadé que j'allais venir ? demanda-t-elle, surprise.

— Oui, je le sentais, dit-il en tirant une chaise en guise de politesse.

La jeune femme s'assit.

— Et vous vivez ici seul ? demanda-t-elle en regardant chaque objet autour d'elle.

— Oui, dit-il, c'est une ancienne maison de famille. Ce n'est pas très grand mais confortable. En plus, je ne suis qu'à deux rues du *Charity Hospital.*

Ces quelques mots parurent la rassurer.

— Grace, je… je voulais m'excuser déjà pour t'avoir menti. Je pense qu'il est temps que je te dise mon vrai nom.

Ian, je m'appelle Ian Cobb. Mais tu me connais sous un autre nom.

— Je ne sais pas comment vous connaissez ma véritable identité, mon ancien prénom, mais je n'ai aucun souvenir de vous. Ce nom ne me dit rien.

Aucun souvenir ? Ces derniers mots étaient comme un poignard qu'elle lui plantait dans le dos. Il ne pouvait pas y croire. Elle n'avait vraiment aucun souvenir de lui ?

— S'il te plaît, arrête de me vouvoyer… dit-il en ouvrant un tiroir d'où il tira le cliché qu'il avait trouvé dans les combles.

Un silence s'installa entre eux alors que Ian remplit son verre d'eau.

— Nous nous connaissons en vérité depuis bien plus longtemps, dit-il alors qu'elle dévorait la photographie des yeux.

Il lui laissa quelques secondes…

— C'est moi ici… et mon père, dit-il en pointant sa silhouette sur le cliché.

— Ian, Ian Hamilton ?

— Oui, j'ai changé de nom depuis, comme tu as pu le constater.

— On est deux alors, dit-elle sans relever l'importance de son aveu. Et votre… ton père, il est… ?

Il remarqua qu'elle avait dit son nom sur un ton neutre. Cela l'étonna, surtout après tout ce qu'ils avaient vécu là-bas.

— Mort, dit-il après avoir bu une gorgée d'eau en reposant fermement son verre sur la table.

— Je suis désolée…

— Ne t'en fais pas, ça… ça fait bien longtemps maintenant.

Un nouveau silence s'installa entre eux.

— Là, c'est Thilda, la gouvernante, et voici Adam, Axel, Violet, Phœbe, Marcus…

— Oui, leurs visages me disent quelque chose, avoua-t-elle en approchant le cliché pour mieux les observer.

Ian lui laissa quelques secondes.

— Et là, c'est Plim ? demanda-telle en fixant deux yeux brillants en arrière-plan.

— Plim ?

— Ma chouette !

— Ah ! Elle avait un nom ! rigola-t-il.

— Évidemment qu'elle en avait un ! dit-elle en lui jetant un regard noir.

— Elle ne te lâchait jamais, avoua-t-il. Je me souviens de mon père, il refusait catégoriquement qu'elle dorme dans le dortoir avec nous. Mais tu avais trouvé la parade : chaque nuit, tu nous demandais de te faire la courte échelle, tu ouvrais la fenêtre et tu l'appelais pour qu'elle vienne te rejoindre. Heureusement, il n'a jamais su qu'elle dormait avec nous…

Une vague de tristesse sembla déstabiliser la jeune femme.

— Ça va ? demanda-t-il…

— Elle… Elle a disparu il y a quelques jours, avoua-t-elle avec une tristesse dans les yeux.

— Je suis désolé, dit-il en posant sa main sur son avant-bras pour la réconforter.

— Et là, c'était qui, ton pire ennemi ? demanda-t-elle pour changer de conversation en passant son index à travers le trou dans la photo.

— Toi... murmura-t-il.

— Moi ? Pourquoi t'as découpé ma tête ? demanda-t-elle, surprise, en reposant le cliché sur la table.

— J'étais jeune et... tu étais comme ma sœur. Tu représentais beaucoup pour moi. J'avais collé ta tête derrière mon lit, avoua-t-il en rigolant.

Ses joues rosirent.

— On fait des choses absurdes parfois quand on est gamin, avoua-t-il.

— Oui, j'imagine...

— Il te reste des souvenirs de cette période ? demanda Ian, intrigué.

— Pas vraiment, j'étais petite, tu sais... c'est assez flou pour moi, cette période. Mais je me souviens quand on dansait tous les mercredis après-midi dans la salle de bal. C'était quoi la chanson déjà ?

— *Moonlight Sonata*, récita-t-il. Je m'en souviens aussi, dit-il, d'une voix triste.

— Je me rappelle aussi que tu murmurais toujours quelque chose à l'oreille de Thilda avant qu'elle ne lance la musique. Je me demandais bien ce que tu pouvais lui raconter...

— Je ne m'en souviens plus, mentit-il.

— Ensuite, elle appelait l'une de nous, mais...

— Mais quoi ?

— J'étais déçue, car ça ne tombait jamais sur moi… Je crois que j'étais jalouse de Violet et de Phœbe, c'était toujours elles qui avaient le droit de monter.

Un frisson parcourut le dos de Ian quand Rose mentionna la salle de bal. Si Rose n'était jamais choisie, c'était entièrement sa faute. Il se souvint du ton autoritaire de son père quand il lui disait : « *Va m'en chercher une… et me demande pas laquelle ! Choisis celle que tu veux, ça m'est égal !* » Alors Ian redescendait, le cœur serré et glissait un prénom dans l'oreille de Thilda, Violet ou Phœbe la plupart du temps. Il ne les aimait pas beaucoup.

— Elles me disaient que je ne verrais jamais le bureau de ton père, ni la pièce secrète juste à côté…

— La pièce secrète ?

— Oui, tu sais, celle en haut des escaliers en colimaçon…

Oui, il voyait très bien de quelle pièce elle parlait.

*

Ian se souvenait parfaitement de la toute première fois qu'il était rentré dans cette pièce. C'était un ancien bureau, sous les combles, qui avait pris l'humidité. Il faut dire que la toiture n'était pas bien étanche. Le papier peint se décollait à certains endroits et une terrible odeur de pourriture semblait incrustée dans les murs. Des trous de la taille de son poing étaient visibles en bas de certains murs. Les rats s'en étaient donné à cœur joie et son père n'avait pas trouvé d'autre choix que de bourrer les murs et fissures de granules de cyanure. En marchant dans la pièce, un bruit de hache le fit sursauter. C'était son père qui abattait une cloison dans la pièce à côté. Il avait entrepris des travaux de réa-

ménagement depuis plusieurs mois, depuis qu'ils s'étaient installés dans cette bâtisse que John Hamilton avait rachetée pour une bouchée de pain. Son projet était titanesque mais humaniste, redonner vie au bâtiment pour le transformer en orphelinat. Du haut de ses 9 ans, Ian, qui avait toujours rêvé d'avoir un frère ou une sœur, était ravi, même s'il savait qu'il allait encore devoir patienter au moins une année avant que des enfants ne viennent les rejoindre.

— Tu verras quand tout sera terminé, lâcha son père… en donnant un nouveau coup de hache sur le mur. Nous serons heureux ici, nous formerons une belle et grande famille, dit-il en lançant un clin d'œil à son fils.

La pièce était restée intacte, la hache plantée dans le mur aussi, même quand l'orphelinat avait officiellement ouvert ses portes. Il y avait toujours ce miteux papier peint et ces deux chaises en bois qui n'avaient pas bougé. Seule l'odeur avait changé. Son père avait un jour trébuché, renversant un flacon entier d'essence de térébenthine sur le plancher. L'odeur était tellement forte qu'elle se diffusait dans les autres pièces, si bien qu'ils furent obligés de fermer la porte pour la condamner.

Pourtant, il y avait bien eu d'autres fois où il avait vu cette porte ouverte. Ces fois-là, il préférait ne jamais s'en souvenir.

*

— Ian ? tu m'écoutes ?

— Excuse-moi, j'étais… j'étais ailleurs, tu disais ?

— Je disais que c'est étrange. Il y a quelques semaines, je n'avais aucun souvenir de cet orphelinat et maintenant tout remonte à la surface. Tout ça, c'est nouveau pour moi…

— Je sais, ça doit faire beaucoup à encaisser… désolé que cela se passe de cette manière, j'aurai dû tout te dire plus t..

Soudain, l'horloge dans la pièce attenante sonna. Cela fit sursauter Grace. Ian se dirigea rapidement vers un de ses tiroirs puis en sortit une petite boîte pleine de médicaments. C'était l'heure. Il en avala deux, puis pivota de nouveau vers Rose.

— Et tu te souviens des autres enfants ? demanda-t-il en avalant une gorgée d'eau pour faire descendre les deux comprimés.

— Pourquoi tu me demandes tout ça ? demanda-t-elle sur la défensive.

— Pour rien, mentit-il. Excuse-moi si je t'ai paru un peu intrusif, je m'intéresse à toi, c'est tout.

Grace ne parut pas vraiment rassurée par sa réponse. Elle n'avait pas encore bu une gorgée du verre qu'il lui avait servi. Lui faisait-elle si peu confiance pour refuser de boire ? Le bruit de ses ongles cognant contre le récipient le rendait nerveux. Il aurait aimé qu'elle arrête tout de suite. Il la vit alors regarder autour d'elle. Cherchait-elle déjà un prétexte pour s'en aller ?

— Et du soir de l'incendie ?

Ian était plus tendu que jamais. Bien sûr, il avait une idée derrière la tête avec cette dernière question. Il voulait savoir si les hypothèses qu'il avait échafaudées tenaient la route. Une part de lui était impressionné de l'avoir en face de lui. Cela faisait tellement de temps. Tellement d'années qu'il croyait avoir un fantôme devant lui. Dire que, depuis tout ce temps, il avait cru être le seul survivant de ce drame. Aujourd'hui, il réalisait qu'ils étaient deux. Deux à avoir survécu à cette nuit d'horreur. Pourtant au fond, il était persuadé que Grace n'était pas la seule à avoir réussi à s'échapper de ce brasier. Aujourd'hui, il voulait rattraper le temps, lui dire tout ce qu'il n'avait jamais osé lui dire. Mais ce n'était pas le bon moment.

— Seulement ce que mon père m'en a dit et toi ? répondit-elle toujours craintive.

— Je me souviens de cette fumée opaque dans les couloirs et des flammes qui dévoraient les murs. C'était… irrespirable… Je me souviens aussi des cris et des craquements des poutres en bois au-dessus de ma tête.

— Ça devait être horrible, je suis contente de ne pas avoir de souvenir de cette nuit…

— Je préfère garder les bons moments de cette époque, avoua-t-il en se raclant la gorge.

— Lesquels ?

— Tu te souviens quand on faisait des courses de cerf-volant dans le jardin ? Et l'été, on jouait dans le lac avec les cygnes.

— Les fameux cygnes, oui… je m'en souviens, dit-elle un sourire aux lèvres.

— Tu sais qu'aucun d'entre eux n'était vivant, pas vrai ?

— Vraiment ? Je me souviens qu'on leur donnait à manger tous les soirs pourtant…

— Oui vraiment, ils étaient tous mécaniques, rigola-t-il.

Grace resta silencieuse quelques instants, le temps de digérer cette information.

— Thilda nous donnait du pain rassis pour nous faire plaisir… ça la faisait rire de te voir les nourrir. Tu étais persuadée qu'ils étaient vivants, alors personne n'osait te dire le contraire. C'était mignon, avoua-t-il.

— J'étais naïve… soupira-t-elle.

— Non, tu croyais juste tout ce que racontait Adam…

Grace but une gorgée d'eau pour masquer sa gêne.

— Rien d'autre ? insista-t-il.

— Non, de quoi devrais-je me souvenir… d'autre ?

Il se leva et avala une nouvelle pilule.

— Écoute, tu vas peut-être me prendre pour un fou mais… s'il te plaît, écoute-moi jusqu'au bout, dit-il avec gravité.

— Quoi, tu me fais peur ? dit-elle en reculant sur sa chaise.

— Ces meurtres, tu as dû en entendre parler… ceux du tueur à la plume.

— Oui, un peu, mon père s'occupe de l'affaire avec l'inspecteur Bowie.

— Je n'ai pas compris tout de suite de quoi il s'agissait mais… regarde… dit-il en sortant l'article parlant de Mila Walters…

Un sentiment étrange s'empara d'elle.

— Eh bien ?

— Tu ne trouves pas ça bizarre ?

— Quoi donc ?

— Écoute, je… je ne sais pas si je deviens paranoïaque, mais il y a trop d'éléments qui clochent… Rose.

— Grace !

— Grace… Je crois que quelqu'un d'autre a survécu ce soir-là, la nuit de l'incendie. Je.. je pensais que tu aurais pu voir quelqu'un s'enfuir, que tu aurais pu avoir des bribes de souvenirs, n'importe quoi.

— Alors c'est pour ça que tu m'as fait venir chez toi ? dit-elle en retirant ses mains de la table.

— Écoute, je sais… je sais que c'est difficile à entendre, mais… mais, il y a des choses qui ne trompent pas… et si le tueur était un enfant de l'orphelinat qui aurait réussi à s'échapper ?

— Tu me fais peur… dit-elle en se redressant.

— Ces plumes, ces longues plumes, c'était des plumes de cygnes, Grace !

— Mais ce…

— *Mila*, le prénom de la victime, c'était le même prénom que celui de la cuisinière au *Swan Orphenage*.

— C'est un prénom courant, Ian, je suis sûre qu'il y a des milliers de personnes qui le portent à La Nouvelle-Orléans, dit-elle en se levant.

— Je… je ne crois pas, non… dit-il en reposant brutalement son poing sur la table. Tu ne comprends pas, tout ça, ça ne peut pas être une coïncidence ! Il en a après moi… j'en suis sûr.

— Je crois qu'il vaut mieux que j'y aille, Ian, tu n'es… tu n'es pas dans ton état normal… dit-elle avant de se lever et de quitter précipitamment la pièce pour rejoindre la porte d'entrée, son sac collé contre sa poitrine.

— S'il te plaît, écoute-moi jusqu'au bout… dit-il en la retenant par le bras.

— Laisse-moi partir… dit-elle en plongeant son regard ténébreux dans le sien.

Ian relâcha aussitôt sa prise.

— Excuse-moi, je… dit-il avant de souffler longuement.

— Je n'aurai jamais dû venir…

— Je suis désolé… Tu crois que je devrais aller voir la police ? Si le tueur en a après moi, il pourrait… il pourrait s'attaquer à toi ensuite…

— Mais tu n'as aucune preuve, Ian, ils te riront au nez ! lâcha-t-elle.

— Ça y est, je le vois, tu me prends pour un fou. Mais je t'assure que je ne suis pas fou, Rose.

— Grace !

— Grace, je…

— Désolée, Ian, je dois vraiment y aller, dit-elle avant de rejoindre rapidement l'entrée.

La seconde suivante, la jeune femme claqua brusquement la porte. Il ne resta alors que le silence. Un silence pesant qui menaçait de l'engloutir. Il avait tout gâché. Il s'en voulait. Non, leurs retrouvailles n'auraient pas dû se dérouler de cette manière. Il avait un goût d'échec dans la bouche, à moins que cela ne soit les trop nombreuses gélules de lithium qu'il avait avalées.

- 48 -
GRACE

Quand Grace entendit la porte se refermer dans son dos, un profond soulagement l'envahit. Enfin, elle avait réussi à partir, à s'enfuir. Son cœur battait si fort qu'elle en percevait à présent les pulsations au niveau de ses tempes. La jeune femme rejoignit le flot de passants sur le trottoir et resserra son sac contre elle. Là, dans cette masse difforme, mouvante, elle se sentit protégée, anonyme, inatteignable. Elle accéléra tout de même le pas, repensant à ces étranges retrouvailles. Ian. Pouvait-elle vraiment lui faire confiance ? Elle avait vu la photo de ses propres yeux, oui, cet homme était bien l'enfant qu'elle avait côtoyé dans le passé. Et cette brûlure qui remontait vers sa mâchoire témoignait de l'incendie qui avait eu lieu en 1898.

Pourtant, il y avait quelque chose que Grace ne percevait pas. Une part d'ombre qu'il tentait de dissimuler sous le vernis de la bienséance. Mais ce vernis craquelait. Elle en avait perçu les fissures. Ian était profondément perdu. Un électron libre qui ne savait plus vraiment où aller ni vers qui se tourner. Elle imaginait mal comment un être aussi instable pouvait travailler comme médecin et soigner les autres. Et ces pilules qu'il prenait, étaient-ce celles destinées à ses patients ou était-il suivi pour une tout autre pathologie ?

En continuant de marcher, Grace repensa au moment où il avait saisi son bras pour la retenir. Ce contact anodin avait déclenché en elle un ouragan de souvenirs.

Une puissante odeur de térébenthine. Une musique lointaine. Une flamme. Une chaleur suffocante. Une hache plantée dans un mur. Une ombre dans un coin de dortoir. Des murmures et des bruissements de draps. Des plumes qui brillaient sous les rayons de lune.

Et parmi tout ça, dans ce kaleidoscope d'images et de sensations, il y en avait une. Une qui dominait toutes les autres.

Deux chaises dos à dos et des cris étouffés par une musique avant que la porte ne se referme.

Que signifiait cette image ?

Elle attrapa d'une main le bas de sa robe pour ne pas qu'elle traîne par terre et accéléra encore le pas. Allongeant ses foulées en jetant un regard en arrière pour s'assurer qu'elle n'ait pas été suivie. Soudain, elle percuta une personne.

— Exc…

— Grace ?

— Anton ! Qu'est-ce que tu fais là ?

— Je.. je ressors de la compagnie électrique, j'avais quelques questions à leur poser, dit-il en pointant du doigt la devanture de la *New Orleans' General Electric Company.* Je suis attendu au poste.

— Je croyais que c'était mon père qui s'occupait de cette partie-là de l'enquête…

— Plus depuis cette nuit, il m'a confié les deux… D'ailleurs, je suis… vraiment désolé pour ce qui vous arrive.

— Comment ça ? demanda-t-elle surprise.

Anton comprit, à la réaction de la jeune femme, qu'elle n'était au courant de rien.

— Putain ! Je pensais qu'il t'avait prévenue… soupira-t-il en évitant son regard.

Grace attrapa son bras. Elle sentait que quelque chose n'allait pas.

— Tu… tu devrais aller chez tes parents, il t'expliquera tout… dit-il en reculant.

— Quoi ? Mais non, dis-moi ! Qu'est-ce qu'il se passe, Anton ? s'énerva-t-elle.

— Écoute, re… rejoins ton père, il a besoin de toi… C'est tout ce que je peux te dire, dit-il d'un air contrit avant de déposer un baiser sur son front.

Les épaules de la jeune femme s'affaissèrent en regardant Anton s'éloigner le long de *Portobello Road.* Sa fuite ne lui disait rien qui vaille.

- 49 -
Tueur à la plume

Ce jour était à marquer d'une pierre blanche. Non pas parce qu'il faisait beau, mais parce que c'était la dernière fois qu'il s'apprêtait à commettre un meurtre. Il vit cela comme une libération. Il abattait là sa dernière carte. Les dernières notes pour retrouver sa miraculée, si elle était toujours en vie…

Le long de *Solarium Street*, il marchait d'un pas tranquille, évoluant entre les passants qui ne faisaient guère attention à lui. Il se sentait invisible, une ombre que les gens doutaient d'avoir croisé dans leur sillage. Son plan, quant à lui, était bien rôdé. Il ne laissait place à aucune forme d'improvisation. Jamais. Il faut dire qu'il avait eu le temps de tout planifier. Vingt ans. Plus de sept mille trois cents jours. Cent soixante-quinze mille deux cents heures.

Dans la poche intérieure de sa veste, il sentait les quatre longues plumes contre son torse. Ce contact avec le métal le rassura. Il s'imagina être un oiseau quelques secondes, dissimulant son plumage macabre. Sa seconde peau. Un cygne, blanc ou noir, tout dépendait de quel côté on se plaçait. De toute manière, il avait toujours trouvé les contes ridicules. Le bien, le mal, la nuance était souvent bien plus mince qu'on ne voulait le laisser penser. Dans tout acte, il y avait forcément une part d'ombre et une part de lumière. Il fallait bien se rendre à l'évidence, les hommes n'étaient pas des saints ni des diables en puissance. C'était ces contrastes même qui donnaient de la profondeur à leurs actes. Alors pourquoi voulait-on toujours trancher, noir, blanc, alors qu'un camaïeu de gris existait entre les deux ? Pourquoi s'obstinait-on à ranger les gens dans des cases ? Était-ce pour rassurer les enfants qui avaient besoin de savoir à qui ils pouvaient se fier ?

Quand il arriva face au bâtiment qui abritait sa proie, il repéra un automate en uniforme posté devant la porte. De là où il se trouvait, il pouvait lire son nom sur son insigne doré. « Agent Blake ». Il s'y attendait à vrai dire. Pourtant cela ne lui fit pas peur. Il avait tout le temps devant lui. Il suffisait de patienter, d'attendre le bon moment avant d'agir. Il n'était pas à deux ou trois heures près de toute façon. Il détailla l'agent Blake quelques instants. L'automate semblait fatigué, fatigué d'attendre droit comme un piquet devant cette porte depuis des jours. Les hommes et les automates avaient bien des failles qu'il pouvait exploiter… et lui les connaissait sur le bout des doigts.

- 50 -
Anton

— Alors ça a donné quoi à la compagnie d'électricité ? demanda Denwo sitôt qu'Anton passa la porte de son bureau.

Anton retint un soupir. Comme s'il n'avait pas assez de travail avec les deux enquêtes en cours, voilà que son chef venait lui casser les pieds ! Ça faisait quoi ?… un mois qu'il ne l'avait pas vu au poste… ? Il jeta un œil au bureau de son supérieur. Un photographe et une journaliste étaient là. Ah ben, il comprenait pourquoi il était de retour ! Pour sourire et faire de longs discours, ça, il était le champion ! À l'entendre, il n'y avait que lui qui bossait ici.

— Putain ! Encore cette veste vert pomme, Anton ! Tu pourrais faire un effort pour tes collègues ! Donne-la à une association caritative…

Anton esquissa un faux sourire.

— Remarque, au moins, William ne verra plus ça pendant quelques jours… ajouta-t-il pour le taquiner.

Mais voyant que le sujet de William était sensible, Denwo coupa court à la blague :

— Bon, sinon, j'ai décidé que l'agent Slender t'assisterait ces prochains jours en attendant que William reprenne l'enquête du tueur à la plume.

Tom ? Il n'avait rien contre lui personnellement, seulement, il n'avait aucune expérience du terrain.

— Très bien !

— Et cette compagnie d'électricité alors ? Vous avez pu avoir des pistes.

— Pas vraiment. Plus de huit cents désembobineurs bossent chez eux… et aucun ne semblent correspondre au profil. Ils ont tous moins de 20 ans…

— Et aucun n'aurait pu voler un kit de désembobinage ?

— Non, ils ont eu aucun vol dernièrement.

— Je vois… et les notes de musique, ça n'a rien donné non plus ?

— Non… on bosse toujours dessus…

— Alors, on est au point mort, quoi ?

— Ouais, plus ou moins, avoua Anton qui refusait de mentionner l'implication de Grace dans l'enquête.

— Bon, j'vous laisse, les journalistes du *Times* ont prévu une double page sur le numéro de demain… dit-il en le gratifiant d'un au revoir.

Anton se dirigea vers son bureau en traînant des pieds. En passant devant celui de William vide, il ressentit un poids supplémentaire sur les épaules. Comment allait-il faire seul, face à deux tueurs ?

- 51 -
GRACE

En arrivant devant le domicile de ses parents, Grace comprit que quelque chose n'allait pas. Le portail électrique avait été désactivé et était grand ouvert. Plus loin, deux policiers patrouillaient dans le jardin. Ils la saluèrent poliment de loin.

Grace se mit à courir vers le perron et poussa la porte de d'entrée. Oui, quelque chose avait changé dans cette maison.

— Papa, Maman ? cria-t-elle.

Elle fit rapidement le tour du salon et de la cuisine puis monta à l'étage. Elle jeta un œil dans l'ancienne chambre qu'elle partageait avec ses frères puis traversa le couloir jusqu'à atteindre la porte close de la chambre de ses parents. Sa respiration s'accéléra à mesure qu'elle se rapprochait de la pièce. C'était là qu'elle venait se réfugier quand elle avait du chagrin.

Le parquet craqua sous ses bottines.

Elle poussa la porte d'un doigt. Elle avait peur de ce qu'elle allait trouver de l'autre côté. La porte grinça. Dans la chambre sombre, ses yeux mirent quelques secondes à s'habituer à l'obscurité. Elle discerna dans un premier temps le lit. Puis une silhouette immobile, là, sous la couverture. C'était William.

Son cœur manqua un battement en constatant qu'il était seul.

— Où est Maman ? demanda-t-elle, paniquée, en accourant près de lui.

William se retourna lentement. Malgré le peu de lumière, elle remarqua que ses yeux étaient emplis de larmes. Elle ne l'avait jamais vu comme ça, aussi abattu. Cela lui fendit le cœur. William avait toujours arboré le masque inébranlable du bon père de famille. Pleurer, c'était pour les lâches, disait-il. Grace ne se souvenait pas de la dernière fois où elle l'avait vu dans cet état.

— Disparue, réussit-il à articuler après un effort qui semblait surhumain.

— Disparue, comment ça, disparue ?

— C'est le tueur à la hache, Grace, j'en suis sûr, dit-il… en éclatant en sanglots.

Grace retint à son tour ses larmes. Elle n'arrivait pas à croire à ce qu'elle venait d'entendre.

C'était trop soudain.

Elle se releva aussitôt puis s'élança dans le couloir, comme si, à son tour, elle avait besoin de vérifier par elle-même que Janet n'était plus là. Elle redescendit en bas, la cuisine était vide. Dans le four, aucun gâteau n'était en train de cuire. Dans la buanderie, aucun drap n'était en train de sécher.

Dans le vase du salon, les fleurs fanaient. Mais surtout, il n'y avait plus cette lumière, l'odeur de sa mère, cette pureté vibrante qui rayonnait d'ordinaire dans chacune des pièces de la maison. Oui, leur foyer était plus sombre à présent. Quelqu'un avait ramené les ombres à l'intérieur. Elles étaient là, désormais, sournoises, rampantes, telles des langues de brume serpentant de pièce en pièce, englobant la maison d'un nouveau filtre, d'un voile de demi-jour. Qui donc avait éteint le soleil ?

Et, à chaque nouvelle porte que Grace poussait, un nouveau coup était porté à son cœur.

En arrivant face à la porte d'entrée qu'elle avait laissée grande ouverte, Grace dut se rendre à l'évidence.

Oui. Sa mère avait disparu.

Elle n'était

Plus

là.

Alors, elle remonta les marches quatre à quatre. Ces escaliers lui parurent tout à coup plus difficiles à gravir. Elle retraversa le couloir qui lui sembla plus long à présent et poussa la porte, alourdie d'un nouveau poids. Elle s'allongea sur le lit où son père était recroquevillé. Laissant sa pudeur sur le seuil de la chambre, elle l'entoura de ses bras et laissa éclater la boule de sanglots qui lui serrait la gorge. Pour la première fois, il n'y avait plus de père ni de fille. Seulement deux enfants qui pleuraient ensemble la même douleur insupportable.

- 52 -
Tueur à la plume

Un cri aigu s'éleva du rez-de-chaussée alors qu'il venait de pousser la lucarne. Sans doute l'épouse qui était tombée sur le corps sans vie de son mari. Il se faufila vers la fenêtre et rejoignit le toit-terrasse. Du haut de l'immeuble, il pencha sa tête en avant. La rue en contrebas était déserte. Il regarda sa montre à gousset. Deux heures moins huit. Il avait le temps. Les ensemenceurs commençaient leur tournée dans huit minutes. Le reste de l'équipe de police ne pourrait pas arriver avant la fin de la pluie électrique. Il resta immobile quelques secondes, admirant les lampadaires solitaires qui illuminaient la chaussée. Au-dessus de lui, la lune lui murmurait de fuir.

Alors, il fit volte-face et entama sa course, galopant à vive allure sur les toits-terrasses. Son cœur battant dans sa poitrine lui rappelait la chance qu'il avait d'être en vie. Lui. Sa victime n'avait pas connu le même sort. Il slalomait à présent entre les cheminées fumantes et les paratonnerres affamés. De temps à autre, il sautait de toit en toit pour rejoindre le suivant, s'agrippant aux rebords et aux gouttières avec une agilité déconcertante.

Déjà, il entendait les planeurs dans son dos. Ils étaient en avance. Le moment était arrivé, il s'arrêta un instant et retourna sa veste. La doublure était composée d'une centaine de rangées de plumes, petites, grandes, elles brillaient toutes à présent sous les rayons de lune. Son costume d'homme-oiseau. Il était devenu un cygne.

En approchant de la fin d'un immeuble, il déploya ses bras puis prit de l'élan avant de sauter au-dessus du vide. Il se laissa planer quelques secondes. L'air humide lui collait au visage comme un masque de nuit. Il bougea lentement ses bras devenus des ailes éphémères pour renforcer sa prise au vent. Là, survolant le quartier, il avait l'impression d'être seul au monde. Les notes de musique montèrent en lui. Celles qu'il avait tatouées sur ses trois victimes. Le début du morceau était achevé. Il le chantonna du bout des lèvres comme un mantra.

Relevant la tête, il aperçut le port à un kilomètre de là. Il devait faire vite, avant que les éclairs ne retombent. Heureusement, le vent était avec lui, le poussant dans la bonne direction. Alors que le vrombissement des planeurs devenait plus distant, il discernait maintenant la silhouette de quelques marins ivres et des bateaux à aubes inanimés. Il se laissa planer encore quelques minutes, puis retrouva finalement la terre ferme. Il n'était plus maintenant qu'à deux ou trois rues du port. En courant, il y serait vite.

*

Une fois sur le ponton qui menait au *Natchez*, une ombre apparut devant lui.

— Qu'est-ce que tu fous encore dehors à cette heure, cracha Tybalt, l'un des hommes les plus craints du port, cigare à la bouche.

— Laisse-moi passer, répondit-il en le bousculant.

— Tu as peur de l'orage ? dit-il en pointant du doigt les nuages électriques plus loin.

Il ne répondit pas.

— Tu vas retrouver ta maman ? comme c'est touchant… dit-il en ricanant pour le provoquer.

Il continua d'avancer puis jeta un regard en arrière. Il venait d'écraser son cigare sous sa semelle. *Ne pas répondre. Ne pas répondre.*

— Hé ! oh ! Tu te chies dessus ?

Mais il ne répondit pas et continua sa route en direction de l'embarcation. Ce n'était pas le moment de chercher la bagarre. Pas ce soir. Pas après ce qu'il avait fait.

*

Le soleil allongeait ses bras lumineux sur le plafond de la cabine quand le tueur à la plume s'étira lentement. Il entendit un grand bruit au-dessus de lui. C'était sans doute M. Grachnov, un vieux bougre qui, à chaque fois qu'il se levait, faisait trembler le plancher en bois du pont supérieur. Fixant le plafond, des lambeaux de peinture se détachaient et retombaient sur son lit.

Il se leva et perçut un bruit étrange dans la pièce attenante. Il ouvrit la porte qui menait à son point d'eau et découvrit deux oiseaux immobiles. Les deux derniers qu'il n'avait pas encore déplumés. L'un d'eux était un ancien modèle anglais qu'il n'avait pu se résoudre à démonter. Il se souvenait du nom donné par la cliente qui l'avait apporté à la boutique où il travaillait, Piclou. C'était mignon comme nom. Il l'attrapa entre ses mains et le regarda. L'oiseau ne bougeait pas. Comme s'il avait compris le sort qui l'attendait. Soudain, le bruit qu'il avait entendu quelques minutes plus tôt reprit. Il tourna aussitôt la tête vers le petit hublot et découvrit un oiseau bien plus grand qui frappait contre la vitre en verre avec son bec. C'était une chouette ! La maline avait même réussi à fissurer le simple vitrage. Depuis combien de temps était-elle là en train de frapper au carreau ?

— Dégage de là, dit-il en ouvrant le hublot pour la faire fuir.

La chouette mécanique s'éloigna en battant des ailes quelques instants puis revint à la charge avec plus de force. Elle rentra par le hublot pour l'attaquer. Le tueur se protégea aussitôt la tête, puis remarqua que l'autre oiseau entre ses mains l'attaquait aussi, mordant ses doigts vigoureusement. Étaient-ils de mèche ? Il le relâcha aussitôt puis referma dans un réflexe le hublot pour observer la chouette qui avait pris l'oiseau sous son aile. Ils volèrent ensemble jusqu'à son lit dans la pièce principale.

Il décida de rester en retrait et regarda plus attentivement l'animal. Non, il ne rêvait pas. Cette chouette. Il l'avait déjà vue. Au *Swan Orphenage*. À cet instant, alors que les rayons du soleil tapaient contre ses plumes et se réverbéraient dans toutes les directions, il vit cela comme un signe de Dieu, une bénédiction. Il se laissa tomber sur les genoux et fit le signe de croix en murmurant des paroles inintelligibles. Il savait qu'une chouette enregistreuse mourait avec son propriétaire. Si Plim était vivante, cela voulait dire que Rose l'était aussi. C'était donc, elle, Rose, la miraculée ?

Les larmes ruisselèrent sur ses joues sans qu'il puisse les retenir. Vingt ans, qu'il espérait en silence. Vingt ans, qu'il avait écumé les cimetières du coin à la recherche de son corps. Vingt ans, qu'il avait tenté de faire son deuil et voilà qu'il apprenait qu'elle était vivante !

À cet instant, il comprit qu'il n'avait plus besoin d'être médiatisé. Il avait réussi à trouver un lien entre lui et elle, Plim. Ce serait sa messagère. Le temps était venu d'entrer en contact avec Rose.

Pour la première fois depuis de nombreux jours, il se coucha sur son petit lit, et ferma les yeux. De l'autre côté de la cloison, des cris étouffés le bercèrent. Cela ne l'inquiéta pas davantage, ses voisins se tapaient dessus chaque nuit depuis deux jours. *Qu'ils aillent au diable.* Il était plus heureux que jamais.

- 53 -
Ian

— Bonjour, je… j'aurais aimé m'entretenir avec l'inspecteur Perkins, s'il vous plaît…

— Je regrette, il n'est pas disponible aujourd'hui.

— Puis-je revenir demain ? demanda Ian à la réceptionniste.

— Je crains qu'il ne le soit pas demain non plus. Vous n'avez donc pas entendu parler de… cette nouvelle histoire ? murmura-t-elle discrètement.

— Non…

— Écoutez, je ne devrais pas en parler mais… sa femme a disparu la nuit dernière. L'inspecteur a pris… enfin, s'est vu obligé à quelques jours de repos.

Ian arqua un sourcil. Cette réceptionniste était bien peu professionnelle et trop bavarde…

— Il sera de retour probablement la semaine prochaine. En attendant, voulez-vous que je lui laisse un message de votre part ?

— Non, merci, je reviendrai, la remercia-t-il avant de faire demi-tour.

— Puis-je au moins prendre votre nom ? demanda la secrétaire en rougissant.

Ian se demanda si cela faisait partie de la procédure ou si cette femme d'une quarantaine d'années le draguait ouvertement.

— Oui, Ian, Ian Cobb.

— Très bien… c'est noté. Moi, c'est Cornélia, ajouta-t-elle en glissant sa main dans ses cheveux.

Ian esquissa un sourire, cette dernière phrase venait de confirmer ce qu'il pensait. Cela ne faisait pas partie des procédures.

— Ravi de vous avoir rencontrée, dit-il avec politesse avant de se diriger vers l'entrée.

Sur le chemin qui menait au *Charity Hospital*, Ian marchait vite. Il repensait à sa dernière discussion avec Grace. Ces retrouvailles catastrophiques occupaient encore tout son esprit. Il devait se rattraper. Il s'arrêta en chemin chez un fleuriste. Il hésita un moment sur le bouquet à composer. Roses, pivoines, lys, immortelles ? Le langage des fleurs, il ne le connaissait pas. À vrai dire, cela l'intéressait peu, il ne voyait pas vraiment l'intérêt d'offrir des fleurs qui allaient pourrir dans un vase. Pourquoi les femmes les aimaient-elles tant ?

Sur les conseils du commerçant, il se décida pour quinze jonquilles qui devaient lui être livrées le lendemain matin.

— Vous voulez ajouter des plumes dans le bouquet? demanda le vendeur en lui montrant une longue plume blanche qu'il tenait dans sa main, c'est très à la mode ces temps-ci.

En voyant cette plume, un souvenir le fit vaciller :

*

— Mais qu'est-ce que tu as fait, Axel ?

L'enfant ne répondit pas.

— Pourquoi, pourquoi tu as tué le cygne blanc ? demanda Ian sous le choc.

La seconde suivante, il lui retira le couteau de sa main. Les pieds dans l'eau, le garçon était tétanisé et muet, regardant les gouttes de sang tomber dans l'eau du lac.

— Je… je sais pas pourquoi j'ai fait ça, annonça Axel en tournant la tête vers Ian.

L'instant d'après, un voile passa sur les yeux d'Axel, comme s'il venait de s'ancrer de nouveau dans la réalité. Inquiet, Ian prit le petit garçon par la main et lui trempa les mains dans le lac pour les nettoyer. Il y avait dans ses yeux une sorte de fascination. Cela l'inquiéta davantage.

— Ce n'est pas grave, tout va bien, on va aller se changer, dit-il en voyant le petit garçon qui allait se mettre à pleurer.

— Tu leur diras pas, hein, aux autres, s'il te plaît ? demanda Axel.

— Non, je ne leur dirai rien.

— Ce sera notre secret ?

— Oui, ce sera notre secret, dit-il avant de lui caresser doucement la tête.

*

— Monsieur ? Vous allez bien ?

— Oui, oui, excusez-moi, j'étais dans mes pensées. Non, merci pour les plumes, je vous remercie, dit-il avant de s'éloigner perturbé par ce dernier flash-back.

Il reprit ensuite le chemin vers l'hôpital, il avait de nouvelles résolutions en tête, dont celle de diminuer le nombre de pilules qu'il prenait pour calmer ses angoisses. Si quelqu'un au *Charity Hospital* découvrait qu'il piquait dans les réserves du service... Il savait qu'il risquait sa place.

- 54 -
GRACE

Quand Grace monta les marches qui menait à son appartement, Mme Stevens s'empressa d'ouvrir sa porte.

— Grace, tiens, quel hasard de vous trouver ici ! lança-t-elle avec entrain.

Mais bien sûr ! Avec sa propriétaire, cela faisait bien longtemps que Grace ne croyait plus aux coïncidences. *Le hasard n'existait pas.* La routine, oui. Un sourire aux lèvres, Grace se demanda depuis combien de temps elle attendait devant sa porte que sa locataire arrive. Vraiment, sa vie devait être bien triste. La vieille dame, coiffée de larges boucles bien définies, était tirée à quatre épingles et empestait la violette. Sa veste couleur lavande, de la même couleur que sa jupe qui lui arrivait jusqu'aux chevilles, rappelait les vieux tableaux qui trônaient dans son appartement.

— Je sortais justement faire quelques emplettes, lâcha la vieille dame, pour justifier sa sortie.

La vieille dame tenait son sac entre ses mains gantées.

— D'ailleurs, vous êtes en retard d'un jour pour le loyer, lâcha-t-elle dans sa barbe.

— Bien sûr... je... je vais vous donner l'argent tout de suite, si vous avez quelques minutes. J'imagine que vos poireaux peuvent patienter.

— Mais bien sûr, dit-elle en la suivant sans relever la blague piquante de la jeune femme.

Grace remonta les quelques marches qui la séparaient de chez elle. Elle fut surprise de trouver un bouquet de jonquilles devant sa porte. Qui lui avait envoyé ça ? Elle l'attrapa et lut rapidement la petite carte qui allait avec.

« Je suis désolé. Ian »

Mme Stevens regarda d'un œil intéressé le bouquet.

— On dirait bien que vous avez un admirateur secret... Remarquez, à votre âge, j'étais déjà mariée, murmura-t-elle.

Grace ne réagit pas. Elle n'avait pas envie de perdre son temps à tenter de lui expliquer qu'une femme pouvait très bien être épanouie sans homme à son bras. Aussi, elle ouvrit la porte et s'engouffra à l'intérieur avant de refermer à moitié le battant. La jeune femme ne voulait pas qu'elle rentre. Que dirait-elle si elle découvrait à quel point Plim avait abîmé la tapisserie ? Pourtant, cela ne gêna pas la vieille dame qui en profita pour passer sa tête dans l'entrebâillement pour voir si ses tableaux étaient toujours en place. Grace rejoignit en quelques enjambées son petit secrétaire, posa le bouquet dessus et attrapa quelques billets qu'elle recompta avant de les apporter à sa propriétaire.

— Voilà, dit-elle en lui tendant l'argent.

La propriétaire les recompta face à Grace. Même après tout ce temps, elle ne faisait toujours pas confiance à sa locataire.

— Parfait, dit-elle. D'ailleurs, je voulais vous demander…

Grace arqua un sourcil, elle avait une idée de ce qu'elle s'apprêtait à lui demander.

— J'ai entendu cette histoire dans le journal. C'est vrai, alors ? Votre maman a disparu…

Tellement prévisible. Grace hocha la tête en guise de réponse.

— Quelle horreur !… dit-elle en mettant une main devant sa bouche.

Elle le savait, la moindre information qu'elle délivrerait serait amplifiée, déformée et dans moins d'une semaine tout *Bourbon Street* serait au courant.

— Et votre père, comment va-t-il ? demanda-t-elle en quête d'une information croustillante.

Grace aurait eu envie de lui répondre « oh ! Très bien, quel soulagement pour lui, il attendait ça depuis des années ! »

— Je suis désolée, je suis pressée, répondit-elle d'un ton sec pour couper court à la conversation.

Oui, la dernière chose dont elle avait envie, c'était de discuter de ça avec elle.

— Je vous laisse, alors, ajouta la vieille dame visiblement déçue de n'avoir rien appris de plus que ce qu'elle avait pu lire dans les journaux.

— Bonne journée, répondit Grace en la voyant s'éloigner.

— Je ferai une prière pour elle, lâcha Mme Stevens en descendant les escaliers.

Faites donc ! pensa Grace en refermant la porte derrière elle. Soudain, elle remarqua une deuxième lettre à ses pieds. *Étrange*. Elle l'ouvrit rapidement. Son cœur manqua un battement en lisant :

« Grace,
Mon apprenti a retrouvé Kim ce matin en venant travailler, elle est au magasin si vous voulez venir la chercher dans la journée.

Mr Pistrelli »

Un sourire se dessina sur ses lèvres en lisant cette lettre. Cette nouvelle lui réchauffa le cœur quelques secondes. Sa chouette était vivante. Ils l'avaient retrouvée ! Elle attrapa rapidement un grand sac au-dessus de son armoire et se dépêcha de le remplir de jupons, de robes, de pantalons et de chemises, tout ce qui lui passait sous la main. La voix de son père résonna à cet instant dans sa tête en refermant le sac.

— *Tu reviens vite ?*

— *Oui je vais juste chercher quelques affaires.*

— *Tu es sûre de vouloir t'installer quelque temps ici ? Je peux me débrouiller tout seul, tu sais.*

Oui, elle en était sûre. Elle se devait d'être là, pour lui. Pour affronter cette épreuve ensemble. Une fois ses affaires bouclées, Grace partit à la hâte en direction du magasin de monsieur Pistrelli. Elle en oublia même son bouquet sur son secrétaire. Tant pis pour les fleurs.

*

En apercevant Plim à travers la vitrine de M. Pistrelli, les épaules de la jeune femme s'affaissèrent. Une fois dans la boutique, elle laissa exploser sa joie. La chouette battit des ailes en la découvrant. Visiblement ravie de retrouver sa maîtresse, Plim traversa la boutique, évitant les autres oiseaux et les pièces fragiles qui prenaient la poussière. Elle se posa alors sur son épaule et, avec son bec, commença à piqueter son chignon pour en sortir quelques mèches. Grace la caressa doucement, une larme de bonheur au coin de l'œil. La chouette poussa alors un long roucoulement et lova sa tête contre son cou comme pour la couvrir de baisers.

— Merci, je ne sais comment vous remercier, dit-elle en s'adressant au commerçant qui s'était tenu en retrait jusqu'alors.

— Oh, ce n'est pas moi qu'il faut remercier ! C'est mon apprenti qui l'a retrouvée…

— Il est ici ? demanda-Grace en tendant la tête vers l'arrière-boutique dans l'espoir d'apercevoir une tête brune.

— Non, malheureusement, il a dû repartir faire une livraison.

— J'aurai vraiment aimé le remercier de vive voix. Pourrez-vous lui donner ceci, dit-elle en tendant une enveloppe contenant plusieurs billets à monsieur Pistrelli.

— Ce sera fait, dit-il en prenant l'enveloppe qu'il rangea de l'autre côté de son comptoir.

— Merci encore d'avoir pris le temps de m'écrire, dit-elle.

— Prenez soin d'elle, dit-il en la regardant quitter la boutique.

The Times-Picayune.

« Quand arrêterons-nous de compter les victimes ? »

Vous le savez, de nombreux Néo-orléanais fortunés, en proie à la panique, ont préféré quitter la ville.

Un vent de terreur souffle dans les rues. Et les citoyens se retrouvent bien malgré eux entre deux feux. Écouter du jazz ? Ne pas en écouter ? Que faire finalement pour se protéger ?

Alors que les pistes semblent se dessiner, nous continuons à compter nos victimes.

Mais quand arrêterons-nous de les compter ? Quand la police fera-t-elle enfin son travail et réussira-t-elle à arrêter les deux hommes qui terrifient à eux seuls toute la ville ?

Rappelons que, au total, plus de vingt-cinq personnes sont mortes sous les coups du tueur à la hache. Le tueur à la plume n'est, quant à lui, pas en reste, puisqu'une deuxième victime est à déplorer. Même si l'information n'a pas été confirmée par la police, il semble qu'il s'agisse du légiste, M. Johnsson que nous avions nous-mêmes interviewé la semaine dernière.

C'est le cœur lourd que l'ensemble de la rédaction souhaite lui rendre un dernier hommage tout en adressant nos sincères condoléances à sa famille.

- 55 -
Grace

Quand Grace arriva chez son père, accompagnée de Plim et de sa valisette, elle constata qu'ils avaient un invité. Anton était là, dans le salon, et discutait avec William, avachi sur le canapé en robe de chambre.

— Tu l'as retrouvée ! s'écria William en découvrant la chouette sur son épaule.

— Oui, je crois qu'elle ne va plus s'éloigner pendant un petit moment à présent, dit-elle en lançant un regard complice à sa chouette mécanique postée sur son épaule.

— Grace ! la salua Anton en approchant pour la serrer dans ses bras.

Visiblement, Plim ne l'entendait pas de cette oreille. La chouette poussa un petit cri pour le dissuader d'approcher trop près. Grace était chasse gardée pour l'heure.

Elle regarda ensuite son père et lâcha dans un soupir :

— Papa, tu aurais au moins pu faire l'effort de t'habiller… On ne reçoit pas les gens dans cette tenue enfin…

— Laisse, plaisanta Anton.

— Et lui, tu crois qu'il fait un effort ! Regarde sa veste ! On dirait un poussin sorti tout droit de l'œuf.

Grace esquissa un sourire. Au moins, son père, n'avait pas perdu de sa raillerie légendaire. Effectivement, la veste jaune d'Anton était criarde, mais cela lui donna un peu de baume au cœur. Ils avaient tous les deux besoins de fantaisie dans leur quotidien morose.

— Alors des nouvelles ? demanda Grace en posant sa valise en bas des escaliers.

Elle revint quelques secondes plus tard s'installer près d'eux. Anton se racla la gorge et tendit le journal à la jeune femme. Le titre était assez évocateur :

« Meurtre à *Solarium Street*, le légiste à son tour assassiné !

L'enquête autour du tueur à la plume se poursuit… »

— Mon Dieu ! On sait pourquoi il s'en est pris à lui ?

— Oui, il n'aurait pas respecté les ordres du tueur à la plume.

— Ses ordres ?

— Il était rentré en contact avec lui en lui demandant de communiquer à la presse des informations très précises sur le meurtre… malheureusement, le légiste a oublié de mentionner les notes de musique…

— C'est horrible !… J'imagine que vous avez trouvé de nouvelles notes cette fois-ci ?

— Oui, tiens, ajouta William en tendant deux photographies à sa fille que lui avait transmises Anton.

— Cette fois-ci, deux endroits ont été tatoués, ajouta Anton. On a retrouvé quatre notes sur l'épaule droite et ces trois autres sur le front.

— Intéressant… ajouta-t-elle en regardant les clichés.

— Bon, je vais vous laisser… lâcha son collègue avant de se relever du fauteuil dans lequel il était installé.

— Bon courage pour la suite.

— De toute façon, si tu tiens quelque chose, tu sais où me trouver ! murmura Anton en lui faisant un clin d'œil.

— T'en fais pas, concentre-toi sur le tueur à la hache, moi, je vais réfléchir à tout ça en attendant vendredi…

La jeune femme se retint de parler en attendant qu'Anton ai quitté la pièce.

— Vendredi ? demanda Grace en relevant finalement les yeux des notes de musique.

— Oui, je compte reprendre le travail…

— Tu te fiches de moi ? demanda-t-elle en posant ses deux mains sur ses hanches.

— Si je reste enfermé ici, je vais devenir fou, tu me connais, Grace. Puis, de toute façon, je ne te demande pas la permission… dit-il avant de se lever.

La jeune femme soupira.

— Je monte ta valise à l'étage, dit-il devant les escaliers.

Grace ne répondit pas. Elle savait à quel point son père était têtu. Il suffisait qu'elle s'oppose à ses décisions pour que cela dégénère. Elle rassembla les dernières photographies avec celles des précédents meurtres et se dirigea ensuite vers le fond du salon. Il y avait là un vieux piano droit que Grace n'avait plus utilisé depuis de nombreuses années. C'était Andrew qui en jouait, il lui avait appris à déchiffrer les notes et à jouer quelques accords. En revanche, elle n'avait jamais su se servir des pédales. William avait toujours refusé de se défaire de ce piano même si, désormais, plus personne n'en jouait.

Grace posa sa main sur la partie en bois qui recouvrait le clavier et l'ouvrit, dévoilant ses quatre-vingt-huit touches. Le contraste entre les touches recouvertes d'ébène et les blanches en ivoire la saisissait toujours avec la même force. Grace posa la partition macabre sur le pupitre en épicéa, puis souffla sur le clavier. Un voile de poussière vola tout autour d'elle. Enfin, la jeune femme se mit à jouer. Sur son épaule, Plim ne bougeait pas, elle avait les yeux fermés. Grace se demanda si elle dormait. Elle essaya pendant plus d'une trentaine de minutes de décrypter le morceau, faisant varier les combinaisons de notes en inversant les photographies. Mais cela ne donnait rien.

Elle abandonna finalement sa recherche et remonta à l'étage pour voir ce que son père faisait. Elle s'inquiétait pour lui. Elle ne pensait pas que reprendre le travail aussi rapidement était une bonne idée. Mais elle savait aussi que c'était sa manière à lui de reprendre sa vie en main. De ne pas penser à sa femme. Elle entendait encore la voix de son père quant à sa théorie sur la disparition de Janet.

— *Tu ne comprends pas, Grace ? C'est le tueur à la hache qui l'a enlevée !*

— *Mais comment tu peux dire ça ?*

— *Ma hache, je l'accroche toujours au même endroit, elle était pendue au mauvais clou… cette fois-ci dans l'abri de jardin…*

— Tu es fatigué, tu aurais pu la mettre par inadvertance à la mauvaise place, non ?

— Non, je le sens, je le sais… c'est lui…

Grace était sceptique. Cela faisait tellement de mois que son père travaillait comme un forcené sur ces enquêtes qu'il en venait à tout ramener à celles-ci. Il lui fallait à tout prix un coupable. Voilà qu'il était déjà tout trouvé à ses yeux.

En arrivant sur le seuil de la chambre, Grace s'attendait à trouver son père en train de pleurer. Cela ne l'aurait pas surprise. Cela faisait plusieurs jours qu'il était inconsolable. Pourtant, elle n'entendit aucun sanglot. Rien. Elle jeta un œil à travers la porte entrebâillée et découvrit son père, à genoux au pied du lit, les mains jointes. Son cœur se serra en le découvrant dans cette position. Elle connaissait bien l'avis de son père au sujet de la religion. Ses croyances. Il s'était trop souvent exprimé en coupant la parole à sa mère à table quand elle parlait de Dieu. William n'était pas un homme de foi. La prière, il voyait plutôt cela comme une perte de temps. Les dimanches qu'il passait à la messe, il les passait uniquement là-bas pour éviter les disputes conjugales. Cela faisait partie des concessions qu'il avait su faire par amour. Pourtant, cette après-midi, il était seul. Seul dans cette chambre en train de prier. Le faisait-il pour sa femme ou pour lui ? Avait-il si peu d'espoir pour en venir à s'adresser à Dieu ? William s'arrêta net quand il découvrit le visage de Grace, dans l'ombre de la porte. Comme s'il n'assumait pas ses gestes. Ce n'était pourtant pas honteux de prier. Pourquoi ressentait-il alors cette gêne ?

Grace, elle, ne priait pas. Elle n'avait jamais ressenti ce besoin. Pourtant elle devait bien l'avouer, face à un coup du destin, elle avait déjà fait dans sa tête des prières muettes. Comme pour se raccrocher à quelque chose de plus grand, trouver de l'aide plus haut. Prier aidait à se sentir moins seul et comblait un peu le vide de leur existence. Pourquoi l'homme était-il prêt à remettre en cause ses propres convictions uniquement quand cela servait ses propres intérêts ?

Pourtant, l'image de son père sur le lit en train de prier avait fait écho en elle. Un éclair de génie la frappa de plein fouet. Tout s'éclairait à présent.

En courant, elle s'empressa de rejoindre le rez-de-chaussée, puis se positionna de nouveau devant le piano fixant les photographies des victimes. Oui, ces lignes. Ces emplacements, *épaule droite, front, poitrine, épaule gauche*. Ces emplacements énigmatiques représentaient les points que l'on frôlait quand on disait le *Notre Père*. Le signe de la croix.

Grace replaça les photographies dans le bon ordre.

Au nom du père.
Front. Le légiste, Johnsson.

Du fils.
Poitrine. Mila Walters.
Sa deuxième victime.

Et du saint.
Épaule gauche.
Dorothy Ashwood.

Esprit.
Épaule droite.
Johnsson.

— Grace ? demanda William du haut des escaliers.

— Viens, je suis en bas, dit-elle.

Grace s'installa alors sur le petit tabouret. Plim s'envola à cet instant et vint se poster sur le pupitre, juste au-dessus des photographies.

Elle inspira profondément et entama le nouveau morceau. Ses doigts tremblaient à présent. Son souffle était irrégulier. Elle appuyait sur les touches, en apnée à mesure qu'elle lisait les notes sur ces partitions humaines. Un frisson remonta le long de sa colonne vertébrale en repensant aux victimes. Elles avaient dû tant souffrir. Celui qui leur avait fait cela avait perdu toute humanité. Elle ferma ensuite les yeux pour se concentrer uniquement sur la mélodie. À ce moment, William arriva près d'elle. Lui aussi ne semblait pas reconnaître le morceau. Elle le joua plusieurs fois, faisant varier le tempo. Elle en était sûre, elle était sur la bonne voie…

Quand elle rouvrit les yeux, elle le joua une nouvelle fois plus lentement. Grace remarqua qu'un éclat nouveau brillait dans les yeux de Plim. Elle était plus agitée à présent, faisant vibrer ses plumes les unes contre les autres comme pour lui faire comprendre qu'elle reconnaissait ce morceau. Arrivée à la dernière note, la jeune femme laissa son doigt appuyé sur la touche plus longtemps et fixa Plim. La chouette vint alors se poser sur les genoux de sa maîtresse. Puis, sous les yeux ébahis de William et de Grace, ils la virent s'approcher du clavier.

Sans qu'ils puissent l'expliquer, l'impensable se produisit.

De son bec, Plim appuya sur une première touche, puis sur une deuxième avec sa patte droite. À présent, seules les notes jouées par l'oiseau fendaient le silence. Elle était si appliquée, comme portée par une mission plus grande, celle de faire retrouver la mémoire à Grace ! Son cœur se serra. La jeune femme ferma les yeux. Les notes qu'elle entendait à présent étaient comme une récitation. Une litanie qui résonnait en elle comme une petite berceuse. Ces notes, elle les connaissait. Elle les avait déjà entendues. De trop nombreuses fois. Pourtant, à cet instant, il lui était impossible de se souvenir de l'endroit exact.

Tout était encore trop flou.

Plim continua, accélérant la cadence appuyant sur les sol, les si et les do avec une vivacité touchante. Soudain, une image fit vaciller la mémoire de Grace. Oui, ça y est, elle savait exactement où elle avait entendu cette musique.

C'était au *Swan Orphenage*, vingt ans plus tôt…

« Cette nuit-là, Rose était triste. Plus que les autres soirs en tout cas. Violet venait de quitter l'orphelinat le matin même. Elle n'avait pas pu lui dire au revoir. Le directeur leur avait juste annoncé qu'elle avait été adoptée. Rose n'était pas triste de ne plus la revoir. Elle était juste jalouse, jalouse qu'un couple ait pu la choisir, elle. Était-ce à cause de la couleur de sa peau ? De ses cheveux bouclés que l'on avait envie de peigner à longueur de journée ? Ou était-ce autre chose ?

Phœbe, elle, continuait de l'embêter, lui répétant à chaque fois qu'elle la croisait qu'aucune famille ne voudrait jamais d'elle, car elle était différente. Rose avait du mal à comprendre en quoi la différence était mauvaise.

Allongée dans son lit, elle sentit alors une main froide se poser dans son dos. Elle sursauta et découvrit Adam. Son index posé sur sa bouche, il murmura :

— Viens, je dois te montrer quelque chose.

— Mais c'est l'heure de dormir… murmura-t-elle jetant un regard aux autres lits où dormaient depuis bien longtemps ses camarades.

— Suis-moi, je te dis, répliqua-t-il en la tirant par la main.

Rose ne résista pas à l'envie de quitter le dortoir. Adam était son seul allié dans cette maison. Le seul sur qui elle pouvait toujours compter. Ils traversèrent ensemble le dortoir sur la pointe des pieds en retenant leurs rires. De l'autre côté de la porte, le couloir était désert. Adam prit un peu d'avance pour s'assurer que Thilda ne patrouillait pas et fit signe à Rose que la voie était dégagée. Ils empruntèrent les escaliers. Les marches en bois craquèrent sous leur poids. Une fois en bas, l'horloge se mit à sonner. Rose regarda l'heure, les deux aiguilles étaient pointées vers le ciel. D'habitude à cette heure, elle était en train de dormir. Elle le savait, ils n'avaient pas le droit d'être ici. De se balader seul. Si monsieur Hamilton les voyait, ils risquaient gros…

— Viens, dit-il en l'entraînant vers le petit salon de musique.

Pour la première fois, Rose découvrit la pièce sous un jour nouveau. Les rayons de lune filtraient à travers les fenêtres, donnant une ambiance mystérieuse au lieu. Ils coururent ensuite vers la salle de bal et Rose se mit à tournoyer sur elle-même, faisant voler sa chemise de nuit tout autour d'elle. Ses pieds nus foulaient le parquet. Adam, lui, la regardait, admirant ce large sourire sur le visage de son amie.

— Tu voulais voir la pièce secrète, pas vrai ? demanda-t-il.

— Oui, murmura-t-elle, un éclat d'envie dans les yeux.

Adam se lança le premier, grimpant les marches de l'escalier en spirale. Rose le suivait, avec prudence, regardant, pendant qu'ils prenaient de la hauteur, la salle de bal sous un nouvel angle. Soudain, un vertige s'empara d'elle. Elle sentit ses jambes trembler. Elle s'immobilisa. C'était trop haut. Bien trop haut pour elle.

— Rose ,tu viens ? demanda Adam en voyant qu'elle restait cramponnée à la rambarde en bois.

Il redescendit quelques marches en réalisant qu'elle ne réagissait pas.

— Tu as peur du vide ? demanda-t-il tendrement en posant sa main sur la sienne.

Elle ne parvint pas à répondre, se contentant de plonger son regard terrifié dans le sien.

— Ferme les yeux, dit-il.

La petite fille s'exécuta. Son souffle irrégulier ne rassurait pas le garçon.

— Souviens-toi de ce que je t'ai appris. Grace, avec ton imagination, tu peux imaginer ce que tu veux. Allez, viens ! donne-moi la main, dit-il en la guidant à l'aveugle.

Ils finirent de grimper les cinq dernières marches qui les séparaient de l'étage. Une fois en haut, Rose retrouva son souffle, même si elle entendait toujours son cœur battre très fort dans sa poitrine. Devant eux, un petit couloir sombre menait à trois portes.

— Là, c'est le bureau d'Hamilton. Il le ferme tous les soirs.

— Pourquoi ? Personne ne vient ici de toute façon.

— Si, moi, ma chambre est juste à côté, dit-il en continuant d'avancer.

Rose s'était toujours demandé pourquoi Adam ne dormait pas avec eux dans le dortoir. Elle n'avait jamais osé lui poser la question à vrai dire. Aujourd'hui, elle s'apprêtait à découvrir son univers. Il poussa la porte, dévoilant une pièce minuscule qui ressemblait davantage à un cagibi qu'à une chambre. Il n'y avait ni fenêtre, ni lit. Juste un vieux matelas posé par terre et un crucifix accroché à l'une des poutres. Sur les murs, le petit garçon avait accroché des feuilles vierges pour cacher les trous dans les cloisons. Malgré tout, une fierté sincère irradiait du visage du petit garçon.

— Ça pue, lâcha Rose en entrant.

— Je sais... c'est de la térébenthine. Monsieur Hamilton en a mis un paquet dans la pièce d'à côté.

— Comment tu peux respirer ? demanda-t-elle en se pinçant le nez.

— Oh ! Je me suis habitué ! lâcha-t-il en rigolant.

Soudain, l'atmosphère entre eux devint plus singulière.

— Pourquoi tu n'étais pas au bal aujourd'hui, tu ne voulais pas danser avec moi ? demanda-t-elle finalement en soupirant.

— Si... mais, je ne pouvais pas...

— Pourquoi ?

Il hésita quelques instants avant de répondre :

— Mila avait besoin de moi en cuisine pour récurer les... plats.

— T'es vraiment pas drôle, Adam... je voulais danser avec toi, moi. C'est beaucoup moins marrant quand tu n'es pas là...

Un léger sourire étira les lèvres fines d'Adam...

— Alors, dansons maintenant, dit-il en lui tendant la main.

— Ici ? mais y'a aucune musique, pouffa Rose.

— Si, approche, dit-il en attrapant les mains de Rose qu'il accrocha derrière sa nuque.

Il plaça ensuite ses mains au niveau de son dos, puis fit quelques pas de danse maladroits.

— Ta, ta, ta… tadam, tadam, tatata ta ta… murmura-t-il en rythme au creux de son oreille.

Les joues de la petite fille s'empourprèrent.

— Ta, ta, tadam, reprit-il.

— C'est joli, c'est de qui ? murmura-t-elle en posant sa tête contre son épaule.

— C'est un ballet, le Lac des Cygnes *de Tchaikovsky. Tu connais ?*

Non, Rose n'avait jamais entendu parler de ce « Taikowsky ».

— C'est un compositeur russe, ajouta-t-il.

Grace n'avait jamais été très forte en géographie. Si on lui avait demandé de situer la Russie sur une carte, elle en aurait été incapable. Mais elle était épatée par les connaissances d'Adam. Comment pouvait-il savoir autant de choses alors qu'il n'avait que 10 ans ?

Un nouveau sourire se dessina sur le visage de la petite fille. À chaque pas de danse, elle oubliait ce petit cagibi. Cette odeur de térébenthine entêtante, sa chemise de nuit qui n'était pas appropriée. Ils étaient seuls. Seuls à danser dans l'obscurité de cette chambre. Deux enfants tournants sur eux-mêmes dans une boîte à musique.

- 56 -
GRACE

— Grace, tu… tu vas bien ? demanda William.

— Je…

La jeune femme tenta de se relever et trébucha dans le pied du tabouret. William la rattrapa de justesse avant qu'elle ne pose un genou à terre. Grace était sous le choc. Assommée. Dire que depuis tout ce temps, cette musique avait toujours été là. En elle. Une pointe de culpabilité grandit au creux de son ventre. Encore une fois, elle avait fermé des portes. C'était son problème. Enfouir, enfouir, toujours enfouir. Ses émotions. Ses souvenirs. Ses fêlures. Mais tout finissait par refluer un jour. Les cadavres de sentiments, même bien enterrés, remontaient dès la première pluie. Aujourd'hui, Plim était celle qui lui avait ouvert les yeux. Et ce qu'elle voyait dans cette pièce, dans ce souvenir, lui faisait autant de mal que de bien. Cette danse dans les bras d'Adam avait été le moment le plus heureux qu'elle avait passé à l'orphelinat. Elle se souvenait de son corps contre elle, de son souffle sur ses épaules, de sa voix rassurante à son oreille. Elle se souvenait de cette innocente ivresse qui grandissait à mesure qu'elle tournoyait sur elle-même. De cette musique-sortilège qui paraissait si belle dans sa tête. Son imagination avait-elle embelli les choses ?

Pourtant, aujourd'hui, ce souvenir s'annonçait bien plus amer, plus douloureux. Il lui sembla qu'une ombre comprimait sa cage thoracique avec ses mains invisibles. Elle découvrait le côté pile, la face sombre. Elle découvrait tous les contrastes, les nuances du monde des adultes. Et cela faisait terriblement mal de grandir d'un seul coup. De réaliser que même les plus beaux souvenirs peuvent parfois porter en eux une part de noirceur. Elle en comprenait le sens à présent. S'était-elle voilé la face depuis tout ce temps pour échapper à la réalité terrible qu'elle appréhendait tant ?

En regardant sa chouette mécanique, immobile sur le clavier, Grace ressentit une profonde tristesse. Sa gorge se serra.

Aujourd'hui, elle savait qui était le tueur à la plume. C'était son ami, son confident, son pilier dans cet orphelinat. *Adam*. Celui-là même qui lui avait appris à rêver. Adam. Aujourd'hui ce rêve se transformait en cauchemar et elle était seule, seule pour l'affronter.

William vint poser sa main dans son dos en la voyant respirer avec difficulté.

— Tu vas bien ? Qu'est-ce qu'il se passe… ?

Oui, à cet instant, elle savait qu'elle aurait dû tout lui révéler. Lui avouer qu'elle connaissait l'identité du tueur. Qu'il était lié à elle d'une certaine façon. Mais son père comprendrait-il ? Pouvait-il comprendre ce lien qui les unissait ?

— Ça va, ça va, j'ai juste eu un coup de chaud, dit-elle en se relevant avant d'esquisser un faible sourire.

À présent, c'était devenu son enquête. Elle se sentait impliquée. Ces notes de musique, ces plumes plantées dans le dos des victimes… Ces meurtres, les avait-il commis pour elle ? Dans quel but ? Et que signifiaient ces autres signes, Adam aimait tant la musique, cela n'avait aucun sens. Pourquoi aurait-il détruit le gramophone chez Mila ? Et ces traces mystérieuses sur leurs tempes, que voulaient-elles dire ?

Des brefs souvenirs que lui laissait entrevoir sa mémoire, elle ne voyait en lui qu'un être profondément doux. Pourquoi Adam avait-il fait tout cela ? Comment en avait-il pu arriver à commettre de tels actes ? Il devait y avoir une raison…

Un rire nerveux s'échappa de sa gorge en repensant aux derniers jours. Ian avait raison, depuis le début. Elle s'en voulait à présent de l'avoir jugé si rapidement lors de leurs retrouvailles. Le tueur à la plume était bien un ancien pensionnaire du *Swan Orphenage*. Il y avait un troisième survivant. Adam avait réussi à survivre à cette nuit. Mais il lui fallait à présent des preuves plus solides. Elle devait le retrouver, lui parler, pour comprendre.

— Tu devrais aller t'allonger dans la chambre, je vais te préparer quelque chose à manger, dit-il.

Grace hocha la tête et vit Plim s'envoler pour se poster de nouveau sur son épaule. Même si la jeune femme n'avait aucun souvenir, la chouette avait peut-être vu quelque chose cette nuit-là. Grace l'observa, silencieuse. Quels secrets gardait-elle en elle ? Qu'avait-elle vu, cette funeste nuit ? Le soir de l'incendie du *Swan Orphenage* en 1898.

En refermant la porte de la chambre derrière elle, Grace ouvrit aussitôt sa valisette, sortant ses habits à la volée, à la recherche de la pièce ovale pour déverrouiller sa chouette. Elle la trouva finalement au fond d'une bottine. La jeune femme s'installa rapidement sur le lit, puis prit l'oiseau dans ses bras.

— Je te demande cela une dernière fois, Plim, une toute dernière fois, tu comprends…

Grace avait encore en tête la dernière fois où elle l'avait fait surchauffer. Elle la caressa doucement puis attendit que la chouette lui réponde. Celle-ci lâcha un petit roucoulement puis posa sa patte droite sur sa main, c'était sa manière de dire oui. Répétant la même opération que la première fois, Grace la positionna face au mur et plaça la pièce magnétique entre ses deux ailes. Les yeux de la chouette s'éclairèrent aussitôt. La jeune femme déploya ensuite ses ailes puis souleva celle de gauche pour revenir en arrière. Mais étonnamment, elle ne trouva face à elle qu'un mur noir.

— Merde, y'a un problème !

Les souvenirs qu'elle avait vus la fois dernière n'étaient plus là ! Comment était-ce possible ? Son souffle s'accéléra. Quelqu'un s'était-il amusé à supprimer les enregistrements ? S'effaçaient-ils une fois visionnés ?

Soudain, une image apparut. Grace laissa retomber l'aile de Plim sur le lit.

Des flammes. Une fumée épaisse, noirâtre. Oui, c'était bien les images de cette nuit. Grace plissa les yeux, tentant d'assimiler les images qui défilaient à une vitesse folle. Plim était en train de voler au-dessus de la bâtisse en feu. De là-haut, on voyait le lac immobile et les silhouettes des cygnes attirés par les lumières rougeoyantes des feux. Plim plana quelques secondes, encerclant l'édifice en poussant de longs cris.

Le cœur de Grace se serra en voyant ces images. Plim était en train de la chercher, de l'appeler. Même si ce n'était que des images, Grace sentit une chaleur intense lui monter aux joues. Comme si elle aussi, à travers les yeux de sa chouette, revivait ce drame.

La maison était maintenant un brasier ardent. Plim se rapprocha, battant des ailes pour prendre de la vitesse. Elle prenait des risques et approchait des fenêtres du premier étage. Leur dortoir. Grace crut discerner des bras tendus aux vitres, puis des cris. Des hurlements d'enfants. Des sanglots.

Mon Dieu !

Elle entendait maintenant le crépitement du bois. C'était un son agréable en temps normal, il rappelait ces froides nuits d'hiver quand on alimentait le feu de la cheminée pour se réchauffer. Pourtant, ces craquements prenaient un tout autre sens à présent. Le feu rongeait une partie du toit, la charpente flambait comme du petit bois. Tout allait s'effondrer.

Grace sentit monter en elle un sentiment d'impuissance. Elle aurait aimé pouvoir faire quelque chose, aider ces enfants-souvenirs pris au piège. Mais leur destin avait déjà été scellé depuis longtemps. Allison, Steven, James, Markus, Axel, Phœbe et tous les autres…

La fumée s'échappait maintenant en large panache au-dessus de l'édifice. On aurait dit que l'air lui-même venait de se transformer en oriflamme. Cette maison-fournaise était leur dernière demeure. Leur tombeau. Un purgatoire.

La gorge serrée, Grace était sans mot face à la violence de ces images. Elle avait du mal à croire qu'elle se trouvait là, elle aussi, cette nuit. Elle aurait dû arrêter l'enregistrement. Elle souffrait avec eux dans sa chair. Mais elle savait qu'elle devait aller au bout.

Soudain, elle aperçut une première silhouette s'échapper dans la nuit. Plim s'en approcha. C'était Ian. Il avait une large brûlure le long de sa mâchoire et semblait perdu, déboussolé, appelant son père en pleurant.

— Plim, va la chercher ! cria-t-il à la chouette . Va chercher Rose !

La chouette battit des ailes et refit un tour de la bâtisse. Son vol était maintenant plus hésitant, comme si elle aussi craignait de ne jamais retrouver sa maîtresse. Mais tant qu'elle pouvait voler, c'est que Rose était vivante. Ses minutes étaient comptées, elle devait la sauver !

Grace regardait tout cela avec un tel détachement que cela lui parut irréel.

Soudain, elle discerna une nouvelle ombre. C'était John Hamilton. Elle le vit s'enfuir en direction de la forêt qui bordait la propriété.

Quel lâche ! Il avait sauvé sa peau avant celle des enfants. Un capitaine fugitif qui venait d'abandonner le bateau aux flammes.

Puis, à leur tour, deux nouvelles ombres furent recrachées par la maison. Deux ombres. Celle d'Adam qui soutenait un deuxième enfant par les épaules. C'était elle ?

Plim approcha rapidement pour vérifier.

Un frisson lui parcourut le dos. Non, ce n'était pas elle qu'Adam soutenait. Il y avait bien un autre enfant. Mais c'était un garçon. Elle plissa les yeux et reconnut la tignasse rousse d'Axel.

Axel ? Lui aussi avait survécu à l'incendie ? Mais comment était-ce possible ? Tout se mélangeait à présent dans sa tête. Les journalistes n'avaient cité qu'elle dans les journaux ! Son père lui avait assuré qu'elle était la seule survivante ! Pourquoi ? Elle ne comprenait plus rien…

Soudain, elle entendit un grand bruit et releva la tête.

Plim venait de passer à travers la fenêtre de la salle de bal. La vitre en verre venait de voler en éclat. Grace avait du mal à voir ce qu'il se passait à cause de la fumée. Mais une silhouette fluette apparut, recroquevillée sur le sol. C'était Rose. Plim se posa sur la tête de la petite fille, puis, voyant qu'elle ne se réveillait pas, poussa un long cri. Mais Grace ne réagissait pas. Plim commenca alors à lui picorer le visage avec son bec. La petite fille ouvrit péniblement les yeux, toussant à de nom-

breuses reprises pour expulser les cendres qu'elle avait avalées. Soudain, un homme pénétra dans la pièce, se cachant le visage avec ses bras. Quand il vit la petite fille, il s'approcha et la souleva avant de sortir en courant par la porte-fenêtre fracturée. Plim les suivit aussitôt.

Une fois à l'extérieur, elle vit son insigne briller dans la nuit. Oui, cela ne faisait aucun doute. *C'était William.* Elle le reconnaissait maintenant, à son uniforme et à sa démarche. C'était donc lui qui l'avait sauvée de l'incendie ? Grace ne put retenir ses larmes devant ces images. Devant Plim qui avait tout fait pour la sauver et William, cette figure paternelle sortie de nulle part, qui avait bravé les flammes pour venir la sauver. Elle lui devait la vie.

Soudain les images se brouillèrent et le silence se fit dans la pièce. Elle se pencha en avant vers sa chouette. Elle était sur le point de retirer la pièce magnétique du plumage de Plim quand soudain…

Une voix s'éleva quelques secondes plus tard alors que l'image restait floue. Cette voix douce et familière, elle aurait pu la reconnaître entre mille. Un frisson remonta le long de sa colonne vertébrale.

— Bonjour Rose, c'est Adam… Je.. je sais que ça doit être étrange pour toi de m'entendre après tant d'années. D'ailleurs, je ne sais même pas si tu te souviens encore de moi après tout ce temps… Si tu savais depuis combien de temps je te cherche…

Les mains de Grace se mirent à trembler sous le coup de l'émotion. Bien sûr qu'elle se souvenait de lui…

— Je.. c'est moi qui ai supprimé les souvenirs de Plim. Tes souvenirs. Ne m'en veux pas, s'il te plaît. Si j'ai fait ça, c'est

pour ton bien, certains souvenirs ne devraient jamais être ressassés seuls… Tu n'en trouveras qu'un, celui de la nuit de… l'incendie.

Elle n'en croyait pas ses yeux, perdue entre angoisse et joie. Il l'avait retrouvée. Il avait retrouvé sa trace.

— Grace, c'est prêt si tu veux venir manger, cria William du rez-de-chaussée.

— J'arrive dans cinq minutes, dit-elle en essuyant ses joues mouillées.

La voix d'Adam s'éleva de nouveau. Elle percevait de la douleur dans sa voix. De la culpabilité aussi.

— *Écoute, je… j'ai besoin de te voir, de te parler de certaines choses… Il est temps que tu connaisses enfin la vérité, celle que personne ne t'a jamais dite… Tu m'as ouvert les yeux grâce à Plim, c'est à mon tour de te rendre la pareille.*

De quoi parlait-il ?

— *Cette nuit, je… je pensais être le seul avec Axel à avoir survécu, nous avons fui ensemble avant que nos deux chemins ne se séparent. Puis, je suis tombé sur ce journal. On parlait d'une miraculée. Je ne savais pas, à l'époque, que c'était toi. Mais j'espérais, j'ai écumé tous les cimetières de la ville, il n'y avait pas de Rose Lalaurie… Je pensais tout savoir sur cette nuit…*

Elle entendit des sanglots.

— *Mais je n'en avais qu'une version. Qu'une version édulcorée. Nous n'étions pas les seuls à avoir survécu… Ian Hamilton et son père aussi avaient réussi à s'en sortir… Pourquoi, pourquoi le monde est-il aussi injuste ? Tant d'enfants sont morts là-bas… Ils auraient dû mourir… Pourquoi n'ont-ils pas parlé de Ian dans les journaux. Pourquoi les ont-ils protégés, lui et son père, après les horreurs qu'ils ont commises ?*

Il pleurait à présent, cela lui serra le cœur.

— *Rose, tu es la seule qui peut m'aider... à les retrouver. J'imagine que tout doit te paraître insensé... cette histoire... Ces meurtres atroces que j'ai commis. Sache que je n'en suis pas fier... Mais ces notes, c'était le seul moyen de remonter vers toi... Tu dois te demander pourquoi mon nom et celui d'Axel n'ont jamais été évoqués dans les journaux. Tout s'explique. Je te dirai tout, je répondrai à toutes tes questions, si tu viens... Retrouve-moi demain près du lac à 10 heures du soir, là où tout a commencé. Je t'expliquerai tout... Je sais que tu as peur, que tu doutes. Mais tu me connais mieux que quiconque, tu sais que je ne te ferais jamais de mal... Je n'ai qu'une seule condition. Une seule. Tu dois venir seule, Rose. Viens seule ou ne viens pas du tout...*

Sur cette phrase, l'enregistrement se stoppa net. Elle retira aussitôt la pièce aimantée de la chouette enregistreuse. Grace resta quelques instants, immobile. Était-ce un piège ? Pourquoi tenait-il tant à ce qu'elle y aille seule ?

— Qu'est-ce que tu fais, ça ne va pas ? demanda William en découvrant les yeux rougis de sa fille.

Que devait-elle faire ? Tout lui raconter ? Ne rien lui dire ? Et s'il lui arrivait quelque chose ? Après tout, Adam était un meurtrier. Elle repensa à sa voix cristalline, presque enfantine. Une voix aussi douce ne pouvait pas appartenir à un monstre, si ?

Devait-elle prévenir Ian ? Oui, cela lui parut la meilleure option. Peut-être qu'il lui dirait quoi faire ? Lui seul pouvait finalement la comprendre… Ils avaient vécu la même chose. Ils avaient tous les deux connu Adam… Lui seul savait ce qui était en jeu cette nuit.

— Je crois savoir qui est le tueur à la plume, Papa… dit-elle les larmes aux yeux.

- 57 -
William

— Je crois savoir qui est le tueur à la plume, Papa… dit-elle les larmes aux yeux.

— Quoi ? comment ça ? demanda-t-il surpris en regardant la chouette enregistreuse sur le lit.

Que venait de lui révéler Plim ?

— C'est Adam, Adam Pembrooke.

— Adam Pembrooke, marmonna-t-il.

Ce nom lui disait vaguement quelque chose. Il réfléchit quelques instants, avant qu'un violent frisson ne lui traverse tout le corps. Oui, cela lui revenait maintenant.

— C'est impossible, Grace…

— Pourquoi ?

— Car le corps d'Adam Pembrooke a été retrouvé cette nuit-là…

— Quoi ? Non, ce n'est pas possible. Adam est bien vivant.

Comment pouvait-elle en être aussi persuadée ?

— Je l'ai vu de mes propres yeux, Grace, son corps ! Cet enfant est mort cette nuit.

— Non… il n'est pas mort, je l'ai vu s'enfuir cette nuit-là…

— Il a dû mourir un peu après alors, sûrement à cause des fumées qu'il avait inhalées… Il a été enterré avec les autres enfants, près du bois à côté de l'orphelinat.

— Enterré avec les autres enfants ? Je ne…

— Violet, Phœbe, Markus, Mila, Thilda et… Adam. Ils reposent tous là-bas.

— Tu mens ! Violet avait quitté l'orphelinat longtemps avant l'incendie, elle avait été adoptée…

— Non, Grace, il… nous avons retrouvé son corps en creusant la tombe d'Adam et des autres. Sa mort ne datait pas de cette nuit.

— Quoi ? Mais il avait… John Hamilton avait dit qu'elle avait été adoptée ?

— Tu ne m'écoutes pas, Grace… dit-il en la prenant par les épaules.

— Comment est-elle morte ? demanda-t-elle les larmes aux yeux.

— C'est lui, Grace, John, John Hamilton qui a fait ça…

Un silence pesant les enveloppa.

— Ce n'est pas possible, tu mens, encore une fois…

Mais la jeune femme ne semblait pas écouter, elle était ailleurs.

— Combien de choses me caches-tu encore ? dit-elle en se détachant de lui.

— Tu es la seule, Grace, à avoir survécu à cet incendie et au reste, c'est tout ce qui compte…

— Non, il y avait un autre enfant, Ian, Ian Hamilton..

— C… comment es-tu au courant pour Ian Hamilton ? demanda-t-il en se raclant la gorge.

— Pourquoi ne m'as-tu jamais parlé de lui ?

— L'existence de Ian devait rester secrète. C'est ce que la police avait convenu. Comment as-tu entendu parler de lui ?

— Nous nous sommes rencontrés, il y a quelques jours. C'est lui qui m'a retrouvée…

— Que t'a-t-il dit ? demanda-t-il avec inquiétude.

— Lui aussi le savait, depuis le début, depuis le meurtre de Mila Walters. Il savait qu'un autre enfant s'était enfui de l'orphelinat. Il était persuadé que le tueur à la plume était l'un d'eux…

Elle divaguait. Se raccrochant à des histoires absurdes. Pourquoi refusait-elle de voir la vérité en face.

— Tu l'as vu, seule ?

— Oui… je…

— Où ça ? Où l'as-tu vu ? Tu as son adresse ?

— Chez lui, à *Portobello Road*. Je ne me souviens plus du numéro, mais quelle importance cela fait ?

— Ne t'approche pas de lui, Grace ! Ce garçon est dangereux.

— Ce garçon ! Il a presque 40 ans, Papa ! C'est un homme bien, il est psychiatre.

— Je te défends de t'approcher de lui. Si j'ai protégé ce gamin par le passé, c'est uniquement par devoir, pas par volonté !

— De quel devoir parles-tu ?

— Le soir de l'incendie, mon chef m'a fait signer un document... Personne dans les rangs de la police ne devait révéler sa nouvelle d'identité, son nouveau nom. Même moi, je ne le connaissais pas avant que tu me le dises. Oui, je t'ai menti, je t'ai dit que tu étais la seule survivante car je ne voulais pas que tu le cherches, tout simplement ! Cet enfant, cet enfant a participé à toute cette horreur, Grace.

— Mais à quoi, bon sang ! à quoi ? cria-t-elle excédée.

— À tous ces meurtres, Grace ! Ian est impliqué lui aussi. Il avait 12 ou 13 ans à cette époque, mais il a assisté à tout ça. Son père était un monstre.

— Un monstre ?

— Écoute-moi, Grace, Violet, Phœbe, Markus et tous les autres, c'est John Hamilton qui les a tués... que tu veuilles le voir ou non.

— Non, les autres sont morts cette nuit-là, dans l'incendie.

— Il n'y avait pas d'enfants, Grace, dans l'orphelinat cette nuit...

— Tu mens, je me souviens les avoir tous entendus crier... Il y avait le feu... ils sont morts dans le dortoir. Ils me demandaient de l'aide.

— Je sais que c'est dur à entendre. Parfois, l'imagination nous joue des tours pour soulager notre conscience... Ma chérie... Crois-moi, j'étais là quand le feu a été éteint. Il n'y avait aucun enfant dans les décombres à part toi. Nous avons seulement retrouvé les corps de la gouvernante et de la cuisinière.

— Thilda et Mila, murmura-t-elle les larmes aux yeux.

— Oui, les deux employées n'ont pas eu le temps de sortir des cuisines… Quand nous avons retrouvé le corps d'Adam plus loin et que nous l'avons enterré en bordure du bois, c'est là que nous avons retrouvé les corps des autres… Ian a tout avoué ensuite au poste. Cet incendie t'a sauvée en quelque sorte. Tu aurais été la prochaine…

Grace était sous le choc. Démunie.

— Pourquoi ne m'as-tu jamais parlé de tout cela ?

William ravala sa salive avant d'ajouter :

— Je crois que je ne voulais pas savoir si ce John Hamilton t'avait fait quelque chose à toi aussi, dit-il avant de s'asseoir près d'elle. Cela aurait été trop douloureux…

Grace le regarda, plongeant son regard dans le sien.

— Mais j'étais là, je peux t'assurer que j'étais là quand ils l'ont tué sur cette chaise électrique. Je me souviens de Ian, je lui tenais la main quand son père est mort devant nos yeux.

Oui, William se souvenait d'Anton qui avait apporté la bassine et placé l'éponge sur la tête du condamné. Il se souvenait aussi des derniers mots de cette ordure. De cet air suffisant qu'il avait conservé jusqu'à la fin « *Vous faites une grave erreur. Ils ne sont pas morts… Je leur ai offert l'immortalité.* » De quelle immortalité parlait-il ? Il n'y avait rien, rien à sauver dans ce monstre. Cet homme avait tout sacrifié, sa carrière, sa vie, jusqu'à son fils… À cet instant, en voyant cet homme sur la chaise électrique, William avait ressenti de la pitié, mais la rage et son envie de le voir souffrir, de le voir mort étaient plus fortes. Au fond, il était comme toutes ces autres personnes, derrière la vitre sans tain. Il voulait voir ce monstre mourir pour se convaincre que le mal ne triomphe jamais…

Oui, face à ses cris, il avait même eu un petit sourire. Était-ce mal ? Cela faisait-il de lui une mauvaise personne ?

— Je te demande pardon, murmura-t-il en prenant sa fille dans ses bras.

— Pardon, mais pour quoi ? C'est toi qui m'as sauvée cette nuit.

La chouette poussa un petit roucoulement.

— Oui, toi aussi Plim.

— Je me sens tellement coupable. Tellement coupable de t'avoir livrée à ce monstre, dit-il en fondant en larmes. Pourquoi fallait-il que je t'emmène dans cet orphelinat ? Il y en avait des dizaines d'autres !

— Tu ne pouvais pas savoir… tu pensais bien faire… tu n'es pas responsable des actes des autres, murmura-t-elle… en le serrant de nouveau contre elle.

- 58 -
GRACE

Il était près de 7 heures quand Grace arriva devant le *Charity Hospital.* De l'extérieur, l'hôpital était plutôt austère malgré les jardins bien entretenus. Le soleil rougeoyant réchauffait les branches indolentes des palmiers. En avançant vers l'entrée, une ambulance klaxonna. Grace s'écarta du passage avant de s'excuser. À vrai dire, elle était un peu ailleurs. En continuant d'avancer, elle repensa à la conversation qu'elle avait eue avec son père avant de partir.

— Tu vas où ? demanda son père qui venait de rejoindre son fauteuil favori.

— Travailler, tout le monde n'est pas mis au repos forcé par sa hiérarchie, dit-elle se dirigeant vers l'entrée.

— Tu es sûre que tu veux y aller ? Tu n'as pas l'air dans ton état normal, Grace… avec toute cette histoire, tu devrais te reposer ce soir…

— Oui, je dois y aller, et puis ça me fera du bien de penser un peu à autre chose.

Elle claqua la porte avant de la rouvrir.

— Et surveille Plim, s'il te plaît… avait-elle ajouté avant de partir pour de bon.

Elle lui avait menti. Encore une fois. Elle ne se rendait pas directement au *Mechanic Hall*. Elle avait un détour à faire avant, quelqu'un à aller voir. Est-ce qu'elle regrettait d'avoir menti à son père ? Pas vraiment… Pourtant, elle ne pouvait pas s'empêcher de penser au message énigmatique qu'elle avait entendu dans la chambre. Adam. Il lui semblait avoir reconnu sa voix. Était-il vraiment mort ? Se pouvait-il que son esprit et ses souvenirs embrumés lui aient joué des tours ? En y repensant, la voix du garçon paraissait trop enfantine. Cela ne collait pas… Vingt ans s'étaient écoulés tout de même. Elle ne savait plus vraiment quelle version croire. Pouvait-elle faire confiance à ses sens ? ou devait-elle croire son père sur parole ?

D'un autre côté, les arguments de William l'avaient convaincue, même s'ils remettaient en cause toutes ses certitudes… Mais si ce n'était pas Adam qui lui avait laissé ce message, qui se faisait passer pour lui pour l'atteindre ?

Une fois à l'accueil, une gentille dame lui indiqua le service du professeur Cobb. Elle voulait voir Ian. Discuter avec lui et s'excuser aussi. Elle n'avait même pas pris le temps de répondre à son court message qui accompagnait son bouquet de fleurs. « C'est au troisième étage, aile B sur votre gauche. ». Grace traversa plusieurs couloirs et monta deux escaliers. L'odeur forte de javel lui piqua les narines.

Soudain, elle trouva le service Psychothérapie & Psychiatrie cognitive et poussa le battant d'une porte. Elle se prit pendant une seconde pour un gangster qui entrait dans un saloon.

— Excusez-moi, les visites ne sont plus autorisées à cette heure, lâcha une infirmière sitôt qu'elle eut franchi les portes.

— Je viens voir le professeur Cobb, dit-elle avec une assurance certaine.

— Vous aviez rendez-vous ?

— Évidemment !

— Oh ! Je vois ! Excusez-moi, c'est que… d'habitude le professeur ne reçoit jamais de visites aussi tard. Voilà, c'est cette porte au fond du couloir, dit-elle en reculant poliment pour la laisser passer.

— Je vous remercie, répondit Grace en lui adressant un sourire.

La jeune femme frappa un coup contre la porte de son bureau. Elle discernait sa silhouette à sa table de travail à travers le verre fumé.

— Entrez ! dit-il.

Grace s'exécuta, refermant rapidement la porte derrière elle.

— Grace ? Quelle surprise ! dit-il… As-tu reçu mon bouquet ?

— Oui, il m'a fait très plaisir, répondit-elle en pensant aux fleurs qui devaient pourrir sur son secrétaire.

— Tant mieux… Viens t'asseoir.

Grace s'exécuta et s'assit dans le petit fauteuil en cuir qui faisait face à son bureau. Elle remarqua l'importante bibliothèque sur sa gauche.

— Qu'est-ce qu'il se passe ? Tu as l'air perturbée… tu vas bien ?

— Oui, je… écoute, je n'ai pas beaucoup de temps. Je voulais tout d'abord m'excuser pour la dernière fois.

— Ce n'est ri…

— Tu avais raison, Ian, lâcha-t-elle finalement en lui coupant la parole.

— À quel sujet ?

— J'ai résolu l'énigme, ces notes de musique que le tueur à la plume tatouait sur leur corps, c'était… *Le Lac des Cygnes.*

— La musique d'Adam… lâcha Ian, stupéfait.

— Oui…

— Il la chantait à tue-tête tous les jours… ajouta-t-il.

— Mais ce n'est pas tout, quelqu'un a utilisé Plim pour enregistrer un message vocal…

— Le tueur ?

— Oui, il a mentionné brièvement ses crimes… et j'ai cru reconnaître sa voix, celle d'Adam.

Grace esquissa un faible sourire, il ne semblait pas surpris de cette annonce.

— Alors c'est lui, Adam, le tueur à la plume ! Maintenant que nous avons tous les éléments… que tout concorde, nous devons nous rendre à la police… J'imagine que tu en as parlé à ton père ?

— Oui, mais… ce n'est pas aussi facile…

— Pourquoi ? C'est sa voix que tu as entendue, oui ou non ? Nous tenons là une preuve, Grace.

— Oui, mais…

— Tu penses qu'il ne s'agit pas d'Adam ? dit-il en arquant un sourcil.

Son expression avait changé à présent, elle voyait de l'énervement dans son regard. Comme si cette nouvelle conclusion ne lui convenait pas.

— Écoute, je ne sais plus. Tu sais, sous le coup de l'émotion, j'ai peut-être… fait des déductions qui n'étaient pas les bonnes. J'étais tellement surprise d'entendre un message par le biais de Plim que…

— Calme-toi, Grace… tu n'as qu'à emmener Plim avec toi demain, nous réécouterons le message ensemble.

— Non, le message n'existe plus, il s'est effacé dès que j'ai fini de l'écouter…

— Alors dis-moi, pourquoi ça ne pourrait pas être Adam ? Pourquoi veux-tu toujours le protéger, à la fin ?

— Mon père m'a assuré qu'il était mort la nuit de l'incendie… ils l'ont enterré à la lisière du bois dans la propriété du *Swan Orphenage*. Et si quelqu'un essayait de lui faire porter le chapeau, Ian ?

— Mais qui ? Il est sûr de l'avoir vu ? Ça ne pourrait pas être un autre enfant qu'il aurait enterré cette nuit-là ?

— Il m'a assuré que c'était lui…

— Cette histoire est dingue, dit-il en tripotant son stylo entre ses doigts.

— Attends, ce n'est pas tout ! J'ai vu une seconde silhouette partir avec Adam cette nuit. C'était… Axel…

- 59 -
Ian

Les yeux de Ian s'éclairèrent à l'évocation du nom d'Axel.

— Axel savait qu'Adam adorait cette musique puisqu'il la chantait tous les jours. Ça se tient, avoua-t-il.

— Mais ce n'est pas tout, le tueur m'a dit autre chose, ajouta Grace.

Ian était à présent suspendu à ses lèvres. Il sentait son ventre se serrer à chaque nouvelle révélation. Son sang pulsait dans ses veines.

— Il veut me parler… Il veut que l'on se voie demain soir…

— Ne me dis pas que tu comptes y aller ! dit-il, stupéfait.

Grace ne répondit pas. Son silence voulait tout dire. Bien sûr qu'elle comptait s'y rendre !

— S'il te plaît, n'y va pas, c'est trop dangereux, dit-il en posant sa main sur son avant-bras, tu en as parlé à..

— Non, je veux laisser mon père en dehors de tout ça.

— Alors pourquoi m'en parles-tu ? demanda-t-il, agacé en se reculant dans son fauteuil.

— Car s'il m'arrive quelque chose, je veux que quelqu'un soit au courant que je suis là-bas, dit-elle d'une voix ferme. Si mon père l'apprenait, il ne me laisserait jamais y aller sans une armée de policiers.

— Je pourrais venir avec toi, tu sais, tout cela me concerne aussi… murmura Ian.

— Non, ce n'est pas une bonne idée, il veut que je vienne seule, il a été très clair là-dessus.

— Ce n'est pas prudent…

— Je sais, mais je l'ai entendu, le tueur à la plume a de la rage à revendre. Si tu viens, la situation risque de dégénérer… Ce n'est pas le moment de l'énerver.

— Je vois… De toute façon, mon avis t'importe peu, on dirait, dit-il en comprenant qu'il ne pourrait, de toute manière, pas la raisonner.

Ian se releva de son fauteuil, il ne tenait plus en place. Il fit quelques pas dans le bureau, essuyant ses mains moites sur sa blouse blanche.

— Écoute, s'il veut me voir seule, c'est pour une bonne raison… Je sais que je suis folle d'y aller, que je devrais t'écouter et ne prendre aucun risque. Je sais que ce serait la chose à faire, mais je ne crois pas qu'il veuille me faire du mal.

— Il a tué trois personnes, Grace, trois… dit-il avec gravité.

— Je sais… mais c'est plus fort que moi, j'ai besoin de savoir pourquoi il a fait tout ça, tu comprends. J'ai peur, Ian, peur qu'il ait commis ces crimes pour moi… dit-elle les yeux humides.

Ian s'approcha alors d'elle et la prit dans ses bras. La jeune femme se laissa faire. Il pouvait ressentir sa peur. Ils restèrent dans les bras l'un de l'autre quelques secondes avant qu'elle ne se détache de lui.

— Tu sais, la première fois que je t'ai vu au *Mechanic Hall*, je n'ai eu aucune vision en te touchant les mains. C'est étrange, car c'est la première fois de ma vie que ça m'arrivait…

Ian la regarda, inquiet.

— J'ignore pourquoi je ne peux pas lire en toi comme dans un livre…

— Peut-être parce que tout ce que j'ai en moi, tous ces souvenirs, c'est trop honteux pour être partagé.

— Ne dis pas ça… Chaque personne a du bon en soi… dit-elle d'une voix calme.

Foutaise ! Depuis qu'elle avait débarqué dans son bureau, il avait vu que quelque chose avait changé entre eux. Elle avait ce regard de pitié quand elle posait ses yeux sur lui.

— Non, tu me regardes différemment à présent, Grace, je le vois… ton père t'a tout raconté, il t'a raconté ce que mon père avait fait aux autres enfants, pas vrai ? Ne le nie pas.

— En partie…

— Il sait que tu es là ?

— Non, il ne veut pas que je te voie.

Ian esquissa un sourire nerveux et approcha de nouveau du bureau.

— Tu vois, c'est exactement pour ça que je ne me suis jamais livré à quelqu'un d'autre, avant toi… dit-il en pivotant, dos à Grace.

La jeune femme ne disait rien, silencieuse.

— Je me cache depuis toujours… parce que ça me fait mal, mal de me rendre compte que les autres ne me voient qu'à travers le prisme de mon père. De ses crimes… de sa folie.

Il sentit alors sa main se poser sur son dos.

— Tu devrais t'en aller… à présent.

— Pourquoi ? demanda-t-elle en retirant sa main.

— Car je ne veux pas, je ne veux pas parler de tout ça, du passé !

— Écoute, je ne sais pas exactement ce qu'il s'est passé là-bas. Ce qu'il a…

— Ne parle pas de lui, s'il te plaît… dit-il en se redressant.

— Tu te sens coupable, pas vrai ? Je le sens, je sens que tout cela te ronge. Je crois que nous avons tous droit à une seconde chance.

— Des paroles, de belles paroles. Crois-moi, si tu savais vraiment ce qu'il leur a fait, tu ne dirais pas ça… tu penserais comme ton père.

— Je suis sûre que…

— Tais-toi, s'il te plaît… Tu n'as pas la moindre idée de ce qu'il leur faisait dans cette pièce, dit-il en contractant ses mâchoires l'une contre l'autre.

— Non, je n'y suis jamais entrée…

— Et tu ne t'es jamais demandé pourquoi ? dit-il en plongeant son regard dans le sien.

Grace ne répondit pas, se contentant de le fixer droit dans les yeux.

— Car j'étais là, Grace, c'est moi qui refusais de dire ton nom, je choisissais toujours les autres… Violet, Phœbe… car j'avais peur qu'il te fasse la même chose qu'à elles. Je ne t'ai jamais livrée à lui.

Ces sacrifices qu'il avait consentis à faire, il en était aujourd'hui fier. Il était fier de la voir vivante face à lui. S'il n'avait pas été là, il savait qu'elle aurait fini avec les autres, sous un lopin de terre en bordure de la forêt. C'était la seule, la seule qu'il avait réussi à épargner.

Grace ne savait quoi répondre. Un silence flotta entre eux.

— Je ne sais pas comment te remercier. Je suis désolée que tu aies dû endurer cela… murmura-t-elle du bout des lèvres. Mais tu ne peux pas te rendre responsable de ses actes…

Au fond de lui, il savait que le vernis était en train de se craqueler. Pour la première fois, il se sentit prêt à dire tout ce qu'il n'avait jamais osé raconter.

— J'étais là, Grace, il m'utilisait comme un appât, son propre fils. Tu te rends compte ? J'ai cru naïvement que nous serions heureux dans cette maison, la première fois que je l'ai vue. Que nous serions une belle et grande famille. Il m'avait fait miroiter tout cela. Mais avec le recul, je crois que, depuis le début, il ne voyait en cette maison isolée que le moyen de parvenir à ses fins. Notre famille, c'était bien le cadet de ses soucis. Tout ce qu'il avait en tête, c'étaient ses expériences. Des orphelins, c'étaient les cobayes parfaits… S'il leur arrivait quelque chose, qui s'en soucierait ?

Une seconde passa avant qu'il n'ajoute :

— Et je croyais, mon Dieu ! je croyais que tout ce qu'il faisait était la chose à faire. Je croyais que mon père était un homme bien. Il m'avait bandé les yeux comme à un aveugle et me donnait la main pour que je le suive sur cette voie. Je croyais que la science qu'il vénérait pouvait sauver des vies. Je ne peux plus me regarder dans un miroir, Grace, car tout ce que je vois, ce n'est que le masque de la honte.

— Ce n'est pas ce que je vois, moi, dit-elle.

Des larmes perlaient au creux des yeux de Ian. Il ne manquait qu'un battement de paupière pour les faire couler… Il se retint et se détourna de son regard. Il ne voulait pas pleurer, encore moins face à elle. Il l'entendit se relever dans son dos. Elle se plaça devant lui :

— Je vois que tu veux faire de grandes choses, que tu as choisi de dédier ta vie aux autres. Regarde-toi, Ian, ces patients enfermés dans les chambres de cet hôpital peuvent témoigner de ton engagement, tu n'es pas comme lui, dit-elle en posant ses deux mains de chaque côté de son visage.

— Tu sais ce qui m'a fait le plus mal, Grace ? Ce n'est pas de l'avoir vu sur cette chaise électrique. Non ça, il le méritait… C'est de l'avoir vu s'enfuir cette nuit alors que la maison était en train de brûler. J'ai tenté de fuir avec lui, de le rattraper, mais il courait plus vite que moi. Je n'ai pas réussi à le rattraper. Et malgré mes cris, malgré mes appels, il n'a même pas jeté un regard en arrière.

Ian ravala un sanglot avant de reprendre

— Il savait que cet incendie annonçait sa fin, il a tenté de fuir… de sauver sa peau. Quel homme ferait ça ? Quel père abandonnerait son fils ? dit-il avant de laisser les sanglots l'engloutir.

- 60
GRACE

— Je suis désolé, je ne peux pas aller plus loin, la route est impraticable…

Le taxi-automobilectrique se mit à ralentir.

— Ne vous en faites pas, dit-elle en ouvrant la portière arrière alors que la voiture n'était pas encore complètement arrêtée.

— Vous êtes sûre, mademoiselle ? Vous voulez vraiment que je vous dépose ici ? demanda l'automate circonspect en jetant un œil aux alentours.

— Oui, merci encore d'avoir accepté de sortir un peu de la ville, dit-elle avant de déposer dans sa main plusieurs billets pour payer la course.

— Mais comment allez-vous rentrer ? demanda-t-il, inquiet. Vous voulez que je vous attende ici ?

— Merci, mais ce ne sera pas nécessaire, ne vous en faites pas, je me débrouillerai, dit-elle en désignant le styloméca qui dépassait de la poche de son manteau.

Grace remercia une nouvelle fois le conducteur puis claqua la portière du taxi. Après plus d'une vingtaine de minutes de trajet, elle avait hâte de se dégourdir les jambes. Ses pieds s'enfoncèrent aussitôt jusqu'aux chevilles dans une boue épaisse et malodorante. Elle regarda l'automobilectrique repartir en marche arrière puis se dirigea vers le bout du chemin. Après quelques minutes d'efforts, elle arriva finalement face à l'entrée de la propriété. Le *Swan Orphenage*. Une étrange sensation s'empara d'elle en découvrant le portail. Ouvert à moitié, des lianes noueuses s'étaient entremêlées aux barreaux en fer. Au sommet, l'un des cygnes métalliques n'avait plus de tête, tandis que le cou du second était complètement désarticulé et pendait vers l'avant. *Charmant.*

Elle passa le portail et arriva dans le jardin en friche. Les herbes hautes lui arrivaient jusqu'à la taille. Au loin, la bâtisse était là. Un nouveau frisson dévala le long de ses avant-bras. Vingt ans plus tard, l'orphelinat lui paraissait nettement moins impressionnant qu'à l'époque. Il faut dire que la moitié nord de l'édifice s'était effondrée sur elle-même et n'était plus qu'un tas de cendres envahi par la végétation luxuriante. Les stigmates de l'incendie étaient encore visibles.

Elle avança avec précaution à travers les racines et les herbes touffues regroupées en îlots. L'eau s'infiltrait dans ses chaussures chaque fois qu'elle faisait un nouveau pas. Elle passa devant le perron et monta les quelques marches qui la séparaient de l'entrée. Son cœur battait contre sa cage thoracique. Le sol spongieux sous ses pieds et les planches humides n'étaient pas stables. Ses mains étaient moites. La porte ouverte était recouverte d'une couche noirâtre, mélange de charbon calciné, de poussière et de mousse. Levant la tête vers la toiture, les poutres étaient encore noires et une partie du ciel orageux était visible à travers la toiture éventrée. Elle entendit des battements d'ailes : de nombreux oiseaux avaient dû nicher ici, en périphérie de la ville.

Soudain, elle entendit du bruit, un peu plus loin. Cela venait du lac. Elle fit demi-tour et rejoignit le petit chemin sur la gauche de la propriété. Le ventre serré, elle continua d'avancer, sentant les graviers rouler sous la semelle de ses chaussures. Chaque pas était plus lourd. Elle avait l'impression qu'elle n'était plus maîtresse de son propre corps et que ses jambes, en dépit de sa volonté, ne lui obéissaient plus. Oui, elle avançait sans réfléchir, comme une marionnette, poussée par un instinct archaïque. Elle n'avait qu'une certitude, elle devait aller là-bas. Il était là-bas. Il l'attendait.

Quand elle l'aperçut, il était de dos Elle reconnut ses cheveux bruns qui voletaient dans le vent. Galets en main, il jetait les pierres dans le lac pour faire des ricochets. Un vertige l'envahit en le découvrant. C'était lui, Adam.

Mais quelque chose clochait.

C'était toujours un enfant.

Un enfant

De 10 ans, qui n'avait pas grandi.

Adam était un illusionnaute ! Comment n'avait-elle pas pu le voir plus tôt. Elle avait passé tellement de temps avec lui à l'orphelinat. À présent, ses souvenirs s'éclairaient d'un nouveau jour.

Une tempête d'émotions déferla en elle. Joie, peur, colère, tristesse. Elle comprenait à présent. Elle comprenait pourquoi le petit garçon ne mangeait jamais à la même table qu'eux, pourquoi il avait une chambre à part. Pourquoi il était si en avance sur son âge. Quel âge avait réellement Adam à cette époque ? Quel âge avait-il aujourd'hui ?

- 61 -
Adam

Adam se retourna en entendant des bruits de pas derrière lui. Son cœur mécanique battait à tout rompre dans sa poitrine. Il avait eu peur, si peur qu'elle ne vienne pas. Peur qu'elle n'ait pas écouté son message. Peur qu'elle ait tourné la page et ne veuille pas le revoir. À présent, mille questions l'assaillaient : et si ce n'était pas Grace ? et si elle n'était pas venue seule ? Et si elle lui avait tendu un piège ?

Mais surtout, il avait peur de la retrouver et de constater que tout avait changé entre eux. Les graviers roulèrent sur le petit chemin. Il fit volte-face, cailloux à la main.

Il mit quelques secondes à la reconnaître. Sa peau d'ébène, ses grands yeux, ses lèvres charnues, ses fines épaules et sa taille de guêpe. On aurait dit une poupée. Un large sourire se dessina d'abord sur son visage en constatant que c'était bien elle. Puis l'incompréhension dévora ses traits. Il s'était préparé à cette rencontre. Mais jamais il n'avait cru que l'avoir devant lui lui ferait autant de peine.

C'était un choc, pour eux deux. L'avoir enfin devant lui, après toutes ces années, adulte. Cela le renvoyait à sa propre image. À son immortalité. Celle d'un adulte coincé dans un corps d'enfant qui n'avait pas le droit de grandir. Oui, en la voyant, il ressentit une pointe de jalousie. Elle était si grande. Grace le mettait face à ce qu'il ne serait jamais. Et ça lui faisait mal, terriblement mal.

Grace s'arrêta net, sans voix. Il voyait ses mains trembler de là où elle se tenait.

— N'aie pas peur… dit-il en lui tendant la main d'une voix douce.

Quand elle approcha, il remarqua son trouble. Il sentait son regard sur lui, cette émotion forte qui la tenaillait. Ne voyait-elle que l'enfant en lui ?

— Tu ne le savais pas, pas vrai ? demanda-t-il.

— Non… Pourtant tout me paraît si évident maintenant, dit-elle d'une voix tremblante.

— C'est justement ce que j'aimais, tu ne me voyais pas comme quelqu'un de différent. Tu ne faisais aucune différence entre moi et les autres. J'ai pourtant essayé de te le faire comprendre plusieurs fois, mais tu ne voulais pas voir qui j'étais vraiment.

— Les enfants refusent parfois de voir la réalité en face…

— Je sais…

— C'est toi qui m'as appris ça, murmura-t-elle alors que les clapotis de l'eau venaient s'échouer sur la plage de galets gris.

Adam ne savait pas quoi dire et la regarda de nouveau.

— Le lac a bien changé, dit-elle en désignant l'étendue lacustre qui s'étendait devant eux.

— C'est si triste, murmura Adam en regardant autour de lui.

Grace remarqua la petite barque accostée sur le bas-côté. C'était avec ce canot qu'il était venu jusqu'ici. Une brume dense approchait du rivage. Un manteau de nuit. Pourtant, on pouvait apercevoir des cadavres de cygnes rouillés flotter à la surface de l'eau. Voguant, sans vie sur les flots calmes, le vent décidait seul de leurs destins fantômes.

— Les objets et les gens de notre enfance nous semblent toujours en vie dans notre esprit. On pense qu'ils ne vieillissent pas quand ils sont loin de nous, pas vrai ? Cependant, le temps passe pour eux aussi. On croit qu'ils plongent dans un profond sommeil, qu'ils ne se réveillent qu'au moment où on entre de nouveau dans leur paysage.

Grace l'écoutait d'une oreille attentive.

— C'est toujours après-coup qu'on réalise que notre esprit n'immortalise qu'une fausse image de cet ancien temps. Tout fane un jour.

— C'est là que tu venais les chercher, les plumes ?

— Non, je les prenais à mon travail sur les oiseaux dont personnes ne voulait…

— Ton travail ?

— Oui. Je travaillais à la boutique de M. Pistrelli, dit-il en plongeant son regard dans le sien pour jauger sa réaction.

— C'était toi l'apprenti ? demanda-t-elle stupéfaite.

— Oui, c'était moi la petite tête brune que tu as entraperçue quand tu es venue il y a quelque temps…

Grace semblait sous le choc. Il le voyait, elle était en train de repenser à ce moment, quand elle était venue pour récupérer la pièce avalée par Plim.

— Où as-tu vécu pendant tout ce temps ? demanda-t-elle.

— J'habite près du port, dans un vieux bateau. Ce n'est pas vraiment le grand luxe, mais je suis tranquille là-bas... Je suis si heureux que tu sois venue ! Nous avons tant de temps à rattraper... dit-il en esquissant un sourire sincère.

Adam sentait qu'il y avait une question en suspens... une question qui lui brûlait les lèvres.

— Je sais ce que tu veux me demander... et vas-y.

Il la vit hésiter.

— C'est toi le tueur à la plume ?

— Oui, j'ai tué ces trois personnes, Grace, mais je n'en suis pas fier...

La jeune femme eut un léger mouvement de recul.

— Pourquoi as-tu fait cela ?

— Je sais que ce que j'ai fait est horrible... et je m'en veux. Mais il y a quelque chose en moi, une énergie qui ne demande qu'à sortir. Elle sert ma vengeance, Grace. J'ai parfois du mal à la contenir...

— Tu me fais peur, dit-elle.

— Je t'en prie, n'aie pas peur de moi, jamais je ne te ferai le moindre mal, dit-il les yeux humides.

— Ces marques, ces traces noires... tu les as électrocutées, pas vrai ?

— Oui, mais elles n'ont pas souffert, malgré ce que tu peux penser. Viens voir, dit-il.

La jeune femme hésita, puis finalement approcha. Il fit pivoter ses mains vers elle.

— C'est lui qui m'a fait ça, Grace, qui m'a transformé en un monstre électrique. Je n'ai eu qu'à poser un index sur chaque tempe de mes victimes pour les électriser. J'avais besoin de sortir cette énergie qui bouillonne en moi, tu comprends…

— C'est John Hamilton qui t'a fait ça ? demanda-t-elle.

— Oui…

— Qu'est-ce qu'il t'a fait, exactement ?

Adam tourna la tête.

— Tu te souviens des après-midi où je n'étais pas là et où tu te plaignais de danser seule dans la salle de bal ?

— Oui, je m'en souviens…

— Eh bien, j'étais là-haut, dans cette pièce, avec lui ! et il…

— Laisse-moi voir ce qu'il te faisait, si c'est trop difficile, dit-elle en tendant sa main vers la sienne.

Le petit garçon hésita.

— Ces souvenirs ne se partagent pas, Grace.

Il fit quelques pas vers le bord de la berge. Au-dessus d'eux, le ciel était orageux et le tonnerre commençait à gronder au loin.

— Nous devrions rentrer, dit-il en désignant la maison.

- 62 -
GRACE

Grace et Adam marchaient maintenant dans les décombres de la maison. Le silence était roi. Ils traversèrent le hall. Les escaliers, sur leur droite, avaient été dévorés par les flammes, si bien qu'il leur était impossible de rejoindre l'étage supérieur. L'horloge, elle, tenait encore miraculeusement debout, son balancier, lui, avait arrêté sa course. Les aiguilles indiquaient 1 heure 22. Une vague de nostalgie l'envahit à chaque nouveau pas. Son souffle s'accéléra. Les odeurs passées de la maison l'envahissaient de nouveau. Comme si le manoir endormi avait repris vie sitôt qu'ils en avaient passé la porte. Le plancher craqua.

Grace savait que cet endroit isolé n'était pas sûr. Qu'elle n'aurait jamais dû se trouver là. Qu'elle était peut-être en danger. Pourtant, étrangement, elle ne ressentait pas la moindre peur au contact d'Adam. Il marchait devant elle, avec la même assurance qu'il avait vingt ans plus tôt. Sa masse de cheveux bruns disciplinés et sa main tendue l'entraînaient vers la suite de la visite. Il était le même, si bien que pendant un instant, il lui sembla avoir 5 ans de nouveau. L'odeur des cuisines titilla ses narines. Elle imaginait Thilda et Mila aux fourneaux pouvant débarquer d'une minute à l'autre.

Dans la salle de musique, la bibliothèque avait entièrement brûlé. Et le piano n'était qu'un amas de vieilles planches charbonneuses. Son cœur s'accéléra alors qu'Adam se mit à courir vers la pièce suivante. La salle de bal.

En arrivant dans la nouvelle pièce, Grace eut un choc. La salle de bal était maintenant à ciel ouvert. Des morceaux de verres crissèrent sous ses semelles. Elle s'agenouilla quelques instants. C'était ici. Ici que William était venu la sauver. En attrapant un des éclats, de larges gouttes de pluie se mirent à tomber tout autour d'elle. Le parquet avait pris l'eau, si bien que le sol n'était plus tout à fait droit. La végétation et les lianes s'étaient infiltrées dans le bâtiment. La nature avait repris ses droits. Et au milieu de la pièce, il y avait toujours cet escalier en spirale qui s'élevait vers le ciel.

L'étage entier était parti en fumée. La chambre du petit garçon, le bureau d'Hamilton et sa pièce, cette pièce maudite qui avait transformé Adam en monstre.

Grace se releva après quelques secondes.

— Tu veux danser ? demanda Adam en approchant d'elle.

La jeune femme regarda sa main tendue. Elle en avait envie, mais elle hésita. Après tout, c'était un assassin. Elle accepta finalement, pour ne pas le contrarier, même si elle le dépassait à présent de deux têtes. Elle posa ses mains fines sur ses épaules et lui les plaça les siennes autour de sa taille.

— J'aimerais tant revenir en arrière, murmura-t-elle. Avoir 5 ans de nouveau.

— Tu ferais les choses différemment ?

— Je ne sais pas, avoua-t-elle.

— Tu sais ce qu'il te reste à faire... fermer les yeux et laisser ton imagination faire le reste.

Soudain, cette phrase lui provoqua un léger malaise. Grace s'éloigna de lui.

— Qu'est-ce qu'il se passe ?

Le tonnerre gronda au même moment. La pluie s'intensifia. Les gouttes tombaient tour autour d'eux dans un triste ballet aquatique.

— Je ne peux plus, Adam, je ne peux plus danser avec toi, dit-elle du bout des lèvres alors qu'une vive émotion la submergeait.

Alors Adam comprit que tout cela touchait à sa fin. Leur danse dans cette boîte à musique s'achevait aujourd'hui. Grace venait enfin d'ouvrir les yeux.

*

Le pouvoir de l'esprit faisait bien des merveilles. Il pouvait dissimuler la terrible vérité derrière des masques, derrière des lumières changeantes. Il habillait l'horreur d'une beauté sans pareille. Fatale. Mais quand j'allais me réveiller vingt ans plus tard, je ne trouverais que la laideur du passé. Des souvenirs pourrissant derrière des artifices que j'avais moi-même créés.

Pourquoi Adam m'avait-il appris cela ? Pourquoi m'avait-il laissée vivre dans cette fausse réalité ? Dans cette boîte à musique dans laquelle nous tournions en rond continuellement. Pourquoi m'avait-il appris à me réfugier dans mon monde imaginaire ? Pour le rendre plus beau ? Pour me protéger de la triste réalité qui nous étouffait ? De la violence du monde dans lequel nous étions enfermés avec les autres ?

J'ignore si c'est l'innocence de l'enfance qui m'avait fait perdre la vue. L'imagination avait bien des vertus. Elle permettait de résister. De survivre. C'est ce qui m'avait permis de tenir dans cet orphelinat. Dans cet enfer que j'avais paré des plus beaux atours, de subterfuges. Mais tout ça n'était qu'une mascarade.

Alors que j'aurais dû entendre les cris, je n'entendais que la musique. Cette valse lente et entraînante qui faisait voleter ma robe dans la salle de bal. Tout le reste avait disparu. Rien d'autre ne semblait avoir d'importance. Oui, à cette époque, nous étions des oisillons en cages incapables de voler. On nous avait coupé les ailes. Les cygnes dans le lac étaient nos garde-fous. Nous empêchant de partir.

Adam avait empli mes narines d'essence de térébenthine pour ne pas que je sente les corps pourrissants des autres enfants sous nos pieds.

Aujourd'hui, je comprenais que, s'il avait fait tout cela, c'était uniquement par amour.

*

Soudain, Adam tourna la tête vers l'entrée de la maison. Grace aussi avait entendu un bruit. Un bruit de pas. Quand elle vit la silhouette de Ian, elle sut que cette rencontre allait prendre une tout autre tournure.

- 63 -
Ian

Passé.

Dans la maison, cette impression étrange d'être suivi ne quittait jamais Ian. La nuit, les cauchemars le laissaient rarement tranquille et John ne comptait plus le nombre de fois où son fils se réveillait en sueur, tremblant.

Même après quelques mois, Ian avait toujours du mal à s'endormir seul dans sa nouvelle chambre. Il faut dire que cette dernière n'avait pas encore l'allure d'une chambre d'enfant. Les ouvriers avaient eu du retard. Cela faisait bientôt trois mois qu'ils habitaient les lieux et Ian commençait à trouver le temps long. Bien sûr, il avait de quoi s'occuper, les activités ne manquaient pas sur cette parcelle de deux hectares. Le matin, il grimpait aux arbres et coupait des branches pour se fabriquer une cabane. Les après-midi, il les passait à jouer près du lac, il nourrissait les oiseaux migrateurs et faisait la course avec les cygnes mécaniques malgré la froideur de l'eau. Non, les activités ne manquaient pas, pourtant, Ian s'ennuyait. Son père n'avait que peu de temps à lui accorder entre ses travaux de recherche et la réfection de la maison.

Cette nuit, comme les autres nuits, Ian était allongé sous sa couverture, regardant les rayons de lune timides qui passaient à travers les fenêtres. Dans le noir, il discerna la vingtaine de lits alignés dans le dortoir. Les couvertures et les draps étaient déjà en place, soigneusement pliés aux pieds des lits dans l'attente de leurs occupants. Il aurait tout donné pour voir les draps bouger et ne pas être seul. Parfois un craquement se faisait entendre. « C'est le bois qui travaille » lui avait répété son père en boucle. Il ne voyait pourtant pas comment cette matière inerte pouvait travailler. La silhouette des lits dans l'obscurité lui donna un peu de baume au cœur. Dans quelques mois, ils seraient tous occupés. Et les murmures et les sanglots qu'il entendait toutes les nuits se tairaient quand la maison serait de nouveau vivante.

Soudain, il entendit un craquement dans la chambre, près de la cheminée. Son cœur s'emballa alors qu'un puissant frisson remontait le long de sa colonne vertébrale. Il ferma aussitôt les yeux. Comme si plonger dans son monde intérieur le protégeait. « Vite, dors… » pensa-t-il. Comme si, en passant la mince frontière entre le rêve et la réalité, cette créature ne pouvait plus l'atteindre. Oui, il imaginait que le monde des rêves était inatteignable, que les monstres et le croquemitaine ne pouvaient se rendre que dans celui des cauchemars. Pendant un court instant, il eut l'impression qu'une force invisible lui comprimait les poumons pour l'empêcher de respirer correctement.

Il entendit alors des bruits de pas sur le plancher. « C'est ton imagination. Cela n'existe pas ». Pourtant, le bruit ne disparut pas. Bien au contraire, les pas se rapprochaient toujours. Ian s'im-

mobilisa aussitôt. Faire semblant de dormir lui sembla à cet instant la meilleure option. Il attendit quelques instants, l'oreille aux aguets, bloquant sa respiration. Compter jusqu'à dix. Oui, c'était le conseil que lui avait donné son père.

Un.

Il sentit comme une présence près de lui.

Deux.

Puis une respiration, mais ce n'était pas la sienne. Il était toujours en apnée.

Trois.

Non, il ne rêvait pas, il en était certain, tout ceci était bien réel.

Quatre.

Il sentit une pression sur la couverture près de lui.

Cinq.

Un souffle sur ses paupières.

Six.

Le souffle ra-len-tit.

Sept.

Avant de disparaître.

Huit. Neuf.

Les pas s'éloignèrent.

Dix.

Quand il rouvrit un œil, il crut discerner une ombre dans la cheminée. Le croquemitaine s'en était allé. Il se redressa sur son lit, et approcha alors de l'âtre, les jambes flageolantes. Il passa la tête à l'intérieur.

— Comment t'appelles-tu ? murmura-t-il.

Un long silence demeura avant qu'une voix fluette ne réponde en un écho lointain.

Ian n'en crut pas ses oreilles. L'ombre avait bien un nom. Il se pinça pour vérifier qu'il n'était pas en train de rêver. Mais non, la douleur lui arracha un juron. Il y avait bien une créature qui habitait en ces lieux. C'est son père qui n'allait pas y croire !

— Tu veux être mon ami ?

Mais personne ne répondit. Déçu et fatigué, Ian retourna se coucher. Il s'endormit cette nuit plus rapidement que les autres fois. Car il avait trouvé un nouveau compagnon de jeu. Et même si ce n'était qu'une ombre, c'était mieux que rien, non ?

*

— Qu'est-ce qu'il fait là ? Je… je croyais que tu étais venue seule ! Je te l'avais demandé, cria Adam.

Le petit garçon semblait déçu, profondément déçu. Il avait une confiance aveugle en Grace. Depuis toujours au fond, Ian enviait cette relation qu'ils avaient nouée.

— Je suis venue seule, je te le promets, je ne savais pas qu'il serait là. Ian, pars s'il te plaît !

Les yeux d'Adam s'éclairèrent d'un nouvel éclat en entendant son prénom. Il le dévora des yeux. Oui, il lui avait fallu moins d'une seconde pour le reconnaître. Une rage brûla au fond de lui.

— Pourquoi es-tu venu ? cria Grace en s'adressant à Ian.

Il n'osa pas lui avouer que William l'accompagnait. Il se faisait du souci pour elle. Alors quand l'inspecteur avait débarqué quelques heures plus tôt à son domicile, il n'avait pas eu d'autre choix que de tout lui révéler et de partir avec lui.

Adam prit sa tête entre ses mains.

— Tu l'as amené ici ? Comment as-tu osé ! explosa-t-il en approchant de Grace d'un ton menaçant.

— Adam, calme-toi, dit-il. Je suis venu uniquement pour discuter, tempéra Ian en plongeant son regard dans le sien.

— Tu n'aurais pas dû venir… trancha-t-il

— Je sais, mais je voulais te revoir, moi aussi, j'avais besoin de te dire toutes ces choses que je regrette.

— Il est trop tard pour les regrets.

Cette dernière phrase lui fit l'effet d'un poignard. Il commença alors à chanter quelques paroles, le début d'une chanson qui remontait au tout début de leur histoire…

« Petit garçon, n'aie pas peur de la nuit
La lune veille sur toi…

Lorsqu'il entendit ces premiers mots, Adam se calma aussitôt et plongea son regard dans celui de Ian…

*

— Papa, ils arrivent bientôt les autres enfants ? demanda Ian.

— Oui, trois vont arriver la semaine prochaine, répondit son père en lui caressant doucement la tête.

— C'est vrai ? J'en ai marre d'être tout seul ici ! On s'ennuie avec Adam.

— Adam, qui est Adam ? demanda son père en arquant un sourcil.

— Je peux pas te le dire, Papa… on a fait un pacte tous les deux, dit-il en se réfugiant sous sa couverture.

— C'est ton ami imaginaire, c'est ça ?

— Non, c'est pas mon ami imaginaire, pourquoi tu me crois jamais quand je te dis qu'il existe vraiment ? soupira Ian, en restant caché.

— Je ne crois que ce que je vois, répondit John. Tu l'as déjà vu, toi ?

— Juste son ombre. C'est elle qui me chante des chansons le soir avant de m'endormir.

— Ah oui ! tu veux me chanter cette chanson ? Je serai ravi de la connaître…

Ian hésita quelques secondes. Il esquissa un sourire puis inspira profondément avant de chantonner du bout des lèvres

« Petit garçon, n'aie pas peur de la nuit
La lune veille sur toi… »

*

« … Petit garçon, il te faut partir,
Je t'en prie, ne pleure pas.
Garde en tête tous ces souvenirs,
Ne m'oublie pas.
Petit garçon, ne refuse pas de grandir
Sinon le croqu'mitaine te trouvera. »

Sitôt que Ian eut terminé, Adam s'approcha de lui, furieux. Cette musique, il l'avait trop de fois chantée la nuit dans le dortoir vide. Ils n'étaient que tous les deux à cette époque. C'était avant, avant tout cela.

— Comment es-tu arrivé dans cette maison, Adam ? demanda Grace pour tempérer la situation.

- 64 -
Adam

« Il était 14 heures, je m'en souviens, car le soleil frappait fort sur la cloison et que j'avais du mal à respirer. M. Hamilton avait décidé de prendre lui-même les choses en main, car les travaux n'avançaient pas assez vite. La hache posée sur son épaule, il donna un premier coup dans la cloison. Quand soudain, il découvrit ma cachette. C'était un petit espace de cinquante centimètres dans lequel j'aimais me cacher. La première fois qu'il a posé ses yeux sur moi, j'étais recroquevillé et je pleurais. Je pleurais parce qu'on avait trouvé ma cachette et que cela voulait dire que j'avais perdu. J'étais pourtant fort à cache-cache. Mon frère m'avait dit : « Adam, si quoi que ce soit tourne mal, cours et ne te retourne pas, pars le plus loin possible te cacher ». C'est ce que j'ai fait. Je revois le sourire de celui qui nous avait livrés aux autorités. J'étais petit, mais je me souviens encore de son nom, Sullivan. Il avait un sourire de monstre.

J'entends encore la voix de M. Hamilton, quand il m'a trouvé :

— Qu'est-ce que tu fais là, mon petit bonhomme ?

Je n'avais pas assez de salive pour répondre, alors je l'ai regardé sans rien dire. Il a inspecté mes doigts, ils étaient pleins de terre. Quand il attrapa ma main pour m'aider à sortir de là, j'ai vu son trouble. Il se demandait sans doute depuis combien de temps je vivais là. Je savais qu'il repensait à ces murmures, à cet enfant imaginaire dont tu lui parlais, Ian. Se pouvait-il que je sois ce petit homme imaginaire dont parlait Ian ? Après quelques minutes, j'ai réussi à sangloter :

— S'il v… vous plaît, ne me ramenez pas là-bas.

Je parlais des camps, bien sûr. De quoi aurais-je pu parler d'autre ! Mais M. Hamilton ne semblait pas comprendre. Il m'a demandé à plusieurs reprises « Là-bas ? où ça ? » puis, voyant que je ne répondais plus, m'a demandé mon prénom. « Adam… murmurai-je, en plongeant mon regard dans le sien. John crut défaillir en entendant mon prénom. Réalisait-il que j'étais là depuis qu'ils avaient emménagé ? Il me posa plusieurs autres questions, me demandant depuis combien de temps j'étais là et pourquoi je tremblais. Il me demanda aussi où était ma maman. J'ai trouvé cette question ridicule. Je n'avais jamais eu de maman. Enfin si, une, mais celle-ci ne comptait pas.

— Quel âge as-tu ?

— J'ai… j'ai 9 ans, monsieur.

— Oh ! Comme mon fils, tiens ! Tu dois le connaître, il s'appelle Ian.

Bien sûr que je le connaissais, je l'observais en cachette toutes les nuits depuis leur arrivée.

— Tu sais quel jour nous sommes, Adam ?

— Oui, le 3 juin 1879, répondis-je du tac au tac.

Pendant une minute, je remarquais son trouble. M. Hamilton ne savait quoi répondre. Cela ne coïncidait pas. En me regardant, il avait compris que je n'étais pas un enfant comme les autres. J'étais un illusionnaute qui avait réussi à sauver sa peau du massacre.

— S… s'il vous plaît, je.. je ferai ce que vous voulez, mais ne me ramenez pas là-bas…

J'ai vu son trouble. Le doute en lui. J'ignore s'il a pensé, ne serait-ce qu'une seconde, à me livrer aux autorités compétentes. J'ignore s'il cautionnait ces tueries de masse à l'égard des illusionnautes. De mon côté, j'avais passé vingt ans de ma vie dans cette maison et je n'avais pas vu le temps filer. Je croyais encore que ces décharges à ciel ouvert, ces camps étaient toujours en activité. J'ignorais que je faisais partie de la petite dizaine de survivants. J'ignorais que tous mes homologues étaient désormais au fond du Mississipi en train de rouiller comme de vulgaires boîtes de conserve. J'avais perdu toute notion du temps. J'ignorais tout de tout.

— Écoute, je… je te propose un marché, dit-il.

C'est là que tout a débuté. Il m'accueillait chez eux en échange de son silence. J'étais devenu une sorte de domestique. J'ignorai qu'il avait, déjà à l'époque, de sombres projets pour moi. »

Quand il eut terminé son histoire, Adam reprit :

— Mais toi, Grace. Tu ne m'as jamais vu comme ça. Tu ne m'as jamais vu comme un enfant différent. C'est pour ça que nous étions aussi proches. Tu étais si naïve, Grace, quand je te voyais danser dans cette salle de bal, tu étais l'enfant que j'avais toujours voulu être. Je sais que tu étais triste parfois, car je n'étais pas là. Tu ne savais pas que je n'avais pas besoin de dormir. Tu ne comprenais pas pourquoi je n'avais pas besoin de manger. Tu ne comprenais rien et ça m'allait bien comme ça.

Un silence de mort planait maintenant au-dessus d'eux. La lune et les étoiles, devenant leur plafond, étaient les seuls témoins des révélations d'Adam.

— Mais tu as grandi, Grace, et… tu n'es plus celle que j'ai connue.

— Si, bien sûr que je suis toujours la même.

— Tu as vieilli, Grace. Pourquoi n'est tu pas restée dans le monde des enfants avec moi ? Tu n'étais pas heureuse ? Je t'avais montré que l'on pouvait être heureux, même quand il n'y avait plus d'espoir…

Il vit les larmes dans les yeux de Grace, larmes qui se mêlaient à la pluie à présent.

— Pourquoi es-tu venu ? demanda-t-il d'un ton glacial en s'adressant de nouveau à Ian.

— Car je peux t'aider, Adam, je crois vraiment que je peux t'aider… dit-il d'un ton posé.

— Ah oui ! Comme ton père l'a fait avant toi ? cracha-t-il.

— Je… Je suis désolé… dit-il, je ne voulais pas que cela se passe comme ça…

— Ce n'est pas lui qui t'a fait subir tout cela, ce n'était qu'un enfant. Ian n'est pas responsable des actes de son père, murmura Grace.

— Tu l'excuses alors ? Tu le soutiens, après tout ce qu'ils m'ont fait ? lâcha Adam, les larmes aux yeux.

— Son père est mort, Adam, John Hamilton est mort.

— Q… quoi ?

Non, ce n'était pas possible. Ils mentaient. Ils mentaient tous. John n'avait pas pu mourir. John était immortel. Tous les monstres l'étaient. Ils le protégeaient encore une fois !

— Mon père était fou, il a été condamné pour ce qu'il a fait… Je l'ai vu mourir sous mes propres yeux, sur cette chaise électrique…

Quelle ironie !

— Il faut tourner la page maintenant, ajouta Ian.

— Et je suis supposé faire ça comment ? demanda-t-il en ricanant.

— Je….

Adam se dirigea alors lentement vers Ian. La mort ne lui suffisait pas. Il fallait que quelqu'un paye pour toute l'horreur, pour toute cette souffrance.

— Tu aurais pu m'aider, mais tu n'as jamais bougé ni ouvert la bouche pour protester. Tu l'as laissé placer ses électrodes sur moi. Tu l'as vu allumer la machine, régler le courant, augmenter les voltages. Tu m'as entendu pleurer, crier et tout ce que tu faisais, Ian, c'était tourner la tête et regarder ce gramophone qui couvrait ma voix. Cette musique de Tchaïkovsky, tu l'écoutes toujours ? Ou tu l'as en horreur ?

Adam n'était plus qu'à deux pas de Ian.

— Tu l'as vu me torturer. Tu l'as laissé me détruire. C'était avant que j'avais besoin de ton aide, maintenant il est trop tard ! cria-t-il les larmes aux yeux.

— Je suis vraiment désolé… je veux réparer mes erreurs. Tu ne peux pas continuer à tuer des gens, des innocents… Nous sommes tous des victimes dans cette histoire. Toi, Grace et moi ! dit-il en reculant.

— Oui, j'ai tué ces gens, mais je n'en suis pas fier. Tu as peut-être perdu ton père mais moi j'ai perdu mon âme, murmura-t-il d'un ton étonnamment calme qui n'était en rien rassurant.

Il sentait en lui cette boule de rage remonter. Il fallait qu'elle sorte. Qu'il se libère.

— Tu ne sais pas de quoi je suis capable, lâcha Adam en le plaquant contre le mur.

Grace s'interposa.

— Non, Adam ! S'il te plaît. Je t'en prie, dit-elle en touchant l'épaule du garçon.

Adam posa sa main sur la gorge de Ian, nullement perturbé par Grace. Ian, lui, était tétanisé. Il ne bougeait pas. Il le fixait droit dans les yeux et semblait accepter la situation. En une seconde, Adam pouvait lui ôter la vie. Sa prise se referma lentement. Ian manquait d'air. Adam sentait sa trachée comprimée sous ses doigts, sa carotide palpiter plus lentement. Il ne pouvait pas lutter. Il était à sa merci.

- 65 -
GRACE

— Adam ! Lâche-le, je t'en prie, cria Grace pour tenter de le raisonner.

Le jeune garçon relâcha alors sa prise et fit basculer en avant Ian qui trébucha sur le parquet humide. Ian tomba à genoux, tentant de rattraper ses lunettes par terre entre deux racines noueuses. Adam approcha de nouveau et les écrasa sous son talon. Grace remarqua que ses chaussures étaient bien trop grandes pour lui. Voulait-il à ce point être un adulte ?

— Tu sais très bien ce qu'ils feront de moi une fois que la police m'aura attrapé. Ils me jetteront comme tous les autres dans le Mississipi. Si j'ai de la chance, je serai placé dans un musée. Une bête de foire. Je vois déjà les gros titres du *Times* : « Le dernier illusionnaute de La Nouvelle-Orléans », deux dollars l'entrée !

— Nous demanderons un procès… murmura Grace, les larmes aux yeux.

— Ah oui ? Qui me l'accordera ? Sans avocat, vous savez que je suis fini !

Adam surplombait maintenant Ian. Le rapport de force n'était pas équilibré. L'automate le fit pivoter sur le dos en une demi-seconde, puis, plaça ses deux index sur chacune de ses tempes. Il était prêt.

— Adam !

Grace s'interposa à nouveau, paniquée. Mais cette fois, Adam la repoussa violemment. La jeune femme trébucha sur une racine, finissant sa course dans les débris de verre un peu plus loin. Elle poussa un juron et regarda sa main pleine de sang.

— Cela fait si longtemps, Grace, si longtemps que j'attends ! Quelqu'un doit payer pour ça, dit-il les larmes aux yeux.

— Adam… ne deviens pas comme lui, dit-elle à quelques mètres de lui en essuyant sa main sur sa robe.

Adam ferma les yeux.

— Tu n'es pas comme lui… je t'en prie. Épargne-le. Si tu ne le fais pas pour lui, fais-le pour moi, l'implora-t-elle en voyant que Ian ne réagissait pas.

Adam resta un instant immobile, ses deux index tremblants posés sur les tempes de Ian. Le médecin lui aussi tremblait de tout son être. Mais il restait muet, de peur que le moindre mot ne déclenche la colère d'Adam. Oui, Grace voyait qu'il avait peur de mourir, là. Peut-être était-ce comme cela finalement que tout devait finir ?

- 66 -
ADAM

Adam sentait cette énergie, cette boule d'électricité grandir au creux de son ventre. Il sentait cette chaleur enivrante, cette sève puissante pulser dans son cœur mécanique.

Il sentait le courant serpenter dans ses veines, dans ses bras jusqu'à la pulpe de ses doigts. Cela en devenait douloureux. Ses muscles se contractaient par à-coups, lui délivrant des décharges qu'il ne contrôlait plus.

Son corps noueux se tordait à présent, comme pris dans une danse macabre et hypnotique. Une métamorphose.

Parfois, il voyait des étincelles tressauter à la surface de sa peau. C'était le signe. Le signe qu'il était temps. De se décharger. De libérer le mal emmagasiné au cours des séances que le père de Ian lui avait imposées. L'électricité s'était accumulée en lui. C'était devenu son arme désormais. Une arme mortelle qui pouvait tuer d'un simple contact.

Quand il reprit ses esprits, il pouvait sentir la peur qui transpirait de chaque pore de Ian. Et malgré l'averse qui s'était intensifiée, le silence entre eux était électrique.

Soudain, un coup de feu retentit.

- 67 -
William

Un coup de feu retentit.

Grace poussa un long cri et tourna la tête vers l'entrée de la salle de bal. C'était William, son colt à la main. L'inspecteur le lâcha directement après la détonation. Pendant un instant, il regretta d'avoir tiré ! Comme s'il avait réalisé après coup ce qu'il venait de faire. Il n'avait jamais pensé un jour tirer sur un enfant. C'était chose faite. Un vertige l'envahit quand il prit conscience de son geste. L'automate tituba avant de tomber sur le corps de Ian.

— Papa ! Qu'est-ce que tu as fait ! cria Grace en accourant vers Adam, abasourdie.

L'automate se tordait de douleur entre ses mains. Les larmes lui barraient la vue. Il vit sa fille l'aider à s'allonger sur le dos pour le soulager. Elle le prit avec une infinie douceur dans ses bras, puis, de sa main, souleva sa chemise pour vérifier qu'aucun organe mécanique vital n'était touché.

Que faisait elle ? Avait-elle perdu la raison ? Cet enfant était le tueur à la plume ! C'était un meurtrier ! Il se souvenait des mises en garde de Ian avant qu'ils n'arrivent. Pourquoi diable Grace ne lui avait pas parlé de ce message qu'elle avait reçu ?

Il était furieux.

Les larmes roulaient sur les joues de la jeune femme, alors que ses mains tremblaient sur le torse de l'enfant.

— Laisse-moi regarder, dit-elle en le faisant rouler sur lui-même pour voir où la balle s'était logée.

Adam poussa un long grognement. Un soulagement envahit la jeune femme en constatant que la balle n'avait pas atteint son cœur mécanique.

— Je…

William semblait aussi perdu.

— Tu t'es servie de moi comme appât, cracha Grace en s'adressant à Ian qui se releva doucement, sous le choc. Je t'avais dit que je ne voulais pas qu'on le mêle à tout cela. Je savais… je savais comment tout cela allait se terminer… vous n'auriez jamais dû venir…

— Ian n'y est pour rien, c'est moi qui lui ai demandé de me conduire ici. Il l'aurait tué si je n'avais pas réagi, cracha William

— Non, il n'aurait… il n'aurait pas fait ça…

— Comment as-tu pu perdre la tête à ce point, Grace ? Je n'aurais jamais dû te mêler à tout cela. Éloigne-toi de lui, c'est un meurtrier, lâcha froidement William.

Mais Grace ne réagit pas. Cela contraria William davantage. Ce dernier ramassa l'arme par terre et fit quelques pas vers sa fille. Il ne voulait qu'une chose, lui prendre la main et la sortir de cet enfer. Ils n'étaient pas en sécurité. En découvrant le visage du garçon, un frisson le parcourut des pieds à la tête. Il lui sembla pendant un instant voir un fantôme.

— Comment est-ce possible ? dit-il. Le l'ai vu mort Grace… il était mort. Je… on l'a enterré…

Grace releva la tête de l'automate, Adam marmonna quelques mots en grimaçant.

— J'avais besoin de disparaître aux yeux de tous pour vivre, murmura-t-il du bout des lèvres.

Quoi ? C'était absurde ! Il l'avait vu de ses propres yeux. Pourtant, en regardant de nouveau son visage, l'inspecteur devait bien se rendre à l'évidence. C'était bien lui. Adam Pembrooke. Il comprenait à présent. L'illusionnaute avait fait le mort le soir de l'incendie pour disparaître aux yeux de la loi. Il avait saisi sa seule chance. S'était laissé enterrer. Mais aujourd'hui, Adam avait trop joué… et il avait perdu.

— Finissons-en… Mets-lui les menottes, Grace…

— Quoi ?

— Mais ce n'est pas nécessaire, où veux-tu qu'il aille dans cet état !

— Je m'en fous…

William jeta les menottes à ses pieds avant d'ajouter :

— Mets-les lui ou c'est moi qui le fais, répliqua-t-il d'un ton ferme qui ne laissait aucune place à la contestation.

À cet instant, il vit sa fille plonger son regard dans ceux de l'enfant. Il y avait quelque chose entre eux, un lien invisible qui les unissait et qu'il ne comprenait pas. Tout cela le dépassait. Même si Grace restait silencieuse, une conversation muette s'était engagée entre eux. Il se sentit exclu. Il vit ses larmes au coin des yeux. Tout ce cérémonial l'agaçait profondément.

— J'aurais aimé que tout cela soit différent, murmura-t-elle en s'adressant à Adam.

L'enfant ne répondit rien, se contentant de fermer plus longuement les paupières.

— Je suis désolée, dit-elle en refermant les menottes autour de ses poignets.

— Plus serré ! ajouta William.

La jeune femme soupira et obtempéra avant de se relever. Ian se tenait près de William, massant sa gorge douloureuse. Grace bouscula ce dernier d'un coup d'épaule et passa devant son père sans lui jeter un regard.

The Times-Picayune.

« La traque incroyable du tueur à la plume : un mystérieux illusionnaute arrêté ! »

D'après nos sources, il semblerait que les choses avancent dans l'affaire du tueur à la plume ! En effet, hier soir, aux alentours de 22 heures, un suspect aurait été arrêté par l'inspecteur Perkins et son équipe. Selon ces mêmes informations, il s'agirait d'un enfant-tueur, un illusionnaute qui aurait réussi à s'échapper des camps. Son identité reste, pour l'heure, inconnue.

Le commissaire Denwo, qui supervise l'enquête, s'exprimera dans la journée pour révéler le sort qui lui sera réservé. Actuellement, l'exécution semble la piste envisagée…

Affaire à suivre.

- 68 -
Anton

Installé sur la banquette arrière de l'automobilectrique, Adam était silencieux. Assis entre les inspecteurs Perkins et Bowie, le détenu était immobile, le visage fermé, les yeux clos. Il n'avait pas dit un mot depuis qu'il avait été arrêté, cela faisait maintenant deux jours. Deux jours avant qu'ils ne se décident à le sortir de sa cellule. Dans l'habitacle, la tension était palpable. L'inspecteur Bowie se triturait les ongles, tandis que William, lui, gardait la tête haute, fixant l'agent Blake qui conduisait. Anton n'était pas tranquille, cette situation était pour le moins exceptionnelle. C'était la première fois de sa vie qu'il avait affaire à un illusionnaute. De temps à autre, il ne pouvait s'empêcher de tourner la tête pour l'observer. Le garçon le fascinait. La finesse de sa peau, ses traits, ses yeux… Il avait du mal à croire que cet enfant soit un automate. Les premiers modèles étaient stupéfiants de réalisme.

— Tu ne veux toujours rien dire ? demanda Anton, en essayant une nouvelle fois de lui tirer un aveu.

Adam ne dit rien. Il n'avait rien avoué depuis qu'ils l'avaient arrêté et ce n'était pas dans la voiture qu'il allait le faire. Au cours de ses précédents interrogatoires, même quand on lui avait montré les photographies des victimes, il était resté muet, n'exprimant aucun remords, aucune compassion. Cela arriverait peut-être. En tout cas, Anton l'espérait. En général, tous les hommes craquaient en voyant leur fin arriver. Pourtant, aveu ou non, Anton savait que l'issue qui attendait cet enfant ne lui serait pas favorable. Il était né pour mourir.

Au bout d'une dizaine de minutes de route, ils arrivèrent enfin.

— Oh, putain ! Merde !

Devant le commissariat général, un attroupement de journalistes, d'activistes et de photographes étaient déjà là. Banderoles à la main, slogans pro-automates scandés, daguerréotypes à la chaîne, la foule était plus matinale qu'eux. Il faut dire que Denwo n'avait pas brillé. Dans le dernier numéro du *Times*, l'interview qu'il avait accordée au journaliste était pitoyable. Il avait donné le jour et l'heure de l'exécution. Et cela avait bien évidemment déchaîné les passions. Si bien qu'ils avaient dû la retarder d'un jour.

À travers les vitres, les cris de protestations fusaient : « *Un procès pour Adam !* » « *Non à l'exécution du dernier illusionnaute !* »

William fit signe à l'agent Blake d'avancer le plus proche possible de l'entrée. Il arrêta finalement la voiture devant les marches.

— Je le prends avec moi, lâcha William qui fit signe à Anton de sortir de son côté.

Comme un paquet que l'on trimballe, il regarda son collègue attraper violemment le garçon par l'épaule pour le faire sortir de la voiture. Les cris redoublèrent. Il crut reconnaître le leader du parti d'opposition Humanicité Mécanique, Jefferson Astal, qui donnait une interview à un journaliste. Lui aussi réclamait un procès. Anton évita les photographes en baissant la tête. « Monsieur Bowie, comprenez-vous que de nombreux citoyens s'insurgent contre la décision de la police ? » l'interpella une journaliste. Anton ne répondit pas et suivit de près William et Adam qui n'étaient qu'à quelques pas de l'entrée du commissariat général. Les flashs fusèrent. « Sera-t-il décœurisé aujourd'hui ? »

Anton n'était pas là pour répondre aux questions. Il repoussa d'une main ceux qui étaient sur son passage et entra à son tour à l'intérieur du commissariat.

- 69 -
WILLIAM

Une fois à l'intérieur, l'ambiance était plus calme. Il régnait pourtant une tension inhabituelle. Plusieurs agents appelés en renfort dévisagèrent les deux inspecteurs et l'enfant menotté. Il faut dire qu'un illusionnaute, ça attisait la curiosité !

William accéléra le pas et confia l'enfant à Anton. Il salua la secrétaire, signa une dizaine de papiers administratifs puis se fit indiquer la salle qui avait leur avait été attribuée.

— Il est arrivé ? demanda William.

— Non pas encore. Monsieur Richmond devrait être là d'ici quelques minutes. Vous pouvez l'attendre dans la salle 603.

— Très bien, je vous remercie.

— Ah, au fait ! Melle Perkins vous attend aussi là-haut.

— P… pardon ?

— Melle Perkins, votre fille, elle a insisté pour être présente. Vous le savez, nous n'autorisons pas les accès aussi facilement d'habitude, mais puisque c'est vous…

Putain ! manquait plus que ça, soupira William en rebroussant chemin. Accompagné de ses collègues et du détenu, ils montèrent plusieurs escaliers et traversèrent un labyrinthe de couloirs déserts.

— Je pensais pas qu'y aurait autant de monde… grommela Anton dans son dos.

— Ouais, ces chiens sont partout. Qu'ils nous laissent faire notre boulot ! trancha l'inspecteur Perkins.

— Faut dire, c'est pas tous les jours que ça arrive, ce genre d'histoire… Puis après les revendications d'Astal ces dernières semaines et le scandale de la Compagnie d'électricité…

Soudain, William discerna une silhouette au bout du couloir. C'était Grace. En pantalon et entièrement vêtue de noir, la jeune femme pivota vers eux, mains sur les hanches.

— Qu'est-ce que tu fiches ici ? demanda William en attrapant son bras pour la mettre à l'écart.

— Lâche-moi, dit-elle en se dégageant de son emprise. Je veux être là… dit-elle en jetant un regard triste à Adam.

— Aucun visiteur n'est autorisé à entrer !

— Je ne suis pas un simple visiteur !

— Crois-moi, tu ne voudrais pas voir ça.

— Ce n'est pas à toi de décider.

— Arrête, Grace ! rentre à la maison, s'il te plaît, ne me couvre pas de ridicule… dit-il en lui jetant un regard assassin.

— Blake, raccompagne-la à l'accueil… s'il te plaît, soupira-t-il.

— Tu es ignoble, dit-elle les larmes aux yeux…

Elle allait lui faire payer. Il le savait. Mais ils avaient d'autres chats à fouetter que les émotions de sa fille à ce moment. William jeta un nouveau regard à Anton.

— Sur ce coup-là, je te comprends pas, lâcha son collègue en poussant la porte de la salle 603.

— Ça tombe bien, je t'ai pas demandé ton avis, dit-il en le suivant.

À l'intérieur, la pièce était démesurément grande et vide. Il n'y avait, au centre, qu'une longue table en chêne de trois mètres de long sur le côté de laquelle étaient entassées plusieurs pinces rouillées. Visiblement, les outils n'avaient pas servi depuis un bon moment.

Il vit le regard du garçon se poser sur le matériel d'extraction. Aucune émotion ne filtra sur son visage. Ne ressentait-il rien ?

Ils restèrent une dizaine de minutes à se regarder dans le blanc des yeux.

Soudain, la porte s'ouvrit à la volée. Un bonhomme rondouillard, sacoche en cuir à la main, s'avança. Il boitait légèrement, ce qui n'était guère surprenant au vu de son âge avancé.

— Monsieur Richmond, enchanté, dit-il en posant ses affaires avant de saluer les deux inspecteurs. Et voici donc le…

— Oui… voici Adam, Adam Pembrooke.

L'homme approcha lentement, replaçant ses lunettes correctement devant ses yeux avant de se frotter les mains.

William espérait que sa vue était toujours bonne. Il ne voulait pas qu'il s'y reprenne à deux fois pour le décœuriser. Il vit dans les yeux du vieil homme un éclat, une excitation pernicieuse. Prenait-il du plaisir à faire cela, à démembrer les automates ?

— Parfait, dit-il avec un regard perçant. Ça fait longtemps que j'ai pas fait ça, vous savez... Pour tout vous dire, j'ai été très étonné qu'on me contacte !

— Vraiment ? demanda Anton par politesse.

— Oh oui ! la dernière fois que j'ai fait ça... cela date des camps. Il reste très peu de désorganeurs, vous savez. Pour tout vous dire, j'étais le plus jeune à travailler là-bas. Mais ne vous en faites pas, ces gestes reviennent vite... dit-il avant d'ouvrir sa mallette en cuir pour en sortir des outils que l'on aurait crus neufs.

Visiblement, il en prenait soin. Il l'imagina les lustrer tous les soirs avant de s'endormir. Un frisson parcourut le dos de l'inspecteur. Combien d'illusionnautes étaient passés entre ses mains ? Combien d'entre eux avait-il décœurisé ?

— Très bien, laissez-moi sortir un dernier outil et nous pourrons commencer, dit-il en affichant un large sourire.

*

Quelques minutes plus tard, Adam était maintenant allongé et nu sur la table. William voyait sa cage thoracique se soulever à intervalles réguliers. Il se tenait en retrait, tandis qu'Anton faisait les cent pas derrière lui. De son côté, le garçon n'avait toujours pas dit un mot et se laissait manipuler par M. Richmond qui l'observait sous toutes les coutures.

Cela énerva quelque peu William : il voulait en finir et vite. Le désorganeur semblait vouloir faire durer ce moment. Ce serait sans doute le dernier, le dernier illusionnaute de sa triste carrière.

Pourtant, pour la première fois depuis deux jours, il ressentit de la pitié envers Adam. À cet instant, il eut du mal à le voir comme un simple automate. Son cœur se serra. Il n'arrivait pas à voir autre chose que cet enfant, nu, seul, résigné. Il lui semblait si frêle, si inoffensif, si innocent, qu'il douta quelques secondes qu'il ait pu commettre tous ces crimes.

— Bien, on est parti, murmura le désorganeur en attrapant une première pince.

— Ça va faire mal ? demanda Adam ?

— Ça dépend des fois…

William remarqua les mains du petit garçon sursauter. Il vit son menton trembloter comme s'il allait se mettre à pleurer. Cela lui serra une nouvelle fois le cœur. Que ressentait-il à cet instant ? Regrettait-il ses actes ? L'homme s'accrochait à la vie jusqu'à la dernière seconde. Les automates aussi, visiblement. Au fond, ils partageaient les mêmes peurs, les mêmes doutes. La peur de mourir était universelle.

Soudain, Adam pencha la tête vers William et lâcha :

— Laissez-moi la vie sauve et je vous révèlerai qui est le tueur à la hache.

Cette phrase résonna en lui comme un électrochoc. Était-ce un coup de bluff ? Une vaine tentative pour retarder sa mort ?

— Qu'est-ce que tu dis ?

— Accordez-moi un procès et je vous révèlerai le nom du tueur à la hache…

William stoppa net le désorganeur visiblement frustré de ne pouvoir commencer son travail. Pouvait-il lui faire confiance ? Disait-il la vérité ?

En tout cas, le doute s'était immiscé en lui. William se retourna vers Anton. L'un comme l'autre savaient qu'ils ne pouvaient écarter cette option. Depuis le début de l'affaire, ils n'avaient aucune piste, aucun suspect. Au pied du mur, ils n'avaient pas d'autre choix que d'accepter… son offre.

The Times-Picayune.

Retournement de situation dans l'affaire du tueur à la plume ! Un procès historique : le dernier illusionnaute de La Nouvelle-Orléans devant la cour de justice

Demain, aura lieu la première journée de procès d'Adam Pembrooke. Rappelons que cet illusionnaute a été arrêté il y a maintenant six jours par la police de La Nouvelle-Orléans pour le meurtre de trois personnes : Mila Walters, Dorothy Aswhood et Finley Johnsson.

Jefferson Astal se félicite de la décision prise. « Ce procès est une véritable victoire pour les automates de deuxième génération qui réclament depuis des mois une justice équitable ». Suivi par les associations new-yorkaises et les illusionnautes réfugiés, l'affaire, jusqu'alors locale, semble avoir pris un tournant national.

Même si, pour l'heure, aucun avocat ne représentera l'automate, pas moins de deux avocats défendront les familles des victimes.

Le procès s'annonce historiquement explosif !

- 70 -
William

— Mesdames et messieurs les jurés, les avocats, les témoins, c'est dans un contexte bien particulier que la *United States district court* de Louisiane vous accueille aujourd'hui puisque nous statuerons sur le sort d'Adam Pembrooke, annonça le juge Foster qui présidait la séance.

Il fit signe à l'assistance de s'asseoir et au prévenu de se lever. Ce dernier obtempéra puis se rassit quelques secondes plus tard sur sa chaise. Le tintement des menottes à ses mains s'éleva dans la pièce, déclenchant une vague de murmures dans l'auditoire. De là où il était assis, William regardait ses mains, recouvertes d'un tissu épais et isolant sur ses conseils. Ce n'était pas le moment de faire d'autres victimes.

Dans la pièce, il devait y avoir une centaine de personnes, les familles des victimes sur la gauche, les avocats en première ligne, les témoins et un parterre de curieux. William reconnut parmi eux Jefferson Astal et Mc Corbyl, le gouverneur de la ville et son principal opposant. Étaient-ils seulement là pour parader et faire bonne figure pour gagner des électeurs ? Dans tous les cas, l'un comme l'autre savaient que ce procès s'annonçait décisif. Nous vivions un moment historique.

William tourna la tête sur sa gauche. Il repéra Ian, Denwo et Grace au fond de la salle. Cela faisait plus d'une semaine qu'il n'avait pas vu sa fille, depuis leur dernière altercation. Anton était, quant à lui, installé à ses côtés, et sa veste jaune poussin faisait tache dans le cortège de vestes noires. Il n'avait pas pu s'en empêcher, encore une fois…

Les portes claquèrent dans son dos. Le huit-clos pouvait commencer. Les cris de protestations provenant de l'extérieur étaient comme un bourdonnement constant dans la pièce aux boiseries et aux plafonds hauts.

— Le procès se déroulera en deux parties : nous entendrons les avocats des victimes ce matin ainsi que les témoins et les familles, puis nous donnerons la parole à monsieur Pembrooke dans l'après-midi. Je vois qu'aucun avocat n'a souhaité vous représenter. Vous pourrez donc vous défendre vous-même à moins que d'autres personnes ne souhaitent témoigner à votre égard.

William avait les mains moites. Il était stressé et n'avait presque pas dormi depuis deux jours. C'était aujourd'hui. Aujourd'hui qu'Adam s'était engagé à révéler l'identité du tueur à la hache. L'inspecteur tenait entre ses mains le précieux papier qu'il avait signé. Une déclaration sur l'honneur. S'il ne respectait pas son engagement, l'inspecteur n'hésiterait pas une seconde à tout révéler aux juges.

— Bien, je laisse la parole aux avocats des victimes…

Deux gardes se tenaient à moins d'un mètre d'Adam. Le détenu, lui, avait la tête baissée, fuyant le regard des familles endeuillées.

Après quelques secondes, le premier avocat s'avança à la barre.

— Mesdames et messieurs les jurés, je parle aujourd'hui au nom de ma cliente, Mme Walters ici présente.

La dame, mouchoir vissé au nez, reniflait depuis que le juge Foster avait pris la parole.

— Comme vous le savez, sa fille, Mila, a été retrouvée sauvagement assassinée… Vous êtes nombreux à avoir vu les photographies dans le *Times*. Ces brûlures, ces plumes plantées dans son dos. Le civisme et le professionnalisme des rédacteurs se sont largement perdus au cours de l'enquête… mais je ne reviendrai pas sur ça. Si je suis ici aujourd'hui, c'est pour défendre ma cliente. Mme Walters a perdu sa fille dans des conditions atroces. Et cet individu, cet enfant en face de vous, est un criminel. Je sais, rien ne le laisse penser, pas même sa carrure. Mais ne vous laissez pas attendrir par son visage mutin et son apparence enfantine. Cet individu est un danger pour notre société. Il a conduit à la mort trois de nos concitoyens. Par conséquent, il mérite la mort. Nous ne devrions même pas être ici pour en débattre, les illusionnautes ont déjà largement prouvé leur dangerosité au cours des cinquante dernières années. Combien laisserons-nous encore d'humains mourir par leur faute ? Messieurs les jurés, mon réquisitoire sera simple, je demande la peine capitale à l'égard de cet individu. Ni plus ni moins. Le dernier illusionnaute de La Nouvelle-Orléans mérite de mourir !

Le deuxième avocat prit alors la parole, c'était un homme connu dans le milieu. On connaissait ses plaidoyers et ses réquisitoires percutants. Les procès qu'il avait perdus se comptaient sur les doigts d'une main. Celui-ci n'allait rien lâcher non plus. Adam était foutu. Et cela rassurait William.

- 71 -
GRACE

Du fond de la salle, Grace n'avait pas loupé une miette des échanges entre les juges et les avocats. Voilà plus de deux heures et demie qu'ils énonçaient les détails les plus sordides des scènes de crime. Ils mettaient en lumière la folie d'Adam, son vice, son manque d'humanité, le décrivant comme un monstre sans cœur. Bien sûr qu'il avait tué, bien sûr que ses actes étaient impardonnables et Grace les condamnait aussi fermement qu'eux. Des familles avaient été brisées, des vies aussi qui ne seraient jamais réparées. Pourtant, en elle, brûlait une flamme de compassion qu'elle ne pouvait éteindre. À chaque fois qu'elle le regardait, elle souffrait avec lui. Elle comprenait comment il avait pu en arriver là. Elle voyait plus grand. Plus grand que les avocats, plus grand que les juges, plus grand que son père. Eux ne voyaient que les éléments pris indépendamment les uns des autres. Ils ne s'intéressaient qu'aux faits. Ils ne regardaient que par la serrure d'une porte.

Elle voyait à travers les murs. Grace voyait la maison dans son ensemble. Elle comprenait que la souffrance, la douleur et la vengeance avaient été ses seules compagnes d'infortune au cours de toutes ces années, c'étaient elles les véritables coupables, c'étaient elles qui l'avaient conduit ici en ce jour.

Dans cette pièce austère, un maelström d'émotions se mélangeait, la surprise, la tristesse, la rage, l'excitation, l'impatience. Elle, elle se sentait tristement démunie. Impuissante. Adam était seul. Une brebis galeuse entourée par une horde de loups affamés. Les hommes avaient besoin de leur lot de sang, de sacrifices. Étaient-ils plus heureux en condamnant les autres, en les voyant souffrir ?

Au premier rang, William était silencieux, Grace ne l'avait pas vu échanger un mot avec Anton depuis le début du procès. À quelques mètres d'elle, Ian était là. Elle sentait son regard sur elle. Pesant. Coupable. C'était à cause de lui s'ils en étaient là aujourd'hui. Elle lui en voulait pour cela. Plus loin, elle repéra également Rachel Henwoorth. Cela la surprit de la trouver ici. Elle se demanda ce qu'elle y faisait.

— J'irai plus loin, messieurs les juges, remettre en liberté un tel individu serait criminel ! Et je peux le prouver.

L'avocat fit quelques pas sur l'estrade, l'air grave. La représentation avait-elle débuté ? Il montait sur scène. Grace ne voyait à cet instant qu'un comédien.

— N'avez-vous pas remarqué que, depuis plus d'une semaine, depuis le jour où M. Pembrooke a été arrêté, aucune lettre, ni du tueur à la plume, ni du tueur à la hache n'a été envoyée à la police ? Ne trouvez-vous pas ça étrange ?

— Que voulez-vous dire ? Soyez plus clair dans vos propos, répliqua le juge Foster circonspect.

— Bien sûr… monsieur le juge. Je crois… que cet individu n'est pas seulement le tueur à la plume, je suis convaincu qu'il est aussi le tueur à la hache !

Grace écarquilla les yeux en entendant l'avocat. Une vague d'horreur déferla sur la foule. Les murmures se dissipèrent dans les rangs. C'était absurde. Totalement absurde ! Grace fixa son père en quête d'un soutien. Il allait se lever. Lire à tous la lettre signée par Adam. Il allait leur dire que le tueur à la hache et le tueur à la plume étaient deux individus différents ! Que tout les opposait. Elle sentit son poing se serrer. William ne semblait pas décider à se lever. Il était immobile, attentif. Croyait-il aussi à cette mascarade ?

À ce moment, Adam releva la tête. La surprise déforma ses traits jusqu'alors endormis. Il était sous le choc.

— Je… comment ?

— Je ne vous ai pas donné la parole, M. Pembrooke, laissez-le terminer et rasseyez-vous, s'il vous plaît.

L'avocat continua son long monologue, l'auditoire était suspendu à ses lèvres. Au fur et à mesure, Grace lut la détermination sur les visages de ceux qui l'entouraient. Ils adhéraient à cette nouvelle hypothèse sans même la remettre en cause. Elle sentit une boule acide lui remonter dans la gorge. C'en était trop. C'était trop facile. Adam était la cible parfaite. Ils avaient trouvé en lui le bouc émissaire. Comment pouvait-il lui mettre sur le dos les meurtres du tueur à la hache ?

Au bout d'une dizaine de minutes, le juge reprit la parole. Grace ignorait si les arguments de l'avocat l'avaient convaincu, il restait impassible.

— Bien, si vous voulez vous exprimer, monsieur Pembrooke.

Adam était acculé, au pied du mur :

— Merci, monsieur, pour cette folle théorie, je sais qu'elle en aura convaincu certains d'entre vous. Malheureusement, désolé de vous décevoir, mais je ne suis pas le tueur à la hache. Il n'y a qu'à regarder les scènes de crime pour le comprendre. L'incompétence de la police à identifier l'autre tueur ne doit en aucun cas me porter préjudice. Je sais que je suis à vos yeux le suspect idéal. Et je reconnais les trois meurtres desquels on m'accuse. Oui, j'ai tué Mila Walters, Dorothy Ashwood et le légiste Johnsson.

Un silence plana dans la salle.

— Je sais que ce que j'ai fait est mal et je demande pardon aux familles pour cela. Je regrette aujourd'hui… et j'accepte d'être jugé pour ces meurtres. Mais je ne veux pas être accusé de ce que je n'ai pas commis. Je ne veux pas être jugé pour les crimes d'un autre. C'est vrai, je n'ai aucun avocat pour me défendre. Mais un avocat n'aurait pas pu me défendre, je suis le seul à pouvoir raconter tout ce qui m'est arrivé.

Tout l'auditoire était suspendu aux lèvres d'Adam.

— Si vous me condamnez, vous aurez sans doute raison. Mais personne ne mérite d'être décœurisé dans l'ombre… sans procès. Je ne veux pas finir comme tous les autres illusionnautes, tous ces innocents envoyés au fond du Mississippi. Il est clair que je ne suis pas le meilleur de leur représentant… Je ne suis pas digne d'eux. Mais je suis là… parmi vous, pour vous raconter mon histoire. Vous prendrez votre décision ensuite…

— Objection, votre honneur ! Nous ne sommes pas là pour entendre les affres de cet individu.

— Rejeté ! Laissez-le s'exprimer… Lui aussi a droit à son temps de parole !

— Je suis né dans les usines d'*Automate Excelsior* au siècle dernier. Mon créateur voyait en moi le modèle parfait pour les mères célibataires qui n'avaient pas trouvé d'époux… J'avais été conçu pour être aimé. Aimer, soupira-t-il.

Le cœur de Grace se serra en l'entendant prononcer ce mot.

— Quand le printemps rouge a éclaté, ma mèr… la femme qui m'avait adopté… m'a… dénoncé aux autorités.

Adam déglutit avant de reprendre en fermant les yeux.

— Je me suis retrouvé dans un de ces camps…

Grace imagina l'horreur qu'il avait dû connaître là-bas. Mais la douleur de la trahison avait dû être encore plus terrible. Comment une mère avait-elle pu dénoncer son enfant ?

— Vous tous ici, vous avez fermé les yeux sur cet épisode, mais croyez-moi, certains hommes qui travaillaient là-bas étaient bien pire que les machines que vous y avez envoyées. Heureusement, un homme m'a aidé à m'échapper. Tous n'étaient pas des bourreaux implacables. J'ai trouvé refuge dans une vieille maison abandonnée, qui a été rachetée par John, John Hamilton, un éminent médecin. Il avait le projet fou d'y fonder un orphelinat. C'est là-bas, pour la première fois, que j'ai tissé des liens, que je me suis fait des amis, des frères, des sœurs.

Grace sentit son cœur cogner dans sa poitrine. Elle vit les larmes monter aux yeux d'Adam.

— Malheureusement… derrière cette façade si lisse, John Hamilton avait un tout autre projet en tête. Nous étions les cobayes de ses expériences.

Ian se leva alors brusquement et approcha face au juge Foster.

— Je demande la parole, votre honneur.

— Qui êtes-vous ? demanda le juge.

— Je m'appelle Ian, Ian Cobb.

— Quelle est votre implication dans tout cela ?

— Je.. je suis le fils de John Hamilton.

— Confirmez-vous toutes ces allégations ?

— Oui. Mon père réalisait ses expériences là-bas. Je l'ai vu torturer Adam à de nombreuses reprises. Il pensait… il pensait que le corps et l'esprit étaient deux entités dissociables. Il pensait que l'électricité était le moyen de parvenir à les séparer… Le soir de l'incendie qui a réduit en cendres ce lieu, j'étais là dans cette même pièce avec Adam. Mon père avait installé deux chaises dos à dos.

— Qu'a-t-il fait ensuite ?

— Il avait placé Adam sur l'une, face au gramophone. Axel était sur la deuxième, face au mur…

— Qui est Axel ?

— Un orphelin que nous avions recueilli quelques années plus tôt. Mon père avait cette machine portative qui produisait de l'électricité. Il l'avait modifiée pour faire sortir l'électricité par deux embouts. Il a attaché les deux enfants aux chaises. Puis… il a placé des électrodes sur leur tête. Et…

— Et il a allumé le gramophone, murmura Adam.

— Puis la machine électrique. Au début, c'était juste des petites impulsions électriques. Puis, mon père a augmenté les voltages progressivement. Il voulait… il pensait… Il pensait pouvoir transférer l'esprit d'Axel dans le corps d'Adam et *vice versa*… Il croyait que l'esprit d'un automate pouvait survivre dans un corps humain.

— Mais… il a été interrompu avant la fin de l'expérience, l'incendie s'est déclaré dans la bâtisse… J'ai réussi à me libérer et j'ai aidé Axel. Nous sommes sortis ensemble de cette maison cette nuit.

Il disait vrai.

— Je confirme, votre honneur, ajouta Grace en se levant.

Le juge semblait dépassé et chercha du regard la personne qui avait pris la parole. La jeune femme se leva alors et remonta l'allée de l'auditoire. Ses talons claquaient sur les pavés froids.

— Je m'appelle Grace, Grace Perkins, et j'étais aussi là cette nuit. J'ai vu Adam et Axel s'enfuir de l'ophelinat.

Adam esquissa un sourire en direction de la jeune femme avant de reprendre. William, quant à lui, était stupéfait.

— Monsieur le juge, le tueur à la hache n'est autre qu'Axel… Axel Flirbell. Il est en vie… ajouta Adam.

Grace tourna la tête vers William. Elle n'aurait su dire s'il était plus en colère par sa prise de parole ou par la révélation d'Adam.

— De quelles preuves tangibles disposez-vous pour affirmer cela ?

— Axel était un enfant violent, votre honneur. Je l'ai vu tuer un cygne de ses propres mains alors qu'il n'avait que 6 ou 7 ans. Quel enfant normal ferait ça ? ajouta Ian.

— Et cette fascination pour la hache… comment pouvez-vous l'expliquer ?

— Il… sur la chaise où il était assis ce soir-là, je vous ai dit qu'il était face au mur. Il y avait une hache. La hache de mon père plantée face au mur.

— Justement, j'aimerais revenir sur un élément que vous avez mentionné plus tôt. Vous parliez de gramophone. Des gramophones ont été retrouvés sur les scènes de crime, pourquoi les détruisiez-vous, M. Pembrooke ? N'aimiez-vous pas la musique…

— J'adorais la musique avant… tout cela, dit-il en faisant dériver son regard vers Grace.

Oui, Adam aimait profondément la musique. Elle se souvenait de cette nuit, de cette valse timide dans sa chambre sur les airs du *Lac des Cygnes*. Adam déglutit.

— J'ai tant de fois crié, monsieur Foster, tant de fois crié alors que monsieur Hamilton me torturait avec ses électrodes, mais personne ne m'entendait, personne ne me venait en aide. La musique m'étouffait dans cette pièce de torture. Détruire ces gramophones, c'était ma manière à moi d'arrêter tout. Pour qu'enfin quelqu'un entende mes cris, entende cette souffrance…

Et justement Grace l'avait entendue, cette douleur…

— Pourquoi avoir provoqué le tueur à la hache dans les journaux ?

— Quand j'ai découvert la lettre du tueur à la hache dans le *Times*, sa mise en garde. Quand il a commencé à exiger du jazz en ville, c'était trop pour moi. Je ne supportais pas ce tueur qui réclamait sa dose de musique !

— Pourquoi ces plumes ? demanda le juge.

— Ces plumes, c'était… un indice, ainsi que les notes gravées dans mes victimes, elles me reliaient au *Swan Orphenage*…

— Pouvez-vous nous expliquer d'où venaient les traces de brûlures retrouvées sur les tempes des victimes ?

— Je pense que vous avez compris, si vous m'avez mis ça aux mains, répliqua-t-il.

— J'ai besoin de vous l'entendre dire, monsieur Pembrooke. Nous ne sommes pas là pour jouer aux devinettes !

— Cette électricité est en moi, depuis le jour où monsieur Hamilton a commencé ses expériences… admit-il.

— Comme c'est émouvant, un enfant automate, envoyé dans les camps, puis qui se retrouve dans un orphelinat monstrueux, entre les mains d'un médecin fou. Vous êtes en train de nous dire que vous n'êtes qu'une victime, c'est cela ? demanda l'avocat des victimes, plus déterminé que jamais.

— Adam est une victime avant d'être un criminel, répliqua Grace en affrontant le regard de l'avocat. Ce sont les hommes qui l'ont rendu monstrueux…

— Foutaise !

— Je confirme, il n'y avait pas une once de méchanceté en Adam avant que mon père ne l'utilise pour ses expériences.

Grace sentit ses épaules se décontracter. Elle lança un regard à Ian. Elle était heureuse de l'avoir de leur côté.

— C'est touchant cette histoire, je m'attendais à ce petit numéro à vrai dire. Malheureusement, cela ne tient pas. J'ai ici en ma possession deux documents. Deux photographies. Si vous le permettez, j'aimerais remettre la première à… Adam.

Le juge lui fit signe d'approcher de l'automate.

Quand il les tendit à Adam, Grace lut de la surprise dans son regard. Et une panique. Il laissa tomber les clichés par terre avant de se laisse tomber à genoux. Ian, près de Grace ramassa les clichés. Ses mains tremblaient. Il y avait un petit garçon sur le cliché qui datait de 1898.

C'était Axel.
Étendu par terre. Du sang coulait de sa bouche.
Leur monde s'écroulait.
Leur théorie aussi.
Axel ne pouvait pas être le tueur à la hache puisqu'il était mort.

- 72 -
Adam

« Let's dance in style, let's dance for a while
Heaven can wait we're only watching the skies
Hoping for the best, but expecting the worst
Are you gonna drop the bomb or not ?[4] »

Le monde intérieur d'Adam venait de se fracturer en des milliers de morceaux. Toutes ses certitudes volaient en éclat. Il avait du mal à y croire. Si Axel était mort, une seule évidence subsistait. Il refusait de l'admettre.

— Pouvez-vous me dire qui est sur la photographie, Adam ?

Mais il n'avait plus la force, ni de se relever, ni de parler. Il était anéanti, à genou devant le juge, à genou devant ces gens.

— Ian peut-être ? demanda l'avocat d'un ton provocant.

4 *Forever Young* – Youth Group

— Axel, c'est Axel que l'on voit sur cette photo, murmura-t-il… du bout des lèvres.

— Plus fort, s'il vous plaît, je suis sûr qu'au fond de la salle ils n'ont rien entendu, dit-il avec un grand sourire.

Ian lui jeta un regard noir. Il ne semblait pas vouloir entrer dans son jeu.

— Axel est mort cette même nuit, mesdames et messieurs, il a été retrouvé à près d'un kilomètre de l'orphelinat. Son corps, jusqu'alors, n'avait pas été identifié. M. Hamilton…

— Cobb ! le reprit Ian.

— M. Cobb vient à l'instant de le faire… je vous remercie pour votre coopération, ce sera tout pour le moment.

Mais si Axel n'était pas le tueur à la hache…

— Je… Je ne savais pas qu'il était mort. Je vous le jure, lâcha Adam au bord des larmes.

— Cessez votre numéro, s'il vous plaît, vous ne convainquez plus personne ! répliqua froidement l'avocat.

— Silence ! ajouta le juge pour calmer l'audience survoltée.

Soudain, un officier fit irruption dans la salle. Les portes claquèrent. C'était Tom, Tom Slender. Il avait les joues rouges et avait du mal à reprendre son souffle. Il remonta l'allée en courant d'un air triste une photographie à la main.

— On l'a retrouvée, inspecteur Perkins, cria-t-il.

— Quoi ?

Grace se retourna vers son père. Quand il vit le cliché que lui tendait Tom, ce dernier s'écroula à son tour. Anton l'emmena de force dehors. La jeune femme approcha du banc où était jusqu'alors assit son père. Elle attrapa la photographie. Elle eut un haut-le-cœur et manqua de perdre l'équilibre.

— Ce... ce n'est pas possible... dit-elle les larmes aux yeux...

— Madame Perkins, pouvez-vous nous dire de quoi il s'agit, s'il vous plaît ? demanda le juge qui ne pouvait pas voir le cliché de là où il se trouvait.

La deuxième photographie glissa aux pieds d'Adam qui la ramassa avant de la laisser retomber sur le sol.

— Adam, pouvez-vous nous décrire ce que vous voyez, demanda le juge.

— Il y a une femme, assise par terre. Elle est bâillonnée et a les mains ligotées...

— De qui s'agit-il ?

— Je ne connais pas cette personne, murmura Adam, la gorge nouée.

Grace se racla la gorge.

— Il s'agit de Janet Perkins... son corps a été retrouvé ce matin même, quelques heures avant l'ouverture du procès ! ajouta Tom Slender d'une voix tremblante.

— Cessez de faire l'innocent, c'est vous qui avez fait ça ! ajouta l'avocat des victimes en s'adressant à Adam.

— C'est Axel... qui lui a fait ça... pas moi !

— Nous l'avons retrouvée dans votre cabine, au *Natchez*, c'est bien là-bas que vous habitez, non ?

— Oui, admit Adam, la gorge nouée.

Dans le regard de Grace, une profonde brèche s'ouvrit. Une déception immense.

— Ce n'est pas moi, Grace, c'est lui ! Il faut que tu me croies, je t'en prie... l'implora Adam.

— Tu es le tueur à la hache, murmura-t-elle les larmes aux yeux… mon père avait raison depuis le début…

Un flash lui revint

« Pour la première fois depuis de nombreux jours, il se coucha sur son petit lit, et ferma les yeux. De l'autre côté de la cloison, des cris étouffés le bercèrent. Cela ne l'inquiéta pas davantage, ses voisins se tapaient dessus chaque nuit depuis deux jours. Qu'ils aillent au diable. Il était plus heureux que jamais. »

Une vision d'horreur le saisit. Ces cris étouffés. C'était donc elle, Janet, la mère de Grace ? Non. Il ne pouvait pas le croire. Le tueur à la hache l'avait piégé. Il voulait lui faire porter le chapeau ! Il ne pouvait pas en être autrement.

- 73 -
ADAM

— Écoutez, tout ceci est bien plus complexe qu'il n'y paraît. Je sais que c'est difficile à admettre, mais je crois que nous avons là un cas de trouble dissociatif d'identité inédit, murmura Ian.

— Je vous demande pardon ?

— Je suis psychiatre au *Charity Hospital.* J'exerce depuis de nombreuses années maintenant. J'en ai vu des cas… Regardez-le, croyez-vous que quelqu'un puisse feindre la surprise à ce point, monsieur le juge ?

Comment était-ce possible ? De quoi parlait-il ?

— Les automates sont capables de tout, répondit l'avocat d'Anna Walters.

— Écoutez, je crois que l'expérience que menait mon père sur Axel et Adam a marché.

— Que voulez-vous dire ? demanda le juge.

— Je pense que l'esprit d'Axel s'est transféré dans son corps…

— Il y aurait donc deux personnalités en lui ?

— Exactement. Deux tueurs cohabitant dans un même corps. Deux manières de penser. Deux façons de tuer. Cela paraît évident !

— C'est tout simplement absurde ! Monsieur le juge, ne me dites pas que vous croyez à ces inepties ?

— Je ne vous ai pas donné la parole, laissez-le continuer, lâcha le juge Foster.

— Écoutez, je sais que cela paraît fou, mais je travaille depuis plus de dix ans à la tête du service Psychothérapie & Psychiatrie cognitive. Tous les jours, je traite des cas de démences et des troubles mentaux variés. Ce trouble est marqué par des pertes de mémoire concernant aussi bien le présent que le passé. Pendant ces périodes, la personne concernée vit un état de dissociation. Il s'agit d'un état de conscience modifié dans lequel la personne n'est pas en phase avec sa pensée ou encore avec ses émotions. Son comportement peut également être « déconnecté ». Le trouble dissociatif de l'identité comprend la forme de possession, où les identités se manifestent généralement comme si elles étaient un agent extérieur, typiquement un être surnaturel ou un esprit. C'est le cas du tueur à la hache. Vous avez lu comme moi les lettres écrites par Axel : ce dernier parle et agit alors d'une manière très différente d'Adam. Il se croit envoyé par des forces démoniaques. L'identité de remplacement est indésirable pour Adam et se produit involontairement.

— Mais comment se fait-il qu'Axel n'ait commis aucun meurtre avant cette année ? demanda le juge.

— J'imagine que l'esprit d'Axel était en dormance.

— Pendant vingt ans ? répliqua l'avocat en soupirant.

— C'est possible… Il a dû réussir s'installer progressivement. Ce qui explique qu'Adam n'a aucun souvenir des agissements d'Axel. Il prend sa place et s'endort de nouveau jusqu'au prochain épisode. Il lutte contre lui… en ce moment même. C'est une lutte constante. Axel réclame un corps pour vivre.

Adam n'avait pas dit un mot depuis plusieurs minutes. Il avait l'impression d'être ailleurs. D'être un enfant incapable de comprendre les conversations des adultes. On parlait de lui, sans s'adresser à lui. On statuait de son cas sans l'interroger… Pourtant, en entendant les mots de Ian, il devait se rendre à l'évidence. Il ne pouvait avoir tort. Axel vivait donc en lui ? Où était-il à cet instant ? Pourquoi n'avait-il aucun souvenir de ses actions ? Était-ce avec ses mains qu'ils avaient commis tous ces meurtres sanglants ? Qu'il enfilait des chaussures d'adulte pour brouiller les pistes. Il regarda ses mains enveloppées de tissu. Combien de haches avaient-elles saisies ? Combien de femmes et d'hommes avaient-elles tués ?

Un profond malaise l'envahit en imaginant tous ces innocents assassinés. Il était encore plus monstrueux qu'il ne le croyait. À présent, il n'espérait plus être grâcié. Il n'espérait plus rien. Il était le cygne blanc et le cygne noir. Il méritait de mourir.

L'assistance était médusée. Bon nombre de personnes avaient quitté la salle. Grace, quant à elle, se tenait sur le côté, immobile. Le regard flottant dans le vide. Le cygne noir avait capturé sa mère. Il l'avait laissée dans sa lugubre cabine et l'avait abandonnée à son triste sort. Elle le haïssait pour ça… Mais quelle était sa véritable responsabilité dans ces actes ?

— Écoutez, je peux l'aider… je veux l'aider, clama Ian.

— Que proposez-vous ? demanda le juge.

— Adam n'est pas coupable des meurtres d'Axel… Il n'en a même pas conscience. Je peux le soigner. Je peux l'aider. Il existe d'excellents protocoles thérapeutiques, la prise en charge dans mon service sera optimale. Je m'en porte garant. Nous pouvons apprendre d'Adam. Il est de notre devoir de l'aider.

— De notre devoir ?

— Il est de mon devoir de l'aider. Mon père est responsable de son état. De ses troubles… Je veux qu'on me laisse la chance de réparer ses erreurs…

Alors, voilà ! C'est ça qu'il proposait, une vie enfermée dans une chambre d'hôpital ? Une vie d'errance mentale ?

— Adam Pembrooke, voulez-vous ajouter quelque chose ?

Adam regarda le juge Foster. Il semblait touché par son histoire.

— Je vous demande pardon, pour tout ce que lui ou moi avons pu faire, dit-il en se retournant vers l'assistance.

Soudain, un homme imposant sortit des rangs. Élégamment vêtu, il avança rapidement, armé d'un léger sourire aux lèvres, un comble au vu de la situation.

— Messieurs les jurés, je suis James de Flore ; le directeur de la *New Orleans' General Electric Company*, dit-il en retirant son chapeau haut-de-forme.

Adam se retourna vers lui. Un frisson remonta le long de ses bras.

— Écoutez, nous comprenons les charges qui pèsent sur Adam Pembrooke, mais nous avons une autre proposition à vous faire. Nous sommes prêts à recueillir M. Pembrooke dans nos locaux. Nous payerons les sommes demandées par les proches des victimes et nous les dédommagerons à hauteur du préjudice subi.

— Comment osez-vous, cracha Ian...

— Votre famille semble en avoir assez fait ! Alors laissez-moi m'exprimer. Écoutez, monsieur le juge, ce garçon est peut-être un monstre, oui, cela ne fait plus aucun doute, c'est une menace, mais c'est également un miracle pour notre pays et pour notre société ! Ce garçon produit de l'énergie, rendez-vous compte ! Imaginez les exploits dont il est capable ! Il pourrait fournir de l'énergie à la ville, au pays, s'il acceptait de travailler pour nous !

— Et s'il refuse ?

— Là n'est pas la question. Monsieur le juge, je réclame votre clémence. Épargnez-le, messieurs les jurés... Confiez-le nous. Nous nous engagerons à l'isoler pour le protéger des autres. Vous n'entendrez jamais parler de ses travers.

— Si je comprends bien, vous voulez...

— L'exploiter oui, c'est bien ce qu'il vient de dire, ajouta Ian.

— M. Cobb, ce n'est pas à vous que j'ai posé la question. Calmez-vous ou je serai dans l'obligation de vous faire sortir.

— Les bénéfices personnels et industriels doivent s'effacer devant la menace collective qu'il représente ! ajouta l'avocat de la défense.

Une vague de protestations fusa dans l'assistance.

— Il suffit ! La séance est terminée. Nous en avons assez entendu. Nous rendrons notre décision demain à la première heure, annonça le juge avant de se lever.

Le juge se tourna alors vers l'officier Tom Slender :

— Je vous laisse vous occuper de lui, dit-il en désignant Adam du regard.

- 74 -
Rachel

La salle s'était à présent vidée. Seules quelques personnes parsemaient les rangs.

— Grace, excuse-moi, ce n'est sûrement pas le moment, j'imagine… Je me sens un peu bête de…

— Pourquoi es-tu venue ? demanda Grace sur la défensive.

— Je… Je voulais te remettre quelque chose, dit-elle en ouvrant son manteau.

Là, dans la poche intérieure, la jeune femme en sortit un petit oiseau mécanique. Grace le reconnut aussitôt. C'était Piclou.

— J'aimerais te le donner si tu acceptes, il… il est si malheureux avec moi. J'ai appris qu'il… qu'Adam l'avait capturé dans sa cabine.

— C'est lui qui a attiré Plim chez lui…

— Oui… murmura-t-elle, il est à toi maintenant.

— Je… ne sais p…

— S'il te plaît, il ne bouge plus depuis quelques jours, il sera heureux avec toi et Plim. Je ne peux plus le garder en cage. Cela me fait trop de mal. Mon père n'aurait pas aimé le voir aussi triste.

Grace esquissa un faible sourire. Elle était touchée par ce présent incongru.

— Tu es sûre ? J'avais cru comprendre qu'il t'était très précieux.

— Oui, il appartenait à mon père, il travaillait comme allumeur de réverbères à Londres… Il m'avait raconté qu'il l'avait trouvé dans une ruelle sombre un soir où Jack l'Éventreur avait sévi. Je pense qu'il a tout inventé. Tu sais, à la fin de sa vie, il perdait un peu la tête.

— J'en prendrai soin, murmura Grace en attrapant délicatement l'oiseau inanimé.

— Tu ferais mieux de le cacher, dit-elle. Je doute qu'ils apprécient de voir un oiseau dans un tribunal, dit-elle.

Grace le mit à son tour dans sa poche.

— Je suis désolée, je dois y aller… murmura Grace en s'éloignant d'un pas triste.

*

Soudain, Rachel sentit une main sur son épaule. Elle se retourna aussitôt. C'était Ian. Elle se souvenait de la première fois qu'il avait franchi la porte de son cabinet. De leur première rencontre.

— Je n'aurai jamais pensé vous retrouver ici, dit-il.

— Moi non plus pour tout vous dire !

— Je voulais vous remercier…

— Pour ?

— Votre séance...

— Vraiment, je croyais que c'était un désastre ?

— Pas du tout !

— Pourtant, vous êtes parti en courant de mon cabinet d'hypnothérapie. Les patients dans la salle d'attente ont eu vraiment peur, croyez-moi ! Certains n'ont pas osé franchir la porte de mon bureau après cela.

— Je suis désolé, seulement, cette séance a été... très intense.

Elle comprenait à présent. Ce cauchemar qu'il lui avait décrit. Cette exécution. Tout cela était bien réel. D'anciens démons passés qui obscurcissaient sa vie. Assister à la mort de son père avait laissé une marque en lui. Elle comprenait pourquoi. Qui il était. Le mal qu'il avait fait autour de lui. Jusqu'à son propre fils.

— Cela a été le point de départ de beaucoup de choses. C'est grâce à vous si je suis là aujourd'hui, si j'ai pu parler de tout cela publiquement.

— Cela voudrait-il dire que vous croyez en l'hypnothérapie ?

— Oui, dit-il en riant.

— Grand dieu, quel progrès ! dit-elle en le taquinant.

La jeune femme replaça une mèche de cheveux derrière son oreille.

— Et vos cauchemars ? demanda-t-elle.

— Envolés... dit-il en souriant.

— Tant mieux, je suis ravie si cela a été utile. Vous avez toujours ma carte de toute façon... dit-elle en tournant les talons.

The Times-Picayune.

Procès historique d'Adam Pembrooke : quel destin pour ce double tueur en série ?

On dirait bien que Jack l'Éventreur a de la concurrence de l'autre côté de l'Atlantique ! Jamais, dans l'histoire de notre pays, nous n'avions eu affaire à un double tueur en série. Et pourtant, hier, au tribunal, les révélations se sont enchaînées, ne laissant à l'assistance aucun répit.

Alors que le procès historique a fait couler beaucoup d'encre dans les journaux, tous les Néo-orléanais n'attendent qu'une chose : le verdict !

Alors quelle sera la décision prise par les jurés et le Juge Foster quant au destin d'Adam Pembrooke ? Condamné à mort, confié à la compagnie d'électricité, enfermé au *Charity Hospital* ?

- 75 -
Adam

« Let us die young or let us live forever
We don't have the power, but we never say never
Sitting in a sandpit, life is a short trip
The music's for the sad man[5]. »

— Mesdames et messieurs, les six jurés et moi-même avons pris une décision collégiale difficile. Adam Pembrooke, veuillez-vous lever, s'il vous plaît.

Adam obtempéra, il avait les mains moites. Son cœur mécanique battait comme un métronome dans sa poitrine. Il le savait, cette annonce allait bouleverser le reste de sa vie.

— Adam Pembrooke, vous êtes reconnu coupable du meurtre de vingt-huit personnes. Au vu des propositions soulevées hier par les avocats des victimes, le directeur général de la *New Orleans' General Electric Company* et le pro-

5 *Forever Young* – Youth Group

fesseur Cobb, nous avons pris la décision de vous placer en isolement pour être soigné au sein du *Charity Hospital*. Vous serez désormais sous la responsabilité de Ian Cobb. Un second procès aura lieu dans un an afin d'évaluer si votre état mental s'est amélioré et si nous maintenons le verdict actuel.

Une vague de protestations fusa du côté des victimes.

— Les monstres ne méritent pas de vivre, murmura Adam.

Une larme coula sur sa joue, alors que la joie de Ian explosa sur son visage. Pourquoi le condamnait-il à vivre ? Pourquoi le condamnait-il à faire face à sa propre immortalité ? Pour le médecin, cette décision signait sa rédemption. Il entrevoyait là un moyen de réparer les erreurs du passé. Mais Adam ne voulait pas être réparé. Il était morcelé. Partagé entre deux identités. Adam. Axel. Le cygne blanc. Le cygne noir.

À cet instant, il regretta d'être intervenu, d'avoir imploré sur la table où il aurait dû être décœurisé. Pourquoi avait-il demandé un procès ? Il aurait dû se laisser faire, accepter que le désorganeur s'occupe de lui.

Adam se retourna. Grace était immobile, son père, fou de rage, se leva brusquement et donna un coup de pied dans le banc avant d'accélérer le pas en direction de la sortie. Visiblement, le verdict n'était pas à la hauteur. Au fond, il le comprenait. À sa place, il aurait sûrement réagi de la même manière. Comment pouvait-il supporter que celui qui avait ôté la vie à sa femme reste en vie ?

— Nous avons gagné, Adam, tu te rends compte ! murmura Ian en se pressant vers lui.

Adam resta silencieux.

— Je vais te soigner, ensemble nous y arriverons… tu verras, dit-il en serrant les mains du garçon.

Soudain, les cris d'injustice s'élevèrent et le juge fit signe à l'inspecteur Bowie de faire rapidement sortir Adam avec Ian. Comme un vulgaire morceau de viande, il vit Anton l'empoigner par le bras en direction de la sortie. Sa nouvelle vie commençait aujourd'hui.

En sortant de la salle, il jeta un dernier regard en arrière, en direction de Grace. Il aurait aimé qu'elle le suive, qu'elle le frappe, qu'elle l'insulte, n'importe quoi plutôt que cette indifférence. Ce manque d'émotion qui lui meurtrissait le cœur. Il l'imagina un instant, accourant, ses mains posées sur ses joues. Il se serait retourné et aurait fait quelques pas en arrière, comme lui l'avait fait vingt ans plus tôt en descendant les marches de cet escalier quand elle était tétanisée par le vide.

Aujourd'hui, c'était lui qui avait besoin d'elle. Il aurait aimé qu'elle lui prenne doucement la main et le rassure. Mais Grace n'était pas là. Elle n'était plus là. Il l'avait perdue. Et, il ne pouvait pas la blâmer pour cela.

Il aurait aimé que cette foule ne se presse pas contre lui. Il aurait aimé avoir quelques minutes de calme avant la tempête médiatique qui allait s'abattre sur lui. Il aurait aimé être près d'elle, lui dire toutes ces choses qu'ils ne s'étaient pas dites. Il aurait aimé lui avouer à quel point il était désolé. Il aurait aimé lui dire au revoir autrement. Qu'il regrettait ce temps où ils dansaient ensemble dans cette jolie boîte à musique.

Mais les monstres ne méritaient pas d'au revoir. Seulement des adieux déchirants. D'inaudibles murmures. Des coups de poing dans le cœur.

Postlude

Six mois plus tard

Abritée sous l'immense verrière du *Queens*, Molly était impatiente. Les mains jointes, elle souffla sur ses doigts gelés en regardant l'embarcadère bondé. Un brouillard éphémère se dissipa dans l'air, telle une volute d'encens. Autour d'elle, ils étaient des centaines à attendre sur les pontons en acier de l'aérodrome. Les portes du Zeppelin n'allaient pas tarder à s'ouvrir. Le vent sifflait entre les armatures métalliques. Une dizaine d'employés de la *White Star Line* étaient déjà en place, affairés à enrouler les cordes de l'aérostat au mât d'amarrage. Molly jeta un regard rapide aux hommes, aux femmes et aux familles qui l'entouraient. Ils attendaient tous leur moitié, une mère, un père, un être cher. Elle pouvait ressentir cette vie, grouillante. Ce bourgeon de tendresse qu'ils avaient en chacun d'eux, prêt à éclore.

Soudain, les portes s'ouvrirent dans un grand grincement et les premiers passagers, valises à la main, en sortirent. Molly se revoyait en eux. Quelques mois plus tôt, c'était elle qui avait posé ses valises ici, à New York, la ville-monde. Celle de tous les espoirs, celle qui l'avait fait renaître.

Enfin, elle la vit. Elle était là, toujours aussi élégante. Au moins autant que le jour où elle l'avait laissée à La Nouvelle-Orléans. Ses cheveux étaient joliment relevés sous un chapeau en feutrine grenat. Son cœur se mit à tambouriner en elle en la voyant.

— Grace ! cria-t-elle en lui faisant un large signe de la main.

La jeune femme accourut avec ses deux valises et les laissa tomber par terre pour prendre son amie dans ses bras. Cette étreinte, son odeur, ces retrouvailles lui firent terriblement de bien. Une nouvelle vie les attendait à New York. Et Molly comptait bien lui faire découvrir les richesses de cette ville. Elle se voyait déjà flâner à la terrasse d'un café, en train de swinguer dans un bar à la mode jusqu'au bout de la nuit, au théâtre, ou même à Broadway ! Oui, Molly avait des rêves plein la tête. Et elle comptait bien ouvrir les portes de ce nouveau monde à Grace.

— Tu crois que je peux ? demanda-t-elle en désignant les deux cordes attachées à ses valises.

— Bien sûr ! On est à New York ! Tout est permis ici, dit-elle en riant.

Alors, Grace dénoua les deux cordes, les deux laisses des deux oiseaux mécaniques qui l'accompagnaient. Piclou et Plim s'envolèrent au-dessus d'elles : ils étaient libres à présent. Libres de vivre leur histoire d'amour hors d'une cage.

Un an plus tard

Confortablement avachis dans le canapé du salon, William et Anton refaisaient le monde, un café à la main. Soudain le téléphone sonna. William sursauta, il ne s'était pas encore fait à cette nouvelle technologie qui faisait partie intégrante de son quotidien. Il regrettait même d'avoir craqué pour ce modèle de chez *Bell Telecommunication*, le styloméca faisait bien moins de bruit !

— Tu ne réponds pas ? demanda Anton qui lorgnait sur l'appareil.

— Non… répondit-il.

— Ce que tu peux m'agacer quand tu t'y mets… lâcha Anton en se levant pour attraper le combiné.

Le visage fermé, l'ancien inspecteur à la retraite soupira.

— Si c'est un appel de New York, tu n'acceptes pas la communication ! Hein ? cracha William.

— Très bien, j'attends, répondit Anton, une main sur la hanche.

Après une vingtaine de secondes, le visage de son ancien collègue s'éclaira.

— Grace ! Oui, je vais bien, merci... attends, je te le passe, murmura Anton en faisant signe à William de se lever.

Traînant des pieds, William attrapa à son tour le combiné. Il n'avait pas eu le choix et en voulait à son ami d'avoir pris l'appel.

— Oui ?

— Joyeux anniversaire, Papa ! murmura Grace, la voix emplie d'émotion.

— Brrrr, tu sais que je déteste que tu me souhaites mon anniversaire. Chaque année me rapproche de la tombe !

— Roh, ne dit pas ça...

— C'est pourtant vrai... soupira-t-il.

Au fond, même s'il ronchonnait, l'appel de sa fille gonfla son cœur de joie.

— Tu viens bientôt me voir ? demanda-t-il finalement d'une voix plus douce.

— Oui, je viendrai pour Noël, répondit-elle avec entrain.

— Seule ?

— Évidemment ! Tu ne crois quand même pas que, d'ici là, j'aurai pondu trois marmots !

— On ne sait jamais... tu aurais pu rencontrer un riche banquier à New York, ajouta-t-il.

— Papa...

— Ça va, ça va, j'arrête... j'espère en tout cas que tout se passe bien pour toi.

— Ne t'en fais pas, prends soin de toi aussi.

— Passe le bonjour à Molly, d'accord ?

— Oui, je n'y manquerai pas, dit-elle avant de raccrocher.

Une fois qu'il eut repositionné le combiné à sa place, une vague d'amour déferla en lui. Il resta quelques secondes, silencieux, face au téléphone. Grace lui manquait. Il refusait de l'admettre et ne lui avait jamais dit directement, mais son absence lui pesait. Il était seul maintenant, dans cette ville et dans cette maison trop grande pour lui. Pourtant, il ne pouvait se résoudre à déménager ni à la vendre. C'était là qu'était sa vie. À La Nouvelle-Orléans. Dans cette maison. C'était dans cette cuisine qu'il avait demandé sa femme en mariage, c'était dans ce salon qu'il avait assisté aux premiers pas de ses fils, c'était dans ce jardin qu'il avait appris à Grace à faire du vélo toute seule. Et parfois, il lui semblait voir leurs silhouettes fantômes errer avec lui dans la maison. Oui, sa vie était ici. Et ces linceuls de souvenirs n'avaient pas de prix à ses yeux. Son passé n'était pas à vendre.

Deux ans plus tard

Soudain, les rideaux s'ouvrirent. Assis devant son piano Steinway & Sons, ses douze doigts étaient en place et tous les projecteurs étaient braqués sur lui. La salle était plongée dans le noir. Un silence planant le fit frissonner. Wilhem aurait pu se croire seul dans la salle de spectacle sans ces centaines de respirations qu'il percevait à peine. Il avait du mal à réaliser qu'ils étaient des centaines, des centaines à avoir acheté un billet pour venir le voir. Ils étaient là pour lui. Wilhem Fuller.

Soudain, ses doigts se mirent en mouvement, dévalant avec une grâce irrésistible les touches noires et blanches. Et ce flot l'emporta avec eux dans une valse mélodique. Son esprit, lui, s'évadait, chaque soir. L'automate pensait à tous ces lieux mythiques par lesquels il était passé. Cette vie d'artiste nomade lui convenait. Cela lui faisait voir du pays. Rencontrer son public. Il était toujours surpris de l'accueil qu'on lui réservait dans chaque grande ville. Ils étaient toujours une dizaine à l'attendre à la fin du concert pour lui réclamer un autographe. Rendre les gens heureux l'aidait à se sentir utile. Ils donnaient un sens à sa vie.

Le récital dura plus longtemps ce soir-là, pendant plus de deux heures et demie. Il s'était perdu dans ses morceaux, repensant au *Mechanic Hall*, à Roy qui l'avait insulté quand il lui avait annoncé qu'il quittait l'aérocabaret. Il repensait aussi à ses collègues musiciens et aux danseuses, émus de voir un automate gagner plus d'indépendance… Ce n'était pas seulement un enchaînement de notes et de morceaux que Wilhem leur livrait sur cette scène. C'était plus profond. Un bout de lui, son histoire qu'il livrait aux spectateurs. C'était cela qui les touchait. Il ne cherchait pas la beauté, ce qu'il leur racontait était vrai. Et c'était cette authenticité qu'ils venaient chercher.

À la fin du concert, il eut droit à une *standing ovation* de plus de dix minutes. Il salua la foule plusieurs fois, la remerciant du bout des lèvres, tant il était ému. Il ramassa les quelques fleurs et lettres sur la scène, comme autant d'offrandes à un dieu musical. Puis, il rejoignit les coulisses pour se rafraîchir. Il s'épongea le front, tira le rideau et retourna s'asseoir à son piano. Là, dans le noir, il entendait la salle se vider progressivement. Ce retour au calme était salutaire. C'était son moment.

Soudain, il vit le rideau bouger et une silhouette approcher. Il la reconnut aussitôt, c'était Molly. Il se leva, fou de joie, et la serra dans ses bras.

— Qu'est-ce que tu fais là ? je croyais que…

Puis, le rideau bougea de nouveau derrière elle, dévoilant la silhouette de Grace. Son cœur fit un bond dans sa poitrine.

— Bon, je vous laisse, murmura Molly qui s'éclipsa rapidement.

Wilhem ne réagit pas à la remarque de cette dernière. Il était ailleurs. Son regard venait de se perdre dans celui de Grace. La jeune femme n'osait pas approcher. Elle aussi semblait émue.

— Tu étais fantastique, dit-elle en regardant le piano derrière lui.

Un rictus s'étira sur ses lèvres. Il la regarda approcher du piano et s'asseoir sur la banquette.

— Moi aussi j'ai quelque chose à te jouer, dit-elle en positionnant ses mains sur le piano.

Il vit ses doigts hésitants se poser sur les touches. Son cœur s'emballa davantage en la voyant assise à ce piano qui était devenu, au fil du temps, un prolongement de lui-même. La jeune femme commença à jouer quelques accords. Il reconnut immédiatement cette musique qu'il avait jouée ce soir-là au *Mechanic Hall*. Ces accords le replongèrent en arrière. Comme si une vague déferlait au-dessus de lui pour l'avaler.

« I see trees of green, red roses too
I see them bloom for me and you
And I think to myself…

What a wonderful world»

Un large sourire se dessina sur les lèvres du jeune homme quand elle manqua une note. Il retrouva cette fossette aux creux de sa joue droite. Cette maladresse l'émut davantage, car elle confirmait que ce moment était bien réel. Grace était bien là, devant lui, au *Roseland Ballroom.*

Wilhem prit place à côté d'elle et la regarda jouer.

« The colors of the rainbow, so pretty in the sky
Are also on the faces of people goin'by»

Sa voix était si pure, si belle qu'il n'osa ouvrir la bouche de peur de détruire ce qu'elle venait de construire.

«I see friends shakin' hands, sayin, «How do you do?»
They›re really sayin', «I love you.»

Pendant quelques instants, il laissa son esprit vagabonder. Il s'imagina posant ses mains sur les siennes. Une décharge électrique remonta le long de ses avant-bras rien qu'à cette idée. Il aurait caressé doucement son épaule, avant de remonter sa main le long de sa nuque. S'il avait eu du courage, il l'aurait embrassée. Mais il avait si souvent pensé à ce moment, il l'avait tant idéalisé qu'il était pétrifié.

Face à elle, il se sentait comme un adolescent inexpérimenté qui avait peur de mal faire. Devant ses yeux, défilèrent les visages de toutes les femmes qui avaient partagé ses nuits. Ses insomnies. Toutes ces peaux qu'il avait effleurées. Grace était différente… Il y avait en elle tant de contrastes. Cette fragilité et cette force dans ses yeux. Cette montagne de sentiments et ses falaises abruptes qui berçaient les précipices de son âme. Grace soufflait le chaud et le froid à la fois. Elle était insaisissable. Il comprit alors, en la voyant jouer sur ce piano, ce qu'elle représentait pour lui. C'était sa source d'inspiration. Sa muse. C'était elle qui l'avait fait rayonner.

Il vit ses lèvres frémir, puis cette fossette le narguer de nouveau. Il avait des regrets, d'immenses regrets. Il se demanda ce qu'il aurait pu se passer si l'un ou l'autre avait franchi cette barrière entre eux deux ans plus tôt. Cette nuit au *Mechanic Hall*. Il était trop tard maintenant.

— Merci, dit-il en déposant un baiser sur le dos de sa main.

Ils n'avaient aucun avenir ensemble, elle comme lui le savaient. Et, même si leurs retrouvailles étaient incongrues, si ressasser ces occasions manquées lui faisait plus de mal que de bien, ce morceau de piano débloqua quelque chose en lui. Un concerto d'émotion. Un concerto pour piano qu'il allait mettre plus de vingt ans à composer…

Cinq ans plus tard

— Tu lui enverras, Ian ? Tu me promets ? demanda Adam qui tenait toujours la lettre repliée entre ses doigts.

— Je te le promets, répondit Ian en plongeant son regard dans celui du garçon.

— Merci… murmura Adam en relâchant la lettre.

— Tu es sûr de toi… ? demanda une nouvelle fois le médecin.

Il redoutait sa réponse. Il espérait qu'il ait changé d'avis.

— Oui, dit-il avec une détermination sans faille.

Ian regarda Adam s'allonger sur le lit. Il se racla la gorge. Le psychiatre ne voyait plus le jeune garçon comme un patient, encore moins comme un détenu. Après autant d'années dans son service, il l'avait pris sous son aile. Il le voyait à présent comme un membre à part entière de sa famille. Un lien presque fraternel s'était créé entre eux. Ce qu'il s'apprêtait à faire lui paraissait insurmontable. Si difficile qu'il ignorait s'il était assez courageux pour y parvenir.

Ian sentait cette boule acide remonter dans sa gorge. Il avait du mal à parler, à le regarder sans détourner le regard. Le médecin s'en voulait, il s'en voulait d'avoir été si égoïste le jour de ce procès. Après coup, il avait compris que le témoignage qu'il avait livré au juge était plus destiné à se sauver lui qu'Adam.

— Je suis tellement désolé… Je pensais qu'on y arriverait. Je…

— Tu voulais m'aider… tu n'as rien fait de mal… murmura Adam en serrant les mains du médecin entre ses doigts.

— On peut peut-être essayer autre chose, tu sais. J'ai un confrère qui…

— Non, dit-il d'une voix ferme… *il* ne partira pas. Jamais. *Il* est toujours là, Ian. Je le sens. Je le sais. C'est trop dur…

Ces derniers mots lui glacèrent le sang. Il s'installa près de lui et caressa doucement sa tignasse brune.

— Laisse-moi redevenir une ombre…

Sa phrase lui fit monter les larmes aux yeux. Ian repensa à toutes ses nuits dans l'orphelinat. À cette comptine qu'Adam lui chantait quand il avait peur de s'endormir. Les rôles étaient inversés désormais, c'était à son tour de faire ce qu'il avait à faire. Il ne voulait pas le décevoir. Il ne pouvait pas se défiler une nouvelle fois. Adam souffrait. Et rien, ni ses médicaments ni toutes les thérapies qu'il avait entreprises ne pouvait le soulager…

Ian essuya ses larmes et attrapa dans la poche de sa blouse un pic en fer. Adam bascula la tête en arrière. Malgré ce qui l'attendait, il avait ce sourire radieux sur les lèvres qui meurtrissait davantage le cœur du médecin. Il plaça le pic face à l'œil d'Adam, ses doigts tremblaient.

— Je ne peux pas, dit-il regardant le pic en fer face à son œil.

— Si, tu peux, dit-il en posant ses mains sur les siennes. Tu peux le faire. Tu dois le faire. S'il te plaît.

Ian releva la tête vers le plafond de la chambre. Il inspira profondément.

Soudain, une vague de courage s'empara de lui.

Un coup. Deux coups. Les larmes lui brouillèrent la vue quand il reposa son regard sur Adam. Il vit ses lèvres bouger et entendit un faible « Merci ». Ses mains étaient prises de tremblements incontrôlables. Il attrapa l'enfant dans ses bras et le souleva. Le corps d'Adam lui parut tout à coup plus lourd. Mais il sentit un même temps un soulagement. Un soulagement intense en lui. Comme si quelqu'un venait d'enlever un poids de ses épaules.

Adam n'était plus là. Il l'avait délivré…

Le cygne blanc s'était envolé.

DIX ANS PLUS TARD

Quand Grace ouvrit l'enveloppe, elle y trouva un petit mot écrit de la main de Ian. Il s'excusait pour le délai, il n'avait pu se résoudre à envoyer cette lettre plus tôt. Intriguée, la jeune femme en sortit une deuxième de l'enveloppe, celle-ci était beaucoup plus longue. Elle entama la lecture.

« Grace,

Il y a tant de choses que j'aurais aimé te dire. Tant de non-dits entre nous, de moments dérobés que nous ne récupèrerons pas. Nous n'avons pas eu assez de temps. Il file entre tes doigts alors que le mien se révèle inutile. J'en déborde. J'aimerais t'en donner un peu…

J'ai vécu vingt ans sans te voir et pourtant, le temps s'écoule différemment depuis le jour de mon jugement. Les semaines se suivent. Se ressemblent toutes. J'ai l'impression qu'un siècle s'est écoulé depuis ce jour où j'ai rejoint le Charity Hospital. *Dans ce tribunal, la foule m'a emporté. J'ai laissé mon cœur à cette barre ce jour-là. En as-tu pris un morceau sous le bras ?*

Grace, je sais ce que j'ai fait. L'autre « moi » est coupable, du pire. Je ne sais pas comment l'appeler. Il est là, tapis au fond de mes entrailles, il sommeille. Il écoute. Attendant la moindre faille, la moindre fissure pour remonter à la surface. Le cygne noir. Il est fort, bien plus fort que moi. C'était idiot de le provoquer comme je l'ai fait. Crois-moi, je me bats tous les jours. Mais quand ce combat prendra-t-il fin ? Je suis fatigué, Grace. Fatigué de lutter contre lui.

Grace, je regrette tout ! D'être rentré dans ta vie, de t'avoir fait souffrir comme je l'ai fait. Mais il y a une chose dont je suis fier, c'est de t'avoir appris à rêver. Les rêves ne sont pas que pour les enfants. Ce sont ces petites flammèches en nous qui brûlent et nous consument. Promets-moi de te consumer encore longtemps…

C'est étrange, cette notion de temps, elle est si subjective. Les enfants voient les mois comme des années et les adultes comme des heures. Est-ce pour cela que ma vision de la réalité est déformée ? Parce que je suis et resterai toujours cet enfant coincé dans son monde imaginaire ?

Sache que j'y garde une place pour toi, Grace. Dans notre monde. Tu peux revenir quand tu le voudras. Dans notre boîte à musique. Dans cet orphelinat intemporel. Mais cette fois, il n'y aura plus de monstres, plus d'horloge dans l'entrée que tu ne sais pas lire, plus d'escaliers vertigineux, je te le promets. J'ai délogé le croquemitaine, les ombres et les épouvantails. J'ai ouvert en grand les fenêtres du manoir pour que les oiseaux puissent y nicher. J'ai condamné la pièce secrète pour que tu n'aies plus jamais peur. J'ai chassé cette vilaine odeur de térébenthine que tu détestais et tout l'orphelinat sent la Rose à présent.

Tout l'orphelinat attend ton retour… Sa Rose.

Ton Adam »

Grace laissa tomber la lettre à ses pieds. Elle savait que c'était un adieu. Le papier dansa dans l'air, telle une plume. Cela faisait plus de dix ans, plus de dix ans que le procès avait eu lieu. Dix ans qu'elle se souvenait du regard perdu d'Adam. Il était là dans sa tête, sous ses paupières. Cette silhouette d'enfant. Ses boucles brunes. Il la hantait certaines nuits quand un rythme de jazz s'élevait dans la froideur des rues de New York.

— Tu viens te coucher ? demanda Molly, en passant sa main sur ses épaules nues.

Grace avait pris quelques rides, contrairement à l'illusionnaute, mais cela ne la gênait pas, il fallait bien apprendre à vieillir. Accepter les pliures sur sa peau comme un vieux livre dont on aimait tant corner les pages.

Grace ravala ses larmes et regarda par la fenêtre la rue en contrebas. Dehors, le verglas craquelait sous les pas des passants. Les klaxons lointains s'élevaient, c'étaient eux la respiration de la ville. New York avait été sa porte de sortie. Sa bouffée d'oxygène.

Et Adam était là, partout autour d'elle. Il était là, dans chaque détail, dans chaque caresse qu'elle faisait à Plim, dans chaque cygne de Central Park.

Il était là quand elle tournoyait sur elle-même dans ces bars avec Molly, quand elle riait à gorge déployée après plusieurs verres, quand sa jupe volait en corolle tout autour d'elle.

Il était là, à chaque orage, quand les éclairs zébraient le ciel. À chaque fois qu'elle regardait le monde avec ses yeux d'enfant.

Il était là et une part d'elle était avec lui, dans cet orphelinat en ruine, dans cette boîte à musique dans laquelle ils tournaient encore et encore. Dans laquelle ils tourneraient à jamais.

END

www.snag-fiction.com

Par ce logo, nous témoignons d'une volonté de réduire les impacts environnementaux liés aux activités de l'imprimerie. Nous choisissons un imprimeur impliqué dans la réduction des gaz à effet de serre.
Le choix de nos papiers assure que la production a été faite à partir d'un produit à base de bois et a suivi le cahier des charges d'une gestion durable des forêts européennes.
Achevé d'imprimer par CPI Firmin Didot (164349) en France en mai 2021 pour le titre « Encens ».

Suivi éditorial : Céline Garcia
Conception graphique : Guillaume Bertineau
Mise en pages : Kathleen Pasquet-Izoulet
Correction : Véronique Poirault

Dépôt légal : 1er semestre 2021

éditions La Geste
11, rue Norman-Borlaug
79260 La Crèche
contact@marmaille-compagnie.com